LEON SACHS

DER ZIRKEL

SIE WOLLEN DICH.
SIE FINDEN DICH.

THRILLER

PENGUIN VERLAG

Sollte diese Publikation Links auf Webseiten Dritter enthalten,
so übernehmen wir für deren Inhalte keine Haftung,
da wir uns diese nicht zu eigen machen, sondern lediglich auf
deren Stand zum Zeitpunkt der Erstveröffentlichung verweisen.

Penguin Random House Verlagsgruppe FSC® N001967

1. Auflage 2022
Copyright © 2022 der Originalausgabe by Penguin Verlag
in der Penguin Random House Verlagsgruppe GmbH,
Neumarkter Straße 28, 81673 München
Vermittelt durch die Literarische Agentur Kossack
Redaktion: Carlos Westerkamp
Umschlaggestaltung: Favoritbuero
Umschlagabbildung: © Miloje / shutterstock.com
Satz: Uhl + Massopust, Aalen
Druck und Bindung: GGP Media GmbH, Pößneck
Printed in Germany
ISBN 978-3-328-10755-2
www.penguin-verlag.de

KAPITEL 1

Was war es bloß, das den Bögen eines Kreuzgangs noch immer diese schattenhafte Kraft verlieh? Friedrich Ammon blickte nachdenklich zu dem Gewölbe auf. Die meisten Menschen folgten heute nur noch ihrem Smartphone. Doch betraten sie die Gemäuer eines jahrhundertealten Klosters, schienen sie zumindest für einen kurzen Moment wieder an eine höhere Macht zu glauben.

Ammon setzte sich in Bewegung. Seine schweren Schritte hallten von den steinernen Wänden wider. Er genoss die kühle Brise, die an diesem frühen Morgen vom Gipfel des Monte Rotonaria herabwehte und die drückende Hitze des Vortags über Nacht zu einem erfrischenden Sommerschleier verflüchtigt hatte. Der heutige Tag würde erneut die unnachgiebige Glut der Sonne bringen, wie sie hier oben in den Apenninen eigentlich unüblich war. Keine Wolken, kein Regen, nur die Sonnenstrahlen, die sich bis zum Mittag wie eine Glasglocke über die Certosa di Trisulti legen würden. Erst am frühen Abend würden die Winde dieses Brennglas durchbrechen und die Kartause wieder mit frischem Sauerstoff versorgen.

Sosehr er die sich stauende Hitze verabscheute, sosehr erschien sie ihm doch wie ein passendes Bildnis dessen, gegen das er tagtäglich ankämpfte. Wind. Wer ihn säte, nein, wer ihn kontrollierte, der kontrollierte die Welt. Denn wenn der Wind zu einem Sturm anwuchs, hatte er die Kraft, die Glasglocke zum Bersten zu bringen, unter der die Gesellschaft dahinsiechte.

Friedrich Ammon ging den Kreuzgang auf der südöstlichen Seite der Kartause entlang, bis er den Korridor zu seinem Arbeitszimmer erreichte. Durch eine hölzerne Pforte betrat er einen Raum, der in dem ehemaligen Zisterzienserkloster als Empfangssalon für Gäste gedient hatte. Ammon hatte ihn sich zu seinem persönlichen Büro umgestalten lassen. Von hier aus leitete er die Accademia della Dignità Umana, die in Trisulti entstand.

Durch das Fenster hinter seinem Schreibtisch blickte er über Eichenwälder. Die 1211 geweihte Kartause lag auf rund achthundert Höhenmetern. Papst Innozenz III. hatte sie einst errichten lassen. Ammon kannte die Geschichte des Mannes, der mit gerade einmal siebenunddreißig Jahren zum Heiligen Vater gewählt worden war. In diesem Alter lungerten heute manche Langzeitstudenten noch an den Universitäten herum und hatten keine Ahnung, wohin sie wollten, weil die Gesellschaft ihnen vorsang, sie hätten alle Zeit der Welt, zu sich und zum Sinn des Lebens zu finden.

Wer künftig hier an der Akademie der Menschenwürde studierte, dachte Ammon, würde nichts von jenem ziellosen Treiben vermittelt bekommen. Dafür würde er sorgen. Hier würde eine neue Elite ausgebildet. Eine Elite, die der orientierungslos gewordenen Gesellschaft eine neue Perspektive verleihen würde.

Innozenz III. hatte ihn schon immer fasziniert. Er war

ein Visionär der Kirche gewesen, ein Mann, der durchschaut hatte, dass er die wichtigsten Ämter rund um den Heiligen Stuhl an Personen aus seiner Verwandtschaft vergeben musste. Macht im engsten Zirkel aufzuteilen hieß, Macht zu bewahren. Vor allem aber war Innozenz III. der Vorreiter für die Inquisition gewesen, die ab dem dreizehnten Jahrhundert Europa überrollt hatte. Blasphemie, Magie – das waren für Ammon Worte, die er heute mit Dingen wie Diversität oder Feminismus verband.

Es klopfte. Luca, sein Sekretär, trat ein.

Ein junger Bursche aus Collepardo, dem Ort gleich am Fuß des Monte Rotonaria. Ammon hatte einen Ortskundigen, einen Mann aus der Gegend, einen Wissbegierigen und gleichzeitigen Kenner der lokalen Gewohnheiten als seinen Assistenten anlernen wollen. Luca passte perfekt. Er war fast noch ein Junge, gerade der Schule entsprungen, das schmale Gesicht unter dem schwarzen Haarschopf gehörte zu einem Teenager und nicht zu einem Erwachsenen. Dennoch hatte sich Luca in kürzester Zeit als kostbarer Neuzugang der Akademie erwiesen. Nicht nur, weil er fleißig, zäh und gefügig war. Der Junge hatte Ammon unaufgefordert wichtigen Menschen in den umliegenden Dörfern vorgestellt. Luca kannte sie alle, genauso wie jede Straße, jede Gasse, jedes Restaurant, jedes Café und jeden nicht ganz so seriösen Dienstleister, der sich als Ganove verdingte und in dieser Rolle für die Akademie von nicht unerheblichem Wert war.

Wenn Ammon fragte, woher Luca all dieses Wissen hatte, zuckte dieser nur mit den Schultern und grinste. Aber Ammon hatte Nachforschungen angestellt und selbst herausgefunden, dass Luca einer Familie von Regionalpolitikern entstammte, die seit Generationen in der Provinz nahezu überall ihre Finger im Spiel hatte.

»*Buongiorno, professore!*« Luca trat an Ammons Schreibtisch und servierte seinem Chef den ersten Espresso des Tages.

»*Grazie*, Luca.« Ammon versuchte den Dank so italienisch wie möglich klingen zu lassen. Dennoch schlug sein deutscher Akzent selbst bei dem einfachsten aller italienischer Worte durch. Er musterte den Jungen durch seine Brille, die er heute Morgen noch nicht geputzt hatte. Er zog ein Mikrofasertuch aus der Innentasche seines Jacketts, nahm das Metallgestell von der Nase und begann, die Gläser zu reinigen.

Luca stand immer noch neben seinem Schreibtisch.

»Was gibt's?«

»Gestatten Sie mir den Hinweis, dass ich Ihnen nach wie vor empfehle, zu Giovanni zu gehen? Er würde sich freuen, Sie als Kunde begrüßen zu dürfen.«

Giovanni war ein Schneider in Collepardo und praktischerweise Lucas Onkel. Lucas Familie schien der Meinung zu sein, dass Ammons Garderobe ein Upgrade nach italienischem Vorbild benötigte.

»Dafür ist Zeit, wenn die Akademie läuft.«

»*Certamente!* Aber Sie würden damit ein Zeichen setzen. Die Menschen in der Region achten darauf, ob jemand in lokale Produkte investiert und sich dem Land anpasst.«

»Wir investieren, Luca! Viele Millionen. Das Kloster verschlingt jetzt schon Unsummen und beauftragt nur lokale Unternehmen. Ganz zu schweigen von den Geldern, die wir den Politikern zahlen, damit wir hier tun und lassen können, was wir wollen, ohne dass uns ständig auf die Finger geschaut wird.« Mit ruhigerer Stimme fuhr er fort: »Auch an deine Familie, wenn ich dich daran erinnern darf.«

»Es geht nicht um die Akademie. Es geht um Sie.«

Ammon wog ab, ob er Lucas Unverfrorenheit ein Ende setzen sollte, fragte aber stattdessen betont ruhig: »Was soll mit mir sein?«

»Sie sind *il tedesco*.« Der Deutsche.

Damit schien alles gesagt. Die Erklärung für alles.

Ein Deutscher, der jedoch, bitte schön, nicht deutsch aussehen sollte. Anzüge von der Stange, wenn auch gut geschnitten, waren in Trisulti für einen Mann in seinem Alter nicht mehr standesgemäß. Unweigerlich schenkte Ammon seinem Jackett einen kritischen Blick und strich das Revers glatt. Der Verkäufer daheim in Mühlhausen hatte ihm vorgeschwärmt, der mitternachtsblaue Farbton passe perfekt zu seinen blauen Augen.

Luca war offenbar anderer Meinung.

»Sag Giovanni, ich komme bei nächster Gelegenheit vorbei.« Ammon wollte seine Ruhe haben. »Noch was?«

Luca lächelte. »Ihre Pralinen sind eingetroffen, *professore!*«

»Das sagst du mir erst jetzt?«

Ammons Stimmung hellte sich sofort auf. Luca hatte ihn vor wenigen Wochen in eine Schokoladenfabrik in Frosinone gebracht, die die Akademie künftig mit ihrem süßen Gift versorgen sollte. Ammon hatte sich während eines Nachmittags durch diverse Sorten probiert. Die Bestellung hatte er schließlich seinen Köchen in der Kantine überlassen. Abgesehen von den mit einer Rotweincreme gefüllten Pralinen, die von einer Zartbitterschokolade aus dem vietnamesischen Hochland überzogen waren. Eine Box dieser

Delikatesse, so hatte er verfügt, ging seither wöchentlich nur an ihn persönlich.

Luca interpretierte Ammons Gesichtsausdruck richtig und verschwand. Wenige Augenblicke später kehrte er mit einem kleinen Teller zurück, auf dem ein halbes Dutzend der dunklen Schokokugeln arrangiert war.

Ammon wollte schon nach einer Praline greifen, da ertönte ein Klingelton aus seinem Laptop vor ihm auf dem Schreibtisch. Mit einer Handbewegung gab er Luca zu verstehen, dass er ab sofort nicht mehr gestört werden wollte. Nachdem Ammon einen letzten Blick aus dem Fenster geworfen hatte, wo die Sonne ihre ersten Strahlen über die Baumwipfel schickte, wandte er sich dem Bildschirm zu.

Es war gerade erst sieben Uhr, doch Ammon fühlte sich wach und bereit. Er war schon immer ein Frühaufsteher gewesen. In dem ehemaligen Mönchskloster fiel es ihm daher nicht schwer, dem natürlichen Rhythmus dieses Ortes zu folgen. Er streckte kurz seine Arme aus, schloss die Hände zu Fäusten, lockerte seine Handgelenke und fokussierte schließlich den grünen Hörer, der auf dem Bildschirm aufleuchtete.

Ammon ließ den Anrufer noch einige Sekunden lang warten. Wenn die Accademia erst einmal lief, würden ihre Absolventen schon bald die Welt verändern. Trisulti würde zu einem Ort säkularer Macht werden. Nicht in Rom, nicht im Vatikan – hier, hundert Kilometer östlich von der italienischen Hauptstadt entfernt, würde eines der wahren Machtzentren Europas entstehen. Dafür wollten Ammon und seine Geschäftspartner sorgen.

Il tedesco trank einen Schluck Espresso, nahm sich die erste Praline und wählte sich über eine sichere Leitung in die Videokonferenz ein.

KAPITEL 2

MONTAG, 6. SEPTEMBER
Berlin, Deutschland

Atmen.

Gleichmäßig atmen.

Johanna Böhm versuchte verzweifelt, sich auf ihren Atemrhythmus zu konzentrieren. Dreimal ein, dreimal aus. Irgendetwas, vielleicht eine Nadel, vielleicht ein Igel, vielleicht nur die kalte Luft, die sie allzu hektisch in sich hineinsog, stach winzig kleine Löcher in ihre Lunge, in ihren Brustkorb. Der Sauerstoff sollte ihr helfen. Tat er aber nicht. Er schien sofort wieder zu entweichen. Kam nicht in ihrem Blut an.

Sie stolperte, fing sich, lief weiter. Ihre Füße in den triefnassen Sportschuhen fühlten sich an wie Backsteine. Ihre kurze Hose klebte regendurchtränkt an ihren verschwitzten Oberschenkeln. Ihre Haut brannte, als habe sie sich frisch rasiert und anschließend mit hochprozentigem Alkohol eingerieben. Die Schuhe gaben schmatzende Geräusche von sich, jedes Mal, wenn sie auf den matschigen Waldboden trafen. Und wenn Johanna sich abstoßen wollte, schien es, als verharre der Schuh einen Augenblick länger im tiefen Erdreich, ganz so, als wollte er dort verweilen, als wollte der Schlamm ihn nicht mehr freigeben.

Sie hatte kaum noch Kraft. Ihre Augen konzentrierten

sich auf den Boden. Nur kein Schlagloch übersehen, keinen Ast, nicht stürzen. Ein kurzer Blick auf die Uhr an ihrem Handgelenk verriet ihr, dass sie gerade einmal knapp vier Kilometer unterwegs waren. Nur vier, die sich anfühlten wie vierzig. Doch es war kein normaler Lauf, kein gemütliches Geradeaus im eigenen Tempo auf flacher Ebene. Dieser Lauf gehörte zu ihrer Ausbildung. Zu ihrem neuen Leben. Kurz fiel ihr Blick auf das Namensetikett, das auf Brusthöhe an ihrem dunkelblauen T-Shirt heftete: *Böhm*.

Vor ihr liefen zwei Männer. Auf ihren Rücken prangte der große Aufdruck *POLIZEI*, an ihren Ärmeln das Abzeichen mit dem Berliner Bären und der goldenen Krone.

Sie alle gehörten zusammen. Eine Gruppe von dreißig Frauen und Männern, die durch den grauen Berliner Morgen lief, durch ein Waldstück in Spandau, genauer gesagt Ruhleben, wo die Polizeiakademie beheimatet war. Johanna Böhm war ein Teil von ihnen.

Zumindest wollte sie das sein.

Ihre dunkelbraunen, schulterlangen Haare hatte sie unter einer Baseballkappe verborgen. Andernfalls hätten sie ihr tropfend an Stirn und Nacken geklebt. Johanna griff nach der Kappe, nahm sie ab und setzte sie sich mit dem Schirm nach hinten wieder auf, glaubte, ein wenig mehr Luft zum Atmen in ihrem Gesicht zu spüren. Es war ihr egal, was die anderen von ihr dachten. Sie alle liefen durch einen feuchtgrünen Dschungel im Berliner Nordwesten und fühlten sich eher wie bei einem Extremhindernislauf als bei ihrer ersten Sporteinheit an der Polizeiakademie. Der innere Schweinehund begleitete sie auf Schritt und Tritt, und Johanna verspürte nicht zum ersten Mal, wie er ihr eine lange Nase machte.

Eigentlich hätten sie in diesem ersten Semester nicht laufen, sondern schwimmen sollen. Doch irgendein Problem mit dem Schwimmbad hatte dazu geführt, dass die Akademie die Sportkurse des ersten und dritten Semesters getauscht hatte. Nun quälten sie sich also durch den Matsch und mussten alle paar Hundert Meter Übungen absolvieren. Eigentlich hatte Johanna vor dem Schwimmen den größeren Respekt gehabt. Laufen würde ihr keine Probleme bereiten, hatte sie sich eingeredet. Jetzt wurde sie eines Besseren belehrt.

»Runter!« Das war die Stimme des Ausbilders. »Fünfzig Liegestütze!«

Stöhnen. Nicht nur aus ihrem Mund.

Erschöpft ging sie in die Knie, setzte ihre Hände vorsichtig auf dem glitschigen Untergrund ab.

»Eins, zwei, drei...«

Johanna ächzte. Ihre Finger gruben sich in die Erde, fanden kaum Halt. Nur die Angst vor der Scham, es nicht zu schaffen, verlieh ihr genügend Kraft, sich immer wieder nach oben zu drücken.

»Fünfundzwanzig, sechsundzwanzig...«

Ihre Arme begannen zu zittern. Die Kälte des Bodens drang unaufhaltsam in ihre Finger und Handballen, kroch Zentimeter für Zentimeter aufwärts, in die Handgelenke, in die Unterarme. Johanna hatte keinen Zweifel: Sie würde sich nicht mehr bewegen können, wenn dieser Lauf zu Ende war.

»Vierunddreißig, fünfunddreißig...«

Aber sie hatte es so gewollt. Sie hatte Polizistin werden wollen. Auch wenn sie mit ihren neunundzwanzig Jahren dafür fast zu alt gewesen wäre. In den vergangenen Wochen hatte sie gespürt, dass sie in Berlin richtig sein würde. In dieser wilden, unübersichtlichen, machtvollen und zugleich alternativen Stadt, in ihrer kleinen Wohnung in Oberschöneweide, ihre erste eigene Bleibe, ohne Mitbewohner, ohne Menschen, mit denen sie ihr Leben teilen musste. In Berlin war sie der Mensch, der sie immer hatte sein wollen – und der sie so lange nicht hatte sein dürfen.

»Neunundvierzig, fünfz...«

Ein Fuß trat neben ihre rechte Hand. Johanna war zu erschöpft und zu perplex, als dass sie rechtzeitig hätte realisieren können, was geschah. Der Fuß hakte sich an ihrem Unterarm ein und zog. Ein kräftiger Ruck, und Johanna krachte unsanft zu Boden. Schlamm spritzte ihr ins Gesicht. Wütend spuckte sie aus, sah hoch.

Eine schlanke Frau mit blondem, an einer Seite abrasiertem Haar und einer ganzen Reihe silberner Ringe an ihrem freigelegten Ohr sah triumphierend auf sie herab. Teresa Osterkamp grinste, drehte sich um und lief weiter.

»Schlampe!«

Ein anderes Wort fiel Johanna nicht ein. Hatte sie es ihr nachgebrüllt oder nur in den Matsch gekeucht? Sie wusste es schon nicht mehr. Sie raffte sich auf, ersparte sich den Blick an sich hinunter, setzte sich wieder in Bewegung, lief ihrer Gruppe hinterher. Sie war jetzt die Letzte.

Sie durfte nicht schon bei der ersten Sporteinheit zurückfallen. In einem Internetforum hatte Johanna gelesen, die Ausbilder hätten ein unnachgiebig gutes Gedächtnis für Gesichter und die dazugehörigen Namensschilder auf den T-Shirts. Sie beschleunigte, holte auf. Johanna bildete sich etwas darauf ein, disziplinierter zu sein als andere, zu wissen, wann sie zu tun hatte, was nötig war. Wann sie zu funktionieren hatte. Das hatte sie schon immer gekonnt, sie hatte es können müssen. Stur lief sie weiter, den Blick nach vorne gerichtet.

Teresa und Johanna hatten sich von der ersten Sekunde an nicht leiden können. Bereits am Tag der Inauguration, der Aufnahme in die Akademie, waren sie sich in herzlicher Abneigung begegnet. Ohne dass sie sich vorher gekannt hätten, waren sie sich sofort unsympathisch gewesen. Teresa hatte damit ebenso wenig hinter dem Berg gehalten wie Johanna. Manches musste man nicht erklären, manches ergab sich. Johanna glaubte zu wissen, was dieses Gefühl in ihr ausgelöst hatte. Teresa wirkte genauso unangepasst wie sie selbst. Johanna hatte sofort gespürt, dass die hoch aufgeschossene und kühl wirkende Person den gleichen Willen mitbrachte wie sie. Sie hatten einen ähnlichen Körperbau und sogar einen ähnlichen Gang. Johanna achtete auf so etwas. Und sie glaubte zu wissen, dass auch Teresa diese Beobachtung gemacht hatte. Sie waren sich ähnlich. Zu ähnlich.

»Treppen rauf! Los!«

Vor wenigen Augenblicken hatten sie einen asphaltierten Weg erreicht. Johanna schaute auf und sah, wie der Ausbilder wie ein Drill Sergeant an einem Metallgitter stand und einen nach dem anderen eine Treppe hinaufscheuchte.

Schon wieder Treppen, dachte Johanna. Bis sie merkte, dass sie an dieser Stelle schon einmal gewesen waren. Zu Beginn des Laufs. Es waren dieselben Treppen, die der Ausbilder sie nach nur wenigen Minuten dreimal hoch- und runtergejagt hatte. Danach hatten Johannas Beine gebrannt, und ihr Puls hatte den roten Bereich durchbrochen. Die folgenden Kilometer waren so zu einer Qual geworden. Genau wie der Ausbilder es zweifelsohne bezweckt hatte.

Nun mussten sie die Stufen ein weiteres Mal erklimmen. Johanna glaubte, erneut das höhnische Lachen des Schweinehundes zu hören, ehe sie sich mit schnellen, kurzen Stößen nach oben katapultierte. Auf halber Strecke entdeckte sie Teresa. Die Anstrengung nagte nun offenbar auch an ihr und hatte das Grinsen aus ihrem Gesicht gewischt. Am liebsten hätte Johanna ein Bein ausgefahren und zugesehen, wie das blonde Miststück haltlos nach unten segelte. Stattdessen blickte sie stur geradeaus und konzentrierte sich auf die letzten Stufen.

Wieder unten angekommen, war sie nach wie vor am Ende ihrer Gruppe. Es waren nur noch wenige Hundert Meter, dann traten sie aus dem Wald hinaus und auf die Tartanbahn der Akademie. Sie waren zurück. Sie hatten es geschafft. Johanna registrierte, wie die ersten Kadetten bereits in Richtung Umkleide verschwanden, als sie ihren Beinen endlich den Befehl erteilen konnte, langsamer zu laufen und in Schritttempo zu verfallen.

Es regnete noch immer. Oder schon wieder? Johanna konnte es nicht genau sagen. Sie stützte ihre Hände in die Hüften, streckte ihren Rücken durch und hob ihr Gesicht gen Himmel.

»Böhm, wenn Sie die Prüfung im Februar bestehen wollen, sollten Sie besser an sich arbeiten«, hörte sie die Stimme des Ausbilders.

»Das Gefühl habe ich auch.«

Ohne ein weiteres Wort und mit zitternden Knien schlurfte Johanna in Richtung der Umkleidekabinen.

KAPITEL 3

Friedrich Ammon klappte den Laptop zu. Er mochte die Effizienz, mit der sie ihre Videokonferenzen abhielten. Eine halbe Stunde, jeden Morgen. Nicht länger. Kurz, präzise, ohne Unterbrechungen und mit klaren Zielvorgaben. Sie waren ein eingespieltes Team. Alles lief nach Plan. Dennoch spürte Ammon einen Anflug von Neid. Dass ausgerechnet er dieser Tage nicht in Deutschland vor Ort war, enervierte ihn. Er gehörte hierher, nach Trisulti, keine Frage. Den Wunsch, seinen Beruf als Staatsanwalt in der Heimat aufzugeben und als Leiter der Akademie nach Italien zu gehen, hatte er selbst geäußert. Jetzt musste er sich eingestehen, dass er mit dieser Entscheidung nicht weit genug gedacht hatte. Dass er nun zwar nicht außen vor war, ohne jeden Zweifel aber am Rand des Geschehens stand. Er war zum Zuschauen verdammt, da ihr über Jahre hinweg ausgearbeiteter Plan in Deutschland in die entscheidende Phase ging.

Das Gefühl, nicht in alle Prozesse involviert zu sein, schlug ihm auf den Magen. Der Espresso und drei Pralinen hatten ihr Übriges getan. Ammon hatte das Unwohlsein mit jeder Minute der Videokonferenz stärker in sich aufsteigen gefühlt. Dabei hatte er nur Lob für seine Arbeit geerntet. In Trisulti griff ein Rädchen in das nächste. Seit sie vor einem Jahr den Mietvertrag mit dem Kulturministerium in Rom unterschrieben hatten, herrschte in der Kartause reges Treiben. Die alten Gemäuer des Klosters sollten der künftigen Kaderschmiede eine Aura bedeutender Tradition verleihen. Hinter den gewaltigen Steinmauern bedurfte es hingegen der neuesten Technologien. Wochenlang waren Handwerker ein- und ausgegangen, hatten Kabel, Computer, Kameras und Sicherheitsequipment herangeschafft, installiert und dafür so manche Wand zwischenzeitlich aussehen lassen wie einen überreifen Gorgonzola. Mit Erfolg: Die Seminarräume entsprachen in ihrer Ausstattung nun den Anforderungen des MIT, des Massachusetts Institute of Technology in den USA. Die historische Bibliothek, die schon zuvor über dreißigtausend Bände umfasst hatte, führte nun auch das modernste Wissen der Menschheit zu Politik, Wirtschaft, Informatik, Soziologie, Psychologie und Genetik. Das Gemeinschaftshaus befand sich in den letzten Zügen eines aufwendigen Umbaus und sollte künftig den Studierenden als eine von mehreren Unterkünften dienen. Ammon überließ nichts dem Zufall, selbst die Gärten in den Innenhöfen ließ er in jenen Zustand zurückversetzen, der in den alten Büchern des Klosters beschrieben war.

Wie aus dem Stein der Bergkette entwachsen, so empfand es Ammon, wenn er über den Ort seiner Akademie nachdachte. Massiv, unverrückbar, die Wurzeln der Geschichte tief in die Erde getrieben, Lebensadern, die sich, für das menschliche Auge unsichtbar, unterirdisch fortsetzten und im Laufe der Zeit unaufhaltsam die ganze Welt zu umfassen vermochten.

Jetzt aber störte ein leichter Schwindel seine Gedanken. Er stand auf und trat zu einer Anrichte, goss sich ein Glas Wasser ein und trank es in einem Zug leer. Sein Magen meldete sich geräuschvoll.

Er verließ sein Büro und ging zurück in den Kreuzgang. Noch immer wehte ein kühler Wind um die steinernen Säulen und trieb ihm den Duft von Rosmarin und Lavendel in die Nase. An jedem anderen Tag hätte er sich an diesem würzig-blumigen Aroma erfreut. Nun krampfte sich sein Magen zusammen. Ammon stützte sich an einer der Säulen ab und atmete tief durch.

Was war los mit ihm?

Wo war Luca?

Er sah sich um, konnte seinen Assistenten jedoch nirgends entdecken. Da fiel ihm ein, dass der Junge jeden Morgen während seiner Videokonferenz in die Klosterkirche ging, um dort für einige Momente für sich zu sein. Ammon setzte sich mühsam in Bewegung. Unsicheren Schrittes folgte er dem Gang, durchquerte einen Saal und trat auf der anderen Seite ins Freie. Die Gärten mit ihren penibel zugeschnittenen Hecken und einem plätschernden Brunnen lagen rechter Hand. Doch Ammon hatte dafür keinen Blick. Er fühlte sich sekündlich unwohler. Die Übelkeit hatte ihn jetzt fest im Griff. Einmal übersah er eine Stufe und stolperte. Schließlich erreichte er die große Freitreppe, die ihn hinunter zum Vorplatz der Klosterkirche San Bartolomeo brachte.

Ammon musste an den Besuch des Kardinals Gregory Dulles denken, mit dem er erst vor wenigen Tagen diese Treppe hinabgestiegen war. Dulles galt als einer der einflussreichsten Theologen der Vereinigten Staaten und sollte erster Ehrenpräsident der Akademie werden. Ammon hatte den alten Mann auf dem Weg nach unten zum Vorplatz stützen müssen. Nun wünschte er sich selbst eine helfende Hand, so elend war ihm.

Wenige Schritte vor dem Fuß der Treppe hielt er inne. Kalter Schweiß stand ihm auf der Stirn. Seine Hände zitterten. Ammons Beine drohten, ihren Dienst zu versagen. Gleich würde Luca ihm helfen. Aber wie? Woher kam die plötzliche Übelkeit, der Schwindel? Er spürte, wie sein Herz raste, obwohl er kaum zwei Stufen hintereinander schaffte, ohne dass er stehen bleiben musste.

Auf einmal drehte sich die Welt um Friedrich Ammon. Er sah nach oben in den blauen Himmel. Ein Geräusch in der Ferne drang an sein Ohr. Eine Stimme. Ein Rufen. Sein Name. Doch er reagierte nicht mehr. Ammon bemerkte noch, wie er das Gleichgewicht verlor, wie sein Körper auf dem Stein aufschlug, die Schwerkraft ihn Stufe für Stufe hinabzog, sein Körper sich drehte, sich überschlug, sein Kopf auf dem harten Boden aufprallte. Dann blieb er liegen.

Il tedesco nahm wahr, wie Luca auf ihn zustürzte. Für einen kurzen Moment erblickte er die Statue am Eingang der Kirche. Giacomo del Duca hatte sie angefertigt, ein Schüler des großen Michelangelo. Ammon verzog das Gesicht zu einem verkrampften Lächeln. Michelangelo, dank ihm war das Jüngste Gericht bis heute selbst ungläubigen Menschen ein Begriff.

Ein Gericht über alles Leben auf Erden.

Und über alles Tote auf Erden.

KAPITEL 4

MONTAG, 6. SEPTEMBER
Berlin, Deutschland

Die S9 zuckelte kreischend und quietschend über die Schienen durch Ostberlin. Die Regentropfen prallten gegen die Fensterscheiben und flossen in sich vereinenden Bahnen hinab. Johanna lehnte den Kopf müde ans Glas. Sie fror. Dabei war es erst September. Seit knapp einem Monat lebte sie in Berlin, doch der Sommer schien schon vorbei zu sein. Die Freibäder hatten am vergangenen Wochenende ihre Pforten geschlossen. Das untrügliche Zeichen, dass der Regen der letzten Tage die Hoffnungen auf einen goldenen Herbst hinweggespült hatte.

Johanna gehörte jedoch nicht zu den Menschen, die ihre Stimmung vom Wetter abhängig machten. Auch wenn sie sich gerade nichts sehnlicher wünschte, als von Sonnenstrahlen gewärmt zu werden, konnte sie beinahe jeder Witterung etwas Positives abgewinnen. Würde sie heute nicht auf ihrem Balkon sitzen können, dann eben auf ihrem Bett. Konnte sie keine Shorts und T-Shirt tragen, dann eben Jeans und Sweatshirt. Und da sie zu Hause ohnehin stets barfuß umherlief, spielte die Temperatur außerhalb ihrer Wohnung keine Rolle.

Sie sah den Friedhof Baumschulenweg in der Ferne und

löste sich aus der Starre. Mühsam erhob sie sich, warf sich ihren Rucksack über die Schultern. Am Bahnhof Schöneweide stieg sie aus. Auf den Treppen zur Straße merkte sie, wie ihre Beine nach dem harten Lauf rebellierten. Nachdem sie das rote Backsteingebäude hinter sich gelassen hatte, zückte sie deshalb ihr Smartphone, öffnete eine App und steuerte erleichtert auf einen der mietbaren Elektroroller zu, der achtlos zwischen den Reihen an Fahrrädern ins metallene Getümmel geworfen worden war.

Ihre Beine dankten es ihr, als Johanna wenige Sekunden später auf der Brückenstraße in Richtung Spree fuhr, die Edisonstraße entlangrollte und dann, einmal links, einmal rechts, in der Wattstraße zum Stehen kam. Sie stellte den E-Scooter an der Hauswand zur Nummer achtzehn ab, betrat das Gebäude durch eine quietschende Flügeltür und durchquerte den Hof zum Hinterhaus. Nach wie vor empfand sie ein glückliches Kribbeln, wenn sie im zweiten Stock die Tür zu ihrer Wohnung aufschloss. Ein Zimmer, eine kleine Küche, eine Diele in der Größe einer Duschkabine, dazu ein Badezimmer mit Wanne und natürlich der Balkon. Ein Traum auf vierunddreißig Quadratmetern, für schlappe zweihundertachtzig Euro kalt. Ihr Zuhause. Ihr Paradies. Klein, am Arsch der Welt, aber geil.

Hier konnte sie auf der mit Kissen bedeckten Holzpalette auf dem Balkon ein Dosenbier zischen. Hier fanden Nudeln mit Tomatensauce häufiger als alles andere den Weg in einen Topf auf dem Herd. Hier lief pausenlos das Radio, wahlweise ein britischer oder ein amerikanischer Sender, Hauptsache, nicht der Mist aus Deutschland – außer für die Nachrichten. Hier lagen ihre Sachen wild herum, wenn ihr danach war, und niemand mokierte sich, niemand wies sie zurecht, niemand klagte über ihre Unordnung. Hier war sie niemandem etwas schuldig. Hier gab sie die Regeln vor. Und die Einzige, die diesen Regeln folgen musste, war sie selbst. Sie stellte ihre Laufschuhe zum Trocknen auf die Heizung im Badezimmer und warf den leeren Rucksack unters Bett, das den Mittelpunkt des Wohnzimmers darstellte. In der Küche schaltete sie den Wasserkocher ein, setzte eine Pfanne auf den Herd, und nur wenige Minuten später nahm ein Omelett Farbe an, während Johanna an einer Tasse Kamillentee schlürfte. Als die wenig üppige, aber mit Chili, Kreuzkümmel und Koriander gewürzte Mahlzeit auf dem Teller landete, setzte sie sich an einen kleinen Holztisch, der mal als Esstisch, mal als Schreibtisch fungierte. Sämtliches Mobiliar hatte dem Vermieter gehört, der dafür nichts mehr hatte haben wollen. Es gehörte zum Inventar, und hätte Johanna es nicht dankbar übernommen, der Vermieter hätte alles auf den Sperrmüll geworfen.

»Ist nichts mehr wert, das alte Zeug«, hatte er gesagt.

»Für mich reicht's«, hatte Johanna erwidert.

Sie konnte nichts kaputt machen, was nicht mehr kaputtgehen konnte. Einzig in eine anständige Matratze für das Bett hatte sie investiert. Darüber hinaus war sie glücklich gewesen, kein Geld für Möbel ausgeben zu müssen. Johanna war praktisch pleite gewesen, als sie nach Berlin gezogen war. Für die Ausbildung hatte sie einen Kredit aufgenommen, den sie nur erhalten hatte, weil sie mit Eintritt in die Polizeiakademie den Status einer Beamtin auf Widerruf innehatte und so der Bank eine gewisse Sicherheit bieten konnte.

Weil sie sich nicht gänzlich von der Bank hatte abhängig machen wollen, ging Johanna kellnern, sofern es ihre Zeit zuließ. Sie hatte einen Job im Stadion an der Alten Försterei bekommen, eine Viertelstunde mit dem Fahrrad von ihrer Wohnung entfernt. Alle zwei Wochen, wenn Union ein Heimspiel hatte, arbeitete Johanna dort im Catering. Es gab gutes Geld, und obwohl Fußball sie bis dato nicht interessiert hatte, hatte die aufgeladene Stimmung auf den Rängen sie sofort elektrisiert. Dieses Gefühl war jedoch nichts im Vergleich zu dem Moment gewesen, als sie realisiert hatte, dass sie in einigen Jahren jenen Polizeieinheiten angehören konnte, die beim Fußball für die Sicherheit sorgten. Seitdem beobachtete sie vor und nach jeder Partie, wie sich die Beamten verhielten, und fragte sich immer wieder, was sie an diesem Beruf so faszinierte.

Auch jetzt dachte sie wieder darüber nach und stocherte mit der Gabel in ihrem Omelett herum. Vor etwas mehr als einem Jahr war ihr klar geworden, dass alles, was sie bis dahin gemacht hatte, sie nicht ausfüllte. Sie hatte sich eine Nacht lang hingesetzt und im Internet recherchiert. Schließlich hatte sie eine Polizeischule gefunden, an der sie sich auch mit Ende zwanzig noch bewerben konnte: in Berlin. Danach war alles anders geworden. Sie hatte sich akribisch vorbereitet, hatte für die Aufnahmeprüfung so viel gelernt wie nie zuvor in ihrem Leben. Den langwierigen Bewerbungsprozess hatte sie geduldig über sich ergehen lassen, erst einen Online-Test absolviert, dann eine mehrstündige Prüfung in Berlin, ehe ein Bewerbungsgespräch mit zwei Polizisten folgte, ein ganztägiger Sporttest, die medizinischen Untersuchungen und ein weiteres Interview. Selbst die Überprüfung des Leumunds war glattgegangen, trotz ihrer Vergangenheit.

Und dann endlich war das Ergebnis gekommen.

Johanna hatte geweint. Sie hatte es nicht geschafft. Trotz der wochenlangen Schinderei war sie nur auf Platz dreihundertzwei gelandet.

Sie hatte gewusst, dass es lediglich zweihundertzwanzig schaffen würden. Womit sie nicht gerechnet hatte, war, dass sie in den folgenden Wochen fast täglich auf der Anwärterliste weiter nach oben rücken würde. Viele Kandidaten, auch Johanna, hatten sich für beide Ausbildungszweige parallel beworben – bei der Schutzpolizei und der Kripo. Johanna jedoch hatte geahnt, dass sie für einen Platz bei der Kriminalpolizei schon zu alt war, und deswegen trotz doppelter Bewerbung nur auf die Schutzpolizei spekuliert. Andere Anwärter hingegen ließen sich plötzlich reihenweise von der Liste der Schupo streichen. Wieder andere nahmen Berufsangebote oder Ausbildungsplätze an anderen Polizeistandorten in Deutschland an oder zogen ihre Bewerbung gänzlich zurück. Und so rückte Johanna ganz langsam immer weiter nach oben. Bis sie es doch noch geschafft hatte. Am Ende war sie als hundertachtundneunzigste Kandidatin der Schutzpolizei an der Polizeiakademie Berlin angenommen worden.

Hundertachtundneunzig.

Seit diesem Tag war diese Zahl ihre Glückszahl.

Sie hatte sie sich sogar in einen silbernen Armreif gravieren lassen, den sie extra dafür gekauft hatte und seither immer und überall trug. Heute früh hatte er ihr jedoch wenig Glück gebracht. Gefühlt hatte sie hundertachtundneunzig Stufen erklommen und war dabei genauso viele Tode gestorben.

Der Tee und das Omelett hatten sie zwar von innen gewärmt, ihre Beine verweigerten dennoch weiter den Dienst.

Johanna ließ sich aufs Bett fallen und zog ihr Smartphone aus der Tasche.

Boris hatte mehrfach versucht, sie zu erreichen. Boris Malkin, ihr bester Freund in Berlin. Sie hatten sich für den Abend verabredet. Das konnte er jetzt vergessen. Johanna würde ihre Wohnung heute nicht mehr verlassen. Morgen musste sie wieder in aller Frühe nach Ruhleben. Sosehr Johanna ihr Apartment liebte, sosehr ärgerte es sie, dass die Polizeiakademie am anderen Ende der Stadt lag und sie anderthalb Stunden brauchte, um quer durch Berlin zu ihrer Ausbildungsstätte zu gondeln.

Nein, heute würde sie sicher nicht mehr rausgehen.

Trotzdem verspürte sie den Drang, Boris von Teresa Osterkamp zu berichten. Und davon, dass sich zwei Mitarbeiter des Verfassungsschutzes angekündigt hatten und übermorgen einen Gastvortrag halten würden. Allein die Vorstellung, sie könne vom Geheimdienst indoktriniert werden, würde Boris zu einer seiner Tiraden über den deutschen Überwachungsstaat veranlassen. Johanna konnte es kaum erwarten. Er war überzeugter Kommunist, und mit niemandem konnte sich Johanna so leidenschaftlich über Politik streiten wie mit ihm.

Allerdings nicht mehr heute. Nicht mehr nach dieser Tortur im Wald. Johanna fühlte eine tiefe Müdigkeit.

Sie schrieb Boris eine Nachricht und bat, das Treffen auf den nächsten Abend zu verschieben. Seine Antwort ließ nicht lange auf sich warten.

Doch Johanna bekam sie nicht mehr mit.

Sie war eingeschlafen.

KAPITEL 5

»Was ist mit dir? Kein Kaviar?«

Boris Malkin schob sich eine Scheibe Weißbrot in den Mund und ließ einen Teelöffel mit grell orangefarbenen Störeiern folgen.

Johanna verzog das Gesicht. Ihr war der flüssige Grund, weshalb sie sich im Café Voland getroffen hatten, lieber. Sie hob das Wodkaglas und prostete Boris zu. Der schluckte den Kaviar herunter, grinste und griff ebenfalls zu seinem Glas.

»Wodka macht aus allen Menschen Russen. *Sa sdorówje!*«

»Aus dir muss er keinen mehr machen. Du bist einer«, erwiderte Johanna, nachdem sie getrunken hatte und sich ihre Gesichtszüge wieder entspannt hatten.

»Und Deutscher!« Boris langte erneut in den Brotkorb. »Dank meines fast fehlerlosen Einbürgerungstests.«

Johanna erinnerte sich an den Abend, als sie sich kennengelernt hatten. Es war der Abend nach ihrem letzten Bewerbungsgespräch gewesen. Eine Kneipe in Prenzlauer Berg, ganz in der Nähe des Café Voland. Johanna hatte allein an der Theke gelehnt und ein Pils getrunken, als Boris mit einer Handvoll Freunden in den Laden getaumelt war. Sie waren zu ihr an die Bar gekommen, hatten Wodka bestellt und ihr einen ausgegeben. Johanna hatte bis zum Morgengrauen mit ihnen gefeiert und darauf angestoßen, dass Boris nun auch Deutscher war.

Bis auf seinen Freund Tomasz, mit dem er noch immer zusammen war, hatte sie seitdem keinen der Jungs wiedergesehen. Boris und Tomasz dagegen hatte sie sofort ins Herz geschlossen. Besonders Boris. Er war ein Rebell, ein kleiner, schmaler, frecher Typ mit krausem Haar, das er meist unter einer schwarzen Beanie verbarg, mit einem rauen Dreitagebart und einer schwarzen Lederjacke, ohne die er nicht aus dem Haus ging. Er faszinierte sie. Nicht weil er die Kunstfertigkeit besaß, als Grafikdesigner viel Geld zu verdienen, ohne dass es ihn groß zu interessieren schien. Es war seine belesene Seite, seine kraftvolle Art, genauso leidenschaftlich über geschichtliche Ereignisse wie den Prozess gegen Robert Oppenheimer zu diskutieren wie über die versteckten Botschaften in den Songs der Beatles oder über die bevorstehende Bundestagswahl in Deutschland, bei der er erstmals seine Stimme einer deutschen Partei geben würde.

»Weißt du eigentlich, warum ich dich heute hierhergeführt habe?«

»Weil deine Zunge scharf auf etwas Glibberiges war und du es mit Wodka runterspülen wolltest?«

Er lachte. »Wegen des Namens. Voland.«

»Bulgakow. *Der Meister und Margarita.*«

Sichtlich zufrieden betrachtete er sie. So wie er es immer tat, wenn er ein Gesprächsthema angerissen hatte, aus dem die wildesten Blüten rankten, die er aufgriff und so lange weiterverfolgte, bis er ihrer überdrüssig wurde und zum nächsten Thema überging.

»Aber das war nicht der einzige Grund, weshalb wir hierhergekommen sind, oder?« Johanna betrachtete Boris skeptisch. »Der Name einer Romanfigur, die den Teufel verkörpert und für allerlei Ungemach in Moskau sorgt. Außer, du willst mit mir über euren Zaren im Kreml reden. Dann könnte ich den Hinweis verstehen.«

»Keine schlechte Überleitung. Ich hatte aber eher an schwarze Magie gedacht. Und an deinen Trip nach Namibia.«

»Was hat schwarze Magie mit meiner Reise zu tun?«

»Hast du da nicht an diesem Kräutertrank genippt und bist deswegen in Berlin gelandet? Du hast mir nie wirklich von Namibia erzählt.«

Jetzt war es an Johanna, lauthals zu lachen. »Du meinst *muti*. Das waren nur ein paar Pflanzen, eingekocht in Milch. Wie eine Art Tee. Ganz ohne halluzinogene Stoffe. Total harmlos.«

»Schade. Ich dachte, dahinter verbirgt sich eine spannende Geschichte.«

»Die Geschichte ist ja auch spannend. Nur hat sie nichts mit einem Drogentrip zu tun. Ich musste letztes Jahr einfach mal raus. Und als ich das Reiseangebot gesehen habe, war mir alles egal, und ich habe sofort gebucht. Drei Wochen in einem Wüstentruck durch Namibia mit einem Dutzend Menschen, die ich nicht kannte, mit einem Guide, der mir die Welt aus einer ganz neuen Perspektive gezeigt hat. Jede Nacht haben wir draußen geschlafen, ohne Zelt, einfach nur auf einer Matte in unseren Schlafsäcken, haben mit der Natur gelebt, mit dem Rhythmus der Sonne und des Mondes, haben am Lagerfeuer gesessen, ohne Musik, ohne Handys, ohne Bücher, nur mit unseren Geschichten, unseren Gedanken, Träumen, Ängsten. Es wurden die drei Wochen meines Lebens. Sie haben mich verändert. Und irgendwann wusste ich, dass ich Polizistin werden möchte. Die Erkenntnis kam aus dem Nichts. Wir saßen am Orange River, der Mond ging gerade hinter einer Bergkette auf. Da war es vorbei. Ich habe geheult wie ein Schlosshund. Und ich habe gewusst, dass ich etwas ändern musste. In diesem Moment wurde mir klar, dass ich mein Leben umkrempeln würde.«

Johanna sah, wie Boris sie anstarrte.

»Erzähl weiter!«

»Na ja, ich wusste einfach, dass es für mich in Köln nicht weitergehen würde. Ich hatte Musik studiert, Saxofon und Klavier, weißt du? Das Problem war: Es gab keine Jobs. Ich habe in ein paar Bands gespielt, über Wasser halten musste ich mich dagegen mit Aufträgen in irgendwelchen Pianobars, auf Familienfeiern und Hochzeiten. Ich war gut, aber nicht gut genug. Für die großen Orchester reichte es einfach nicht. Und unterrichten?« Sie hielt inne. »Dann erzählte mir ein Bekannter von Namibia, und ich dachte: Was kann schon groß passieren? Und jetzt bin ich in Berlin.«

»Dafür, dass wir so gut befreundet sind, weiß ich sehr wenig über deine Vergangenheit«, erwiderte Boris nach einem Moment des Schweigens.

Johanna fühlte, wie ihre Kehle trocken wurde. Sie griff nach ihrem Wodka und leerte das Glas in einem kräftigen Zug.

»Meine Vergangenheit spielt keine Rolle mehr. Berlin ist mein Leben. Mein Hier und Jetzt. Das zählt.«

Boris schien zu spüren, dass er besser nicht weiterfragte.

Die Kellnerin kam an ihren Tisch. »Entschuldigt bitte, gleich spielt eine Band. Wir müssen ein bisschen umbauen. Ihr könnt aber gerne an unserer Bar Platz nehmen. Heute

Abend gibt es ganz fantastischen Jazz aus Sankt Petersburg«, erklärte sie.

»Kein Problem.« Nach einem kurzen Blick zu Johanna bat Boris um die Rechnung.

Draußen war es dunkel geworden, die Luft kühl, der Himmel bewölkt. Die Straßenlaternen warfen diffuses Licht in die anbrechende Nacht. Johanna, die unter einer rotbraunen Softshelljacke nur ein eng geschnittenes Shirt zu einer schwarzen Stoffhose trug, zog den Reißverschluss zu. Wortlos schlenderten sie in Richtung Schönhauser Allee. Bald erreichten sie die Bahntrasse, die auf dunkelgrün lackierten Stahlträgern über ihren Köpfen eine der Nord-Süd-Achsen durch Berlin balancierte. Wie überall in der Stadt waren die Litfaßsäulen, Betonpfeiler, Laternen und Plakatwände mit den Köpfen zahlreicher Politiker tapeziert. Glatt gezogene Gesichter, austauschbare Worthülsen und unglaubwürdige Versprechungen in Schwarz, Rot, Grün, Gelb und Blau. Jede Partei hatte vor der bevorstehenden Bundestagswahl die besten Lösungen für eine bessere Zukunft, selbst jene Partei, die über dreißig der letzten vierzig Jahre in der Bundesregierung gesessen hatte und diese bessere Zukunft schon längst hätte herbeiführen können. Aber so lief dieses Geschäft wohl.

»Mir bereitet dieses *Gerechte Deutschland* echte Bauchschmerzen«, entfuhr es Boris, als habe er ihre Gedanken gelesen. Er deutete auf ein großes Wahlplakat auf der anderen Straßenseite, auf dem eine dieser stumpfen Heimatparolen zu lesen war, mit denen die noch relativ junge Partei die Straßen des Landes und die sozialen Netzwerke flutete. »Diese Leute gehen mir echt unter die Haut.«

»Dann gib deine Stimme einfach einer anderen Partei. Besser kannst du sie nicht bekämpfen.«

»Es fühlt sich an wie bei einem Kurpfuscher.« Boris blickte nachdenklich in die Ferne. »Sie verabreichen den Menschen eine Medizin, von der sie wissen, dass sie nicht hilft. Im Gegenteil. Trotzdem erhöhen sie immer weiter die Dosis, warten ab, wie die Menschen reagieren, hoffen, dass sie sich an die Nebenwirkungen gewöhnen, und verabreichen einfach die nächststärkere Pille. Sie vergiften uns alle.«

»Nicht uns alle. Nur diejenigen, die sich nicht haben impfen lassen oder ohnehin gegen Anstand und Vernunft immun sind.«

»Nimm zum Beispiel diesen Typen!«

Johanna, die gerade die Auslage einer Buchhandlung betrachtet hatte, schaute auf und folgte Boris' ausgestrecktem Zeigefinger. An der Hauswand neben dem Schaufenster hing ein Plakat, das eine Veranstaltung in Neukölln ankündigte.

»*Carl Bellmann*«, las er vor und deutete auf das Porträt eines ernst dreinblickenden Mannes mittleren Alters mit Halbglatze und kurz rasiertem Haarkranz. »Jedes Mal, wenn ich diesen Typen in einer Talkshow sitzen sehe, schalte ich um. Ich kann ihm einfach nicht zuhören. Und ausgerechnet so einer will Kanzler werden.«

Johanna blieb wie erstarrt stehen.

Boris, der bereits weitergelaufen war, drehte sich zu ihr um. »Was ist los?«

Noch immer starrte Johanna auf das Plakat der Partei Gerechtes Deutschland. Sie sah in die graublauen Augen von Carl Bellmann, die hart und entschlossen von der Ankündigung zurückblickten.

Sie zwang sich, wieder Boris anzuschauen, der sie ähnlich fixierte wie Bellmann.

»Alles okay?«

Johanna antwortete nicht.

»Bock auf 'ne Currywurst?« Boris nickte unsicher die Schönhauser Allee hinunter.

An einem normalen Abend hätte Johanna sofort zugestimmt. Doch ihr war der Appetit vergangen.

KAPITEL 6

Das weiße Tape wand sich wie eine Schlange immer enger um seine Hand. Nicolai Krahl saß breitbeinig auf einem Plastikstuhl in der Umkleide, die Rückenlehne vor der Brust, den linken Arm darüber ausgestreckt, während sein Trainer ihm die Führhand bandagierte. In den Fingern seiner Rechten pulsierte bereits das Blut. Eingeschnürt in Mull und Tape, die Knöchel geschützt, die Gelenke ihrer Beweglichkeit beraubt.

Nicolai Krahl blickte wie hypnotisiert auf die routinierten, ruhigen Bewegungen seines Trainers. Roger, ein knallharter Typ, unnachgiebig im Training, ein Motivator in der Ringecke, penibel in der Vorbereitung. Ein pedantischer Kontroletti, fand Krahl, was ihm aber allemal lieber war als ein schlampiger Verband um seine Hände. Die Fäuste waren seine Währung, seine schlagenden Argumente in den Boxringen Europas.

Er war kein technisch begnadeter Boxer. Doch Nicolai Krahl konnte einstecken und austeilen wie kaum ein Zweiter. Mit seinen exakt zwei Metern überragte er die meisten anderen Schwergewichtler. Mit seinen langen Armen hielt er die Kontrahenten auf Distanz wie die Firewall den einfallenden

Virus. Und dann waren da die beiden Schraubstöcke, die sich in Form von muskulösen Oberarmen aus seinen Schultergelenken schälten und mit brutaler Wucht seine Fäuste in die Gesichter, Lebern und Nieren seiner Gegner katapultierten.

An diesem Abend würde er einen verhältnismäßig schmächtigen Franzosen durch den Ring prügeln. Diese Witzfigur war zwölf Kilo leichter als er, elf Zentimeter kleiner. Schon beim Wiegen hatte der Typ sich in die Hose gemacht. Nicolai Krahl würde diese halbe Portion in den ersten Runden auf die Bretter schicken und zermalmen, wenn der Ringrichter nicht rechtzeitig Erbarmen mit dem Typen haben sollte.

Roger begutachtete sein Werk an der linken Hand. Prüfte, ob alle Tapestreifen dicht abschlossen. Ein Anzugträger der European Boxing Union und der Bruder seines Gegners hatten die Prozedur schweigend verfolgt. Sie waren die Kontrolleure. Jetzt nickten sie, da alles seine Richtigkeit hatte und Krahl die Boxhandschuhe übergestülpt bekam. Die roten, zehn Unzen schweren Fäustlinge aus Schaumstoff umschlossen seine bandagierten Hände. An seinen Handgelenken wurden sie mit Tape fixiert. Dann trat der Anzugträger vor, zog einen Filzstift aus seiner Jackentasche und signierte die weißen Streifen. Damit waren die Handschuhe regelkonform versiegelt.

Nicolai Krahl erhob sich. Seine schwarz-weiße Kampfhose aus glänzendem Polyester saß sicher über seinem Tiefschutz. Er griff zu einer Trinkflasche und pumpte sich ungelenk über einen langen Strohhalm das isotonische Getränk in seinen Mund. Lange hatte er mit Roger an einem passenden Verhältnis aus Natriumchlorid, Kalium und Magnesium gearbeitet, bis er die richtige Mischung für die Wettkämpfe gefunden hatte. Nun nahm er mehrere Schlucke, warf die Flasche einem seiner Betreuer zu und trat mit Roger in die Mitte des Raumes. Dieser hatte bereits die Pratzen übergezogen und imitierte mit den Schlagpolstern die Ziele, die Krahl treffen sollte.

Eins, zwei – die ersten Schläge landeten sicher im Ziel. Als es kurze Zeit später an der Tür klopfte, rannen die ersten Schweißtropfen an seinem nackten Oberkörper hinab. Nicolai Krahl betrachtete eine der glitzernden Perlen, wie sie sich über sein Sixpack wellte wie über eine brettharte Buckelpiste. Als sie in seinem Hosenbund verschwand, blickte er in die Augen seines Trainers.

»Denk an seinen Uppercut. Halt ihn mit deinem Jab auf Distanz. Er ist…«

»…ein flinker Scheißkerl. Ich weiß, Coach!«

Der Mann, der geklopft hatte, gab das Signal. Noch fünf Minuten. Der letzte Kampf des Abends stand unmittelbar bevor. Das Highlight, für das die meisten der weit über tausend Boxfans ins ESPACE 140 im Nordosten Lyons gekommen waren.

Nicolai Krahl ließ sich in seinen blutroten Boxermantel helfen und zog eine weiße Seidenkapuze tief ins Gesicht. Der weiche Stoff bescherte ihm eine Gänsehaut. Eine schwarze Wolfsangel zierte die linke Brust seines Mantels. Eine Rune in Form eines stilisierten Z, das Symbol für Kampfkraft und Wehrhaftigkeit.

Gemeinsam mit seiner Entourage betrat er den Gang zur Salle Jean Ferrat, der großen Halle, die für das Boxspektakel umgebaut worden war. Musik dröhnte ihnen entgegen. Die Musik seines Gegners. Irgendein französischer Hip-Hop-

Lärm. Krahl senkte den Kopf, ging langsam weiter. Eine Hand lag auf seiner rechten Schulter. Roger.

Dann erklang harter Rock. Neue Deutsche Härte. Die martialischen Töne seiner Einlaufmusik kitzelten in Krahls Ohren. Sofort spürte er die vertraute Aggressivität in sich aufsteigen, das Zucken seiner Hände zu den Stakkato-Riffs verzerrter E-Gitarren. Als sie durch einen Türrahmen gingen, wurde es schlagartig dunkel. Um ihn herum schrien Menschen seinen Namen. Buh-Rufe mischten sich darunter. Er tauchte ab in den Rhythmus der Musik, in den Beat des Schlagzeugs, in die Vibrationen der Bässe, die sich den Weg in sein Herz suchten. Adrenalin strömte durch seine Adern, während er seine Augen weiter starr auf den Boden richtete. Eine metallene Treppe kam in Sichtweite, drei Stufen. In zwei Schritten war er oben. Ein fremdes Bein drückte ihm die beiden mittleren Ringseile auseinander. Ein geübter Schritt hindurch, mit dem Oberkörper nach vorne gebeugt hinterher, dann stand Nicolai Krahl im Ring.

Erst jetzt hob er den Kopf. Ein kurzes Tänzeln, seine Beine fühlten sich nicht so locker an wie sonst. Für den Franzosen würde es trotzdem reichen. Zwei knappe Schlagbewegungen in die von Dutzenden Strahlern grell erleuchtete, staubige Luft. Auf dem dunkelblauen Ringboden glitzerten einige Tropfen Schweiß und Blut aus den vorherigen Kämpfen.

Nicolai Krahl ließ sich in seine Ecke fallen, lehnte sich an das Polster des Pfahls. Er spürte ein Frotteetuch auf seinem glatt rasierten Schädel. Eine Hand erschien in seinem Sichtfeld. Automatisch öffnete er den Mund, als man ihm den Mundschutz einsetzte. Der lange Strohhalm wanderte hinterher, die Flüssigkeit floss den Rachen hinab. Hundertfach ausgeführte Handgriffe, ein eingespieltes Team, die Stimme seines Trainers am Ohr, ein mechanisches Nicken, als habe er verstanden. Die Scheinwerfer ließen ihn kurz zwinkern. Dann begann er seine Umgebung in sich aufzusaugen. Blau-weiß-rote Ringseile, *évidemment*. Die stolzen Franzosen eben. Am Fuße des Rings saßen die Punktrichter in ihren schwarzen Hosen, weißen Hemden und schwarzen Hosenträgern mit düsteren Mienen an einem Tisch, auf dem eine goldene Glocke stand. Dahinter runde Tische, geschmückt wie bei einer Gala. *Les riches* schlürften Champagner, während das Blut der Boxer auf ihre weiße Tischdecke spritzte. Die *bourgeois* saßen dahinter in einfachen Sitzreihen. Kein Champagner, aber auch kein Blut.

Noch einmal öffnete Krahl den Mund für den Strohhalm. Er war durstiger als sonst.

Da ertönte die Stimme des Hallensprechers.

»In der blauen Ecke«, begann der Mann im Smoking mit dem Mikrofon. Er stand in der Mitte des Rings, verlas die Vita seines Konkurrenten. Die Menge tobte, der Lokalmatador hatte die Menschen auf seiner Seite.

»Und in der roten Ecke, in schwarzer Hose mit weißem Bund, 36 Jahre alt, mit einem Gewicht von 108,2 Kilogramm. Seine Bilanz: 46 Siege, davon 41 durch K. o., sieben Niederlagen, der ehemalige Deutsche Meister, der ehemalige Europameister nach EBU – aus Eisenach, Deutschland, *bienvenue à Lyon* – Nicolai Krahl!«

Der Jubel seiner Fans ging in den Pfiffen der Mehrheit unter.

Sollten sie nur pfeifen, dachte Krahl und hob den rechten Arm zum Gruß an seine Anhänger.

Roger zog ihm den Mantel aus. Ein letztes Mal drehte er

sich zu seinem Coach, sah ihm in die Augen. Wieder blendete ihn einer der Scheinwerfer. Er blinzelte erneut. »Konzentrier dich«, ermahnte ihn sein Trainer. »Dann ist das hier schnell vorbei.«

Nicolai Krahl wandte sich wieder zur Ringmitte. Der Ringrichter in schwarzer Hose, hellblauem Hemd und schwarzer Fliege bat die beiden Boxer mit einer Handbewegung zu sich. Krahl trat vor, und zum ersten Mal an diesem Abend blickte er seinem Gegner in die Augen.

Sie starrten sich an.

Fixierten einander.

Krahl musste all seine Konzentration aufbringen, nicht schon wieder zu blinzeln. Ein Auge zuckte, doch er gab nicht nach. Die Stimme des Ringrichters drang kaum zu ihm heran. Dann war es getan. Ein kurzes Abklatschen mit den Handschuhen, und beide Boxer gingen zwei Schritte zurück.

Aus dem Augenwinkel sah Krahl noch, wie eine junge, schlanke Frau mit langen Beinen auf High Heels ein großes Schild mit der Nummer eins in die Höhe hielt und aus seinem Blickfeld verschwand.

Dann ertönte der Gong zur ersten Runde.

KAPITEL 7

DIENSTAG, 7. SEPTEMBER
Lyon, Frankreich

Jeder Lichtstrahl im ESPACE 140 war auf die beiden Gladiatoren in der Arena gerichtet. Selbst die Betreuer, Punktrichter und Zuschauer, die unmittelbar am Boxring saßen, verloren sich bereits in der Dunkelheit des Raumes. Wer wiederum an den Wänden des Saales stand und in Richtung Ring blickte, konnte die zahllosen Bildschirme der Smartphones sehen, über die so viele Zuschauer den Boxkampf verfolgten. Anstatt den Moment in ihrer eigenen Erinnerung festzuhalten, beschränkten sie ihr Blickfeld auf den Screen in ihrer Hand, um der Nachwelt zeigen zu können, was sie live gesehen hatten. Dabei würden sie sich später an praktisch nichts anderes erinnern als an das, was sie in diesem Augenblick auf dem Bildschirm festhielten. Denn für etwas anderes hatten sie keinen Blick.

Die meisten der Smartphone-Jünger gaben sich nicht einmal die Mühe, ihre Augen anzustrengen, um die Feinheiten im Ring auszumachen. Sie zoomten lieber näher heran. An Nicolai Krahl, den deutschen Boxer in seiner schwarzweißen Hose, wie er, auf der Hut vor dem gegnerischen Uppercut, mit der größeren Reichweite seine gefürchteten Eins-eins-zwei-Kombinationen einzusetzen versuchte. Sein

Gegenüber, Blaise Ikoné, der französische Herausforderer, der Lokalmatador, dem die Herzen der allermeisten Zuschauer zuflogen, war ein flinker Tänzer, leichtfüßig und behände, ohne Furcht vor der hammerharten Rechten seines Gegners, dafür frech mit seinen Körperhaken, die wie aus dem Nichts immer wieder einschlugen. Ob am Bildschirm oder mit den eigenen Augen, dem Volk gefiel, was es sah. Wie dem Volk so vieles gefiel, das Triviale, das Brutale, solange es in sicherer Entfernung stattfand. Vor allem gefiel den Franzosen, dass Nicolai Krahl nicht ganz so leichtfüßig unterwegs war wie sonst. Sein Trainer, der als Perfektionist verschriene Roger, sah nicht zufrieden aus.

Pas du tout!

Als die Glocke zum Ende der ersten Runde ertönte, schien der Deutsche beinahe erleichtert. Während Ikoné, von Adrenalin aufgepumpt, in seine Ringecke tänzelte und sich vom Publikum feiern ließ, sank Krahl auf einen kleinen Schemel. Die Arme hingen schlaff in den Seilen. Der Cutman seines Teams kam mit einem kleinen Eisen herbei, das er auf eine Schwellung über Krahls linkem Auge presste. Derweil hatte sich Roger vor dem Boxer aufgebaut und redete auf ihn ein. Doch dieser schien ihn kaum zu hören. Mit halb geöffnetem Mund schnappte er nach seiner Flasche, trank und spuckte den blutigen Inhalt seines Mundes in einen Metalleimer. Der Boxer bedeutete, noch einmal etwas trinken zu wollen. Spuckte wieder aus. Trank noch einmal. Schüttelte den Kopf und stand auf. Rückte mit den roten Handschuhen unbeholfen seine Hose über dem Unterleibschutz zurecht. Ein letzter Blick zum Trainer. Dann ertönte der Gong zur zweiten Runde.

Die Zuschauer an den runden Tischen vor dem Ring verfolgten alle Bewegungen ganz genau. An Tisch vierzehn saß der sechzehnjährige Xavier zwischen seinen Eltern. Es war Xaviers Geburtstag. Sein Vater hatte ihm die Karten am Morgen beim Frühstück geschenkt. Mutter war nicht begeistert gewesen, war aber mitgekommen. Vater liebte das Boxen, Xavier auch. Er hatte sich noch nie mit jemandem geprügelt. Allein der Gedanke, dass jemand ihm ins Gesicht schlug, ließ ihn erschaudern. Umso aufgeregter hatte er die Kämpfe heute Abend verfolgt. Die Krönung seines Geburtstags war das Duell Ikoné gegen Krahl. Zu Hause hing ein Poster des französischen Boxers in seinem Zimmer. Jetzt sah er ihn zum ersten Mal aus nächster Nähe.

Die anderen Leute an ihrem Tisch kannte Xavier nicht. Rechts neben seinem Vater fieberte eine vierköpfige Familie mit, die Eltern mit ihren beiden Söhnen, beide deutlich älter als er. Sie hatten ihn den ganzen Abend ignoriert, als wäre er ein kleines Kind, das sich an einen Ort für Erwachsene verirrt hatte. Zwei ältere Herren saßen links neben seiner Mutter. Sie trugen Smoking und eine wie in den Stoff ihrer Anzüge eingenähte Würde, die Xavier ehrfürchtig nur dann zu ihnen hinübersehen ließ, wenn sie ihre Blicke auf den Ring gerichtet hatten. Ein einzelner Mann, der Xavier gegenübersaß und dessen Gesicht hinter dem Schild mit der Tischnummer vierzehn verborgen war, war erst während des vorletzten Kampfes gekommen. Er hatte sich wortlos gesetzt und eine Flasche Rotwein bestellt. Vater hatte Xavier zugeflüstert, der Mann habe einen 2003er Châteauneuf-du-Pape bestellt. Ein Wein, der auf der Karte mit vierhundert Euro angegeben war. Xavier mochte sich nicht vorstellen, warum man für ein Getränk so viel Geld ausgab. Er selbst hätte sich dafür ein *vélomoteur* gekauft. Sein bester Freund Delon ließ ihn ab und zu auf dessen Moped fahren, aber ...

Ein Raunen im Saal riss Xavier aus seinen Gedanken. Er hatte tatsächlich verpasst, wie Ikoné in die Offensive gegangen war. Gebannt starrte der Junge hoch zum Ring, wo Krahl beide Arme an den Oberkörper gepresst hielt, die Fäustlinge vor seinem Gesicht. Ikoné drosch auf ihn ein, und Xavier ging begeistert mit jedem Schlag mit. Rechts, links, rechts. Aufwärtshaken. Kopfhaken. Die Schläge prasselten auf den Deutschen ein. Die Lautstärke um ihn herum schwoll an. Xavier verfolgte jeden Schlag seines Idols, sah, wie das Blut aus dem Cut über Krahls linkem Auge über dessen schweißnasses Gesicht lief. Als die Menschen im Saal reihenweise von den Sitzen aufsprangen, riefen, pfiffen, Jubelschreie oder Flüche von sich gaben, fand sich auch Xavier plötzlich auf seinen Füßen. Vater musste ihn ermahnen, nicht auf den Stuhl zu steigen.

Alle an ihrem Tisch waren nun aufgestanden. Alle bis auf den Mann mit dem teuren Rotwein. Kurz sah Xavier zu ihm hinüber. Es war zu dunkel, als dass er ihn hätte beschreiben können. Einzig seine Körperhaltung fiel Xavier auf. Er wirkte teilnahmslos, seltsam desinteressiert an dem, was im Ring vor sich ging. Statt wie alle anderen zu grölen und mitzufiebern, goss er sich ein weiteres Glas Wein ein und schlug die Beine übereinander. Dabei sah er fast gelangweilt auf die Uhr an seinem Handgelenk. Xavier hätte ihm am liebsten zugerufen, dass Ikoné mehr verdient hatte als solch ein ignorantes Verhalten.

Im nächsten Moment jedoch hörte er ein dumpfes Geräusch, das alle Gedanken an den Mann beiseitewischte. Ekstatischer Jubel brandete um Xavier herum auf. Hastig sah er zurück in den Ring – und konnte es nicht glauben. Nicolai Krahl war auf die Bretter gegangen. Und Xavier hatte es verpasst.

Der Deutsche kniete am Boden, eine Hand in den Seilen, Blut troff aus seiner Nase auf den Ringboden. Der Ringrichter beugte sich zu ihm hinab, zählte, hielt die Nummern vor Krahls Gesicht.

Sechs.

Sieben.

Xavier wollte nicht, dass es schon vorbei war. Dann hätte er den K.-o.-Schlag verpasst. Krahl musste sich unbedingt noch einmal aufrichten. Auch wenn das bedeutete, dass Ikoné den Kampf noch nicht gewonnen hatte.

Da drückte sich der Boxer nach oben, hob seine Handschuhe und sah dem Ringrichter in die Augen. Ein Nicken. Es ging also weiter. Doch ehe der Kampf wieder Fahrt aufnehmen konnte, erklang die Glocke. Die zweite Runde war beendet.

Xaviers Pulsschlag beruhigte sich. Er traute sich nicht, Vater zu fragen, wie es zu dem Niederschlag gekommen war. Er würde sich die besten Szenen noch einmal auf YouTube ansehen, ehe er ins Bett ging. Jetzt aber würde er seine Augen nicht noch einmal vom Ring abwenden. Er wollte nichts mehr von dem Schauspiel verpassen. Und vor allem wollte er Ikoné siegen sehen.

Kaum ertönte der Gong zur dritten Runde, da stürmte der Lokalmatador erneut los. Noch ehe Krahl die Ringmitte erreicht hatte, flogen ihm die Fäuste seines Kontrahenten wieder um die Ohren. Xavier war außer sich vor Erregung. Er wusste, dass Krahl als begnadeter Boxer galt, weshalb er insgeheim mit einer vernichtenden Niederlage seines Helden gerechnet hatte. Aber heute war alles anders. Das spürte er. Das sah er.

Und es geschah wirklich.

Von einer Sekunde auf die andere brach Krahls Deckung zusammen. Seine Arme sackten wie von einem Heißluftballon losgebundene Sandsäcke herab. Für einen winzigen Augenblick schien die Welt im ESPACE 140 stehen zu bleiben. Zuschauer hielten in ihren Rufen inne, selbst Ikoné schien nicht zu verstehen, was da gerade passiert war. Xavier staunte, wie Krahl schwankend im Ring stand, offenbar unfähig, sich noch zu rühren oder gar zu verteidigen. Mit leerem Blick, als wisse er nicht, wo er sich befand.

»Schlag ihn k. o.«, schrie Xavier.

Doch es hätte keiner Aufforderung bedurft. Leichtfüßig schoss Ikoné vor und jagte einen markerschütternden Kopfhaken erbarmungslos an Krahls Schläfe. Dessen Kopf flog in einem unnatürlichen Winkel nach hinten. Sein Mundschutz segelte in hohem Bogen über die Ringseile ins Dunkel des Zuschauerraumes. Während Xavier den Atem anhielt, fiel Krahl mit einer furchterregenden Endgültigkeit zu Boden wie ein gefällter Baum.

Da riss Xavier die Arme in die Höhe, und mit ihm explodierten die Jubelstürme der Meute im Saal. Der Ringrichter drängte den Lokalmatador in dessen Ecke zurück. Ikoné sprang genau vor Xavier in die Ringseile und küsste triumphierend seine Boxhandschuhe. Hinter dem Sieger stürzte der Mann im blauen Hemd mit schwarzer Fliege zu Krahl. Aus der Ecke des Boxers eilten mehrere Betreuer in den Ring. Die Menschen um Xavier herum grölten. Genau wie er. Sie feierten Blaise Ikoné.

Bis es mit einem Male ruhiger wurde. Etwas stimmte

nicht. Sanitäter stürmten in den Ring. Krahl lag noch immer reglos auf dem Ringboden. Xavier konnte nicht genau erkennen, was los war. Er sah, wie auch Ikoné nicht mehr jubelte, sondern versuchte, zu seinem Gegner vorgelassen zu werden. Der Ringrichter blockte ab. In seinen Augen sah Xavier, dass etwas Schlimmes passiert sein musste.

Erst Unsicherheit, dann Panik, erst im Ring, dann in der Halle. Eben noch hatten die Franzosen ihrem Helden zugejubelt, der Nicolai Krahl besiegt hatte. Nun verwandelte sich die Euphorie in Entsetzen. Xavier sah zu seinem Vater. Ein Schatten hatte sich über dessen Gesicht gelegt. Ein Schatten, der nichts mit der Beleuchtung im Saal zu tun hatte.

Da fiel Xavier etwas auf. Der Mann ihm gegenüber saß nicht mehr an seinem Platz. Der Stuhl war leer. Nur die Flasche Châteauneuf-du-Pape stand noch dort.

Was für ein Großkotz, dachte Xavier. Der Typ hatte seinen Vierhundert-Euro-Wein nicht einmal ausgetrunken.

KAPITEL 8

Sie konnte die sieben Buchstaben trotz der Dunkelheit in ihrer Wohnung klar und deutlich erkennen.

POLIZEI

Die Aufschrift auf der Signalweste leuchtete, da der Tag vor ihrem Fenster ungleich müheloser erwachte als Johanna Böhm selbst. Das erste Licht der Morgenstunden ließ die Reflektoren auf der Weste erstrahlen. Sie hing über einem Bügel am Kleiderschrank. Auf einem Stuhl daneben türmten sich dunkelblaue und schwarze Klamotten. Schwere Einsatzstiefel, gepolsterte Handschuhe, eine Mütze, ein Barett mit dem Berliner Polizeistern, dazu T-Shirts und Longsleeves. Der erste Teil ihrer Ausstattung, die sie bei der Einkleidung erhalten hatte. Den Großteil, darunter der Einsatzanzug und die Dienstuniform mit all ihren Hosen, Hemden, Jacken, Socken und Schuhen, würde sie erst in ein paar Tagen in Empfang nehmen. Man hatte sie gewarnt: Nicht wenige Anfänger bei der Polizei mussten sich daheim einen zweiten Schrank zulegen, um für all ihre neuen Kleidungsstücke Platz zu finden.

Johanna betrachtete mit müden Augen den klapprigen Holzkasten, der ihr bislang als Kleiderschrank diente. Mit seinem ausgestellten Giebel, den Zierleisten und getreppten Vierkantfüßen wirkte er wie ein elegantes Möbel aus der Gründerzeit. In Wahrheit war die Kleiderstange im Inneren das Einzige, was die Seitenwände noch an ihrem Platz hielt. Schon jetzt reichte er nur knapp für Johannas Ansammlung mehr oder weniger modischer Arrangements. Sie würde ihn ersetzen müssen, wenn sie erst einmal ihre gesamten Dienstklamotten bekommen hatte.

Ihre innere Uhr verriet ihr, dass der Handywecker in wenigen Minuten klingeln würde. Mit ausgestrecktem Arm angelte sich Johanna das Smartphone vom Nachttisch und startete die Playlist, die sie allmorgendlich aus ihrer Trance holen sollte. Sosehr sie es liebte, Zeit in ihren eigenen vier Wänden zu verbringen, sosehr war ihr Stille daheim ein Graus. In Namibia hatte sie es genossen, nur der Natur zu lauschen, dem Wind, den Bäumen, den Tieren, dem Knacken des Feuers. Nie war ihr Stille so lebendig vorgekommen. Im Trubel der Stadt, des Alltags, umgeben von Millionen von Menschen, war Stille für Johanna jedoch gleichbedeutend mit Bestrafung. Mit Ausgrenzung. Stille in einer Großstadt gab es nur dort, wo man isoliert war, wo niemand einen hören konnte oder sollte, wo man selbst nichts und niemanden hörte außer die eigene Einsamkeit.

Now this is a song to celebrate
The conscious liberation of the female state
Die Stimme von Aretha Franklin erfüllte das Zimmer. Johanna schwang die Beine aus dem Bett. Sie tapste barfuß in die Küche, schaltete die Kaffeemaschine ein. Eine Minute später stand sie auf dem Balkon, den ersten Espresso an ihren Lippen. Der Morgen war frisch, die Härchen auf ihrer Haut standen wie eine Eins. Nicht nur die, dachte Johanna,

als sie eindeutige Geräusche aus der Wohnung über ihr vernahm. Arethas Gesang und das lustvolle Erwachen ihrer Nachbarn rundeten die Wirkung des Koffeins ab.

Ja, so konnte der Tag beginnen.

Kurz tauchte das Bild von Carl Bellmann vor ihrem inneren Auge auf. Er würde also bald in Neukölln sein und seine wenig friedfertigen Ansichten ungefiltert absondern. Sein Name würde in den Nachrichten genannt, sein Bild in der Zeitung abgedruckt werden. Das ließ sich nicht ändern, aber Johanna war in dieser Hinsicht zu einer routinierten Vermeiderin geworden. Hartes Training, das sich auszahlte. Auch wenn Carl Bellmanns Gesicht sie gestern kurz aus der Fassung gebracht hatte.

Sie stellte ihre Tasse in die Spüle und sah auf die Uhr am Backofen. Kurz vor sieben. In den letzten Jahren war das die Uhrzeit gewesen, zu der sie sich das erste Mal ans Klavier gesetzt und Fingerübungen gemacht oder Harmonien geübt hatte. Heute war weder für ein Klavier in ihrer Wohnung noch für Tonleitern in ihrem Leben der nötige Platz. Kurz dachte sie an das Saxofon, das sie mit nach Berlin genommen hatte und sein Dasein seither in seinem Koffer unter dem Bett fristete. An das Gefühl ihrer Finger auf den Tasten und Klappen, an den charakteristischen Geschmack des feinen Blättchens aus Schilfrohr an ihren Lippen, an die Vibrationen, die ihren Körper durchströmten, wenn die Obertöne Besitz von ihr ergriffen und aus dem blechernen Resonanzraum in den ihren übergegangen waren.

Auf dem Weg ins Badezimmer zog sie ihr Schlafshirt aus, ließ es achtlos auf den Boden fallen und stieg in die Badewanne. Bevor sie den Duschvorhang zuzog, schaltete sie das Radio ein. Die Stimme einer Nachrichtensprecherin legte sich über Arethas Gesang, während heißes Wasser auf Johannas Haut prasselte.

»Zwölf Tage vor der Bundestagswahl hat der Bundeswahlleiter bestätigt, dass sich mehr Menschen in Deutschland für das neu eingeführte Online-Wahlsystem registriert haben als erwartet. Erstmals in der Geschichte der Bundesrepublik können die Bürgerinnen und Bürger des Landes ihre Stimme über das Internet abgeben. Laut des Präsidenten des Statistischen Bundesamtes haben sich vor allem junge Wählerinnen und Wähler zwischen achtzehn und neunundzwanzig Jahren für das neue Angebot entschieden. Es wird damit gerechnet, dass die Wahlbeteiligung...«

Uni erst um zehn. Was für ein Luxus. Zeit für ein bisschen Seelenfrieden. Musik, Kaffee, Buch. Zum Glück brauchte sie zum Campus nach Lichtenberg nur wenige Minuten. An der HWR, der Hochschule für Wirtschaft und Recht, würde Johanna in den nächsten drei Jahren den Großteil ihrer theoretischen Ausbildung erhalten. Die Polizeiakademie in Ruhleben dagegen lag am anderen Ende der Stadt im Bezirk Spandau. In die PA musste sie für ihre praktischen Seminare, vom Verhaltens- bis zum Waffentraining, vom Sport bis zur Fahrsicherheit, vom Handfesseltraining bis zum Erlernen polizeitaktischer Maßnahmen wie Razzien.

Den praktischen Übungen hatte Johanna seit ihrer Bewerbung entgegengefiebert. Die Theorie an der HRW hingegen betrachtete sie skeptisch. Grundlagen der Kriminalistik oder Einführung in die Menschenrechte waren ja noch spannend. Dagegen hatte sie bereits in der ersten Vorlesung zum rechtswissenschaftlichen Arbeiten die unendlichen Weiten der Langeweile erfahren. Ganz zu schweigen von Strafverfahrensrecht. Einem Paragrafen konnte sie zwar eine vage

Ähnlichkeit mit einem Notenschlüssel zusprechen. Damit hörten die Harmonien aber auch schon auf. Für Johanna klangen juristische Formulierungen so aufreizend dissonant wie die Zwölftonmusik von Arnold Schönberg. Trotzdem fühlte sie sich nach nur wenigen Tagen im neuen Studium mehr zu Hause als in fünf Jahren an der Musikhochschule.

Als sie sich ihre Haare einseifte und der Wasserstrahl ihren Rücken massierte, drang erneut die Stimme der Nachrichtensprecherin an ihr Ohr. Irgendein Skandal in der Pharmaindustrie erschütterte die Märkte und ließ die Kurse an der Börse in den Keller plumpsen wie einen Sack Mehl. Dann folgte eine Meldung zur Klimakrise und wie die Menschen auf der Straße bei den Politikern mal wieder auf taube Ohren stießen.

Wie viele ihrer Kommilitonen die Ausbildung wohl durchstehen würden? Ihre Klasse bestand aus dreißig Studierenden, darunter acht Frauen. Teresa Osterkamp war eine von ihnen. Johanna gab sich keinen Illusionen hin: Teresa würde zu jenen gehören, die bis zum Ende dabeiblieben und ihr ständig auf den Senkel gingen. Zu allem Überfluss hatte die Mehrheit ihrer Klasse Teresa zur Studiengruppensprecherin ernannt.

Bei anderen Azubis war sich Johanna sicher, dass sie nicht durchhalten würden. Einer der Typen hatte einen derartigen Stock im Arsch, dass sie sich nicht vorstellen konnte, wie der Bubi auch nur das erste Semester überstehen wollte. Was hatte den bloß geritten, sich bei der Polizei zu bewerben? Und was hatte die Ausbildungsleiter dazu veranlasst zu glauben, dieses schüchterne und unsichere Muttersöhnchen könne irgendwann auf der Straße mit Menschen in Kontakt kommen? Dann waren da die Klischee-Fallen, von denen

Johanna nicht gedacht hatte, sie in der Ausbildung zum gehobenen Dienst zu sehen. Im MD, dem mittleren Dienst, okay, da hätte man die Muskelprotze und Barbie-Püppchen erwarten können. Aber dass sich Johanna jetzt täglich mit Sonnenbank-Ulf und Instagram-Ashley herumschlagen musste, fand sie absurd.

Von den anderen Erstsemester-Klassen hatte Johanna noch nicht viel mitbekommen. Sie wusste nicht einmal, wie viele es genau waren. Am ersten Tag hatten sich alle Neulinge bei der Begrüßungszeremonie getroffen. Seitdem gingen sie in den Klassenverbänden ihrer Wege. Auf irgendwelche Erstsemester-Partys hatte Johanna bislang keinen Bock gehabt. Am kommenden Wochenende wollten sich einige Kommilitonen im Mauerpark treffen und beim Amphitheater an irgend so einer Karaoke-Nummer teilnehmen. Das entsprach ziemlich genau Johannas Vorstellung vom Vorhof zur Hölle. Schlechte Cocktails, der Gestank Dutzender Shishas, dazu talentfreie Rampensäue, die sich mit ihrem unmusikalischen Gegröle zum Affen machten. Da verabredete sie sich lieber mit Boris, um im Ritter Butzke am Moritzplatz zu Elektromucke abzutanzen. In dieser Gegend zogen zwar viele Teenies auf Pille los und mussten alle paar Stunden nachwerfen, aber dafür bestand keine Gefahr, Ashley oder Ulf über den Weg zu laufen.

Johanna drehte gerade den Hahn ab und griff nach einem Handtuch, als die Sprecherin zu den Nachrichten aus dem Sport wechselte.

»Ein tragischer Zwischenfall erschüttert den Boxsport: Der deutsche Schwergewichtsboxer Nicolai Krahl ist tot. Der Sechsunddreißigjährige starb am Dienstagabend in Lyon nach seinem Kampf gegen den Franzosen Blaise Ikoné.

Der ehemalige Europameister war in der dritten Runde k.o. gegangen und noch im Ring verstorben. Wie die Europäische Box-Union EBU bekannt gab, erlag Krahl ersten Untersuchungen zufolge einer schweren Kopfverletzung. Lange hatte er als eines der größten deutschen Talente im Schwergewicht gegolten. In den vergangenen Jahren war sein Stern aber gesunken, nachdem er sich offen zur rechtsextremen Szene bekannt hatte. Der Präsident des Deutschen Box-Verbandes DBV teilte mit, er bedauere Krahls Tod zutiefst und werde der Familie des Verstorbenen jede Hilfe des Verbands zukommen lassen. Krahl war nicht verheiratet und hatte keine Kinder. Zum Wetter...«

Doch Johanna hörte die Prognose für den heutigen Tag nicht mehr. Sie war, das Handtuch mit der Rechten an ihren Hals gedrückt, in der Bewegung erstarrt. Kälte überzog sie wie der Nebel eines Eissprays. Im nächsten Moment riss sie sich aus ihrer Trance. Allzu energisch schaltete sie das Radio aus, das von der Kommode neben der Wanne rutschte und mit einem ungesunden Krachen auf den Fliesen landete. Johanna unterdrückte einen Fluch, ignorierte den Kasten, dessen Antenne sich beim Sturz verbogen hatte, rubbelte sich rigoros trocken, bis ihre Haut scharlachrot leuchtete, band sich ein Handtuch wie einen Turban um den Kopf und schlüpfte in ihren Bademantel.

Sie ging zurück ins Zimmer und setzte sich an den kleinen Holztisch am Fenster. Den Laptop vor sich, gab sie den Namen des Boxers bei einer Suchmaschine ein. Mehrere Artikel zum gestrigen Kampf erschienen, dazu einige Fotos. Er sah noch immer so aus, wie sie ihn in Erinnerung hatte. Der glatt rasierte Schädel, ein Gesicht so kalt und glatt wie Stahl, die Augen unter massigen Wülsten bedrohlich schattiert. Auf den meisten Bildern hatte er die Fäuste symbolisch in die Kamera gereckt.

Immer den harten Mann markieren, dachte Johanna.

Dann sah sie ein Bild des gestrigen Kampfes, den Moment, als die Faust seines Gegners Krahls Schläfe getroffen hatte. Krahls Gesicht war grässlich entstellt. Wie bei einer Karikatur standen Stirn, Nase und Kiefer nicht mehr symmetrisch untereinander, sondern waren grotesk versetzt. Johanna hatte mal gelesen, dass es einen Volltreffer mit der Geschwindigkeit von neun Metern pro Sekunde brauchte, um ein Gehirn so zu beschleunigen, dass der Getroffene zu Boden ging. Mike Tyson hatte angeblich mit der Wucht von umgerechnet über fünfhundert Kilogramm zugeschlagen.

Sie legte den Kopf schräg und betrachtete das Bild. Die Unterschrift lautete: *Der entscheidende Moment: Blaise Ikoné trifft Nicolai Krahl an der Schläfe. Wenige Minuten später stirbt der Deutsche im Ring.*

Nicolai Krahl war also wirklich tot.

Johanna lächelte. Sie konnte nicht anders. Unter der Dusche hatte sie die Nachricht noch geschockt und mit unangenehmen Erinnerungen geflutet. Jetzt spürte sie, wie sich der Knoten in ihrer Magengegend löste.

Karma ist ein Arschloch. Nicht wahr, Nicolai?

Johanna hob den Kopf. Auf der Fensterbank vor ihr stand ein Bilderrahmen. Es war ihre Ernennungsurkunde.

Im Namen des Senats von Berlin ernenne ich unter Berufung in das Beamtenverhältnis auf Widerruf Frau Johanna Böhm zur Polizeikommissaranwärterin. Der Polizeipräsident in Berlin.

Johanna umklammerte ihren silbernen Armreif. Die

Nummer hundertachtundneunzig. Das war ihr neues Leben. Ihre Zukunft.

Was früher war, spielte keine Rolle mehr.

Sie war Johanna Böhm, und weder ein Plakat von Carl Bellmann noch der Tod von Nicolai Krahl würden daran etwas ändern.

Sie klappte den Laptop zu.

Stille.

Außer der Stimme von Aretha Franklin.

I ain't no psychiatrist, I ain't no doctor with degrees
But it don't take too much high IQ's
To see what you're doing to me

KAPITEL 9

Karma ist wirklich ein Arschloch, dachte Johanna, als sie ihre Wohnung in der Wattstraße 18 um kurz nach halb zehn verließ. Jeder bekam, was er verdiente. Das galt auch für sie. Sie betrachtete den aufgeschlitzten Vorderreifen ihres rostigen Mountainbikes, das im Innenhof an der Backsteinmauer zum Nachbargrundstück lehnte. Das Fahrrad hatte selbst die nicht mehr ganz so guten Tagen hinter sich. Johanna hatte es bei ihrer Ankunft in Berlin auf einem Flohmarkt gekauft und für das Schloss mehr ausgegeben als für das Rad. Nun besah sie sich das Loch im Reifen und wünschte sich den Täter mit dem kaputten Schlauch am nächsten Baum.

Es half nichts. Sie blickte auf die Uhr. Für die Straßenbahn war es zu spät. Am Himmel türmten sich graue Wolken auf, doch es war trocken. Johanna suchte per App einen E-Scooter in ihrer Nähe. Vor einem Café unweit ihrer Wohnung wurde sie fündig. Wenige Minuten später rauschte sie, den Reißverschluss ihrer Softshelljacke gegen den Fahrtwind hochgezogen und mit Kopfhörern über ihren Ohren, in Richtung Norden. Musik zu hören war zwar nicht verkehrssicher, dafür verging die Fahrt zum fünf Kilometer entfernten Campus schneller.

Sie fuhr über die Treskowallee an der Wuhlheide vorbei, glitt am Tierpark entlang bis zum Schloss Friedrichsfelde.

Links versperrten Plattenbauten über Hunderte von Metern die Sicht, rechts verhinderte das Grün der Bäume und Büsche einen Blick in die Tiergehege und Gärten des Zoos. Als Zugezogene hatte Johanna gelernt, dass der Tierpark ein Symbol der DDR darstellte. Er war 1955 eröffnet worden, weil der Zoologische Garten in West-Berlin gelegen hatte. Die DDR-Führung hatte nach der Teilung Deutschlands aber auf einen Zoo in Ost-Berlin gepocht. Noch hatte Johanna den umgestalteten Schlosspark nicht besucht. Wahrscheinlich würde es so bleiben.

Sie konnte eingesperrten Tieren wenig abgewinnen. Eingesperrt und angestarrt von Menschen, die sich überlegen fühlten. Die vorgaben, nur zum Besten und im Sinne der Eingesperrten zu handeln, um sie zu schützen und zu bewahren. Die in Wahrheit aber die Kraft der Tiere fürchteten und sie töteten, wenn die Tiere ihrer Natur freien Lauf ließen und auszubrechen versuchten.

Mit einem Male waren die Erinnerungen an einen Tag vor dreizehn Jahren wieder präsent. An den Tag, an dem sie ihr jeden Willen hatten rauben wollen. An dem sie versucht hatten, Johanna zu brechen. An dem man sie hatte gefügig machen wollen. Der Tag, der ihr stattdessen die Kraft gegeben hatte, auszubrechen und dem Käfig zu entfliehen, in den man sie so lange eingesperrt hatte. Jetzt war Nicolai Krahl tot. Es gab keinen Käfig mehr.

Erst an der Kreuzung Alt-Friedrichsfelde riss sich Johanna aus ihren Gedanken. Sie war zu weit gefahren und hatte die Abzweigung zur Alfred-Kowalke-Straße verpasst. Kurz stieg sie von ihrem E-Scooter, orientierte sich und bog rechts ab.

Sie fuhr einige Hundert Meter am nördlichen Teil des Uni-Geländes entlang, bis sie zu einer Tankstelle gelangte. Dort parkte sie den Roller und eilte in Richtung Hauptgebäude. Die Hochschule für Wirtschaft und Recht teilte sich den Campus mit diversen städtischen Ämtern. Die zahlreichen Gebäude wirkten ausgelaugt, die Fassade des Haupthauses in ihrer tristen Tarnfarbe kraftlos und altersschwach. Das etwas neuere Gebäude, in dem Johanna die meisten Vorlesungen hatte, war rot-grau angestrichen und sollte wohl so etwas wie Energie und Dynamik versprühen. Ein Flachbau daneben jedoch verwischte jeden Glauben an eine Architektur, die kreative Gedanken fördern sollte. Durch die geöffneten Fenster konnte man in Archivräume schauen, in denen sich deckenhohe Regale mit sich stapelnden Akten und vergilbten Mappen aneinanderreihten. So stellte sich Johanna ein altes, verstaubtes Polizeiarchiv vor.

Sie betrat das Haupthaus und nahm die Stufen zur ersten Etage. Vor einem Seminarraum blieb ihr Blick kurz an einem Plakat mit Informationen zum Prozess der Gesichtserkennung hängen. Dann eilte sie weiter in Richtung Audimax, in dem in wenigen Augenblicken der Vortrag über den Verfassungsschutz begann. Vor dem großen Auditorium saßen Studierende an Tischen in der Cafeteria zusammen. Doch Johanna hatte keine Zeit mehr und erreichte den Hörsaal gerade noch rechtzeitig, ehe eine Frau mit einem Stapel Zeitschriften unter dem Arm die Tür schloss. Sie bekam eines der Magazine in die Hand gedrückt und hielt nach ihren Kommilitonen Ausschau.

Nur noch wenige Sitzplätze waren frei. Johanna ging am Rande der Stuhlreihen entlang nach vorne, bis sie ihre Klassenkameraden erspähte. Ein Platz zwischen ihnen war noch unbesetzt. Doch als sie an der Reihe angekommen war, erkannte sie neben dem freien Sitz Teresa Osterkamp. Kurz begegneten sich ihre Blicke, dann legte Teresa mit einem spöttischen Lächeln ihren Rucksack auf den Stuhl und starrte nach vorn. Boshafte Gedanken flackerten in Johanna auf. Warum ging ihr diese Eule so unter die Haut? Während sie sich eine Reihe weiter vorn ausgerechnet neben Instagram-Ashley an den Gang setzte, schalt sie sich. Sie würde an sich arbeiten müssen. Teresa durfte keinen Einfluss auf ihren Gemütszustand haben. Eigentlich gehörte es zu ihren Stärken, negative Gefühle im Griff zu behalten.

Um sich auf andere Gedanken zu bringen, besah sie sich das Heft, das ihr die Dame am Eingang in die Hand gedrückt hatte. »FUTURE. Visionen. Trends. Chancen.« kündigte es in großen Lettern an. Auf der Titelseite waren die Schatten mehrerer Menschen in einer dunklen Röhre zu sehen, deren Wände wie ein Sternhimmel funkelten. *Was kommt?*, titelte das Magazin und warf dem Leser Schlagworte wie *Arbeiten 4.0*, *Die digitalisierte Politik* und *Künstliche Intelligenz im Rechtsstaat* entgegen. Johanna dachte daran, dass sie sich künftig mit diesen Themen auseinandersetzen musste. Das Plakat zur Gesichtserkennung kam ihr wieder in den Sinn. Welche Daten durfte die Polizei eigentlich jetzt schon sammeln und auswerten? Musste sie als Polizistin eine stärkere Überwachung unterstützen? Würde sie in ihrer Arbeit davon profitieren, wenn die Politik die Privatsphäre der Menschen immer weiter beschnitt? Oder musste sie eigentlich dagegen sein, schließlich war sie ja nicht nur Polizistin, sondern selbst Bürgerin mit dem Recht, ihre Privatsphäre zu schützen? Wenn ihr eines heilig war, dann war es ihr Privatleben, ihre Geschichte.

Johanna dachte darüber nach, als sie ihren Blick auf das Podium richtete. War das Bundesamt für Verfassungsschutz nicht der erste Ritter für die Freiheit der Menschen? Hieß Verfassungsschutz nicht, dass diese Behörde für den Schutz der Bürgerinnen und Bürger des Landes da war? Die deutsche Verfassung war das Grundgesetz. Das hieß doch, dass diese Gestalten da vorne die ersten Beschützer der bürgerlichen Grundrechte waren.

Dann also los, Männer! Gebt uns Antworten! Das könnt ihr doch so gut.

An der kleinen Treppe zum Bühnenaufgang standen sie zu dritt. Erhard Spahn war ihr Ausbildungsleiter. Für Johanna war er die Schablone eines Mannes mittleren Alters. Unmöglich zu sagen, ob er Anfang, Mitte oder Ende fünfzig war. Er trug einen Henriquatre, wie die hippen Barbiere den Rund-um-den-Mund-Bart inzwischen nannten, der für Johanna immer die Gesichtsmuschi bleiben würde. Spahn trug ihn mit Würde. Wenn so was möglich war. Auch der etwas zu lange Seitenscheitel sah bei ihm nicht ganz so nach Neunziger aus. Für die Herren vom Verfassungsschutz hatte er sich rausgeputzt, trug einen Nadelstreifenmantel über Hemd und Bluejeans.

Spahn unterhielt sich mit einem Mann der Marke Investmentbanker. Schlecht sitzender Zweireiher in einem zum leeren Gesichtsausdruck passenden farblosen Grau. Die Brille mit starkem Rand hatte ihm bestimmt ein Stilberater empfohlen. Und ob seine Ehefrau ihm durch den akkurat gezogenen Scheitel wuscheln durfte, den er mit viel Gel in Form gekleistert hatte?

Der dritte Mann, der nun leichten Schrittes in Richtung Rednerpult ging, erinnerte Johanna an einen ernsthaften

Versuch, als blonder Weißer wie Barack Obama zu wirken. Anzughose und weißes Hemd, die Ärmel hochgekrempelt, den ersten Knopf am Kragen geöffnet, das Ich-bin-einer-von-euch-Lächeln auf den Lippen.

Im Saal wurde es ruhig. Spahn und der Investmentbanker nahmen in Reihe eins Platz. Neben den beiden Typen vom BfV erschien der Ausbildungsleiter wie ein sympathischer Ermittler aus einem französischen oder italienischen Krimi. Diese Seite an ihm war Johanna noch nicht aufgefallen. Vielleicht verbarg sich hinter dem strengen Gesetzeshüter ja ein vertrauenswürdiger Kauz.

»Hallo zusammen«, sprach der Mann am Pult in ein Mikrofon. Seine Stimme klang überraschend angenehm. »Mein Name ist Udo Lindner. Mein Kollege Zacharias Toben«, er zeigte mit einer Hand auf den gegelten Scheitel neben Spahn, »und ich werden Sie heute in die Welt der deutschen Geheimdienste mitnehmen.«

Obwohl irgendetwas an dem Mann Johanna nicht koscher vorkam, stieg in ihrem Inneren so etwas wie Sympathie für Udo Lindner auf. Er hatte die Obama-Masche tatsächlich drauf. Markante Stimme, freie Rede, keine Notizen, das genaue Gegenteil eines stocksteifen Bürohengstes.

»Wer das Wort Bundesamt hört, könnte versucht sein, an ein Ministerium zu denken. Warum also Geheimdienst? Weil das Bundesamt für Verfassungsschutz zu den drei Nachrichtendiensten in Deutschland gehört. Es gibt den Bundesnachrichtendienst BND, den Militärischen Abschirmdienst MAD und uns, das BfV. Zacharias Toben und ich sind heute hier, um Ihnen von unserer Arbeit zu berichten. Und wer weiß, vielleicht fällt uns heute ja jemand auf, den wir in Zukunft gerne rekrutieren möchten.«

Udo Lindner zwinkerte den Studierenden zu, als wolle er einer heißen Blondine den Hof machen. Johanna riskierte einen Seitenblick auf Ashley und fragte sich, ob Social-Media-Kenntnisse genügten, um als IT-Expertin durchzugehen.

In den folgenden Minuten lauschte Johanna mit wachsendem Interesse Lindners Vortrag. Er war ein guter Redner. Selbst die etwas giftig formulierte Zwischenfrage einer Studentin, was denn der Unterschied zwischen den V-Leuten des BfV und den inoffiziellen Mitarbeitern der Stasi sei, beantwortete er gelassen.

»Der Unterschied ist die Gesellschaft, in der wir leben. In der DDR wurden die IM eingesetzt, um proaktiv in allen gesellschaftlichen Bereichen zu spionieren. Das Ministerium für Staatssicherheit führte fast zweihunderttausend inoffizielle Mitarbeiter. Die waren überall. Die SED wollte, dass kein Bürger sich sicher fühlte. Überlegen Sie mal: Wie funktioniert denn eine Diktatur? Die Machthaber fürchten am meisten, wen sie unterdrücken. Deswegen müssen sie so viel wie möglich über diese Menschen wissen. Nur so schaffen sie eine Atmosphäre aus Angst und Misstrauen.«

»Und wo soll da der Unterschied zu Ihren V-Leuten sein?«, rief die Studentin.

»Unsere V-Leute sind gezielt rekrutierte Informanten im Umfeld von Gruppierungen, die der Verfassungsschutz beobachten lässt. Wir sammeln nicht proaktiv Informationen über alle Menschen, die in Deutschland leben. Wir werden erst aktiv, wenn es konkrete Hinweise gibt, dass einzelne Personen oder Gruppen unsere freiheitlich demokratische Grundordnung unterwandern oder die Sicherheit des Landes gefährden könnten. Entweder bieten sich die V-Leute selbst an, weil sie aussteigen wollen, aber keinen Weg hinaus finden, oder wir versuchen sie zu rekrutieren, indem wir Informationen gegen sie sammeln und sie damit konfrontieren. Junge Frau, ich kann Ihnen versichern, dass wir in dem Haus, in dem Sie wohnen, keine Spitzel anwerben, einfach nur, um Informationen über alle Bewohner dieser Wohneinheit zu erhalten. Und genau das unterscheidet den Verfassungsschutz von der Stasi.«

Johanna fragte sich, ob das BfV die Informationsgewinnung wirklich so eng sah oder ob dem Geheimdienst nicht doch fast jedes Mittel recht war, um zu bekommen, was unter dem Vorwand der Sicherheit des Landes möglich war. Gleichzeitig tauchte die Frage in ihrem Kopf auf, wie weit sie selbst gehen würde, um an Informationen zu gelangen, wenn sie diese in ihrem Beruf brauchen würde.

Dann trat Zacharias Toben ans Pult. Lindner nahm neben Spahn Platz. Toben stellte die Struktur des Verfassungsschutzes mit seinen diversen Abteilungen vor. Den größten Teil verbrachte er damit, die Abteilung C zu erklären.

»Die Cyberabwehr ist die Folge einer der drei großen Entwicklungen im neuen Jahrtausend: die sich immer stärker digitalisierende Welt, der islamistische Terrorismus und der wiedererstarkte Rechtsextremismus. Für alle drei Bereiche haben wir eigene Einheiten. Ich selbst arbeite in der Abteilung 2 für Rechtsextremismus.«

Bei diesen Worten ließ er seinen Blick durch die Reihen wandern. Als er bei Johanna angekommen war, bildete sie sich ein, in seinen Augen ein Erkennen zu sehen. Toben sprach zwar weiter, doch sein Blick blieb einen Moment länger an ihr haften. Dann fuhr er fort und erklärte, dass der Verfassungsschutz wegen der bevorstehenden Bundestagswahl alle Hände voll zu tun hatte, um Einflüsse von außen und eine Manipulation der Wahl zu verhindern.

Kurz fragte sich Johanna, ob Tobens Blick etwas zu bedeuten hatte. Dann aber hörte sie wieder zu, und der Verfassungsschützer schien das Interesse an ihr verloren zu haben. Bis zum Ende des Vortrags und der anschließenden Fragerunde begegneten sich ihre Blicke kein zweites Mal.

Nach fast zwei Stunden trat Erhard Spahn auf die Bühne, bedankte sich bei den beiden Geheimdienstlern und entließ die Studierenden. Johanna erhob sich. Sie hatte befürchtet, der Vortrag könnte Zeitverschwendung werden. Lindner und Toben hatten aber so viele Fragen in ihr aufgeworfen, dass sie über deren Worte wohl noch häufiger nachdenken würde.

Gerade, als sie aus ihrer Reihe trat und in Richtung Ausgang gehen wollte, hörte sie hinter sich ihren Namen.

Johanna drehte sich um.

Es war Zacharias Toben. Schnellen Schrittes kam er auf sie zu.

»Ich hatte gehofft, Sie hier zu sehen. Ob Sie einen Moment für mich hätten?«

Das Geräusch empört entweichender Luft drang von hinten an ihr Ohr. Aus dem Augenwinkel sah sie Teresa, wie sie ihr einen missbilligenden Blick zuwarf. Offenbar glaubte sie, Johanna würde sich beim Verfassungsschutz einschleimen.

Toben war nun bei ihr und reichte ihr die Hand. Johanna ergriff sie widerwillig. Sie war weicher als erwartet, Handcreme-weich.

»Worum geht es?« Etwas an Toben mahnte Johanna zur Vorsicht.

»Hat Ihnen unser Vortrag gefallen?«

Ihr flog ein deutlicher Duft von Bergamotte zu, den Toben mit seinem Aftershave vor sich hertrug. Der Mann legte seine Hände ineinander und spielte mit seinem Ehering. Maniküre Hände, wie Johanna sah.

»Sehr interessant, ja. Ich habe heute viel über Ihre Arbeit gelernt. Einige Dinge werden mich sicher noch länger beschäftigen.«

»Welche zum Beispiel?«

Johanna wollte schon antworten, hielt dann aber inne. Toben war nicht zu ihr getreten, um mit ihr über die Vorlesung zu plauschen.

»Was kann ich für Sie tun?«

Toben lächelte, doch seine blauen Augen hinter den Brillengläsern blieben kühl.

»Ich habe heute früh die Nachricht über einen Todesfall auf meinem Schreibtisch vorgefunden. Nicolai Krahl ist tot. Haben Sie das gewusst?«

Als hätte sie auf einer Glasscheibe gestanden, die nun zerbrach. Johanna glaubte jeden Augenblick in die Tiefe zu stürzen, wenn sie sich nicht an etwas festhielt. Reflexartig schob sie ihre linke Hand in ihre Jackentasche und fand ihre Wohnungsschlüssel. Sie umklammerte das gezackte Metall und drückte fest zu, bis es schmerzte. Sofort sprang ihr Gehirn wieder an und verwandelte sich in einen Flipperautomaten.

»Ja, kam heute Morgen im Radio.«

Toben wirkte kurz überrascht. Er hatte offenbar damit gerechnet, sie würde die Unwissende spielen.

»Sie kannten sich, nicht wahr?«

»Wir haben uns seit dreizehn Jahren nicht mehr gesehen.« Johanna versuchte, die plötzlichen Löcher in ihren porösen Stimmbändern zu überspielen.

»Ist das so? Zu schade. Ich hatte gehofft, Sie könnten einige Lücken in unseren Unterlagen füllen.«

»Lücken?« Johanna setzte ein Lächeln auf. »Ich dachte, Sie sind der Geheimdienst. Haben Sie keine V-Leute, die das für Sie übernehmen können? Ich kann Ihnen da leider nicht helfen.«

»Sind Sie sicher?«

»Herr Toben, Sie wussten ganz offensichtlich, dass ich in Berlin studiere und dass Sie mich heute hier antreffen würden. So viel zu Herrn Lindners Behauptung, der Verfassungsschutz würde keine Informationen über unbescholtene Bürger sammeln. Wenn Sie aber etwas über Nicolai Krahl wissen wollen, sind Sie bei mir an der falschen Adresse.«

»Und ich hatte gedacht, ich wäre genau an der richtigen Adresse. Standen Sie und Herr Krahl sich nicht einmal sehr nahe? Sind Ihre Familien nicht eng befreundet?«

»Meine …« Johanna stockte. Die Schlüssel in ihrer Hand bohrten sich immer tiefer in ihr Fleisch. »Mit wem Nicolai Krahl in den letzten Jahren befreundet war, kann ich Ihnen nicht sagen, Herr Toben. Mit mir jedenfalls nie. Und jetzt entschuldigen Sie mich bitte. Sonst komme ich zu spät zu meiner nächsten Vorlesung.«

»Haben Sie noch Kontakt zu Ihrer Familie, Frau Böhm?«

Doch Johanna antwortete nicht mehr. Sie drehte sich auf dem Absatz um und ließ Toben stehen. Noch am Ausgang des Audimax glaubte sie den Blick des Scheitelträgers sowie jene von Lindner und Spahn zu spüren. Doch sie wandte sich nicht mehr um.

Erst, als sie den Saal verlassen hatte, lockerte sie den Griff ihrer linken Hand und zog sie aus der Jackentasche. Blut lief ihr über die Handfläche und über die Finger.

KAPITEL 10

Er saß im Café Linie 3 in Bessungen. Er mochte diesen in der Zeit stehen gebliebenen Stadtteil im Darmstädter Süden. Die Innenstadt lag gleich um die Ecke, und doch drang davon nichts bis zu den Straßen und Gassen rund um die Orangerie vor. Zwei Mütter mit Kinderwagen saßen an einem der einfachen Holztische am anderen Ende des Lokals. Mit ihm waren sie die einzigen Gäste an diesem späten Vormittag. Vor ihm stand ein doppelter Espresso, den er nach der langen Nacht gut gebrauchen konnte. Das *Darmstädter Echo* lag ausgelesen auf einem Stuhl neben ihm. Obwohl er nie in Darmstadt gelebt hatte, war er schon öfter hierher in die Linie 3 gekommen. Darmstadt lag einfach immer auf der Durchreise. So wie heute. Ein kurzer Boxenstopp nach dem Boxen in Lyon.

Es lief alles nach Plan. Bei Friedrich Ammon hatte er ein großes Risiko eingehen müssen. Deswegen hatte er sich für ihn als erstes Opfer entschieden. Die Pralinen zu vergiften war ein heikler Plan gewesen. Der Reiz, es zu versuchen, hatte jedoch obsiegt. Nun, da es geklappt hatte, konnte er auf diese Weise sogar eine falsche Fährte legen. Wäre die süße Rache mit der Schokolade in die Hose gegangen, hätte er zu anderen Maßnahmen greifen müssen. Doch Ammon hatte sich als das erwartet gierige Schleckermaul herausgestellt.

Nicolai Krahl dagegen war ein leichteres Opfer gewesen. Wer damit prahlte, auf eine eigens entwickelte isotonische Mischung zu setzen und nur diese bei einem Kampf zu trinken, musste sich nicht wundern, wenn er vergiftet wurde. Wie einfach das gegangen war, dem Pulver im Vorfeld die nötige Ingredienz hinzuzufügen, die dem Kampf und dem Leben des Boxers ein vorzeitiges Ende gesetzt hatte. Er hatte es genossen, im Publikum zu sitzen, einen hervorragenden Roten aus dem Rhônetal zu trinken und Krahl aus dem Dunkel des Saals heimlich zuzuprosten, während dieser die letzten Atemzüge seines Lebens machte.

Das *Darmstädter Echo* berichtete von Krahls Tod natürlich noch nicht. Print gewinnt – diese Zeiten waren vorbei. Die Zeitung neben ihm war schon im Moment ihres Drucks der Aktualität hinterhergelaufen. Das Internet und die sozialen Netzwerke waren dagegen voll von Krahls Ableben. Am besten gefiel ihm jenes Foto, das den Moment des Kontakts zwischen Faust und Schläfe perfekt festgehalten hatte. Ein Kunstwerk für die Ewigkeit.

Die ersten Schritte seines Plans waren damit gelungen. Dieses Wissen verschaffte ihm Zufriedenheit. Dennoch ließ er sich nicht täuschen. So einfach würde es nicht mehr lange weitergehen. Sein nächstes Ziel würde keine Chance haben. Doch danach würden jene, um die es ihm wirklich ging, alarmiert und auf der Hut sein.

Dass er Gift als Waffe für seine ersten Schritte gewählt hatte, bescherte ihm gemischte Gefühle. Seine eigentlichen Qualitäten lagen in anderen Bereichen. Aber manchmal musste man seine größten Fähigkeiten schonen, um sich nicht frühzeitig zu erkennen zu geben. Die örtlichen Behörden sollten so lange wie möglich im Unklaren bleiben, sollten sich mit unnützen Untersuchungen plagen, falsche Profile erstellen, Phantomen nachjagen, Zeit verschwenden. Jede Spur, die sie aufnahmen, würde weit an ihm vorbeiführen. Niemand würde ihn verdächtigen.

In Italien ging man laut Pressemeldungen noch immer von einem natürlichen Tod Ammons aus. Krahl dagegen hatte sich die Birne weich klopfen lassen. Bis die toxikologischen Ergebnisse Klarheit geliefert und die Staatsmächte ihre Tanker auf Kurs Mordermittlung gebracht hatten, würden noch Stunden, wenn nicht gar Tage vergehen. Und dann mussten die italienischen und französischen Behörden die beiden Fälle noch miteinander in Verbindung setzen. Das könnte Wochen dauern, wenn es überhaupt passierte.

Er berührte den platingoldenen Siegelring an seiner rechten Hand, drehte ihn um seinen Ringfinger. Als er sich das Siegel besah, schmunzelte er. Eine z-förmige Rune aus schwarzem Obsidian, eingelassen in einen Karneol. Der Blutstein leuchtete tiefrot und schien die Wolfsangel wie heiße Lava zu umschließen.

Die Wolfsangel. Der versteckte Tod.

Man hängte sie an einen Baum, bedeckte sie mit Aas und wartete, bis der Wolf kam und in die Höhe sprang, um sich das Aas zu schnappen. Das Tier würde an der Angel hängen bleiben und elendig verrecken.

Er war eine solche Wolfsangel.

Er war der Tod, den niemand kommen sah.

Er hielt sich verborgen, und die Sterbenden verstanden erst, wenn es zu spät war.

Wenn sie überhaupt verstanden.

Friedrich Ammon hatte keine Ahnung gehabt. Bis zu seinem Tode. Er hätte Ammon gerne aufgeklärt, sich in dessen letzten Atemzügen über ihn gestellt, ihn ausgelacht. Er hätte den Schock über die Erkenntnis, wer da auf ihn herabschaute, in Ammons Augen sehen wollen. Das jedoch war in der Kartause Trisulti natürlich nicht möglich gewesen. Auch nicht gestern Abend in Lyon im ESPACE 140. Er hatte innerlich gejauchzt, als er die schwarze Wolfsangel auf Nicolai Krahls blutrotem Boxermantel entdeckte. Der Einmarsch hatte Krahl direkt an seinem Tisch vorbei in Richtung Ring geführt. Er hätte ihn berühren, seinen Namen rufen können. Hätte ihn darauf vorbereiten können, was wenige Minuten später unausweichlich passiert war. Stattdessen hatte er den Saal zufrieden und ohne einen Blick zurück verlassen, unmittelbar nachdem Krahl auf dem Ringboden aufgeschlagen war.

Schon bald würde er erneut Todesengel spielen. Alles war vorbereitet. Noch gut sieben, vielleicht acht Stunden am Steuer hatte er vor sich, bis er an seinem Zielort ankam.

Er trank seinen Espresso aus und verließ das Café.

KAPITEL 11

MITTWOCH, 8. SEPTEMBER
Berlin, Deutschland

Der Tag zog sich in die Länge wie eine alte Lakritzschnecke. Nach der Begegnung mit Zacharias Toben verlor sich Johanna Böhm in ihren Gedanken. Die Mittagspause verbrachte sie mit einem Spaziergang über das Campus-Gelände. Danach folgten eine Vorlesung in Statistik sowie eine weitere in polizeilichem Einsatzmanagement. Es war nach sechs, als sie wieder zu Hause war.

Boris hatte sich gemeldet, und sie hatten sich für Freitag verabredet. Heute wollte sie alleine sein. Kurz überlegte Johanna, sich doch noch in Schale zu werfen und an einer Theke irgendwo in Berlin nach Zerstreuung zu suchen. Einen Freund hatte sie nicht. Sie wollte auch keinen. Stattdessen machte sie sich einen Spaß aus den Reaktionen der Männer, wenn sie in Clubs oder Bars angesprochen wurde und in einem Nebensatz fallen ließ, dass sie Polizistin war. Dieser Moment war ihr Test. Wenn der Mann ihn bestand, und das gelang nur den wenigsten, ließ sich Johanna unter Umständen auf ihn ein. Zumindest für einen Abend. Doch heute war ihr nicht danach, Männern die Luft rauszulassen, indem sie ihnen zeigte, dass nicht nur Typen harte Kerle sein konnten.

Johanna fühlte sich, da sie auf der Bettkante in ihrem Zimmer saß, überhaupt nicht hart. Sie betastete das Pflaster, das auf der Wunde an der Innenseite ihrer Handfläche klebte. Der Schlüsseltrick hatte wieder einmal funktioniert. Schmerz lenkte die Sinne auf das Wesentliche, blendete die Umgebung aus, kanalisierte alle Energie auf die vorderen Schutzschilde. Captain Kirk wäre stolz auf sie gewesen. Zacharias Toben hatte sich nicht in ihr Gehirn beamen können. Johanna hatte den Angriff abgewehrt.

Jetzt aber hatte der Schmerz nachgelassen. Alle Schutzschilde waren unten. Es war gut, dass Boris nicht hier war, dass niemand hier war. Sonst hätte Johanna nicht gewusst, was sie sagen sollte. Boris war zwar ein wirklich guter Freund, aber was wusste er schon vor ihr? Das, was für ihre Zukunft wichtig war. Warum war sie nur so verschlossen, wenn es um ihre Vergangenheit ging? Warum konnte sie selbst mit ihrem besten Freund nicht darüber reden?

Johanna ließ sich rücklings in die Kissen fallen und starrte hoch zur Decke. Ein einziger Mensch wusste alles von ihr. Ihre alte Schulfreundin Alice, mit der sie jahrelang heimlich über jedes Detail ihrer verkorksten Familie gesprochen hatte. Alice, mit der sie in Augenblicken traumhafter Freiheit das Luftschloss gebaut hatte, von zu Hause auszuziehen und bei Alice und ihrer Familie zu wohnen. Alice, die Johanna für ihren großen Bruder beneidet hatte, für Dario, den ersten Jungen, den sie geküsst hatte. Ein Kuss, der überhaupt erst alles ausgelöst hatte, was danach gekommen war. Die Wut von Viktor und Hagen, Johannas älteren Brüdern. Die Demütigung, den Schmerz, den sie daraufhin ertragen musste. Die Ohnmacht ihrer Mutter, die nie gelernt hatte, für ihre eigenen Ansprüche einzustehen. Die Verachtung ihres Vaters, mit dessen Schlägen sie aufgewachsen war in einem Haus voller weiblicher Selbstzensur und herrischer Unterdrückung.

Johanna war sechzehn Jahre alt, als sie von zu Hause weglief. Eines späten Abends stand sie bei Alice vor der Tür, weinend, blutüberströmt und nur mit einem kleinen Rucksack bepackt. Die Eltern ihrer Freundin brachten sie noch in derselben Nacht in Sicherheit. Sie stellten keine Fragen, wussten, dass sie nicht zur Polizei zu gehen brauchten. Eine Freundin der Familie versorgte Johannas Wunden und ließ sie bei sich wohnen, bis sie wieder gesund war. Und als Johanna das Bett wieder verlassen konnte, hatten Alice Eltern alles in die Wege geleitet. Wie sie es gemacht hatten, verrieten sie nie. Nur, dass Johannas Vater eingewilligt hatte, seine Tochter gehen zu lassen. Alice erzählte Johanna, ihre Tante lebe in Köln, sie könne dort wohnen. Zwei Wochen später zog sie um.

In Johannas Erinnerung begann erst in Köln das, was sie heute ihr Leben nannte. Ehrenfeld wurde ihr Zuhause, das Albertus-Magnus-Gymnasium die erste Schule, in der sie ohne ihre Brüder im Nacken Freundschaften schließen konnte. Alice kam sie in den Ferien besuchen. Und Tante Beatrice schaffte es, Johannas Selbstzweifel zu vertreiben.

»Gewissensbisse scheren sich nicht um Vernunft«, pflegte sie zu sagen.

Bis Johanna es kapiert hatte.

Geld hatte sie keines. Sie begann nebenher zu arbeiten. Sie kellnerte, gab Nachhilfe. Was sie sich verdiente, hätte sie am liebsten Tante Beatrice gegeben. Doch die wollte davon nichts wissen. Stattdessen ließ sie Johanna am heimischen

Klavier üben. Ihr musikalisches Talent war das einzig Wertvolle, das Johanna von zu Hause mitgenommen hatte. Das wenige Geld, das sich Johanna verdiente, investierte sie in Unterricht. Nicht für Klavier, das hatte sie als kleines Mädchen gelernt. Ihre heimliche Liebe gehörte einem alten Saxofon, auf dem Beatrice verstorbener Mann gespielt hatte. Johanna war ein Naturtalent, und schnell ließ sie sich von Tante Bea überzeugen, es an der Musikhochschule in Köln zu versuchen. Sie wurde genommen.

Draußen vor ihrem Fenster in Berlin wurde es dunkel, als Johanna mit ihren Gedanken in die Gegenwart zurückkehrte. Über all das hatte sie mit Boris nie gesprochen. Alice dagegen bekam mittlerweile viel zu wenig von ihrem neuen Leben in Berlin mit. Ihre Freundin lebte in Hamburg. Sie schrieben sich regelmäßig, telefonierten aber immer seltener. Alice war ihr altes Leben, Boris ihr neues.

Die Erkenntnis schmerzte sie. Johanna hatte sich unmerklich von Alice entfernt, weil sie ihr altes Leben hinter sich lassen wollte.

Sie griff zu ihrem Smartphone und rief Alice Nummer auf. Sie sollte ihre alte Freundin anrufen. Den Menschen, dem sie alles zu verdanken hatte. Ihre Familie hatte sie gerettet, hatte sie befreit. Alice verdiente es zu erfahren, wie es ihr ging. Sie hatte womöglich schon gehört, dass Nicolai Krahl tot war. Mit Alice würde sie darüber reden können, was Zacharias Toben sie gefragt hatte.

Johannas Daumen kreiste über dem Anrufsymbol.

Dann schaltete sie den Bildschirm wieder aus.

Es schmerzte sie, Alice von ihrem Leben in Berlin fernzuhalten. Aber noch mehr würde es sie schmerzen, wieder in ihr altes Leben hineingezogen zu werden.

KAPITEL 12

Der Möckelsaal im Literaturhaus war gut gefüllt. Rund achtzig Gäste, schätzte sie. Patrizia Carstensen beobachtete das Publikum, das nur ihretwegen gekommen war. Ein Phänomen, wie sie fand. Sie hatte nicht einmal eine markante Stimme, um einen Raum wie diesen bis in die hinterste Ecke zu füllen. Sie bewunderte diese Gabe bei den besten Sprechern. Ein Saal voller Menschen, die mucksmäuschenstill auf ihren Stühlen saßen. Jedes Wort, jeder Laut, jede Pause gelangte unaufhaltsam an ihre Ohren. Ein Vortrag, der selbst die subtilste Geschichte in literarische Haute Cuisine verwandelte.

Nein, das konnte sie nicht. Zwar überschlug sich so mancher Kritiker ob ihrer Werke. Für die Bühne war Patrizia Carstensen jedoch nicht gemacht.

Sie stand an der Rückwand des Saals und blickte über die Köpfe der Zuschauer hinweg. Einige der Anwesenden hatten sich zu ihr umgedreht. Sie warfen ihr verstohlene Blicke zu. Andere glotzten offen herüber, als wäre sie ein Ausstellungsstück. Hinterher würden sie mit ihren Büchern und Eintrittskarten kommen, um Autogramme und Widmungen bitten. Dann würde sich Patrizia Carstensen wieder wohler fühlen als jetzt. Dann wäre ihr Auftritt vorbei, und die Nervosität würde abebben.

Neben ihr sprach die Vorsitzende des Literaturhauses Rostock mit dem Moderator des Abends, einem lokalen Kulturjournalisten. Er sollte das Publikum durch die Lesung führen und Patrizia Carstensen interviewen. Ein paar Meter weiter arrangierten zwei Buchhändlerinnen einen Tisch mit ihren bisherigen Publikationen.

Patrizia Carstensen nippte vorsichtig an ihrem ersten Dry Martini des Abends. Das Lampenfieber und der Alkohol begannen sich zu bekämpfen. Es war ein schmaler Grat zwischen genügend Gin und Wermut einerseits sowie ausreichender Selbstkontrolle auf der Bühne andererseits. Vor der Sommerpause hatte sie es bei einer Veranstaltung mit drei üppig gefüllten Gläsern übertrieben. Die Lesung war zu einem Fiasko geraten. Seitdem setzte sie sich bei zwei die Obergrenze. Zumindest bis zum Signieren.

Das Literaturhaus Rostock hatte sie eingeladen, aus ihrem neuesten Lyrikband zu lesen. Sie hatte jüngst den Förderpreis des Consilium Humanum verliehen bekommen. Die Jury war der Meinung, sie, Patrizia Carstensen, gelte als eine der größten Hoffnungen in der deutschsprachigen Dichtkunst. Das hatte ihrem Renommee ordentlich auf die Sprünge geholfen. Sie polarisierte, sie provozierte, sie entfesselte die Urinstinkte ihrer Leser, ob diese ihre Gedichte mochten oder nicht. Wer Patrizia Carstensen las, sollte sich entweder angegriffen fühlen oder zum Angriff übergehen wollen. Sie wollte anstacheln, reizen, den larmoyanten Wortschwall ihrer literarischen Konkurrenz zu trivialen, bedeutungslosen Hülsen degradieren.

Wenn sie doch bloß so wuchtig vorlesen könnte, wie sie

schrieb. Sie sollte bei ihrem Verlag nachfragen, ob man ihr künftig einen Sprecher finanzierte, der sie auf Lesereisen begleitete. Sie, die Autorin, würde die Fragen der Moderatoren und des Publikums beantworten und von ihrem Leben berichten. Die Texte jedoch würde sie vorlesen lassen.

»Frau Carstensen, wenn wir in fünf Minuten beginnen wollen?« Die Vorsitzende des Literaturhauses hatte sich an sie gewandt. »Die letzten Gäste sind soeben eingetroffen.«

»Natürlich.« Sie rückte ihre Brille zurecht und strich sich eine blonde Haarsträhne aus dem Gesicht.

Die Nervosität drohte ihr die Luft abzuschnüren. Sie spürte, wie sie das Glas umkrampfte, es in ihrer Hand erzitterte, die Oberfläche der sechs Teile Gin mit einem Teil Wermut leichte Wellen schlug. Sie fingerte die große grüne Olive an dem Holzstäbchen aus der klaren Flüssigkeit und zog sie mit ihren Lippen langsam in den Mund.

Auf den ersten Blick schien ihr das Publikum wohlgesonnen. Einer frischgebackenen Preisträgerin brachte man zwar hohe Erwartungen, aber auch großen Respekt entgegen. Sie musste etwas von Wert, von Bedeutung geschrieben haben, wenn eine hochkarätig besetzte Jury sie für preiswürdig empfunden hatte. Patrizia Carstensen wusste zwar, dass hinter diesem Preis mehr stand als nur ihre Qualität. Sie war mit dem Consilium Humanum schon lange eng verbunden. Ihre Förderer hatten ihrer Karriere mit diesem Preis einen Schub verleihen wollen. Das alles hier sollte nur der Anfang sein. Mit Lyrik kam man nicht weit. Ein großer Gesellschaftsroman war der logische nächste Schritt. Sie wollte den Erfolg, über den man sprach. Den Deutschen Buchpreis! Für sie! Eine Auszeichnung als Signal für einen Wandel der deutschen Kultur.

Dafür würde sie alles tun.

Und ihre Förderer auch.

Es war so weit. Der Moderator setzte sich in Bewegung. Patrizia Carstensen folgte ihm. Ihr Atem ging unregelmäßig. Sie presste ihre Hände ineinander, versuchte die Zuckungen in Fingern und Armen zu beruhigen. Das Publikum beobachtete sie genau. Man hatte ihr verraten, dass drei Lokalpolitiker gekommen waren. Andere Zuschauer hatte sie bereits auf früheren Lesungen gesehen. Wiederum andere kamen ihr vage bekannt vor. Die meisten jedoch schienen frische, neue Zuhörer zu sein. Es war wichtig, ihr Spektrum zu erweitern, mehr Menschen für ihre Werke zu gewinnen. Nachher würde sie sich lange Zeit nehmen für Gespräche. Sie würde geduldig Fragen beantworten und eventuelle Kritik souverän abwehren. Selbst bei jenen, die sie nie verstehen würden. Die Fragerunde beherrschte sie. Was sie nervös machte, was ihr die Luft abschnürte, was ihren Magen in Aufruhr versetzte, war das Vorlesen.

Unter dem Applaus der gut achtzig Gäste betrat sie die Bühne. Zwei Ohrensessel in smaragdgrünem Samt standen nebeneinander, dazwischen ein kleiner Beistelltisch mit einer Art-déco-Tischlampe. In wenigen Metern Entfernung stand ein Rednerpult, auf das jemand ihr Buch mit den markierten Lesestellen gelegt hatte.

Zu ihrer Erleichterung sah sie auf dem kleinen Tisch zwischen den Sesseln ihren zweiten Drink vorbereitet. Während der Applaus ausklang, setzten sie sich. Der Moderator fand begrüßende Worte. Sie nahm einen großen Schluck. Der Journalist erklärte dem Publikum den Ablauf. Ein paar Fragen an die Schriftstellerin zum Einstieg. Dann werde Patrizia Carstensen einige Sequenzen aus ihrem Gedichtzyklus vortragen. Später sei genügend Zeit für Fragen der Zuschauer eingeplant, ehe es einen Umtrunk gab, bei dem die Autorin selbstverständlich anwesend sein werde.

»Frau Carstensen«, begann der Mann. »Fangen wir doch mit einer einfachen Frage an: Was waren die treibenden Kräfte, die Sie zum Schreiben bewegt haben?«

Bevor Patrizia Carstensen antwortete, nahm sie sich in einer ruhigen, einstudierten Bewegung ihre Brille von der Nase, faltete sie zusammen und lächelte ins Publikum. Diese Geste hatte sie von einem Bühnencoach empfohlen bekommen. Sie sollte Offenheit demonstrieren und sie nahbarer wirken lassen. Über die Antwort, die nun aus ihrem Mund floss, brauchte sie nicht nachzudenken. Diese Frage hatte sie schon hundertfach beantwortet. Hier eine lustige Anekdote, dort ein Witz. Das Publikum lachte an den richtigen Stellen. In den ersten Reihen sah sie glühend interessierte Gesichter. Patrizia Carstensen merkte, dass sie gut ankam.

Sie trug einen mittelblauen Hosenanzug und ihre Lieblingsbluse mit Hochkragen. Das Hemd betonte ihren schlanken Hals und rahmte die Kette mit dem goldenen Kreuz perfekt ein. Der Sessel war bequem. Sie wünschte sich, sie würde gleich von hier aus lesen. Dann musste sie nicht stehen, während sie las, musste sich nicht mit beiden Händen am Pult festhalten in der Angst, ihre Beine könnten unter dem Lampenfieber nachgeben.

Im Anflug einer ersten Panik kam sie mit ihrer Antwort abrupt zum Ende. Der Journalist und auch die Zuschauer schienen jedoch nichts bemerkt zu haben. Patrizia Carstensen griff nach ihrem Dry Martini.

»Frau Carstensen, da Sie mit Ihrem Alter offen umgehen, darf ich verraten, dass Sie kürzlich Ihren sechsundvierzigsten

Geburtstag gefeiert haben. Sie gelten als ehrgeizig. Welche literarischen Ziele verfolgen Sie mit dem, was Sie schreiben?« Auch diese Frage hatten sie vorher abgesprochen. Die Worte formten sich wie von selbst. Patrizia Carstensen versuchte ihre Angst beiseitezuwischen und warf einen Blick ins Publikum. Gleich in der ersten Reihe neben einem älteren Ehepaar fiel ihr ein attraktiver Mann ungefähr in ihrem Alter auf. Fuchsrote Haare, rasierte Wangen, der dezente Bartschatten tendierte ebenfalls ins Rötliche. Ein langes, spitz zulaufendes Gesicht mit prägnantem Kinn. Elegant gekleidet, britischer Stil, schwarzes Hemd, grau karierte Weste, dunkle Stoffhose. Der Mann gefiel ihr.

Da sah er ihr direkt in die Augen.

Patrizia Carstensen brach mitten im Satz ab.

»Wollen Sie den Gedanken noch zu Ende führen?«

Die Stimme des Moderators erreichte sie nur knapp. Sie riss sich von den Augen des Mannes los und blickte zum Journalisten. Sie hatte keine Ahnung mehr, was sie gerade versucht hatte zu sagen. Sie zwang sich zu einem Lächeln.

»Nein, ich fürchte, den Satz bringe ich nicht mehr gesund zu Ende.« Jemand hatte in ihrem Hals Feuer gelegt. Sie räusperte sich. »Sollte ich gleich während meiner Lesepassagen unzusammenhängendes Zeug reden, sind das die letzten Brocken meiner Antwort. Wundern Sie sich also bitte nicht.«

Die Zuschauer und der Moderator lachten.

Patrizia Carstensen dagegen war nicht zum Lachen zumute. Ganz und gar nicht.

Sie kannte den Mann. Aber woher? Ihr Unterbewusstsein hatte ihr eine Warnung zukommen lassen. Dieser Typ war gefährlich. Aber warum? Während der Moderator eine überaus schmeichelhafte Rezension ihres neuesten Buches wiedergab, zermarterte sich Patrizia Carstensen ihr Hirn. Sie riskierte einen Blick aus dem Augenwinkel. Der Mann mit den fuchsroten Haaren fixierte sie noch immer.

Da fiel es ihr ein.

Nein, das konnte nicht sein. Oder doch? Tatsächlich. Er war es. Ausgerechnet er.

Falk. So hieß er. Aber wie war sein Vorname? René? Ragnar?

Rasmus. Das war's.

Rasmus Falk.

Was zum Teufel machte Rasmus Falk hier? Nach all den Jahren. Er war doch nicht einfach so nach Rostock gekommen. Er wusste sicher noch, wer sie war. Natürlich wusste er das. Er würde ihren Namen mit Sicherheit nie vergessen. Ihren nicht. Jenen von Friedrich Ammon nicht. Und auch nicht den von Nicolai Krahl. Nicht nach alledem, was geschehen war.

Ausgerechnet jetzt. Ausgerechnet hier. Sie musste lesen. Jeden Augenblick würde dieser Journalist sie dazu auffordern, ans Rednerpult zu treten. Bei dem Gedanken krampfte sich ihr Magen zusammen. Nein, nicht auch noch der Magen. Ihre Lungen schienen sich ohnehin nur noch stoßweise zu füllen. Ihr brach der Schweiß aus.

Rasmus Falk. Warum war er hier?

Patrizia Carstensen hörte, wie der Moderator sie bat, mit ihrem Vortrag zu beginnen. Sie versuchte aufzustehen. Sofort sank sie zurück in den Sitz. Sie schloss die Augen, versuchte tief einzuatmen und öffnete sie wieder.

»Ist Ihnen nicht gut?«

Der Journalist lehnte sich mit besorgter Miene zu ihr herüber.

»Ich…« Sie biss die Zähne zusammen. »Es wird schon gehen.«

Sie lächelte knapp, nahm all ihre Kraft zusammen und stemmte sich aus dem Sessel hoch. Das Pult, auf dem ihr Buch auf sie wartete, hunderteinundfünfzig gebundene Seiten, stand keine fünf Meter von ihr entfernt. Mit einem Mal schien es unerreichbar. Ihre Augen spielten ihr einen Streich. Schwarze Schatten flackerten auf. Ein Schritt. Noch einer. Aus dem Augenwinkel sah sie den Mann mit den fuchsroten Haaren. Er sah sie interessiert an, schien sie zu mustern. Warum war Rasmus Falk gekommen?

Diese Frage war ihr letzter Gedanke.

Im selben Moment wusste Patrizia Carstensen, dass sie das Rednerpult nicht erreichen würde.

Dass sie womöglich nie wieder etwas erreichen würde.

Dann kippte sie nach vorne.

KAPITEL 13

Die Menschen im Saal sprangen auf. Ausrufe des Entsetzens mischten sich mit aufgeregtem Flüstern. Auch der Mann mit den fuchsroten Haaren erhob sich, jedoch langsam und bedächtig. Die Vorsitzende des Literaturhauses stürmte in Richtung Bühne. Der Moderator eilte zu Patrizia Carstensen und ging neben ihr in die Hocke. Die Autorin lag bewusstlos auf den Holzplanken. Aus ihrem Mund quoll Erbrochenes.

»Einen Arzt! Ruft jemanden, einen Arzt«, hörte Rasmus Falk den Journalisten.

Ein Mann, der einige Plätze neben ihm gesessen hatte, eilte mit einem Handy am Ohr in Richtung Ausgang. Der Notarzt würde also kommen. Aber was würde er noch ausrichten können? Falk hatte Carstensen in den Minuten zuvor genau beobachtet. Sie hatte ähnliche Anzeichen dessen gezeigt, was ihm in den Videos aufgefallen war, die er nach Nicolai Krahls Tod von dessen Kampf gesehen hatte. Er war sich sicher, dass man auch bei Friedrich Ammon vergleichbare Symptome hätte beobachten können.

Rasmus Falk blickte sich im Saal um. Pure Verunsicherung gepaart mit dem Schauspiel, das man bei allen Unfällen beobachten konnte. Die Menschen konnten nicht wegsehen. Selbst bei einer Gefahr für ihr eigenes Leben würden sie nur so weit vom Tatort fliehen, bis sie sich sicher wähnten. Dann würden sie ihrer Neugier freien Lauf lassen und beobachten, was vor sich ging. So auch jetzt. Falk sah, wie einige Gäste ihre Smartphones hervorholten und versuchten, über die Menschen hinweg Patrizia Carstensen auf der Bühne liegend zu filmen oder zu fotografieren.

Automatisch zog er den Kopf ein, sah zu Boden. Er musste hier weg, durfte nicht warten, bis der Notarzt oder gar die Polizei eingetroffen war. Sonst musste er womöglich erklären, was er nicht erklären konnte.

Rasmus Falk sah auf die Uhr. Halb neun.

Er hatte bar gezahlt, keinen Namen angegeben, keine Spuren hinterlassen. Ob er auf einigen der Fotos oder Videos zu sehen sein würde? Das war aufgrund der zahlreichen Smartphones inzwischen unmöglich auszuschließen. Aus eigener Erfahrung wusste er, wie weit die Gesichtserkennung der Behörden schon entwickelt war.

Für ihn gab es hier nichts mehr zu tun. Falk zog sein Sakko von der Stuhllehne und verließ auf direktem Wege das Peter-Weiss-Haus, in dem sich das Literaturhaus befand. Sein Auto hatte er direkt gegenüber geparkt. Mit einem Tatort durfte Rasmus Falk nicht in Verbindung gebracht werden.

Und ein Tatort war der Möckelsaal nun ohne Frage.

Denn Patrizia Carstensen war tot.

Die dritte Tote in vier Tagen.

KAPITEL 14

Viele Menschen fürchteten die Nacht. Nicht so er. Er brauchte sie. Sie befreite ihn von den Blicken der Menschen. Ihr dunkles Wesen beruhigte ihn. Wenn nur der Mond wie eine göttliche Taschenlampe auf die Erde traf, konnte er den Geistern seines Lebens leichter entkommen. Das Tageslicht hingegen führte ihm vor Augen, was er nicht mehr erleben durfte. Was er unwiederbringlich verloren hatte. Weshalb ihm nichts anderes blieb als das.

Rasmus Falk stand auf der Terrasse seines Hauses in Brandenhusen und starrte in die Dunkelheit. Es war nach Mitternacht. Ein leichter Seewind wehte über die Felder der Insel. Poel kam zur Ruhe. Die Touristensaison ging langsam zu Ende. Die Einheimischen erhielten ihre Insel zurück. Da die Luft nun täglich stärker abkühlte, besonders nach Sonnenuntergang, kam nur noch hierher, wer die Natur liebte und ihre Gesetze respektierte. Falk blickte zu den Sternen. Ein klarer Nachthimmel lag über der Ostsee. Die Brise, die ihn umwehte, fühlte sich noch sommerlich an. Doch die Winterwinde waren bereits auf dem Vormarsch. Sie würden Stürme mitbringen. Reinigende, kraftvolle Erinnerungen daran, wer auf diesem Planeten das Sagen hatte. Falk sog die

Luft tief in sich auf, atmete lange aus. Dann drehte er sich um und ging zurück ins Haus.

Eine Stunde hatte er von Rostock nach Brandenhusen gebraucht. Dass die Lesung praktisch vor seiner Haustür stattgefunden hatte, war ihm wie ein Wink des Schicksals vorgekommen. Die Chance hatte er nicht verpassen dürfen. Natürlich war es ein Risiko gewesen. Patrizia Carstensen hatte ihn erkannt. Alle Signale ihres Körpers hatten sie verraten. Nicht nur das plötzliche, reflexartige Vermeiden des Blickkontaktes oder das unkontrollierbare Zurückkehren der Augen an den Punkt einer potenziellen Bedrohung. Auch dass Carstensen mit einer Hand ihre Drosselgrube bedeckt hatte, jene Stelle zwischen Kehlkopf und Brustbein, an der sich Frauen unbewusst besonders verletzlich fühlen. Sie hatte ihre Beine verschränkt, die Kiefer aufeinandergepresst, ihre Lippen eingesogen. So hatte sie alles preisgegeben.

Aber natürlich hatte auch das Gift eine Rolle gespielt.

Erst Ammon.

Dann Krahl.

Jetzt Carstensen.

Zurück in seinem Haus, dachte er über diese Liste nach. Er setzte sich im Schneidersitz auf den Teppich vor dem Kamin im Wohnzimmer. Die Flammen waren längst erloschen, in der Glut knisterte noch das Holz. Das alte, zweistöckige Bauernhaus hatte er vor fast vier Jahren gekauft, wenige Monate nach dem Tag, der alles verändert hatte. Es lag in Brandenhusen, dem kleinen Dorf im Süden der Insel, mitten in einem Rapsfeld. Die nächsten Nachbarn waren mehrere Hundert Meter entfernt. Hier hatte er die Ruhe gefunden, die ihm verloren gegangen war. Hier hatte er den Plan entwickelt, den er nun verfolgte. Hier hatte er sich das Hauptquartier für seine Zwecke gebaut.

Der einzige Nachteil waren die beschränkten Fluchtwege. Nur eine Straße führte von der Insel aufs Festland. Der zweite Fluchtweg führte über das Wasser. Sein Motorboot, das so alt war wie er selbst und das er einem Fischer im Norden der Insel für dreitausend Euro abgekauft hatte, lag im Poeler Hafen in Kirchdorf, dem zentralen Ort der Insel.

Falk fragte sich, welcher Schritt jetzt der vielversprechendste war. Es existierten zwei Alternativen. Beide waren verlockend, beide bargen Risiken. Vor allem aber sahen beide Optionen vor, dass er aus dem Schatten heraustrat und sich zu erkennen gab.

Er stand auf, strich sich seine Stoffhose glatt. Noch immer trug er Hemd und Weste vom Abend in Rostock. Falk gehörte nicht zu den Menschen, die sich gehen ließen, sobald sie in ihren eigenen vier Wänden weilten. Er kleidete sich stets so, als würde er jeden Moment das Haus verlassen. So, als würde er einem geregelten Job nachgehen. Mal Innendienst, mal Außendienst. So war es ja auch. Aber eben auf seine Art. Und vor allem alleine.

Er verließ das Wohnzimmer und betrat den wichtigsten Raum des Hauses. Falk hatte das frühere Ess- und das Arbeitszimmer zusammengelegt, die Wand dazwischen eingerissen und einen knapp sechzig Quadratmeter großen Raum geschaffen, dessen Einrichtung nichts mehr mit einem Bauernhaus zu tun hatte. Die Fenster hatte er mit blickdichten Jalousien abgehängt. Strahler an der Decke leuchteten alle Flächen hell und gleichmäßig aus. An einer Wand hing ein riesiger Fernseher mit fast zwei Metern Bildschirmdiagonale. Auf ihm liefen in vierundzwanzig Rechtecken die

Live-Bilder der Überwachungskameras, die Falk im Haus und auf seinem Grundstück installiert hatte. Zwei schwere Werkbänke mitten im Raum dienten als Schreibtische. Auf dem einen lag ein Laptop, an den drei große Bildschirme angeschlossen waren. Auf dem anderen lagen Zeitungsausschnitte, Bücher, Mappen, Aktenordner, Notizblöcke und beschriebene Klebezettel. Zwei Tische, zwei Welten. Der digitale Tisch war sein Auge nach draußen in das Hier und Jetzt, in die Aktualität. Der analoge Tisch war sein Archiv, die Geschichte, mit der alles angefangen hatte und die er Stück für Stück sezierte, um ihre Rätsel in naher Zukunft zu lösen.

An der Wand gegenüber der Überwachungsanlage hing ein zweiter Fernseher in gleicher Größe. Diesen schaltete Falk nun ein. Eine Grafik erschien, die wie ein dreidimensionales Spinnennetz aussah. Es war eine Karte, die alle wichtigen Erkenntnisse seiner Recherchen der letzten vier Jahre miteinander verband. Falk trat vor den Bildschirm und tippte auf eine der Verbindungslinien. Der Touchscreen erwachte zum Leben und zeigte die Innenansicht dessen, was Falk sich näher ansehen wollte.

Porträts von Friedrich Ammon und Nicolai Krahl tauchten auf. Aus einer anderen Verknüpfung des Spinnennetzes zog Falk ein drittes Foto hinzu, jenes von Patrizia Carstensen. Unter dieses Bild der Lyrikerin schrieb er nun: *Consilium Humanum, Eisenach/Rostock.* Unter Ammons Aufnahme hatte Falk bereits vermerkt: *Accademia della Dignità Umana, Trisulti.* Krahls Foto war mit dem Kommentar versehen: *Institut des Sciences Politique, Économique et de la Sécurité, Lyon.* Drei Länder, drei Bildungsstätten, drei Tote.

Ammon, Krahl, Carstensen. Das Trio, das sein Lebensglück auf dem Gewissen hatte. Ein Prozess vor Gericht, der alles verändert hatte. Ein Überfall, der ihm alles genommen hatte. Ein Schicksal, das in ihm ausgelöst hatte, wonach er nun strebte: Rache.

Falk gab dem Touchscreen weitere Befehle, und die drei Toten ordneten sich neu an. Ihnen übergeordnet stand jetzt ein weiterer Name neben einem weiteren Foto. Von diesem Bild führten Linien zu allen drei Verstorbenen.

Auf diesen Moment hatte Falk gewartet. Als er von Ammons Tod gehört hatte, hatte er noch an einen Zufall geglaubt. Als Krahl nur zwei Tage später verstorben war, ahnte er bereits, dass etwas im Gange war. Deshalb hatte er sich sofort ins Auto gesetzt, als er gehört hatte, dass Carstensen nur eine Stunde von ihm entfernt eine Lesung halten würde. Er hatte Patrizia Carstensen sprechen, sie mit den beiden mysteriösen Todesfällen konfrontieren wollen. Nun war auch sie tot. Und er hatte die Bestätigung dessen, was er befürchtet hatte.

Jemand war auf der Jagd.

Jemand anderes außer ihm.

Er war sich sicher, dass die Behörden noch keine Verbindung zwischen den drei Toten hergestellt hatten. Doch für ihn gab es keinen Zweifel. Die Verbindung existierte, und eigentlich war sie offensichtlich. Man musste nur wissen, wonach man suchte. Er sah auf den Bildschirm und in die Augen des Mannes, dessen Foto er mit allen drei Ermordeten verbunden hatte. Er sah in das Gesicht eines ernst dreinblickenden Mannes mittleren Alters mit Halbglatze und kurz rasiertem Haarkranz.

Carl Bellmann blickte aus seinen graublauen Augen hart und entschlossen zurück.

Der Politiker, der aus Gerechtes Deutschland die zweitstärkste politische Macht im Land geformt hatte, war die Brücke zwischen Ammon, Krahl und Carstensen. Die Frage lautete nun: War er selbst für die Morde verantwortlich, oder hatte es der Täter womöglich auch noch auf Bellmann abgesehen?

Eines war sich Rasmus Falk sicher: Die drei Morde gingen alle auf das Konto desselben Täters. Oder der Täterin. Vor allem, wenn man berücksichtigte, dass Gift statistisch gesehen vornehmlich das Werkzeug des weiblichen Geschlechts war. Zwar hatte es in der Geschichte viele Männer gegeben, die das sehr wohl gewusst und ausgenutzt hatten, um die Ermittler auf eine falsche Fährte zu locken. Doch dieses Mal, dachte Falk, war es sehr gut möglich. Denn er kannte zwei Frauen, die er nun zum engsten Kreis der Verdächtigen zählen musste.

Er tippte ein paarmal auf dem Touchscreen, bis er gefunden hatte, wonach er suchte. Die Fotos der beiden Frauen, die gute Gründe hatten, die Morde begangen zu haben.

Auf dem ersten Bild war eine dunkelhaarige Frau zu sehen, vermutlich in den Sechzigern, ihr Gesicht aufgedunsen durch zu viel Alkohol und Kortison, mit zu viel Makeup und zu wenig Leben in den Augen. Ihr Name unter dem Porträt wies sie als Martha Bellmann aus. Sie war die Ehefrau von Carl Bellmann.

Das zweite Foto zeigte eine deutlich jüngere, schlankere Frau von Ende zwanzig. Sie trug braunes, schulterlanges Haar, ihre Augen verrieten Eigensinn und Trotz. Das Foto hatte Falk erst vor wenigen Wochen hinzugefügt, als er sich in den Server der Polizeiakademie Berlin gehackt hatte.

Der Name unter dem Foto lautete: Johanna Böhm.

KAPITEL 15

»Wenn hier einer auf Hollywood-Polizist macht, fliegt er raus.«

Der Ausbilder für Schusswaffen stand vor Johanna und ihren Klassenkameraden.

»Die Waffe in Bereitschaft zeigt niemals in den Himmel. Sie ist immer auf den Boden gerichtet. Nur Schauspieler pressen sich an die Wand und heben ihre Pistole, als wollten sie sich damit an der Nase kratzen. Ist das klar? Wir machen das hier richtig. Und zwar von Anfang an. Position eins: Waffe zu Boden gerichtet. Position zwei: aufmerksame Schießhaltung, beidhändiger Anschlag, die eine Hand stützt die andere.«

Johanna und die anderen Möchtegern-Polizisten standen aufgeregt und verunsichert in Ruhleben auf dem Schießstand. Für viele von ihnen war es das erste Mal mit einer Waffe. Auch für Johanna. Am Vormittag hatte sie im Ethikunterricht gut zugehört, welche Verantwortung sie trugen, wenn sie bewaffnet waren. Es gab Menschen, die sich veränderten, sobald sie eine Waffe mit sich führten. Nach der ethischen Einführung hatten sie in Waffenkunde alles über die SFP9 von Heckler & Koch gelernt, die Standardpistole der Berliner Polizei. Sie hatten das schwarze Metall erstmals in den Händen gehalten, die Waffe in ihre Hauptbaugruppen zerlegt, wieder zusammengesetzt und alle Einzelteile erklärt bekommen, vom Schlitten über die Sicherung bis zum Magazin. Dann waren sie zum Schießstand gegangen.

In den letzten Minuten hatte Johanna erfahren, dass rechts ihr dominantes Auge war, dass sie »Rohr frei« rufen musste, wenn keine Munition mehr im Lauf war. Gleich würde sie spüren, was es bedeutete, eine mit scharfer Munition geladene Waffe abzufeuern, die dafür gemacht war, Leben zu beenden.

»Jeden Schuss müssen Sie bewusst abgeben. Das Ziel eines jeden Schusswaffengebrauchs ist, eine Flucht oder einen Angriff zu verhindern. Es geht nicht, ich betone, es geht nicht darum, jemanden zu töten.« Der Ausbilder schritt vor ihnen auf und ab. Dann blieb er vor Johanna stehen. »Böhm«, sagte er mit einem Blick auf ihr Namensschild, das sie an ihrem Hemd trug. »Wenn Sie mit einem Messer auf mich losgehen, wie weit muss ich von Ihnen entfernt sein, damit ich noch rechtzeitig einen Schuss abgeben kann, um mich zu schützen?«

»Sieben Meter.« Diese Zahl hatte sich Johanna aus dem Waffenkunde-Unterricht gemerkt.

»Korrekt. Sieben Meter. Dann ist ein Sicherheitsschuss möglich. Ist der Angreifer näher dran, bin ich vielleicht nicht schnell genug und laufe Gefahr, dass er mich im Fallen trotzdem noch mit dem Messer erwischt, obwohl ich ihm eine Kugel verpasst habe.«

Dann ging es los.

In Dreiergruppen an den Schießstand. Die Rekruten luden die Trainingswaffen. Der Ausbilder korrigierte Stand, Handhaltung, Arme. Ohrenschützer auf. Feuer.

Trotz des Hörschutzes hallte der Knall der Pistolen in dem unterirdischen Raum von den kahlen Wänden wider und ließ einige Studierende zusammenzucken. Johanna hatte erwartet, dass sich ein Schwefelduft im Raum breitmachen würde. Stattdessen wehte ihr ein leicht scharfer, chemischer Geruch in ihre Nase.

Immer mehr Kommilitonen schossen ihre ersten Patronen ab, ehe auch sie an der Reihe war. Gleichzeitig mit ihr trat Teresa Osterkamp an den Schießstand. Johanna lud die Waffe, wie man es ihr gezeigt hatte. Dann brachte sie sich in Position und wartete. Sie bekam noch mit, wie der Ausbilder bei Teresa die Haltung an Armen und Beinen korrigierte. Dann trat er zu Johanna.

»Guter Stand, Böhm!« Keine Korrekturen.

Johanna atmete ruhig und gleichmäßig. Die weißen Leuchtröhren erhellten den Kanal zum Ziel. In fünfzehn Metern Entfernung stand eine Scheibe mit zehn Ringen. Die vier Ringe im Zentrum waren schwarz eingefärbt. Als das Kommando kam, zog sie ihren Zeigefinger Millimeter für Millimeter näher an sich heran, die Waffe unbeweglich ausgestreckt.

Der Schuss löste sich schneller, als sie gedacht hatte. Mit dem Rückschlag hatte sie gerechnet, hatte insgeheim darauf gewartet, war vorbereitet gewesen. Sie hatte lediglich einen größeren Widerstand am Abzug vermutet.

Johanna sicherte die SFP9 und richtete sie mit beiden Händen zu Boden. Dann sah sie nach vorne. Sie suchte die äußeren Ringe ab, konnte ihr Einschussloch aber nicht finden.

»Böhm, sind Sie sicher, dass Sie noch nie zuvor geschossen haben?« Der Ausbilder trat wieder an sie heran.

»Das allererste Mal.«

»Dann gratuliere ich Ihnen. Eine Neun am Rande zur Zehn. Sauberer Schuss.«

Johanna kniff die Augen zusammen. Erst jetzt betrachtete sie das Zentrum der Scheibe. Tatsächlich. Im schwarzen Mittelpunkt klaffte ein kleines, aus dieser Distanz kaum erkennbares Loch.

»Danke«, sagte Johanna knapp, davon überzeugt, dass ihr ein Zufallstreffer gelungen war.

Insgesamt gab sie fünf Schüsse ab. Keiner war schlechter als eine Acht.

Als sie die Waffe schließlich wieder auf den Tisch neben den Patronen gelegt hatte, hörte sie, wie der Ausbilder bei Teresa Osterkamp eine Drei als besten Treffer feststellte. Johanna hatte ihre Rivalin in den Schatten gestellt.

Während sie Teresas Blicke ignorierte, fragte sich Johanna, ob sie sich wirklich darüber freuen konnte. Was sagte es über einen Menschen aus, wenn man ein guter Schütze war? War das wirklich eine erstrebenswerte Qualität? Im Zweifel würde es in ihrem Job nützlich sein. Insofern sollte sie sich freuen. Waffengebrauch gehörte zu dem Beruf, den sie unbedingt ausüben wollte. Aber sie ahnte, dass die Wurzeln ihrer Zweifel tiefer lagen.

Es war kurz nach drei, als sie das Akademiegelände im Berliner Westen verließ. Die Sonne schien, und Johanna stopfte ihre Jacke in den Rucksack zu ihren Dienstklamotten. Sie hatte sich umgezogen und trug eine schwarze Jeans, Sneakers und ein dunkelblaues Shirt. Mit dem Bus ging es zum Bahnhof Zoo, von wo aus sie mit der S-Bahn weiter zum Alexanderplatz fuhr. Bevor sie nach Berlin gekommen war, hatte der Fernsehturm für sie zu einem der Wahrzeichen der Stadt gehört. Jetzt achtete sie nur noch auf die Polizeiwache, die vor einigen Jahren extra mitten auf den Platz gezimmert worden war. Mehr Bullen gleich weniger Kriminalität, hatten sich die Politiker gedacht. Mächtig schiefgegangen war dieser Masterplan. Der Alex war noch immer ein Hotspot für Diebstähle, Drogendelikte und Gewalttaten. Auch deshalb bewarben sich hier die meisten Polizeianwärter im Laufe des Studiums für ein Praktikum.

Boris Malkin wartete bereits auf sie. Mit einer Einkaufstüte in der Hand stand er im Schatten der Weltzeituhr. Johanna fand, der überdimensionale Kreisel mit seinen vierundzwanzig Zeitzonen sah aus wie die futuristische Saalbelegung eines Kinos.

»Ich bin Klassenbeste beim Schießen«, platzte es aus ihr heraus, als sie sich begrüßt hatten. »Und ich habe keine Ahnung, ob ich mich darüber freuen soll.« Sie erzählte ihm von ihrem Ergebnis.

Boris riss erstaunt die Augen auf. »Du weißt nicht, ob du dich darüber freuen sollst, in deiner Ausbildung gut zu sein?«

»Ob ich stolz darauf sein sollte, eine gute Schützin zu sein.«

»Verdammt stolz solltest du sein.« Boris betrachtete sie mit ernstem Gesicht. »Dass du dir darüber Gedanken machst, beweist doch schon, dass du den richtigen Charakter hast, mit diesem Talent verantwortungsvoll umzugehen. Wenn du damit prahlen würdest, würde ich dir eine scheuern. Okay, würde ich natürlich nicht«, fügte er schnell hinzu, als er sah, wie eine ihrer Augenbrauen in die Höhe schnellte. »Aber ich würde dir den Kopf waschen. Mann ey, Böhm, du hast heute ein Talent in dir entdeckt, das dir in deinen dreißig und mehr Berufsjahren noch gute Dienste erweisen könnte. Es wäre cool, wenn du bis zur Rente keinen einzigen Schuss abgeben müsstest. Aber wenn doch, dann kannst du dir wenigstens sicher sein, dass du ins Schwarze triffst. Das sollte dir Selbstvertrauen geben und keine Selbstzweifel.«

Johanna dachte über seine Worte nach. Was hatte der Ausbilder gesagt? *Das Ziel eines jeden Schusswaffengebrauchs ist, eine Flucht oder einen Angriff zu verhindern. Es geht nicht darum, jemanden zu töten.* Boris hatte vermutlich recht. Sie würde nie zu denjenigen gehören, die ihre Waffe stolz mit sich trugen und sich damit stärker fühlten.

Plötzlich empfand sie eine große Zuneigung zu Boris. »Wenn du nicht schwul wärest, du geiler Russe, dann ...« Beide lachten.

Sie hakte sich bei ihm ein, und sie gingen wieder in Richtung S-Bahn-Station. Johanna wollte für sie beide kochen. Keine Spaghetti mit Tomatensauce. Sie hatte ein Maishühnchen und verschiedene Gemüse gekauft, die sie bereits in afrikanische Gewürze eingelegt hatte. Sie würden auf ihrem Balkon die Holzkohle anfeuern und ein Braai veranstalten, wie sie es fast jeden Abend in Namibia am offenen Lagerfeuer erlebt hatte.

Vielleicht, dachte sie, würde ihr das Gefühl am Grill die Leichtigkeit verleihen, Boris von Nicolai Krahl und Zacharias Toben zu erzählen.

Seit dem Aufeinandertreffen mit Toben vor zwei Tagen rang sie mit sich. Sie hatte Alice nicht angerufen, hatte ihr auch nicht geschrieben. Aber sollte sie Boris einweihen? Es würde ihre Beziehung verändern. Bislang war er der unbelastete Freund, der von alledem aus ihrer Vergangenheit nichts wusste. Das nervte ihn, ihr war es aber nur recht so. Wenn sie ihn einweihte, würde es alles zwischen ihnen verändern. Und genau das wollte sie eigentlich verhindern. Sie fuhren mit der S-Bahn in Richtung Osten. Boris löcherte sie mit allen Einzelheiten des Schießtrainings. Er war ein guter Freund, freute sich ehrlich für sie, feierte das schlechte Ergebnis von Teresa Osterkamp und gab ihr das Gefühl, sich ihrer neu entdeckten Stärke nicht schämen zu müssen.

Als sie am Bahnhof Schöneweide ankamen und die Treppe zur Straße hinuntergingen, schnappte sich Boris eine druckfrische Ausgabe des *Berliner Abendblatts*. Er faltete die Wochenzeitung auf und überflog die Überschriften.

Johannas Augen fielen auf das großformatige Bild des Aufmachers.

Ihr Herz setzte einen Schlag aus.

Berliner Lyrikerin stirbt während Lesung, stand darunter.

Johanna riss Boris die Zeitung aus der Hand.

»Hey!«

Doch sie beachtete ihn nicht.

»Was ist denn los?«

Ohne ihm zu antworten, begann sie zu lesen.

Rostock. Die Lyrikerin Patrizia Carstensen ist tot. Die gebürtige Berlinerin verstarb überraschend am Donnerstagabend während einer Lesung im Literaturhaus Rostock. Die Sechsundvierzigjährige hatte erst kürzlich einen viel beachteten Förderpreis gewonnen und galt als aufstrebender Stern am deutschen Literaturhimmel. Noch sind die genauen Umstände ihres Todes unklar. Die Polizei gab bislang keine Informationen heraus. Ein Sprecher erklärte lediglich, man warte die Ergebnisse der toxikologischen Untersuchun-

gen ab. Aktuell gebe es keine Hinweise auf ein Verbrechen. Patrizia Carstensen galt als Virtuosin der literarischen Kälte, als Meisterin des nüchternen Blickes und der illusionslosen Analyse. Die ehemalige Justizbeamtin sagte einmal, Literatur diene nicht dem Trost oder der gefälligen Verschönerung der Welt, sondern der brutalen Offenheit, um Bosheit und Elend in der Gesellschaft zu benennen. Dem Abend in Rostock hätten noch weitere Lesungen sowie mehrere Auftritte auf der Frankfurter Buchmesse folgen sollen. Bis zum Redaktionsschluss dieser Ausgabe äußerte sich Carstensens Verlag nicht zu ihrem Tod.

»Johanna?«

Sie sah auf. Boris stand vor ihr, nahm ihr behutsam die Zeitung aus der Hand.

»Ist alles in Ordnung?«

Nichts war in Ordnung. Gar nichts.

Das konnte doch kein Zufall sein. Erst Krahl, jetzt Carstensen. Was passierte da gerade?

Sie glaubte zu spüren, wie in ihr der Groschen fiel und sie zu einer Entscheidung gelangte.

»Ich muss dir was erzählen.«

Ihre dünne Stimme musste für Boris Warnung genug gewesen sein. Ohne ein weiteres Wort nahm er sie an die Hand, und sie gingen schweigend zu ihr nach Hause.

Zehn Minuten später saßen sie auf ihrem Bett. Das Grillen auf dem Balkon war vergessen. Stattdessen hielt Johanna einen Gin Tonic in der Hand, den Boris ihnen beiden schnell gemixt hatte. Er saß am Fußende und sah sie geduldig an.

Johanna erkannte: Wenn sie einmal anfing, würde sie ihm alles erzählen. Ein wenig Wahrheit war zu viel Lüge. Sie hatte es satt, dem besten Freund ihres neuen Lebens die

Wahrheit über ihr altes Leben zu verschweigen. Also fing sie an. Am Anfang.

»Erinnerst du dich noch, als ich so komisch auf das Plakat von Carl Bellmann reagiert habe?«

Boris nickte stumm.

»Ich heiße nicht Johanna Böhm. Wobei, nein, das stimmt nicht. Ich heiße so. Aber ich hieß mal anders. Johanna ist mein zweiter Vorname. Böhm ist der Mädchenname meiner Mutter. Eigentlich heiße ich Eva Johanna Bellmann.« Sie holte tief Luft. »Carl Bellmann ist mein Vater.«

KAPITEL 16

FREITAG, 10. SEPTEMBER
Berlin, Deutschland

Als sie auf ihrem Bett saß und Boris ihre Geschichte erzählte, war sie nicht mehr Johanna Böhm. Sie war wieder Eva Bellmann, das Kind aus Eisenach, die Tochter von Carl Bellmann und Martha Böhm, die kleine Schwester von Viktor und Hagen, ihren beiden älteren Brüdern. Und damit war sie Teil einer rechtsradikalen Familie.

»Mein Vater dachte schon immer streng rechts. Für ihn war die rechte Szene so etwas wie die größtmögliche Opposition zum Sozialismus der DDR. Er durfte es nur nicht laut sagen, weil mein Großvater es ihm verbot. Der Familie hatten die Milchwerke in Eisenach gehört. Die Fabrik wurde zwar verstaatlicht, wir behielten aber die Leitung. Als dann die Wende kam, kämpfte mein Großvater darum, dass der Familie die Firma wieder überschrieben wurde. Gleichzeitig sollte Carl die Leitung übernehmen. Kaum hatte es geklappt, sagte sich aber mein Vater von allem los und verkaufte die Milchwerke. Das hat mein Großvater ihm nie verziehen.«

»Hatte dein Vater keine Lust auf einen eigenen Betrieb?«

»Carl wollte in die Politik. Für ihn war der Sturz der DDR nur der erste Schritt zum Sturz der Bundesrepublik. Der NPD wollte er allerdings nie beitreten. Mein Vater glaubte nicht daran, es mit einer Partei schaffen zu können, die derart offen den Ideen der Nazis folgte. Er sagte immer, irgendwann werde eine Partei aufkommen, die unter bürgerlichem Deckmantel eine im Herzen rechtsnationalistische Agenda verfolgen würde. Das moderate, volksnahe Begehren würde die Menschen so lange vom tatsächlichen Ziel der Partei ablenken, bis diese groß genug wäre, um sich eine stabile Basis aufgebaut zu haben. Als dann das Gerechte Deutschland aufkam, wusste er, dass seine Zeit gekommen war. Die GRD war für ihn wie der Wink des Schicksals.«

Sie nahm einen großen Schluck Gin Tonic. Ihre Lippen kribbelten von der Säure des Limettensafts, den Boris über den Glasrand geträufelt hatte.

»Mein Vater ist ein begnadeter Redner, das hast du ja schon im Fernsehen mitbekommen. Irgendwie war klar, dass er versuchen würde, es zum Bundeskanzler zu schaffen. Auch wenn er es lange Zeit bestritten hat.«

Mit einem Mal realisierte Johanna, dass sie über einen Mann sprach, den sie das letzte Mal vor dreizehn Jahren gesehen hatte. Damals war sie noch eine Jugendliche gewesen. Was hatte sie zu der Zeit wirklich verstanden? Vielleicht hatte ihr Vater schon damals diese Ambitionen gehegt.

»Na ja, zumindest hat er erzählt, er wolle lieber im Hintergrund bleiben. An der täglichen Politik schien er mir nie groß interessiert. Er sah sich mehr als Stratege, als Architekt einer radikalen Weltordnung. Er mochte den Gedanken, dass die Führung des Landes in seiner Schuld stehen könnte. Er wollte der Puppenspieler sein, der andere glauben ließ, sie seien die Mächtigen. Alle Fäden sollten bei ihm zusammenlaufen. Jetzt ziert seine Visage jedes zweite Plakat auf der Straße, und er will doch in der ersten Reihe sein.«

Boris saß still da und hörte zu, fuhr sich ab und an durch seinen Dreitagebart. Seine Lederjacke lag auf dem Boden, die schwarze Beanie verbarg sein krauses Haar.

»Ich glaube aber nicht«, fuhr Johanna fort, »dass er jemals der große Strippenzieher war, für den er sich hielt.«

»Warum nicht?«

»Wegen seines engen Freundes, der ihn finanziell unterstützte. Carl Bellmann ließ sich von einem Großunternehmer bezahlen. Sein Name sagt dir vielleicht etwas: Albert Krahl.«

»Von der Krahl & Krahl AG?«

»Genau der.«

»Der ist Milliardär! Und der hat deinen Vater finanziert? Ist das bekannt?«

»Ja und nein. Krahl war es, der damals die Milchwerke gekauft hat. Das war kein Jahr bevor ich auf die Welt gekommen bin. Der Deal wurde bestimmt öffentlich. Danach aber haben sie ihre Geschäfte unter der Decke gehalten. Krahl sollte irgendwann stiller Teilhaber an einer neuen Firma werden, die mein Vater gründen wollte. Ich habe nie wirklich darüber nachgedacht, warum sie ein solches Geheimnis daraus machten. Jedenfalls gründete mein Vater das Consilium Humanum. Und damit fängt die Geschichte eigentlich erst richtig an.«

»Consilium Humanum? Klingt eher nach der katholischen Kirche.«

»Der Name sollte auch für die intellektuelle Elite stehen.« Johanna betrachtete das Glas in ihrer Hand. »Ich erinnere mich noch, wie mein Vater vor Viktor und Hagen damit geprahlt hat. Er werde ein Institut aufbauen, in dem eine neue Generation deutscher Vordenker heranwachsen würde. So ungefähr jedenfalls. Ich habe später noch einmal recherchiert, was aus dem Consilium geworden war. Es gehört inzwischen als eine Art Akademie der Wissenschaften zu Gerechtes Deutschland. Von Albert Krahl stand nirgendwo ein Wort, Carl war noch immer der alleinige Gesellschafter und Geschäftsführer. Ich würde mich aber nicht wundern, wenn Krahl entweder durch den Kaufpreis für die Milchwerke oder später über einen anderen Deal zumindest indirekt ins Consilium investiert hätte. Sei's drum, mein Vater hatte es geschafft. Er war mittendrin in der GRD.«

»Aber was hat dieses Consilium mit dir zu tun?«

»Alles.«

Johanna schluckte schwer. Plötzlich konnte sie nur noch mit Mühe die Tränen zurückhalten.

»Das Consilium Humanum war das große Projekt meines Vaters. Aber es war auch das Produkt einer Allianz mit Albert Krahl. In Eisenach wusste jeder, dass mein Vater und Krahl enge Freunde waren. Nur geredet hat niemand darüber.«

Sie sah Boris' fragenden Blick und fuhr fort: »Dafür haben ihre Söhne gesorgt. Du musst wissen, unsere Familien standen sich sehr nahe. Der beste Buddy meines ältesten Bruders Viktor war Krahl junior. Kennst du dich im Boxen aus?«

»Nicht etwa Nicolai Krahl? Ist der nicht diese Woche…«

»Gestorben? Ja, Nicolai Krahl ist tot. Und ja, er war Albert Krahls Sohn und der beste Freund meines Bruders.«

»Bellmann senior und Krahl senior machten gemeinsame Geschäfte, Bellmann junior und Krahl junior gingen gemeinsam auf die Piste und bedrohten Menschen? Raus mit der Sprache, Johanna, was ist damals passiert?«

Sie dachte an Alice.

Dann begann sie zu erzählen.

Von Alice, ihrer besten Freundin. Davon, dass sie versucht hatte, die Freundschaft vor ihrer Familie geheim zu halten. Aber natürlich fanden ihre Brüder es heraus. Und natürlich sorgten Viktor und Hagen zu Hause dafür, dass sie bestraft wurde. Denn Alice war Schwarz. Johannas Vater bekam einen Wutanfall und schlug sie vor den Augen ihrer Mutter. Immer wieder. Johanna weinte, rief um Hilfe. Ihre Mutter aber stand nur daneben.

Trotzdem sah Johanna Alice weiterhin. Wenn auch nur noch heimlich. Es war der Sommer vor dreizehn Jahren. Kurz vor den großen Ferien. Alice hatte einen Bruder. Dario. Ein schöner Junge. Klug. Fast schon erwachsen. Er wusste längst, wie man küsste. Und er zeigte es ihr. Auf dem Schulhof hinter den Büschen. Niemand hatte sie gesehen. Das hatten sie zumindest geglaubt.

Bis Johanna nach Hause kam. Ihr Vater hatte sie schon häufiger geschlagen, aber immer mit der flachen Hand. An diesem Tag nahm er die Fäuste.

Als Carl Bellmann und Johannas Mutter abends ausgingen, glaubte Johanna, sie habe es hinter sich. Hagen, der ihr als Bruder näher stand als Viktor, spielte in seinem Zimmer an der Konsole einen Egoshooter. Viktor wollte mit Nicolai auf Tour gehen. Johanna saß alleine in ihrem Zimmer auf ihrem Bett und versuchte, sich von den Schmerzen der Schläge abzulenken.

Dann flog die Tür auf.

Viktor und Nicolai standen da. Alles ging ganz schnell. Sie war erst sechzehn, ein Mädchen. Die Jungs waren älter. Sechs Jahre. Sie waren schon Männer. Starke Männer. Sie hatte keine Chance.

»Viktor sagte, das passiere mit Mädchen, die sich von

Schwarzen lecken lassen würden.« Aus den geschlossenen Augen liefen Johanna Tränen über ihre Wangen. »Ich bräuchte wohl mal einen echten deutschen...«

Sie brach ab. Ansatzlos kippte sie sich den Rest des Gin Tonic in den Mund. Sie hustete. Nach einigen Sekunden sprach sie weiter.

»Es dauerte nicht lange. Viktor schaute zu, während Nicolai mich vergewaltigte. Als er mit mir fertig war, schlug mir mein Bruder noch ein paarmal ins Gesicht und sagte, ich müsse gar nicht erst zur Polizei gehen. Er hatte natürlich recht. Der Polizeichef in Eisenach war ein guter Freund meines Vaters. Und ich wusste, dass er und Krahl senior auch mehrere Richter und Staatsanwälte im Sack hatten. Also bin ich geflohen. Noch bevor meine Eltern wiederkamen.«

Sie erzählte Boris, wie sie zu Alice gelangt, versorgt und schließlich nach Köln gebracht worden war. Wie sie sich dort ein neues Leben aufgebaut hatte und über die Musikhochschule und Namibia in Berlin gelandet war.

»Jetzt weißt du auch, warum ich Polizistin werden will, Boris. Ich will, dass Menschen wie mein Bruder und mein Vater für das bestraft werden, was sie getan haben. Ich will, dass dieses rechtsradikale, Frauen verachtende, gewaltverherrlichende Pack nicht die Kontrolle über dieses Land gewinnt. Wenn ich nur daran denke, dass dieses ach so Gerechte Deutschland ernsthaft stärkste Partei bei der Wahl werden könnte, würde ich am liebsten brechen. Aber ich schwöre dir, Boris, solange ich Polizistin bin, werde ich dafür kämpfen, dass jeder Mensch den Schutz bekommt, den ihm das Grundgesetz verspricht.«

Als sie geendet hatte, schienen keine Worte mehr in ihr

übrig. Und doch wusste sie, dass sie noch nicht aufhören durfte. Sie hatte Boris noch nicht alles erzählt. Jetzt wusste er, wie sie hierhergekommen war, nach Berlin, als Polizistin, als Tochter eines rechtsradikalen Schweins. Er wusste, was ihr angetan worden war. Aber er wusste noch nicht alles.

»Es gibt da noch etwas, das du wissen solltest.«

Boris hatte sich näher zu ihr gesetzt, ihre Hand genommen. Jetzt stand er auf.

»Warte!«

Er nahm ihr das leere Glas ab und ging in die Küche. Wenige Minuten später kam er mit zwei neuen Gin Tonic und einem großen Wasserglas zurück.

»Trink!«

Boris drückte ihr das Wasser in die Hand. Sie gehorchte. Als das Glas leer war, tauschte er es gegen den Gin.

»Trink! Aber diesmal langsamer.«

Er lächelte sie an. Nichts hätte er in diesem Moment besser machen können. Sie erwiderte sein Lächeln und versuchte so etwas wie Dankbarkeit in ihren Blick zu legen. Er nickte und verzog seinen Mund zu einem schiefen Was-gibt-es-da-noch-groß-zu-sagen-Ausdruck. Dann setzte er sich wieder.

Johanna begann von Neuem. »Nicolai Krahl ist tot. Und ich kann nicht gerade sagen, dass ich darüber traurig bin. Im Gegenteil. Als ich es im Radio hörte, konnte ich mich im ersten Moment kaum bewegen. Dann aber fühlte es sich an wie eine Erlösung. Als habe mir jemand einen Wirbel eingerenkt, der dreizehn Jahre auf einen Nerv gedrückt hatte. Und dann hast du vorhin das *Berliner Abendblatt* aufgeschlagen.«

Boris' Gesichtszüge bildeten ein Fragezeichen. »Die tote Lyrikerin?«

»Patrizia Carstensen. Sie war ein Protegé meines Vaters. Sie arbeitete bei Gericht, daran kann ich mich noch erinnern. Vor allem aber durfte sie über das Consilium ihre Texte veröffentlichen.«

»Literatur für das deutsche Volk? So ein Zeug?«

Johanna erwiderte nichts.

»Woran sind die beiden denn gestorben? Krahl junior und die Carstensen?«

»Keine Ahnung. Aber am Mittwoch nach dem Vortrag über den Verfassungsschutz kam einer der beiden Dozenten zu mir. Er wusste, wer ich bin. Er fragte, was ich über Krahl weiß.«

»Einfach so?«

»Ich hatte ein ganz seltsames Gefühl. So als ob meine Vergangenheit mich einholen würde.«

»Glaubst du, der Verfassungsschutz beobachtet deine Familie?«

»Wundern würde es mich nicht.«

»Und du meinst, die könnten auch dich beobachten?«

»Na ja, ich musste ja bei meiner Bewerbung für die Polizeiakademie meinen Familienstatus angeben. Ich hätte da schlecht lügen können. Also wissen die Behörden ganz genau, wer ich bin. Johanna Böhm oder Eva Bellmann, das spielt keine Rolle.«

Sie verfielen in Schweigen. Natürlich hatte der Verfassungsschutz sie im Blick. Anders hätte Zacharias Toben gar nicht wissen können, dass er sie bei der Vorlesung treffen würde. Er hatte sich darauf vorbereitet, hatte sich womöglich mit Erhard Spahn über sie unterhalten. Was hatte er ihrem Ausbildungsleiter erzählt? Und was konnte das für ihre Karriere bedeuten? Würde Spahn sie darauf ansprechen?

Es war immer dasselbe. Was sich hinter einem Spiegel verbarg, sah man erst, wenn er zerbrach.

»Was wirst du jetzt tun?«

»Das weiß ich noch nicht. Ich wollte nur, dass du es weißt. Alles. Du solltest nicht länger fragen müssen, woher ich komme und was ich erlebt habe.«

»Danke für dein Vertrauen, Johanna. Das meine ich ernst.«

»Denk bitte nicht schlecht über mich, weil ich eine solche Familie habe, okay?« Die Worte waren ihrem Mund entwichen, ehe sie sie hatte aufhalten können.

»Johanna, hör mir zu! Auch wenn dir deine Familie das hat einreden wollen: Du bist kein schlechter Mensch. Du bist ein guter Mensch, der Schlechtes erlebt hat.« Boris sah sie eindringlich an. »Normalerweise sagt man doch, das Leben löscht die Illusionen der Kindheit aus. Vielleicht ist es bei dir umgekehrt, und das Leben heilt dich von deiner desillusionierenden Kindheit.«

Er nahm sie in den Arm. Johanna ließ es geschehen. Genauso wie ihre Tränen. Minutenlang verharrte sie mit ihrem Kopf an seiner Schulter. Liebevoll fuhr er mit einer Hand durch ihr Haar, bis sie sich beruhigte, bis ihr Atem wieder gleichmäßig ging, bis die Weinkrämpfe aufhörten, bis die Schmerzen in ihrer Brust nachließen. Als sie sich löste, gab sie ihm einen sanften Kuss auf die Wange.

»Danke.«

»Nur schade um unseren Grillabend.« Boris lächelte.

»So wirkt wenigstens der Gin schneller.«

Es war alles gesagt. Sie hatte sich von ihrer Last befreit. Alice war nicht mehr die einzige Vertraute in Johannas Leben.

Boris blieb noch länger. Sie erzählte von ihrer Woche an

der Uni. Er gestand ihr, dass er mit seinem Freund Tomasz darüber gesprochen hatte, ein Kind adoptieren zu wollen. Sie setzten sich auf den Balkon, bis die letzte Wärme des Tages in nächtliche Frische übergegangen war. Boris fragte, ob er über Nacht bleiben sollte. Johanna verneinte. Sie wollte alleine ins Wochenende starten.

»Dann gehe ich halt zu Tomasz und übe mit ihm schon mal das Kinderkriegen.«

»Viel Erfolg!« Johanna lachte. Es tat gut. »Ritter Butzke morgen Abend?«

»*That's my girl!*«

Mit einer letzten Umarmung schickte sie Boris in die Nacht und schloss die Wohnungstür hinter sich.

Mit einem Mal wusste sie, was sie tun wollte. Sie warf sich aufs Bett, kippte den letzten Schluck Gin hinunter und griff zu ihrem Handy. Sie verschickte selten Sprachnachrichten. Jetzt aber war ihr danach. Über fünf Minuten redete sie. Alice sollte alles erfahren, was passiert war. Nicolai Krahl, Zacharias Toben, Patrizia Carstensen, ihr Gespräch mit Boris. Johanna ließ nichts aus. Als sie die Nachricht abschickte, fühlte sie sich wieder frei.

Da klingelte es an der Tür.

Boris musste etwas vergessen haben. Noch mit ihrem Handy in der Hand schlurfte sie zur Wohnungstür und öffnete.

Doch es war nicht Boris.

Ein Mann stand vor ihr. Er hatte fuchsrote Haare, ein spitz zulaufendes Gesicht und trug einen eleganten Anzug im britischen Stil. Johanna hatte ihn noch nie zuvor gesehen.

»Ja bitte?«

»Guten Abend, Frau Bellmann.«

KAPITEL 17

FREITAG, 10. SEPTEMBER
Berlin, Deutschland

Beinahe hätte sie ihr Smartphone fallen gelassen. Einen Augenblick sah sie den Mann an, der sie gerade mit *Frau Bellmann* angesprochen hatte. Dann griff sie nach der Klinke und wollte die Tür ins Schloss werfen. Doch der Mann war schneller. In letzter Sekunde schob er einen Fuß in den Türrahmen. »Hilfe!« Johanna spürte, wie eisige Angst sie mit unsichtbarer Hand am Kragen packte.

Sie trat gegen den Schuh des Mannes. Ein Schmerz durchfuhr sie. Sie war barfuß. Der Fremde versuchte die Tür aufzustoßen. Panik. Die Schulter gegen die Tür gepresst, sah sie sich hektisch um. Johanna erspähte das einzige Paar Pumps, das sie besaß, stieg mit ihrem rechten Fuß in den Schuh mit Pfennigabsätzen. Immer noch gegen die Tür gelehnt, balancierte sie sich aus und ließ den Absatz mit aller Gewalt herabsausen. Ein lautes Fluchen verriet ihr, dass sie getroffen hatte. Der Schuh verschwand aus dem Türrahmen, und die Tür landete unter Johannas Gewicht krachend im Schloss. Während sie vor ihrer Wohnungstür ein dumpfes Stöhnen hörte, drehte sie den Schlüssel um.

Sie trat einen Schritt zurück, starrte die Tür an. *Denk nach, Johanna!*

Sie brauchte eine Waffe. Als Polizistin am Anfang ihrer Ausbildung besaß sie noch keine eigene SFP9. Ihr fiel etwas anderes ein. Sie eilte zu ihrem Kleiderschrank. Aus einem Schuhkarton fingerte sie ein Jagdmesser, das sie in Namibia gekauft hatte. Sie wog es in der Hand. Der Holzgriff fühlte sich glatt und kühl an, die acht Zentimeter lange Klinge mit Doppelrücken glänzte im Licht der Deckenlampe.

Da klingelte es erneut.

Johanna eilte zurück in die Diele. In einer Ecke lag ihr Rucksack. Sie öffnete ein Seitenfach und zog eine kleine Sprühdose hervor. Eigentlich ihr Rettungsanker für nächtliche Streifzüge durch Berlin. Mit dem Messer in der Rechten und dem Pfefferspray in der Linken trat sie vor.

Sie sah durch den Spion. Etwas, das sie vorhin schon hätte tun sollen, als sie Boris erwartet hatte. Nun musterte sie den Mann genauer. Er war ein gutes Stück älter als sie, vielleicht Anfang vierzig. Er sah gepflegt aus, schlank, gekleidet in einen dunkelbraunen Anzug mit orangerotem Karomuster und einer eleganten, für ihren Geschmack etwas zu auffälligen Gürtelschnalle. Dazu ein schwarzes Hemd, keine Krawatte. Sie versuchte seine Hände zu sehen. Keine sichtbaren Waffen, keine Tasche.

»Frau Böhm«, sagte der Mann in diesem Moment. »Verzeihen Sie, ich wollte Sie nicht überrumpeln. Dafür möchte ich mich entschuldigen. Ich möchte mit Ihnen reden.«

Sie überlegte. Sollte sie antworten? Die Polizei rufen? Ihn ignorieren, bis er ging?

»Wer sind Sie?«, rief sie durch die Tür. »Was wollen Sie von mir?«

»Das würde ich gerne in Ruhe mit Ihnen besprechen.« Die Stimme des Mannes klang tief und fest.

Sie wollte fragen, woher er ihren vollen Namen kannte, beherrschte sich aber. Gerade erst hatte sie Boris alles erzählt, hatte ihm gestanden, dass sie eigentlich Eva Johanna Bellmann hieß. Jetzt stand dieser Mann vor ihrer Tür und kannte die Wahrheit.

»Ganz sicher nicht.«

Ihr Selbstbewusstsein meldete sich. Immerhin war sie eine angehende Polizistin.

Also verhalt dich auch so!

»Sie wollten sich Zutritt zur Wohnung einer Polizistin verschaffen. Das war keine gute Idee.«

»Angehende Polizistin, Frau Böhm. Bleiben wir bitte bei der Wahrheit.«

»Und welche Wahrheit wäre das?« Sie versuchte ihre Überraschung zu kaschieren, dass er auch ihren Beruf kannte.

»Dass Sie gute Gründe haben, mich in Ihre Wohnung zu lassen.«

»Ich soll Sie reinlassen, nachdem Sie gerade versucht haben, gewaltsam einzudringen?«

»Wenn ich Ihre Karriere an der Polizeiakademie retten soll, dann ja.«

Johanna hatte die ganze Zeit mit dem Auge am Spion gehangen. Der Mann hatte keine Miene verzogen. Da war sie wieder, die unsichtbare Hand in ihrem Nacken.

»Drohen Sie mir?« Ihre Stimme vibrierte wie Gläser während eines Erdbebens. Ihr ganzes Leben schien zu erzittern.

»Ich halte mich an die Fakten. Lassen Sie uns diese Unterhaltung nicht im Treppenhaus führen. Und sollte Boris Malkin zurückkommen, so kann er uns gerne Gesellschaft leisten.«

Johanna starrte durch das Guckloch. Der Mann schien zu wissen, dass sie ihn beobachtete. Er zuckte mit den Achseln, als könne er nichts dafür, dass er all dies über sie wusste. Ihren richtigen Namen. Ihren Beruf. Den Namen ihres besten Freundes.

Ihr kam ein Gedanke.

»Sind Sie vom Verfassungsschutz?«

Der Mann lachte. Diesmal offen, fast so, als fände er die Frage wirklich amüsant.

»Sie kombinieren schnell. Aber nein, ich habe nichts mit Zacharias Toben oder Udo Lindner zu tun, die Sie am Mittwoch kennengelernt haben, wenn ich mich nicht irre.« Er sah nun direkt in das Türauge. »Sagen wir es so: Toben und Lindner sind nicht die einzigen Menschen, für die Informationen die wichtigste Währung sind. Ich bin allerdings als Privatmann hier.«

Er trat einen Schritt zurück. Dann zog er langsam sein Sakko aus, hielt es neben sich in die Höhe und drehte sich um die eigene Achse. Als er wieder mit dem Gesicht zur Tür stand, hob er seine rechte Hand. Erst jetzt fiel Johanna auf, dass die Finger unnatürlich steif wirkten, wie mehrfach gebrochen und nicht mehr richtig zusammengewachsen.

»Mein Name ist Rasmus Falk.« Er streifte sich das Sakko wieder über. »Ich bin für Sie keine Bedrohung. Ich möchte mich mit Ihnen nur über die drei Morde unterhalten.«

»Morde? Welche Morde?«

Noch während die Frage ihren Mund verließ, drängte sich eine vage Ahnung an die Oberfläche ihres Bewusstseins. Meinte er Nicolai Krahl und Patrizia Carstensen? Waren sie etwa ermordet worden? Aber warum drei? Gab es einen dritten Toten?

»Patrizia Carstensen, Nicolai Krahl und Friedrich Ammon«, sagte der Mann ruhig.

Es war ein Impuls, eine Überreaktion.

Ohne über die Konsequenzen nachzudenken, riss Johanna die Wohnungstür auf.

»Ammon ist auch tot?«

Der Mann, der sich Rasmus Falk nannte, wich zurück. In einer schnellen Bewegung zog er einen Schlüsselbund aus der Jackentasche. Er hatte offensichtlich nicht mit ihrem Vorstoß gerechnet. Fürchtete er sich vor ihr? Da spürte sie Messer und Pfefferspray in ihren Händen. Der Mann betrachtete ihre Waffen und musterte sie. Er schien ehrlich überrascht. Nicht nur darüber, dass sie die Tür aufgerissen hatte und bewaffnet war. Da war auch etwas anderes.

»Sie wussten nicht, dass Friedrich Ammon tot ist?«

»Nein. Woher? Das mit Krahl kam im Radio, Carstensen stand im Abendblatt. Von Ammon wusste ich nichts.«

Augenblicklich schien sich etwas in Falk zu ändern. Trotz des Messers in ihrer Hand schwand seine Abwehrhaltung. Er ließ den Schlüsselbund zurück in die Tasche gleiten.

Nun sahen sie sich das erste Mal in die Augen. Das Dunkelbraun seines Anzugs spiegelte sich in seinem Blick. Ein warmer Ausdruck. Doch da war noch etwas. Schmerz? Instinktiv ahnte Johanna, dass dieses Gefühl der Grund war, warum Rasmus Falk hierhergekommen war.

Sie traf eine Entscheidung und trat zur Seite.

»Kommen Sie rein!«

Falk bewegte sich nicht.

»Machen Sie schon, bevor ich es mir anders überlege. Aber keine schnellen Bewegungen.« Johanna hob Messer und Sprühdose.

Falk hielt seine Hände geöffnet vor sich. »Keine Sorge, Sie haben nichts zu befürchten.«

Dann setzte er sich in Bewegung. Langsam trat er über die Türschwelle. Johanna beobachtete, wie er durch die kleine Diele in ihr einziges Zimmer ging. Ob sie ihn abtasten sollte? Andererseits, was hatte ihr Ausbilder gesagt? Sieben Meter. Wenn er doch eine Pistole mit sich führte, würde sie ihn in ihrer kleinen Wohnung mit dem Pfefferspray oder dem Messer attackiert haben, ehe er in der Lage war, die Waffe auf sie zu richten. Oder zumindest redete sie sich ein, dass sie schneller sein würde.

Was, zur Hölle, machte sie hier eigentlich?

Dann fielen ihr wieder seine unnatürlich steifen Finger ein.

»Was ist mit Ihrer Hand?«

»Arbeitsunfall.«

Sie standen sich mitten im Zimmer gegenüber. Johanna wahrte einen Abstand von gut zwei Metern.

»Was für eine Arbeit?«

»Die Sorte, bei der man mit anderen Menschen aneinandergerät und den Kürzeren zieht. Auch wenn das eigentlich nicht Teil meiner Jobbeschreibung war.«

»Und wie lautete die?«

»IT-Sicherheit.«

»Wie gerät man als Informatiker mit anderen Menschen aneinander?«

»Indem man die Arbeit mit nach Hause nimmt und dafür bestraft wird.«

»Welche Art von Strafe?«

»Das spielt keine Rolle.«

»Sie sind in meiner Wohnung. Ich entscheide, was eine

Rolle spielt.« Johanna klang mutiger, als sie sich fühlte. »Erleuchten Sie mich!«

Falk schüttelte den Kopf. »Das würde ich lieber mit ein paar Informationen zu den Figuren tun, um die es hier wirklich geht.«

Kurz fragte sich Johanna, ob sie auf einer Antwort beharren sollte. Sie musste die Führung behalten. Sie stellte die Spielregeln auf. Deswegen würden sie sich auch nicht setzen. Trotzdem konnte sie es kaum erwarten, etwas über die Toten zu erfahren.

»Ammon ist also auch tot?«

»Ja.« Falk schien zufrieden, dass sie auf das Thema schwenkte, weshalb er gekommen war. »Er wurde am Montag tot in Italien aufgefunden.«

»Im Urlaub?«

»Keineswegs. Er sollte in der Nähe von Rom die Accademia della Dignità Umana aufbauen.«

»Eine Akademie der Menschenwürde? Friedrich Ammon? Pah!«

»Ich teile Ihre Skepsis, doch Sie werden gleich sehen, warum das relevant ist. Die Polizei hat bislang noch keine Informationen an die Öffentlichkeit gegeben. Ich kenne aber die Ergebnisse der Autopsie. Ammon wurde vergiftet. In seinem Magen wurden Rückstände von Parathion gefunden.« Als Johanna ihn fragend ansah, ergänzte er: »Ein Pflanzenschutzmittel.«

»Wie sind Sie an den Autopsiebericht gekommen?«

»Wie ich schon sagte, Informationen sind mein Geschäft. Deswegen weiß ich auch, dass Nicolai Krahl ebenfalls vergiftet wurde. Mit Aconitin.«

Wieder forderte sie ihn wortlos zu einer Erklärung auf.

»Ein Alkaloid. Eines der stärksten Gifte, die es gibt. Man gewinnt es aus der Eisenhut-Pflanze. Die Polizei in Lyon vermutet, dass man es Krahl vor seinem Kampf in sein Getränkepulver gemischt hat. Aber das eigentlich Wichtige ist, dass Krahl nicht nur zum Boxen in Lyon war. Er gehörte dem Institut des Sciences Politique, Économique et de la Sécurité an.«

Falk schien sie Stück für Stück an den Punkt heranzuführen, um den es ihm wirklich ging. Erst eine Akademie für Menschenwürde, jetzt ein wissenschaftliches Institut für Politik, Wirtschaft und Sicherheit. Plötzlich ahnte Johanna, wo das enden würde.

Gleich würde Falk zu Carstensen kommen.

Und damit auch zu ihr.

»Wenn meine Informationen stimmen, haben die italienischen und französischen Behörden noch keine Verbindung zwischen den beiden Morden hergestellt. Das könnte sich mit Carstensen ändern.«

»Warum?«

»Weil mit jedem Toten die Chance steigt, dass irgendjemand hinter das Offensichtliche blickt.«

»So wie Sie.«

»So wie wir beide, Frau Böhm«, erwiderte Falk. »Oder wollen Sie mir sagen, dass Sie nicht längst wissen, worauf ich hinauswill?«

»Auf das Consilium Humanum.« Johannas Stimme klang in ihren eigenen Ohren kalt und fremd.

»Bingo«, rief Falk. »Patrizia Carstensen wurde ebenfalls vergiftet. Mit was, weiß ich noch nicht. Ich würde auf ein Fermentgift wie Blausäure tippen, die Symptome deuten zumindest darauf hin. Aber wie schon bei Ammon und Krahl finde ich viel spannender, dass auch unsere große Lyrikerin einer pseudowissenschaftlichen Einrichtung angehörte. Dem Consilium Humanum. Drei Tote, drei Giftmorde, drei Institute. Und jetzt kommen wir zu dem, bei dem alles zusammenläuft.« Rasmus Falk sah sie triumphierend an. »Wollen Sie raten?«

»Lassen Sie diese Spielchen!« Johanna wusste genau, wen er meinte, wollte ihm aber nicht den Gefallen tun, den Namen selbst auszusprechen. »Spucken Sie aus, was Ihnen auf der Zunge brennt.«

»Carl Bellmann. Ihr Vater. Er war mit allen drei Toten gut bekannt. Aber das wussten Sie ja schon. Nicht zu vergessen die drei Bildungsstätten. Wussten Sie auch, dass die Accademia in Trisulti und das Institut in Lyon zwei internationale Ableger des Consilium Humanum sind und alle drei Ihrem Vater gehören?«

Nein, das hatte Johanna nicht gewusst. Jetzt verfluchte sie sich für den Gin. Verfluchte sich, dass sie den Braai hatten ausfallen lassen. Hunger und Alkohol ließen ihr Gehirn langsamer arbeiten. Mit einem Male verspürte sie einen unbändigen Durst. Und den Drang, Zeit zu gewinnen, ehe sie wieder etwas sagte.

»Ich brauche was zu trinken.« Johanna überlegte kurz. Dann deutete sie in die Ecke zwischen Bett und Kleiderschrank. »Stellen Sie sich dahin, während ich in der Küche bin. Und wehe, Sie fassen was an.«

Er schaute kurz belustigt, folgte dann aber ihrer Anweisung. Sie ging schrittweise rückwärts in Richtung der kleinen Küche. Als sie das Gefühl hatte, er wäre weit genug von ihr entfernt, trat sie vor die Spüle, steckte das Pfefferspray in ihre Hosentasche, griff ein Glas, füllte es schnell am Hahn mit Wasser und trat wieder ins Wohnzimmer. Rasmus Falk stand noch immer dort, wo sie ihn hinbeordert hatte. Er betrachtete ihren Kleiderschrank, wandte sich ihr nun wieder zu.

»Hätten Sie vielleicht auch ein Glas für mich?«

»Gastfreundschaft muss man sich verdienen.«

»Und wie könnte ich das wohl schaffen?«

»Mit der Wahrheit. Bei der wollten wir doch bleiben, haben Sie das nicht vorhin selbst gesagt? Warum erzählen Sie mir nicht also endlich, warum Sie das alles interessiert? Wo kommen Ihre Finger ins Spiel?«

»Dort, wo sie aufgehört haben, richtig zu funktionieren«, antwortete Falk und hob seine rechte Hand. »Die Menschen, die mir das angetan haben, haben meine Frau getötet. Einer von ihnen war Nicolai Krahl.«

KAPITEL 18

Seine Worte wirkten. Nicht nur bei Johanna Böhm, auch bei ihm selbst. Er hatte diese Worte gefürchtet. Gleichzeitig hatte er sich auf die Reaktion der Frau gefreut, der er nun gegenüberstand. Es war ein Risiko gewesen, einfach so bei ihr aufzukreuzen. Er war seinem Instinkt gefolgt. Überraschungsangriffe provozierten meist die ehrlichsten Reaktionen. Johanna Böhm hatte sich zwar nicht so verhalten, wie er es vorhergesehen hatte. Dafür aber hatte er schon jetzt mehr über sie erfahren als erhofft.

Rasmus Falk liebte das Spiel mit Fallen und Hintertürchen. Eine Leidenschaft, die zu seinem Beruf gehört hatte. Bis vor vier Jahren. Erst bei den Fernmeldern der Bundeswehr und der EloKa, der Truppe zur elektronischen Kampfführung. Später beim Militärischen Abschirmdienst. Im Einsatz hatte er jenen IT-Experten angehört, die die elektronischen Löcher stopften, die von feindlichen Verbänden in die eigenen Systeme gerissen worden waren. Beim Nachrichtendienst war es dann nicht mehr um die Frage gegangen, wie man die Löcher wieder schloss, sondern wie man herausfand, wer die Löcher gemacht hatte. Dafür hatte er gelernt, den Gegner zu analysieren, ihm Fallen zu stellen, digitale Hintertürchen zu bauen, um dem Feind mindestens einen Schritt voraus zu sein und ihn schließlich zu schnappen. Auf diese Fähigkeiten setzte er auch jetzt. Er musste Johanna Böhm vor sich hertreiben. Deswegen hatte er ihr von Heddas Ermordung erzählt, sosehr ihn die Erinnerungen an seine verstorbene Frau auch quälten. Rasmus Falk hatte ein Ziel. Er wollte die Mörder finden – und vor allem deren Hintermänner.

»Nicolai Krahl hat Ihre Frau getötet?« Johanna Böhm wirkte ehrlich geschockt.

Das war der Vorteil, den Falk sich erhofft hatte und auszunutzen gedachte. Sosehr diese Böhm glaubte, sie gäbe in ihrer Wohnung die Regeln vor, sosehr war er es, der in Wirklichkeit alles lenkte. Er hatte die Informationen. Er wusste, worum es wirklich ging. Er konnte Johanna Böhm manipulieren.

Bis sie einen Fehler machte.

Oder bis sie sich als Hilfe erwies.

»Ob Krahl selbst Hand angelegt hat, kann ich nicht mit Bestimmtheit sagen. Ich weiß nur, dass meine Frau Hedda sterben musste, weil sie etwas über Krahl und seine Sippschaft herausgefunden hatte.«

Dann begann er zu erzählen.

Hedda war die Liebe seines Lebens gewesen. Sie waren beide in Mühlhausen, gut dreißig Kilometer nördlich von Eisenach, aufgewachsen. Eine echte Sandkastenliebe. Zusammen im Kindergarten, zusammen in der Schule, zusammen im Leben. Bis das Leben sie auseinandergerissen hatte. Rasmus Falk hatte sich erst für die Bundeswehr verpflichtet und später als Experte für IT-Sicherheit gearbeitet. Seinen Arbeitgeber, den Militärischen Abschirmdienst, ließ er Johanna Böhm gegenüber erst einmal unerwähnt. Diese Information konnte sich ihm zu einem späteren Zeitpunkt noch als nützlich erweisen. Stattdessen erzählte Falk, dass seine Frau in Mühlhausen geblieben war. Thüringen war ihre Heimat, auch wenn die Wurzeln ihres Vaters bis in den Senegal reichten. Gemeinsam hatten sie in Mühlhausen ein Haus gekauft, nur Kinder waren ihnen verwehrt geblieben. Hedda hatte sich in ihre Aufgabe als stellvertretende Ressortleiterin für Politik der *Thüringer Allgemeinen* gestürzt. Bis sie von einem befreundeten Richter gefragt worden war, ob sie sich vorstellen könnte, am Landgericht ehrenamtlich als Schöffin zu arbeiten. Sie hatte sofort zugesagt.

»Ihr erster Prozess war eine Anklage wegen schwerer Körperverletzung. Das war vor etwas über vier Jahren. Was meinen Sie, wer der Angeklagte war?«

Johanna Böhm gab keine Antwort.

»Nicolai Krahl. Der Typ hatte drei syrische Flüchtlinge zusammengeschlagen. Aber sein Prozess wurde zur Farce. Wissen Sie, warum? Weil Friedrich Ammon der Staatsanwalt war. Ausgerechnet der Typ, der mit Ihrem Vater dicke war, was aber kaum jemand wusste. Der alte Bellmann war schon immer dafür bekannt, seine Beziehungen unter der Decke zu halten. Genau wie die zu Krahl senior. Ammon versuchte also wegen seiner Nähe zu Ihrem Vater alles, um Krahl junior aus dem Gröbsten rauszuhalten.«

Falk schnaubte verächtlich. Jedesmal, wenn er daran dachte, schmolz seine Selbstbeherrschung dahin wie Schnee in der Wüste.

»Meine Frau saß das erste Mal als Schöffin vor Gericht

und bekam gleich ein abgekartetes Spiel vorgesetzt. Dabei hatte es so viele Zeugen gegeben, dass es eigentlich eines extrem unfähigen Staatsanwaltes bedurft hätte, um den Typen nicht zu verknacken. Ammon arbeitete aber hinter dem Rücken der Richter so geschickt mit der Verteidigung zusammen, dass ihm ein Zeuge nach dem nächsten um die Ohren flog und niemand Verdacht schöpfte. Bis auf Hedda. Trotzdem blieb am Ende nichts mehr übrig als eine Verurteilung auf Bewährung mit Geldstrafe. Eigentlich hätte Krahl in den Bau gehen müssen, vor allem als Boxer.«

»Warum als Boxer?«

»Weil Boxer ihre Fähigkeiten nicht außerhalb des Rings einsetzen dürfen. Nur wenn sie attackiert werden, dürfen sie sich wehren. Aber selbst dann müssen sie darauf achten, dass sie ihrem Angreifer keinen erheblichen Schaden zufügen. Man geht davon aus, dass Boxer mehr als andere Menschen ihre Hände als Waffen einsetzen können.«

»Was ist danach passiert?«

»Meine Hedda hat angefangen zu recherchieren. Das ist passiert.« Falks Zorn der Erinnerung loderte auf. Um die Wut nicht an sich heranzulassen, lehnte er sich mit dem Rücken an den Kleiderschrank. Als dieser verdächtig knarzte, richtete er sich wieder auf. Johanna Böhm lächelte wissend. »Hedda wollte das nicht auf sich beruhen lassen. Sie fing an, das Leben des Staatsanwalts zu durchleuchten. Sie wollte wissen, was und vor allem wer sich hinter Ammon versteckte. Dann machte sie einen Fehler. Sie bat eine Justizbeamtin um Hilfe, mit der sie sich während des Prozesses gut verstanden hatte.«

Er sah, wie sich Johanna Böhms Augen weiteten.

»Patrizia Carstensen«, sagte sie. »Sie hat vor ihrer Zeit

als Lyrikerin bei Gericht gearbeitet. Natürlich. Ammon hat Krahl rausgehauen, und Carstensen ...«

»...hat meine Hedda verraten. Genau. Das ist zumindest meine Vermutung. Meine Frau wollte die Enthüllungsstory groß aufziehen und Ammon mit Krahl und Bellmann in Verbindung bringen. Dafür brauchte sie aber Beweise. Die versprach sie sich von Carstensen. Stattdessen tauchten eines Nachts zwei vermummte Schlägertypen bei uns auf.« Er hob erneut seine verkrüppelte Hand. »Mir brachen sie insgesamt elf Knochen meiner Hand und sagten, das sei eine Warnung an mich, falls ich auf die Idee käme, jemals jemandem davon zu erzählen. Dann töteten sie Hedda vor meinen Augen.«

Er sah Johanna Böhm fest in die Augen. Bei seinen letzten Worten hatte sie sich auf die Kante ihres Bettes gesetzt. Tränen liefen ihr die Wangen hinab. Tonlos und still. Bis sie sich mit einer hastigen Bewegung über die Augen fuhr.

»Viktor und Nicolai?«

Es war mehr ein Flüstern, doch die Namen drangen klar und deutlich an seine Ohren.

»Wie bitte?« Er musste sich verhört haben.

»Viktor und Nicolai?«, fragte Johanna Böhm erneut. »Die zwei Schlägertypen?«

Ein Schatten hatte sich über ihr Gesicht gelegt. Düster und voller Schmerz, ganz so, als tauchten vor ihrem inneren Auge eigene Bilder der Vergangenheit auf. Bilder, die sie mit ihrem Bruder Viktor Bellmann und dessen bestem Freund Nicolai Krahl verband.

»Bis heute kann ich nur vermuten, dass es die beiden waren«, sagte Falk nickend. »Mit dem Überfall war ich Witwer, berufsunfähig und vor allem ein psychisches Wrack.

Ich hatte Hedda vor meinen Augen sterben sehen. Meine Arbeit war ich los. In Mühlhausen wollte ich nicht bleiben. Also zog ich weg und bin seitdem auf der Suche.«

»Auf der Suche nach was?«

»Nach denen, die meiner Hedda und mir das angetan haben. Nach Beweisen. Nach Gerechtigkeit. Nach Rache. Suchen Sie es sich aus! Ich habe Hedda an ihrem Grab geschworen, dass ich ihre Recherchen weiterführen würde. Dass ich Friedrich Ammon und Nicolai Krahl hinter Gitter bringen würde. Und am besten Patrizia Carstensen gleich mit.«

Mit einem Mal war die Trauer aus Johanna Böhms Gesicht gewichen. Vorsichtig griff sie wieder zu dem Messer, das sie neben sich auf dem Bett abgelegt hatte.

»Dann hatten Sie ein Motiv, die drei zu ermorden.«

Falk sah ihr an, dass sie diese Verbindung bis jetzt nicht gezogen hatte und nun realisierte, dass sie einen potenziellen Mörder in ihre Wohnung gelassen hatte. Er nahm es ihr nicht übel. Im Gegenteil. Als er Patrizia Carstensen bei ihrer Lesung hatte umfallen sehen, war ihm der Gedanke gekommen, dass jemand anderes ihm die Arbeit abgenommen hatte. Bis dahin hatte er sich nie als Mörder gesehen. Doch auf der Rückfahrt nach Poel hatte er sich eingestehen müssen, dass er sehr wohl in der Lage wäre, Gleiches mit Gleichem zu vergelten.

Auch deshalb hatte er sich schnellstens aus dem Staub gemacht. Es gab eine Verbindung zwischen den drei Toten und ihm, und wenn die Polizei bei ihm zu Hause auf Poel die Recherchen der letzten vier Jahre fand, würde er es schwer haben, sich aus dieser Geschichte herauszureden. Zwar hatte er Alibis für die beiden ersten Morde, aber heutzutage war ein Auftragsmord schneller erteilt, als man Darknet buchstabieren konnte. Und ehrlich bedauern konnte er die Toten nicht.

»Ich hatte mich schon gefragt, wann Sie darauf kommen würden«, sagte Falk. Es war jetzt wichtig, seine Gastgeberin zu beruhigen und nicht zu verlieren. Gleichzeitig musste er die Kontrolle behalten. »Ich habe Sie ja schließlich auch verdächtigt.«

»Mich?« Johanna Böhm starrte ihn ungläubig an und erhob sich.

»Natürlich. Wenn ich Ihre Reaktion richtig deute, verbindet Sie mit den Toten ebenfalls eine schmerzhafte Vergangenheit. Das macht Sie noch nicht zur Mörderin, aber zu einer Verdächtigen. Vor allem mit Ihrem Lebenslauf und der Flucht von zu Hause. Als angehende Polizistin müssten Sie das doch erkennen. Aber ich kann Sie beruhigen. Inzwischen bin ich mir ziemlich sicher, dass Sie mit den Morden nichts zu tun haben.«

Sie lachte auf und fuhr sich mit einer Hand durch ihre Haare. Er dachte an die Bilder zurück, die er sich von ihrer Mutter und ihrem Vater besorgt hatte. Sie sah Martha Bellmann viel ähnlicher als Carl Bellmann. Nur war Johanna Böhm nicht so aufgequollen und leblos. Vielmehr wirkte sie charakterstark, geprägt von einer Kindheit in einer Familie, in der sie als Mädchen mit zwei älteren Brüdern nichts zu melden gehabt hatte.

Er war sich inzwischen sicher, keiner Mörderin gegenüberzustehen. Das erleichterte ihn. Natürlich war er nicht unbewaffnet in ihre Wohnung gekommen. Sein Stunt, den er mit der Jacke vor ihrer Tür abgezogen hatte, war eine Täuschung gewesen. Er hatte darauf gesetzt, dass sie ihn nicht abtasten würde. So hatte sie keine Ahnung von der Zoraki M906 Neun-Millimeter-Schreckschusspistole, die er im Knöchelholster trug. An dem Schlüsselbund, den er im einzigen Moment einer Bedrohung hervorgeholt hatte, versteckte sich hinter einem vermeintlichen USB-Stick ein Taser mit fünfhunderttausend Volt. Und dann war da noch der Panik-Button, ein Knopf an seiner umgebauten Gürtelschnalle. Er hatte dieselbe Funktion wie jene, die Frauen in ihren Handtaschen trugen und drückten, wenn sie alleine unterwegs waren und einen Angreifer erschrecken wollten. Falk hatte ihn sich selbst gebaut, nachdem er durch die Handverletzung in seiner Selbstverteidigung eingeschränkt war. Wenn er den Schalter an der Schnalle betätigte, ertönte eine Sirene in der Lautstärke eines startenden Düsenjets. Jeder, der nicht damit rechnete, geriet durch den schrillen Ton kurzzeitig aus dem Gleichgewicht. Mit hundertdreißig Dezibel hatte Falk den Pfeifton so programmiert, dass er auf der menschlichen Schmerzgrenze eines gesunden Gehörs sendete. Johanna Böhm hatte zwar mit ihrem Jagdmesser und dem Pfefferspray ein durchaus beachtliches Waffenarsenal zu Hause gehabt. Mit seiner M906, dem Taser und dem Alarmknopf fühlte er sich aber sicher genug in einer unvorhersehbaren Situation.

»Sie verdächtigen also mich, und ich verdächtige Sie«, durchbrach Johanna Böhm die entstandene Stille. »Und wie bringt uns das jetzt weiter?«

»In dieser Hinsicht ist es einfach, glaube ich. Wir werden beide feststellen, dass wir unschuldig sind. Was aber nicht heißt, dass wir uns vertrauen können.«

»Vertrauen? Scherzkeks.« Johanna Böhm tat zwei Schritte in Richtung Fenster, wo ein kleiner Tisch stand. »Sie sagten vorhin, Sie könnten meine Karriere an der Polizeiakademie retten. Was meinten Sie damit?«

Falk wollte um das Bett herum auf sie zugehen, als sie ihm mit einer Handbewegung bedeutete, stehen zu bleiben. Er hob die Hände in einer Geste, die ihr zeigen sollte, dass sie nichts zu befürchten hatte. Dann holte er langsam ein Blatt Papier aus der Innentasche seines Jacketts.

»Ich möchte, dass Sie sich das hier anschauen.« Falk faltete das Papier auseinander und ließ es auf das Bett gleiten. »Eine E-Mail von Carl Bellmann an Albert Krahl von vor drei Wochen. Es geht um Sie, Frau Böhm.«

KAPITEL 19

Am: 21. *August um 10:19 Uhr*
Von: *carl.bellmann@consiliumhumanum.de*
An: *albert@krahlundkrahl.com*
Betreff: *Berlin*

Albert,

es hat geklappt. Eva fängt im September an der Polizeiakademie an. Sie hat sich zwar für die Schupo beworben, ein Wechsel zur Kripo während des Studiums ist aber möglich. Meiner Meinung nach wäre das erstrebenswert. Dort wäre sie uns nützlicher als auf Streife. Ich habe mit unserem Mann am Treptower Park gesprochen. Er wird sich darum kümmern.

Apropos Treptower Park: Nach der Wahl werden wir da mal ordentlich aufräumen.

Gruß,
Carl

Johanna hielt den Zettel in beiden Händen. Las die E-Mail erneut. Las sie immer wieder. Versuchte, das Papier in ihren Händen nicht zu zerknüllen, nicht in Fetzen zu reißen. Starrte auf die Worte und suchte nach ihrem Pokerface. Sie fand es nicht.

Ihr Vater wollte sie benutzen. Wollte ihre Karriere beeinflussen. Wollte sie, seine Tochter, noch immer fernsteuern, sie zu einer Marionette seiner wirren Machtfantasien machen. Nach allem, was er ihr angetan hatte. Wollte der Puppenspieler sein, als der er sich sah. Ihre Gedanken rasten. War er das sogar? Was meinte er mit *es hat geklappt*? Hatte Carl Bellmann bereits bei ihrer Bewerbung an den Rädchen der Polizei gedreht?

Sie sah auf ihren Armreif mit der Nummer hundertachtundneunzig.

War all das nur ein Fake gewesen? Hatte sie sich die Aufnahme an der Akademie gar nicht selbst erarbeitet? War es möglich, dass ihr Vater dafür gesorgt hatte, dass sie auf der Liste immer weiter nach vorne gerutscht war? Hätte sie ihr Lebensziel, Polizistin zu werden, womöglich gar nicht aus eigener Kraft mit ihren eigenen Qualitäten erreicht? Wäre sie in Wahrheit gescheitert, wenn ihr Vater nicht hinter den Kulissen die Strippen gezogen hätte?

Sie blickte zu der Ernennungsurkunde auf der Fensterbank hinüber.

War all das nur eine Illusion gewesen? Sie hatte gedacht, endlich frei zu sein. Nach sechzehn Jahren in der Hölle ihrer Familie. Nachdem ihr Vater sie ihrem Bruder Viktor und dessen Kumpel Nicolai zum Fraß vorgeworfen hatte. Nachdem sie geglaubt hatte, er habe sie auf Drängen von Alice' Eltern freigegeben. Aufgegeben. Vergessen.

Doch ein Carl Bellmann vergaß nicht. Niemals. Das musste sie jetzt erkennen. Er hatte sie im Auge behalten. Und als sich ihm die Chance bot, sie zu korrumpieren, hatte er sie ergriffen. Aber glaubte er wirklich, er könne sie benutzen, sobald sie ihre Ausbildung abgeschlossen hatte und im Dienst war? Nach all dem, was er ihr angetan hatte?

Johanna spürte unbändigen Zorn in sich aufsteigen. Sie las seine E-Mail an Albert Krahl noch einmal. Und schwor sich augenblicklich, ihrem Vater das nicht durchgehen zu lassen. Er würde sich nicht noch einmal in ihr Leben einmischen. Nicht er, nicht diese kaputte Familie, die sie hinter sich gelassen hatte, und schon gar nicht sein rechtes Netzwerk oder seine Partei. Carl Bellmann würde dafür bezahlen, dass er noch immer glaubte, er könne über das Leben seiner Tochter bestimmen.

»Ich bin nicht mehr deine Tochter.«

»Wie bitte?«

In ihrer Wut und Fassungslosigkeit hatte Johanna für einen Moment vergessen, dass sie nicht alleine in ihrer Wohnung war. Rasmus Falk stand vor ihr, sah ihr mit einer Mischung aus Interesse und Bedauern in die Augen.

»Es tut mir leid, dass ich Ihnen diese E-Mail zeigen musste, aber leider ist das noch nicht alles.«

»Moment«, unterbrach sie ihn. Ihr war gerade etwas aufgefallen. »Wissen Sie, was er mit dem Mann am Treptower Park gemeint haben könnte?«

Der Mann, der sich um alles kümmern sollte. Darum, dass sie zur Kripo wechselte.

Falk verzog das Gesicht zu einer Grimasse.

»Was ist?«

»Sagt Ihnen die Adresse nichts?«

Johanna schüttelte den Kopf.

»Am Treptower Park sitzt die Zweigstelle des BKA.«

»Das Bundeskriminalamt? Sie meinen, mein Vater hat jemanden in der Kripo, der für ihn arbeitet?«

»Entweder das oder…« Falk unterbrach sich, zuckte mit den Achseln. »Oder er hat jemanden beim Verfassungsschutz. Die sitzen nämlich im selben Gebäude.«

Johanna ließ die Hände mit dem Blatt sinken.

Das BfV.

Ihre Gedanken rasten. Zacharias Toben hatte gewusst, dass sie am Mittwoch in der Vorlesung sein würde, dass sie die Polizeilaufbahn eingeschlagen hatte, dass sie in Berlin studierte. Er hatte sie auf Nicolai Krahl angesprochen und gefragt, ob sie noch Kontakt zu ihrer Familie hatte. War es ihm gar nicht um die Ermittlung gegangen? War Toben vielmehr der Mann, den Carl Bellmann auf seine Tochter angesetzt hatte? Stand dieser Investmentbanker-Typ mit seinem akkurat gezogenen Scheitel auf der Gehaltsliste des Consilium Humanum?

Ein anderer Gedanke kam ihr in den Sinn, und mit einem Mal wurde ihr eiskalt. Wenn Rasmus Falk diese E-Mail besaß, dann kannte der Verfassungsschutz sie womöglich auch. War es vielleicht anders herum? Wusste Toben von der Nachricht ihres Vaters an Albert Krahl? Stand Johanna beim BfV bereits auf der Liste zu beobachtender Personen, weil sie ein mögliches Sicherheitsrisiko für die Polizei darstellte? Hatte man sie als Spitzel der rechtsextremen Szene in Verdacht?

»Der Verfassungsschutz! Deswegen meinten Sie, Sie könnten meine Karriere retten, nicht wahr?«

»Um Ihre Frage vorwegzunehmen: Ich kann nicht mit Bestimmtheit sagen, ob die E-Mail schon irgendwo bekannt ist. Ich würde sogar sagen, dass das äußerst unwahrscheinlich ist.«

»Wieso das?«

»Weil ich sie mir illegal besorgt habe. Im Gegensatz zum Verfassungsschutz muss ich mich nicht an rechtliche Rahmenbedingungen halten, um mich in Server zu hacken. Und ich glaube kaum, dass bereits so viel gegen Ihren Vater vorliegt, geschweige denn gegen Albert Krahl, als dass das BfV Zugriff auf deren E-Mail-Verkehr hätte. Nein, das halte ich sogar für ziemlich ausgeschlossen.«

»Aber wenn die Behörden von der E-Mail nichts wissen, ist meine Karriere nicht in Gefahr.«

Irgendetwas stimmte nicht, dachte sie. Rasmus Falk war noch nicht am Ende seiner Geschichte, die E-Mail war noch nicht das letzte Ass in seinem Ärmel. Johanna beobachtete, wie der Mann in dem dunkelbraunen Anzug langsam an ihr vorbei in Richtung Balkontür ging. Statt ins Freie zu treten, griff Falk nach dem Bilderrahmen mit der Ernennungsurkunde und betrachtete sie.

»Sie haben recht, Johanna. Darf ich Johanna sagen?« Er besah sich die Urkunde, runzelte kurz die Stirn, als habe er darauf etwas entdeckt. Dann stellte er sie zurück und fuhr fort. »Ihre Karriere ist nicht in Gefahr. Zumindest nicht, solange ich die E-Mail für mich behalte.«

Johanna glaubte, sich verhört zu haben.

»Wie bitte? Soll das etwa ein Erpressungsversuch werden?« Aus einem Impuls heraus wollte sie ihm entgegentreten, doch ihr Instinkt hielt sie auf Sicherheitsabstand. »Sie kommen hierher, überrumpeln mich in meiner Wohnung und drohen mir?«

Innerlich bebte sie. Ihre Stimme dagegen war mit jedem Wort ruhiger geworden. Der kurze Moment, in dem sie Mitleid mit Falk gehabt hatte, war verflogen. Ihr dämmerte, dass ihr kein trauernder Witwer gegenüberstand, sondern ein Mann, der zu allem bereit war, um Rache an den Mördern seiner Frau zu nehmen.

»Ich drohe Ihnen nicht. Ich zeige Ihnen Alternativen auf.« Falks Antwort klang, als habe er diesen Moment vorher schon einmal in Gedanken durchgespielt. »Johanna, ich brauche Ihre Hilfe. Ich glaube Ihnen, dass Sie nichts mit den Morden an Ammon, Krahl und Carstensen zu tun haben. Ich glaube aber auch, dass Ihre Familie der Schlüssel zur Lösung ist. Deshalb will ich, dass Sie mir helfen, Heddas Tod aufzuklären.«

Johanna wählte ihre Worte mit Bedacht. »Sie kommen hierher und wissen Dinge über mich, von denen nur meine engsten Freunde wissen. Ich dagegen weiß nichts über Sie. Die Geschichte Ihrer Frau? Keine Ahnung, ob sie stimmt. Die E-Mail meines Vaters? Nur ein Blatt Papier. Woher weiß ich, dass Sie diesen Wisch nicht gefälscht haben? Und dann drohen Sie mir, meine Karriere zu ruinieren, damit ich Ihnen helfe?«

Ihr ganzer Körper stand unter Spannung. Von den Zehen, die sich in das Laminat bohrten, über ihre Schulterblätter, die sich aufgerichtet hatten, bis zu ihren Kiefermuskeln, die zu schmerzen begannen. Sie sollte ihn rausschmeißen. Sofort. Und dann würde sie herausfinden, wer dieser Typ wirklich war.

Falk schien immun gegen ihre Vorwürfe. »Ich will, dass Sie mir helfen, weil ich glaube, dass ich im Gegenzug Ihnen helfen kann.«

»Und wobei könnten Sie mir wohl helfen?«

»Ich will Ihnen helfen herauszufinden, was mit Ihrem Bruder Hagen passiert ist.«

Mit einem Mal war die unsichtbare Hand wieder da, die Angst, die sie am Kragen packte.

»Wieso? Was ist mit Hagen?« Doch sie fürchtete bereits die Antwort.

»Ihr Bruder Hagen ist tot.«

KAPITEL 20

Hagen. Drei Jahre älter sie. Drei Jahre jünger als Viktor. Ein stiller Junge. Schweigsam, in sich gekehrt. Schlank, viel schlanker als sein älterer Bruder. Weniger kräftig. Dafür zäh, drahtig. So hatte Johanna ihn in Erinnerung. Mit ausgeprägter Zornesfalte zwischen seinen blauen Augen. Die dunkelblonden Haare immer kurz geschoren. Einfach. Pragmatisch.

Tot?

»Woher wollen Sie das wissen?«

Dieses Mal wollte sich Johanna nicht aufs Glatteis führen lassen, sosehr sich ihr Magen auch zusammenzog. Erst die Geschichte über Hedda Falk, dann die E-Mail ihres Vaters, jetzt Hagen? Sie konnte Rasmus Falk nicht trauen. Er wollte sie erpressen, hatte seine Trümpfe einen nach dem anderen ausgespielt. Ihren Bruder hatte er sich offenbar für das große Finale aufgehoben.

»Ich weiß es, weil sein Tod in gewissen Kreisen für Aufsehen gesorgt hat«, sagte Falk mit einem selbstgefälligen Gesichtsausdruck.

Da platzte Johanna der Kragen.

»Hören Sie auf mit Ihren Spielchen! Seit Sie hier sind,

versuchen Sie, mich zu täuschen und einzuwickeln. Entweder, Sie reden jetzt Klartext, oder ich schmeiße Sie und Ihren klein karierten Anzugarsch raus. Von welchen allwissenden Kreisen reden Sie? Los, Mann! Ansonsten ist da drüben die Tür. Und glauben Sie mir, ich werde nachhelfen, wenn Sie sich weigern.«

Falk atmete theatralisch ein und wieder aus. »Vom MAD.«

Johanna brauchte einen Moment, ehe ihr einfiel, wo sie die Abkürzung schon einmal gehört hatte. Vor zwei Tagen. Udo Lindner, der weiße Möchtegern-Obama vom Verfassungsschutz. Der Kollege von Zacharias Toben.

»Vom Militärischen Abschirmdienst?« Johannas Misstrauen wuchs. »Was haben Sie mit Geheimdiensten zu tun?«

Falk verschränkte die Arme hinter seinem Rücken. »Ich habe jahrelang für sie gearbeitet. Nach meiner Zeit bei der Bundeswehr ging ich zum MAD und arbeitete im Referat für IT-Abschirmung. Elektronische Spionage, digitale Spuren, Auswertung von Datenträgern. So was eben.«

»Sind Sie ein Spion?«

Er lachte. »Ich war einer. Aber kein James Bond. Eher einer wie Q. Nur ohne den Etat für explodierende Stifte oder Aston Martins mit Schleudersitzen. Ich war gerade zum Major befördert worden und hätte meine Abteilung übernehmen sollen, als Hedda und ich überfallen wurden. Damit war meine Karriere beendet.«

»Aber was hatte der MAD mit meinem Bruder zu tun?«

»Ihr Bruder Hagen hatte sich im Alter von zwanzig für die Bundeswehr verpflichtet. Er wollte mindestens sechs Jahre bleiben. Nach etwas mehr als drei Jahren wurde er rausgeschmissen. Man hatte den Verdacht, er sehe es nicht so eng mit der Gesetzestreue und der Verteidigung unserer demokratischen Grundordnung. Aber in der Bundeswehr ist man ein Staatsdiener. Und als solcher muss man sich aktiv für die Verfassung einsetzen. Damit hatte er wohl seine Schwierigkeiten. Der MAD nahm ihn unter die Lupe und empfahl schließlich, ihn aus dem Dienst zu entlassen.«

Johanna erinnerte sich. Hagen hatte seinen Antrag für die Bundeswehr wenige Wochen vor ihrer Flucht ausgefüllt und eingereicht. Dass das Militär ihn letztlich nicht für fähig befunden hatte, wunderte sie nicht. Schließlich war er von ihrem Vater sozialisiert worden. Und wenn einer es mit dem Grundgesetz nicht so eng sah, dann Carl Bellmann.

»Wann ist Hagen gestorben?« Johanna bemühte sich wieder um einen sachlichen Tonfall.

»Letztes Jahr im Sommer. Es ging schon länger das Gerücht um, dass Hagen und Viktor Bellmann eine Untergrundarmee aufgebaut hatten, die die Drecksarbeit für das Gerechte Deutschland erledigte. Es gab nie handfeste Beweise, aber angeblich führten Ihre Brüder regelmäßige Trainingslager mit ihren Söldnern durch. Bei einer dieser Übungen ist es wohl passiert. Auf dem Großen Lübbesee in der Pommerschen Schweiz. Er ist ertrunken.«

»Kann ich Ihnen das glauben, oder ist das wieder nur eine Geschichte, die Sie mir aufbinden wollen, um mich zu überreden, Ihnen zu helfen?«

Johanna musterte den Mann. Sie hatte mal gelesen, dass braune Augen ein Zeichen für Loyalität und Respekt sein sollten. Die Frage war, ob Rasmus Falk jemand anderem gegenüber loyal sein konnte. Er schien ihre Zweifel zu spüren.

»Es ist immer dasselbe«, sagte Falk mit einem Anflug von Bitterkeit in seiner Stimme. »Derjenige, der auf den Dreck zeigt, gilt als größere Bedrohung als der, der für den Dreck verantwortlich ist.« Er erwiderte ihren Blick. »Ich musste mein ganzes Berufsleben darum kämpfen, dass man Informationen, die ich gesammelt hatte, für glaubwürdig hielt. Das war mein Schicksal als Geheimdienstler. Und das ist es noch heute. Johanna, ich kann Sie nicht dazu zwingen, mir zu glauben. Sie haben sogar gute Gründe, es nicht zu tun. Deshalb schlage ich Ihnen etwas vor. Schlafen Sie eine Nacht über das, was ich Ihnen gesagt habe. Suchen Sie im Internet nach Informationen über mich, meine Frau und über den Prozess gegen Nicolai Krahl. Er ist inzwischen etwas mehr als vier Jahre her. Wenn Sie Polnisch können, werden Sie sogar Informationen zu einem Bootsunglück auf dem Großen Lübbesee finden. Ich kann Sie nicht glauben machen, was ich Ihnen gesagt habe. Ich kann Ihnen nur erklären, was mich antreibt. Da draußen laufen diejenigen, die meine Frau auf dem Gewissen haben, noch immer frei herum. Und wenn ich mich nicht ganz täusche, haben diese Leute in letzter Konsequenz auch Ihren Bruder Hagen auf dem Gewissen. Machen Sie damit, was Sie wollen, auch mit der E-Mail Ihres Vaters, die übrigens echt ist. Nur tun Sie mir einen Gefallen: Urteilen Sie nicht zu früh über mich! Ich werde Sie morgen Vormittag um zehn Uhr anrufen. Dann können Sie mir Ihre Entscheidung mitteilen.«

Zunächst fiel Johanna keine Erwiderung ein. Dann fragte sie: »Gehe ich recht in der Annahme, dass Sie meine Telefonnummer bereits haben?«

Ohne eine Antwort zu geben, ließ er sie stehen. Johanna hörte, wie Rasmus Falk die Wohnungstür öffnete, sie wieder schloss. In der Ferne vernahm sie den Hall seiner Schritte im Treppenhaus. Dann wurde es still in ihrer Wohnung.

Erdrückend still.

In Gedanken versunken griff Johanna zu ihrem Smartphone. Sekunden später ertönten die Klänge von Klavier und die Stimme von Ray Charles aus dem Lautsprecher. Sie sank auf ihr Bett, sprang jedoch sofort wieder auf, eilte zur Wohnungstür und schloss zweimal ab. Dann warf sie sich auf die Matratze und vergrub ihr Gesicht im Kopfkissen. Sie fühlte sich verunsichert, wütend, traurig. Ein Teil von ihr konnte nicht glauben, was passiert war. Konnte es wirklich sein, dass Rasmus Falk und sie ein ähnliches Schicksal teilten? So unterschiedliche Leben, und sie hatten doch etwas gemeinsam? Beide hatten sie großen Schmerz erlitten, durch Nicolai Krahl und wohl auch durch ihre Familie. Falk hatte sich entschlossen, die Täter zu jagen. Sie hatte sich entschlossen, allem zu entfliehen. Bis heute. Aber war sie wirklich geflohen? Hatte sie nicht genau deswegen Polizistin werden wollen, weil sie am Ende doch auf die Jagd aus war? Sie wollte sicherstellen, dass anderen Menschen nicht widerfuhr, was sie hatte durchmachen müssen. Waren sich Falk und sie letztlich also doch ähnlich?

Der Gedanke an ihre Familie verursachte ihr Übelkeit. Der Weg der Bellmanns war mit Toten und Verwundeten gepflastert. Hedda Falk und ihr Mann, die drei Flüchtlinge, sie selbst, ihr Bruder Hagen. Und jetzt auch Patrizia Carstensen, Nicolai Krahl und Friedrich Ammon. Täter, die zu Opfern geworden waren. Wie viele noch? Sie hatte immer geahnt, dass ihr Vater über Leichen gehen würde. Wenn er keine Gnade mit seiner Tochter zeigte, dann auch nicht mit anderen Menschen. Was aber passierte jetzt da draußen? War jemand anderes auf die Jagd gegangen, hatte den Spieß umgedreht und die Speerspitze auf ihren Vater gerichtet?

Johanna spürte, dass Hagens Tod etwas in ihr verändert

hatte. Sie würde Boris fragen, ob er etwas über den Unfall in Polen herausfinden konnte. Er sprach Polnisch. Gleichzeitig verriet ihr ein Gefühl, dass Falk die Wahrheit gesagt hatte. Hagen war tot. Sie selbst hatte ihrer Familie gerade noch entkommen können. Hagen nicht. Sie hatte ihm nähergestanden als Viktor. Wohl auch, weil sie ihm zugetraut hatte, sich ebenfalls aus der Umklammerung der Familie zu befreien. Vielleicht war sie naiv gewesen zu glauben, dass Hagen ein besserer Mensch gewesen sein sollte als ihr brutaler und unnachgiebiger großer Bruder. Viktor und ihr Vater trugen das Böse in sich. Manche Menschen wollten einfach die Welt brennen sehen. Aber Hagen? Irgendwie wollte sie glauben, dass er nur deshalb dabei gewesen war, um sich sein Leben leichter zu machen.

Mürrisch nahm sie ein Taschentuch vom Nachttisch und putzte sich die Nase. Müdigkeit und Hunger meldeten sich. Es war nach Mitternacht. Sie musste eine Entscheidung treffen.

Johanna griff nach ihrem Smartphone. Alice hatte auf ihre Sprachnachricht geantwortet. Doch das musste warten. Sie wählte Boris' Nummer.

KAPITEL 21

FREITAG, 10. SEPTEMBER
Berlin, Deutschland

Er sah noch einmal zu ihrem Balkon hoch, ehe er den Innenhof durchschritt und auf die Straße trat. Rasmus Falk war mit sich zufrieden. Johanna Böhm würde bei ihren Recherchen bestätigt finden, was er ihr gesagt hatte. Natürlich, denn es war die Wahrheit gewesen. Er wusste zwar noch einiges mehr über die Bellmanns. Das aber hatte Zeit. Genauso wie die Informationen, die er zur Beziehung zwischen Carl Bellmann und Albert Krahl zurückgehalten hatte. Eine Entdeckung in Johanna Böhms Wohnung ließ ihm jedoch keine Ruhe. Etwas, das er auf ihrer Polizeiurkunde entdeckt hatte. Falk hatte das Berliner Wappen angestarrt, als irgendetwas in seinem Kopf an den richtigen Platz gesprungen war. Ihm war die heraldische Bedeutung des Berliner Bären eingefallen. Im Mittelalter hatten Städte für ihre Wappen sogenannte redende Siegel bevorzugt, also den Versuch, den Namen einer Stadt im Wortklang bildlich darzustellen. Beispiele dafür gab es heute noch zuhauf. Der Berliner Vorort Strausberg trug einen Strauß im Wappen. Der Berliner Bezirk Reinickendorf hatte sich einen roten Fuchs angeeignet, passend zur Fabel des Reineke Fuchs. Und der Bär für die erste Silbe des Namens Berlin sollte die stolze

Stadt lautmalerisch symbolisieren. Auf seinen Hinterbeinen stehend, in angriffslustiger Stellung, hatte er so den preußischen Adler abgelöst.

Das Problem an diesem eigentlich unnützen Wissen war, dass Falk die Verbindung zu Johanna Böhm und den drei Morden nicht erkannte. Er wusste nur, dass er eine solche entdeckt hatte, als er das Wappen auf der Ernennungsurkunde betrachtet hatte. Irgendetwas nagte an seinem Gedächtnis, wollte etwas Vergessenes, etwas als nicht relevant Eingestuftes, wieder hervorholen. Doch je mehr sich Falk darauf konzentrierte, desto nebulöser wurde der Zusammenhang. Er musste warten, bis sein Gehirn die Erkenntnis von selbst ausspuckte.

Vielleicht schon heute Nacht, wenn er im Hotel arbeitete. Er hatte sich ein Zimmer im Bett & Buch genommen. Die Besitzer hatten die ehemalige Köpenicker Volksbücherei in liebevoller Detailversessenheit in ein kleines Hotel umgebaut. Dort würde er morgen auf Johanna Böhms Entscheidung warten.

Bevor er ins Hotel fuhr, musste er aber noch etwas erledigen. Falk ging zu seinem Auto, das er keine hundert Meter Luftlinie entfernt in einer Parallelstraße geparkt hatte. Er stieg durch die Schiebetür in den hinteren Teil seines Mercedes Vito. In dem Kleintransporter setzte sich Falk auf eine Sitzbank, vor der ein Tisch an der Seitenwand montiert war. Hinter den beiden Vordersitzen stand eine im Boden verankerte Metalltruhe. Falk öffnete die beiden Schlösser des Kastens, holte seinen Laptop hervor und klappte ihn vor sich auf. Dann machte er sich an die Arbeit.

Es dauerte keine drei Minuten, da hatte sich der Computer mit der kleinen Überwachungskamera verbunden, die er auf dem Kleiderschrank in Johanna Böhms Wohnung angebracht hatte. Die angehende Polizistin war zwar überaus vorsichtig gewesen, der kurze Moment, in dem sie sich ein Glas Wasser in der Küche geholt hatte, hatte Falk jedoch ausgereicht. Jetzt lieferte die kabellose Box ein gestochen scharfes Bild ihres Zimmers.

Johanna Böhm saß mit dem Rücken zur Kamera auf ihrem Bett. Die Stimme von Ray Charles drang aus den Lautsprechern des Laptops und füllte das Innere des Kastenwagens. Falk blickte wie gebannt auf die Frau, von der nun so viel abhing. Sie konnte seine Eintrittskarte in eine Welt sein, die ihm elektronisch weit offen stehen mochte, menschlich aber kaum zugänglich war. Wenn sie sich bereit erklärte, ihm zu helfen, würde es für ihn nach vier Jahren der Suche endlich richtig losgehen. Falk machte sich keine falschen Hoffnungen. Mit Johanna Böhm würde es kein vertrauensvolles Bündnis geben. Ihre Beziehung würde auf Abhängigkeit basieren. Gegenseitig, wohlgemerkt. Doch dafür musste sie sich auf ein doppeltes Spiel einlassen. Auf ein Spiel mit ihm und gegen die Polizei, für die sie eigentlich arbeiten wollte. Ob sie sich dieses Konflikts schon bewusst war?

Sie griff zu ihrem Telefon, tippte auf das Display und hielt es sich ans Ohr. Nach einigen Sekunden sprach sie die Worte, auf die Falk gehofft hatte.

»Boris, entschuldige! Ich weiß, es ist spät, aber ich brauche deine Hilfe. Sofort.«

Es hatte funktioniert. Falk hatte es geschafft.

Er hatte Johanna Böhm am Haken.

KAPITEL 22

Alles deutete auf einen eisigen, unerbittlichen Winter hin. Um kurz nach sechs zeigte das von Spinnweben überzogene Thermometer an der Hauswand bereits elf Grad. Für einen Morgen mitten im September schwang in der Luft noch der süßlich-sommerliche Geruch von Gras und Honig mit. Dieses Gefühl würden sie in nur wenigen Wochen mit klirrender Kälte bezahlen, dachte Kronos, als ihm die ersten Sonnenstrahlen über die Wipfel der Kiefern und Espen hinweg in die Augen fielen. Die Nadelbäume, die die estnischen Wälder so berühmt machten, säumten eine Seite der engen Straße, die ihn jeden Tag zu seiner Arbeit führte. Sie waren das Symbol einer alten Tradition, um die sich Tallinn bis heute mit Riga stritt. Wer hatte in der Geschichte der Menschheit den ersten Weihnachtsbaum aufgestellt? Kronos war es eigentlich egal. Streng genommen war er nicht einmal Este, sondern der in Hongkong geborene Sohn eines Japaners und einer Kasachin. Da er aber hier in Tallinn aufgewachsen war und somit die Letten von Natur aus nicht mochte, sah er es wie seine Landsleute als erwiesen an, dass der erste Weihnachtsbaum von der Bruderschaft der Schwarzhäupter im Jahr 1441 auf dem

Rathausplatz hier in Tallinn aufgestellt worden war. Und sicher nicht in Riga.

Weihnachten jedoch war für Kronos an diesem Morgen noch weit entfernt. Nicht nur, weil die Sonne den Stoff seines schwarzen Rollkragenpullovers wärmte. Vielmehr würde ihn seine Arbeit noch einige Zeit derart vereinnahmen, dass auch an den kommenden Wochenenden nicht von freien Tagen die Rede sein würde. Das störte ihn aber nicht. Kronos liebte seinen Job. Sein Leben bestand praktisch aus nichts anderem.

Er blieb am Rande der Straße stehen, da es keinen Bordstein gab. Mit einer Hand suchte er umständlich in den Hosentaschen seiner weißen Jeans nach der Zigarettenschachtel, während er mit der anderen seine Kaffeetasse und seine Jacke hielt. Als er das Päckchen gefunden hatte, zog er es hervor, angelte sich mit Zunge und Lippen einen Glimmstängel und zündete ihn mit einem Feuerzeug an. Erst ein tiefer Zug, dann ein Schluck Kaffee, die Augen geschlossen, den Kopf leicht gen Himmel gereckt. Dann ging er weiter.

Kronos nahm sich immer von zu Hause eine Keramiktasse mit zur Arbeit. Er hasste es, aus diesen Thermobechern zu trinken, durch einen Deckel mit Schlitz. Lieber ging er etwas langsamer, um nichts zu verschütten. Der allmorgendliche Spaziergang zur Arbeit, der ihn durch Tallinns grünen Stadtteil Kristiine führte, gehörte zu Kronos' vielen Ritualen im Leben. Rituale waren ihm wichtig. Wiederkehrende Abfolgen, klare Strukturen, logische Wege von einem Punkt zum nächsten. So lebte er. So arbeitete er.

Deswegen hatte er sich auch die Penthouse-Wohnung in einem Neubau in der Räägu gekauft. In einem freundlichen Viertel, nicht so aufgeregt modern und jung wie Kalamaja am Hafen, nicht so touristisch wie Pirita mit seinem Strand. Und vor allem nicht so weit weg von seiner Arbeit.

Frühmorgens begegnete Kronos nur wenigen Menschen. Er ging an den Neubauten vorbei, dann an einigen Einfamilienhäusern. Manche modern und in klaren Formen errichtet, frisch gestrichen und gepflegt. Manche so alt und zusammengeflickt wie die Geschichte Estlands. Gerade passierte er ein neueres Haus, vor dem ein teurer Mercedes und ein noch teurerer Audi standen. Deutsche Autos, natürlich. Wer fuhr schon Lada, wenn er sich einen Benz leisten konnte? Im nächsten Garten verrostete dagegen ein alter Fiat, dessen abmontierte Reifen sich neben einem Apfelbaum stapelten und an denen bereits das Efeu emporkletterte. Seine Nachbarschaft war so bunt und unangepasst wie das Land, in dem sie lebten. Kein einheitlicher Stil, keine einheitliche Geschichte, keine einheitliche Bevölkerung.

Nach etwa zwei Kilometern gelangte Kronos an die Pärnu maantee. Die große Ausfallstraße führte aus dem Zentrum Tallinns heraus in den Südwesten des Landes. Wer ihr gute dreihundert Kilometer folgte, landete direkt in Riga. Kronos war die Strecke noch vor wenigen Monaten mit seinem Motorrad gefahren. Die BMW, natürlich besaß er ein deutsches Bike, hatte er seitdem praktisch nicht mehr bewegt. Der Grund war das Gebäude, vor dem er nun stand, die leere Kaffeetasse in der einen Hand, seine inzwischen vierte Zigarette in der anderen, die Jacke über dem Arm.

Vor ihm erhob sich ein perfekt quadratisches Gebäude, vier Stockwerke hoch, ein Kubus aus schwarz verdunkelten Fensterfassaden und einem Sicherheitszaun, wie man ihn in Tallinn sonst nur am NATO Cyber Defence Centre sah, das nur wenige Hundert Meter Luftlinie entfernt lag.

Ein Firmenlogo war nirgends zu entdecken, und auch sonst war der Name des Unternehmens, für das Kronos arbeitete, nicht zu finden. Die Post wurde an eine andere Adresse geliefert. Besucher waren nicht erwünscht. Und so kam nur jemand wie Kronos an der Sicherheitsschleuse vorbei. In den folgenden Minuten scannte und sprach er sich durch die diversen Kontrolleinheiten, ehe er sich mit seinem Ausweis, seinem Handabdruck, seiner Iris und seiner Stimme Zutritt zur vierten Etage verschafft hatte. Auf den ersten drei Ebenen saßen die einfachen Mitarbeiter der Dark Fiber Ltd. in ihren Büros und Laboren. Hier im obersten Stockwerk lag die Operationszentrale.

Kronos leitete sie.

Mit seinen vierunddreißig Jahren gehörte er bereits zu den älteren Angestellten. Er hatte in Tallinn, Lausanne und Fukushima Informatik studiert, ehe er ein Angebot von Dark Fiber bekommen hatte. Er sprach Estnisch, Russisch, Japanisch, Englisch, Deutsch und Französisch, doch seine wichtigsten Sprachen waren die Programmiersprachen. In nur sechs Jahren hatte er sich vom Informationstechniker zum Standortleiter hochgearbeitet. Das Headquarter lag im Ausland, war aber nur der administrative Kopf der Firma. Der Maschinenraum stand hier in Tallinn, und er folgte gänzlich Kronos' Anweisungen.

Als die Türen des Aufzugs aufglitten, der ihn im vierten Stock ausspuckte, sah er auf die Uhr. Es war kurz vor sieben. Trotzdem herrschte hier oben Hochbetrieb. Die Operationszentrale fuhr einen Vierundzwanzig-Stunden-Plan. Dark Fiber schlief nie. Das Internet schlief schließlich auch nie.

Der Raum, der sich vor ihm auftat, war vollständig einsehbar. Keine Trennwände, nur offene Arbeitsinseln mit zahllosen Monitoren, digitalen Whiteboards, mehreren Sitzecken für Besprechungen in Kleingruppen und, an der Stirnwand gegenüber dem Aufzug, einem monströsen LED-Screen, auf dem zahlreiche Fenster eingeblendet waren. In einer Ecke liefen stumm drei Nachrichtensender, von denen zwei gerade über den Jahrestag zu Nine Eleven berichteten. Ein anderes Fenster zeigte Twitter-Feeds, die nach einem eigens entwickelten Algorithmus ausgelesen wurden. Wieder ein anderes zeigte nacheinander den Live-Status der 5G-Abdeckung in allen Staaten der Europäischen Union. Es war erschreckend, wie langsam die meisten Länder bei der Umrüstung auf den höchsten Mobilfunk-Standard vorankamen. Estland war seinen Partnern in der EU mal wieder um Lichtjahre voraus. Die Politiker wollten einfach nicht verstehen, dass heute die atomare Aufrüstung keine Rolle mehr spielte, sehr wohl aber die digitale. Kronos' Augen flogen über den Rest des Monitors, auf dem der Status aller Kernprojekte dargestellt wurde, die Dark Fiber vorantrieb.

Der einzige abgetrennte Bereich auf der vierten Etage war ein Glaskasten in einer Ecke des Raumes. Auf diesen steuerte Kronos zu, während er grüßend an seinen Mitarbeitern vorbeiging. Sein Assistent, ein Junge von zwanzig Jahren mit dem Codenamen Lee, stand abrupt von seinem Schreibtisch auf und eilte herbei, als er Kronos erblickte.

»*Good morning, operator!*«

Englisch war die Unternehmenssprache. Jeder Mitarbeiter musste sie fließend beherrschen. Auch wenn ihre kommunikativen Kernkompetenzen im Umgang mit Tastatur und Rechner lagen.

»Wie war die Nacht, Lee?«

Als Antwort bekam er ein Tablet überreicht, auf dessen Bildschirm der Report der Nachtschicht erschien. Kronos überflog die Fortschritte seiner Teams, während Lee neben ihm herlief.

»Seit wann bist du hier?«

»Seit fünf Uhr, *operator*. Im Gewächshaus steht alles bereit. Archimedes hat die erbetenen Unterlagen geschickt.«

»Und?«

»Die Ergebnisse liegen unterhalb unserer Prognose.«

»Abweichung?«

»Bis zu zwei Prozent.«

»Bedauerlich, aber es ist noch nicht zu spät, um es zu korrigieren.« Kronos sah noch einmal hoch zum großen Monitor. »Danke, Lee, das wäre alles.«

Er ließ seinen Assistenten stehen und verschwand im Gewächshaus. Sie hatten dem Glaskasten diesen Namen verpasst, weil er über eine Vorrichtung verfügte, die die Scheiben ähnlich beschlagen ließ wie in einem Gewächshaus. Als die Tür hinter ihm ins Schloss fiel, betätigte Kronos einen Schalter. Sofort verwandelten sich die durchsichtigen Scheiben in Milchglas. Die allmorgendliche Besprechung war nur für seine Augen und Ohren gedacht. Niemand durfte sehen, mit wem er sprach. Deshalb nutzten sie ausschließlich Codenamen. Die wahren Identitäten kannte nur Kronos.

Codenamen waren eine der Grundregeln bei Dark Fiber. Keine persönlichen Beziehungen, so wenig Wissen wie möglich über Kollegen und Kunden gleichermaßen, nicht einmal den richtigen Namen durfte man kennen. Wer sich selbst kein Pseudonym aussuchen wollte, bekam eines von Kronos verpasst. Lee hatte sich nach Tim Berners-Lee benannt, dem Begründer des World Wide Web. Kronos dagegen hatte schon lange vor seiner Zeit bei Dark Fiber den Vater des Zeus als seinen Rufnamen erwählt. Er hatte sich schon immer für die griechische Mythologie interessiert. Kronos, der Herrscher der Welt, der Bringer des goldenen Zeitalters, dessen Geschenk an die Menschheit aus Frieden und Erleuchtung bestehen sollte.

Das Geschenk der Moderne an die Menschheit bestand aus Nullen und Einsen. In der heutigen Welt gab es nichts Erleuchtenderes.

Kronos wusste diese Macht zu nutzen. Das schätzte auch Archimedes an ihm.

Kronos mochte den Codenamen seiner Kontaktperson in Deutschland genauso wie die Geschichte des bedeutenden Mathematikers. Das Erbe des Archimedes war die Mechanik. *Gebt mir einen festen Punkt, und ich hebe die Welt aus den Angeln.* Der moderne Kronos und der moderne Archimedes hatten längst gefunden, wonach sie gesucht hatten.

Der feste Punkt war Deutschland.

Dark Fiber war der Hebel.

KAPITEL 23

SAMSTAG, 11. SEPTEMBER
Berlin, Deutschland

»Haben Sie sich entschieden?«

Unterdrückte Nummer. Keine Begrüßung. Nur diese Frage.

»Einen zauberhaften guten Morgen auch Ihnen, Herr Falk. Haben Sie genauso beschissen geschlafen wie ich?«

»Ich bin ein Nachtmensch.«

»Ich nicht«, entgegnete Johanna. »Deshalb brauche ich noch mehr Zeit.«

»Wie viel?«

»Bis heute Abend.«

»Wann soll ich Sie anrufen?«

»Wie wäre es, wenn Sie mir Ihre Nummer geben und *ich* rufe an?«

»Das ist nicht nötig. Sagen Sie mir einfach...«

»Kein Vertrauen, hm?«

»So viel Vertrauen wie Sie in mich.«

»Dann wäre das ja geklärt. Ich höre?«

Zögern. Dann diktierte Rasmus Falk ihr eine Nummer.

»Ein Prepaid-Handy?«

»Sie sehen zu viele Krimis.«

»Ich lese lieber. Bevorzugt Sachbücher über ehemalige Spione, die nach ihrer Karriere auf die schiefe Bahn geraten.«

»Wenigstens erst nach der Karriere und nicht schon im Dienst.«

»Also bis nachher. Sagen wir um fünf? Dann kriegen Sie Ihre Antwort.«

Ohne ein weiteres Wort brach Johanna das Gespräch ab. Sie sah auf die Uhr. Rasmus Falk hatte auf die Sekunde pünktlich um zehn angerufen. Sie hatte den Anruf erwartet, mit dem Handy in der Hand an der Balkontür gestanden. In Gedanken war sie vorher durchgegangen, was sie hatte sagen wollen. Falk würde nicht einfach bekommen, was er wollte. Johanna hatte sich vorgenommen, ihn auf die Probe zu stellen. Gestern hatte er sie überrumpelt, indem er einfach hier aufgekreuzt war. Er hatte sie in die Ecke gedrängt, ein Spiel mit ihr gespielt, hatte seine Trümpfe einen nach dem anderen gezogen, bis sie in der Falle gesessen hatte. Jetzt war sie an der Reihe.

Bis in die frühen Morgenstunden hatte Johanna nachgedacht, recherchiert, die Puzzleteile vor sich ausgebreitet, sortiert, neu zusammengesetzt. Sie hatte Boris um Hilfe gebeten und ihm einen Auftrag gegeben, den er sofort angenommen hatte. Um zwölf würde sie sich mit ihm in Prenzlauer Berg treffen. Das bedeutete, dass sie bald losmusste. Im preiswerten Oberschöneweide zu wohnen hatte auch Nachteile. Nicht umsonst wurde der Stadtteil auch Oberschweineöde genannt. Wer hier wohnte, zählte zwar niedrige Mieten, brauchte dafür aber gut eine Stunde bis in die Stadt.

Zeit, die sie nutzen würde, um weiter darüber nachzudenken, was sie herausgefunden hatte. Sie trat auf den Balkon, überzeugte sich von den spätsommerlichen Temperaturen, blieb mit Jeans und T-Shirt ganz in Blau, griff sich ihre Softshelljacke und schlüpfte in ein Paar ausgetretene

Chucks. Unter dem Bett zog sie eine Umhängetasche hervor und warf die Jacke, ihre Geldbörse, das Smartphone und ein kleines Notizbuch inklusive Stift hinein. Dann verließ sie ihre Wohnung.

Das Büchlein hatte sie in der Nacht zu befüllen begonnen, mit allem, was sie gefunden hatte. Erst hatte sie sich Rasmus Falk vorgenommen. Es überraschte sie nicht, dass sie über den ehemaligen Geheimdienst-Mitarbeiter praktisch nichts hatte finden können. Deshalb hatte sie sich in Erinnerung gerufen, was er von sich aus preisgegeben hatte. Erst Bundeswehr, dann Militärischer Abschirmdienst. Zunächst hatte er von einem Job in der IT-Sicherheit gesprochen, später war er mit elektronischer Spionage um die Ecke gekommen. An diesem Punkt hatte Johanna die Webcam und das Mikrofon ihres Laptops abgeklebt, die Einstellungen ihres Smartphones überprüft und sich gefragt, ob das überhaupt etwas brachte. Falk besaß zweifellos die Fähigkeit, sich Zugang zu ihrem Rechner und ihrem Telefon zu verschaffen, wenn er es nicht schon längst getan hatte. Wenn es stimmte, dass er in E-Mail-Server und polizeiliche Datenbanken vorgedrungen war, wären Johannas technische Gerätschaften für ihn nicht mehr als eine Fingerübung. Sie würde überaus vorsichtig sein müssen im Umgang mit aller Kommunikation, auf die Falk von außen zugreifen konnte.

Etwas mehr als über Falk hatte sie über seine Frau Hedda gefunden. Nicht nur, weil sie tatsächlich für die *Thüringer Allgemeine* gearbeitet hatte. Sie war wirklich gewaltsam zu Tode gekommen. Der Mord hatte hohe Wellen geschlagen. Eine Journalistin, noch dazu eine offensichtlich ambitionierte Reporterin im Politikressort, die das Opfer eines Anschlags geworden war. Die Medien hatten sich auf den Fall gestürzt. Und dann hatte Johanna ein Foto der Frau gefunden. Hedda Falk war eine Schwarze gewesen.

Sofort hatten Johannas Gedanken Fahrt aufgenommen. Der Prozess gegen Nicolai Krahl wegen seines Angriffs auf Flüchtlinge. Es musste Krahl wie eine Demütigung vorgekommen sein, nicht nur vor Gericht gestellt, sondern auch mit einer Schwarzen Schöffin konfrontiert zu werden. Doch er hatte sich auf seine Familienbande verlassen können. Die Reporter, die über den Fall berichtet hatten, waren vernichtend mit dem Staatsanwalt ins Gericht gegangen. Friedrich Ammon hatte einen fast sicheren Schuldspruch gefährdet. Johanna hatte Berichte über schlecht geführte Befragungen gefunden, über schlampige Formulierungen in der Anklage, die zu Hintertürchen für die Verteidigung geworden waren. Natürlich war nichts schlampig, schlecht geführt oder gar fahrlässig vorbereitet gewesen. Es musste zu Ammons Plan gehört haben, um Krahl vor dem Gefängnis zu bewahren. Dem Richter, einem Mann namens Ole-Kristof Rosen, war nichts anderes übrig geblieben, als das Strafmaß auf Bewährung auszusetzen. Und auch die Geldstrafe hatte Krahl als Sohn eines schwerreichen Unternehmers nicht treffen können.

In einem späteren Artikel hatte Johanna gelesen, dass Ammons Karriere nach diesem Prozess beendet gewesen war. Zumindest bei Gericht. Danach war er untergetaucht und erst wieder in Italien an die Oberfläche gekommen – als Leiter einer erzkonservativen Akademie mit fragwürdigen Zielen. Bis er tot aufgefunden worden war. Vergiftet, wie die italienischen Behörden inzwischen bestätigten. Genauso wie Nicolai Krahl, bei dem die französische Polizei erst von einem natürlichen Tod infolge des Boxkampfes ausgegangen war. Dann aber hatten die toxikologischen Ergebnisse sie eines anderen belehrt. In beiden Ländern wurde nun wegen Mordes ermittelt. Nur kam offenbar niemand auf die Idee, die beiden Fälle miteinander zu verbinden.

Ganz zu schweigen von Patrizia Carstensen, von der noch niemand zu ahnen schien, dass ihr ein Gift verabreicht worden war. Zumindest fand sich im Internet nichts dazu. Johanna hatte sich in den weiteren Überlegungen auf Falk konzentriert. Er hatte von allen drei Toten gewusst. Er hatte gewusst, dass sie vergiftet worden waren, hatte ihr bei Ammon und Krahl sogar die Namen der Gifte nennen können. Nach dem Mord an seiner Frau war er dagegen eine Randerscheinung gewesen, war in der Berichterstattung nur als ehemaliger Soldat und als nicht näher beschriebener Mitarbeiter des Verteidigungsministeriums genannt worden. Man hatte berichtet, dass er ebenfalls zu Schaden gekommen war, jedoch überlebt hatte. Darüber hinaus fand sich nichts. Keine Interviews, keine rührenden Geschichten über den Witwer, wie so häufig im Boulevard bei solchen Fällen. Falk hatte sich sicherlich bewusst aus dem Licht der Öffentlichkeit herausgehalten. Und auch der MAD dürfte einige Strippen gezogen haben, um seinen Mitarbeiter zu schützen. Nicht ein einziges Foto hatte Johanna in den Berichten über ihn finden können. Falk war der Geist geblieben, der er unzweifelhaft in seinem Beruf immer gewesen war. Auch wenn seine Karriere, wie er ihr selbst verraten hatte, durch die Verletzung zu Ende gegangen war.

Zumindest das hatte Johanna ihm sofort geglaubt. Nicht viel mehr. Doch je mehr sie in der Nacht gelesen hatte, desto weniger Ungereimtheiten konnte sie finden. Falk schien ihr die Wahrheit gesagt zu haben. Zumindest in Bezug auf seine Frau und auf die drei Toten. Zwar hatte Johanna nicht herausfinden können, dass Patrizia Carstensen wirklich an dem Gerichtsprozess beteiligt gewesen war und Hedda Falk verraten hatte. Dass sie jedoch vor ihrer literarischen Karriere als Justizbeamtin am Landgericht Mühlhausen gearbeitet hatte, ging aus Carstensens eigener Biografie auf ihrer Website hervor.

Es passte also alles zusammen.

Dennoch blieb Johanna auf der Hut. Was Hagens Tod anging, hatte sie Boris auf die polnischen Medien angesetzt. Zum Glück hatte Boris noch nicht geschlafen, als sie ihn angerufen hatte. Sie hatte ihm in groben Zügen erklärt, was passiert war. Erst hatte sie ihn davon überzeugen müssen, nicht sofort wieder zu ihr zu kommen. Dann hatte Boris ihr aufmerksam zugehört und versprochen, sich an die Arbeit zu machen. In Kürze würde sie erfahren, ob ihr Bruder Hagen tatsächlich nicht mehr lebte.

Ein Gedanke, den sie krampfhaft auszublenden versuchte.

Deswegen hatte sie in der Nacht auch Alice nicht mehr geschrieben. Ihre Freundin hatte mit einer Sprachnachricht geantwortet, wie nur sie sie hätte schicken können. Eine Mischung aus Zuneigung und aufmunterndem Witz, aus gespielter Enttäuschung, dass sie nicht mehr die Einzige war, die Johannas Geheimnis kannte, und der Forderung, dass sie bei nächstbester Gelegenheit videotelefonieren mussten.

Ja, das mussten und das würden sie. Aber erst musste Johanna klarkommen mit diesem verdammten Falk und mit dem, was er ihr eingebrockt hatte.

Denn Johanna hatte noch ein weiteres Problem zu bewältigen. Aus welchem Blickwinkel sie es auch immer betrachtete: Es gab keine realistische Chance, herauszufinden, ob die angebliche E-Mail ihres Vaters echt war. Dieser Schrieb war Falks große Trumpfkarte. Die Zeilen von Carl Bellmann an Albert Krahl drohten alles aus den Angeln zu heben, was sich Johanna als ihr neues Leben aufgebaut hatte. Vorausgesetzt, die Mail war echt.

Untrennbar damit verbunden war auch die Frage, wer der Mann am Treptower Park sein mochte. War es jemand vom Bundeskriminalamt? Schließlich wollte ihr Vater sie lieber bei der Kripo unterbringen als bei der Schutzpolizei. Oder war es doch jemand vom Verfassungsschutz?

Johanna sah Boris schon von Weitem. Irgendwie stach dieser eigentlich so unscheinbare Typ immer aus einer Menschenmenge heraus. Als sie die Eberswalder Straße überquerte und auf der Schönhauser Allee unter der Trasse der Hochbahn entlanglief, lehnte er an einer Litfaßsäule. Mit einer lässigen Bewegung löste er sich von dem Pfeiler und kam ihr entgegen.

»Am Dienstag wolltest du keine Currywurst. Gestern hast du mir deine Grillkünste vorenthalten. Dafür gibt's jetzt die volle Dröhnung«, rief er ihr entgegen. »Voilà, Konnopke's Imbiß.«

»Mit einem Apostroph aus der Hölle«, erwiderte Johanna mit einem Grinsen und einem Blick auf das Namensschild der Bude, die direkt unter der Trasse zwischen den Fahrbahnen lag. An den Steh- und Biertischen tummelten sich Dutzende Hungrige. Der Grill schien für die Menschen eine genauso wichtige Stütze zu sein wie die grauen Betonpfeiler unterhalb der grün lackierten Konstruktion aus Stahl.

»Von Konnopke habe ich schon gehört«, sagte sie.

»Das solltest du. Fast hundert Jahre gibt's den schon. Ich habe dir ja versprochen: Bevor ich meine Johanna zu den richtig guten Plätzen und Geheimtipps von Berlin führe, muss die Zugezogene erst einmal ein bisschen Tourismus ertragen.«

»Und was ist, wenn ich keinen Bock auf 'ne Wurst habe?« Boris betrachtete sie mit gespieltem Wahnsinn im Blick.

»Keine Sorge, ich sterbe vor Hunger. Was nehmen wir?« Sie nahmen zweimal Currywurst Pommes und stellten sich an einen der Stehtische abseits der vielen Gäste, die es sich bei dem guten Wetter an diesem Samstagmittag nicht hatten nehmen lassen, sich mit einem Snack einzudecken. Johanna fiel mit Heißhunger über ihre Portion her. Sie war Boris dankbar, dass er sie nicht sofort auf die gestrige Nacht angesprochen hatte. Sie brauchte einen Augenblick der Normalität, um sich auf das vorzubereiten, was unweigerlich kommen würde: die Antwort auf die Frage, was er über ihren Bruder Hagen herausgefunden hatte.

Die Minuten vergingen schweigend, bis Johanna die letzten Pommes mit einer Spezi runterspülte.

Als Boris sie schließlich fragend ansah, begann sie zu erzählen. Manches wusste er bereits von ihrem nächtlichen Telefonat. Daher berichtete sie ihm, was sie bei ihren Recherchen herausgefunden hatte. Über Falk, über seine Frau Hedda, über den Gerichtsprozess und die drei vermeintlichen Giftmorde. Boris unterbrach sie nur, wenn er etwas nicht verstanden hatte. So fiel es ihr leicht, sachlich zu bleiben und ihrem Durcheinander im Kopf eine Struktur zu geben.

»Womit ich noch nicht umzugehen weiß, ist die E-Mail meines Vaters. Keine Ahnung, ob sie echt ist.«

Johanna schloss das kleine Notizbuch, das sie hervorgeholt hatte, um nichts zu vergessen. Mit beiden Händen umklammerte sie den dunkelroten Einband. Sie hatte einen groben Plan, was sie als Nächstes machen wollte. Erst musste sie aber wissen, was Boris herausgefunden hatte. Er zog ein zusammengefaltetes Papier aus der Innentasche seiner Lederjacke. Johanna erkannte den Ausdruck einer Website.

»Ich habe alles gelesen, was ich online finden konnte. Fast alles war auf Polnisch.« Boris sah ihr ruhig in die Augen. »Es gab letztes Jahr im Sommer wirklich einen Bootsunfall auf dem Jezioro Lubie. So heißt der Große Lübbesee. Laut Augenzeugen sind zwei Schlauchboote kollidiert und alle Mann über Bord gegangen. Als die Wasserschutzpolizei kam, wurden die Leute eingesammelt, die Boote an Land geschleppt und ein Bußgeld ausgestellt. Der Anführer der Gruppe bekam zusätzlich eine Anzeige angehängt.«

»Viktor.«

»Genau. Von Hagen steht in der Pressemitteilung der Polizei nichts. Nur, dass alle Männer in Tarnfleck gekleidet waren. Was aber kein Verbrechen ist, solange man keine offiziellen Abzeichen trägt.«

»Hatten sie Waffen dabei?«

»Nein. Zumindest nicht laut dem, was in den Zeitungen stand. Und eigentlich wäre es das schon gewesen. Ein Reporter witterte aber offensichtlich eine Story und fand einen Augenzeugen, der gesehen haben will, dass die Gruppe am selben Abend mit Taucherausrüstung noch einmal rausgefahren ist und die Unfallstelle abgesucht hat.«

Johanna spürte etwas in ihrer Magengegend, das nichts mit Currywurst Pommes zu tun hatte.

»Der Zeuge berichtete, die Leute seien mit einem großen Sack zurück an Land gekommen, hätten ihn in eines der Autos geladen und seien noch in der Nacht abgereist.«

Dann drückte Boris Johanna den Ausdruck in die Hand. Sie faltete das Papier auseinander. Es war der Auszug einer Website mit dem vielsagenden Namen blutundehre.de. Blut und Ehre – Johanna kannte die Worte. Ihr Vater besaß ein Messer, in dessen Klinge diese Worte eingraviert waren. Ein Messer, das zur Ausrüstung der Hitlerjugend gehört hatte. Doch ihre Augen verweilten nicht lange auf der URL. Boris hatte ihr einen Artikel ausgedruckt. Schon die Überschrift verriet ihr alles, was sie wissen musste.

Wir trauern um unseren Kameraden, stand dort geschrieben. Ein Foto gab es nicht. Aber der Text darunter war unmissverständlich. *Unser Kampf fordert Opfer. Wir sind Männer der Tat. Mit dem Wissen, dass wir nicht alle überleben können, wenn unser geliebtes Deutschland überleben soll. Hagen wusste das. Er hat für unsere Sache gekämpft, hatte sich der Ausbildung unserer Soldaten verschrieben. Bei der Ausübung seiner Pflicht für das Vaterland hat er nun sein Leben gegeben.*

Die Schrift vor ihren Augen verschwamm. Nur noch einzelne Passagen tauchten klar vor ihr auf, während sie weiterlas.

…in unserem Camp im großdeutschen Pommern…

…Hagen war erst 31 Jahre alt…

Ihr Gehirn setzte die Informationen zusammen. Es passte alles. Das Alter, der Ort, der Zeitpunkt.

Ihr Bruder Hagen war tot.

Plötzlich war ihr kalt. Johanna knüllte das Papier zusammen und ließ es auf den Stehtisch fallen. Sie holte ihre Jacke aus der Umhängetasche. Den Reißverschluss bis unters Kinn zugezogen, die Arme um ihren Körper geschlungen, stand sie mit leerem Blick da. Die aufgestiegenen Tränen waren schnell wieder versiegt. Sie konnte sich nicht daran erinnern, wann sie das letzte Mal in so kurzer Zeit so häufig geweint hatte. Aber was durfte sie erwarten? Dass sich alles, was Rasmus Falk gesagt hatte, als wahr herausstellen würde, nur nicht der Tod ihres Bruders? Und wie sehr traf Hagens Tod sie wirklich, wenn sie ehrlich war? Sie hatte ihn seit dreizehn Jahren weder gesehen noch gehört. Sie hatte ihn, genauso wie ihre ganze Familie, aus ihrem Leben verbannt. Andererseits hatte Hagen ihr nähergestanden als Viktor. Er war trotz allem ihr Bruder gewesen.

»Der Artikel ist nicht mehr online«, durchbrach Boris ihre Gedanken.

Johanna sah hoch. In seinem Gesicht standen Sorge und Verunsicherung.

»Er wurde offenbar nur wenige Tage nach Erscheinen offline genommen. Ich habe ihn erst in einem Archiv für gelöschte Websites gefunden. Anscheinend wollte jemand nicht, dass die Meldung dauerhaft im Netz auffindbar war.«

Der Gedanke half Johanna, sich aus ihrer eigenen Umklammerung zu befreien. Was Boris sagte, ergab Sinn. Ihrem Vater und ihrem Bruder Viktor wäre es bestimmt nicht recht gewesen, wenn Hagens Tod auf einer rechtsradikalen Website breitgetreten wurde. Sie hatten mit Sicherheit dafür gesorgt, dass der Artikel wieder verschwunden war, ehe man die Familie Bellmann mit einer Plattform für Neonazis in Verbindung brachte. Schließlich war der äußere Schein für Carl Bellmann immer ein entscheidendes Element auf dem Weg zu Macht und Einfluss gewesen.

»Was willst du jetzt machen?« Boris' Worte hatten fast beiläufig geklungen.

»Ich muss mir die Frage beantworten, was Hagens Tod ändert.«

»Woran denkst du?«

»Ich kann nicht ignorieren, dass Falk bei mir aufgetaucht ist. Er weiß sicher noch viel mehr, als er mir verraten hat. Der hat noch was in der Hinterhand. Darauf kannst du wetten.«

»Dann musst du ihm den Wind aus den Segeln nehmen.«

»Genau. Er hat die E-Mail meines Vaters. Damit hat er mich erst mal im Griff. Aber auch er hätte ein Motiv gehabt, Ammon, Krahl und Carstensen zu töten. Und wenn er eines ganz sicher nicht will, dann sind es Polizisten, die in seinem Leben herumschnüffeln.«

»Das könntest du dir zunutze machen und mehrere Fliegen mit einer Klappe schlagen.«

Boris schien ihre Gedanken erraten zu haben. Beide lächelten.

»Glaubst du, es könnte funktionieren?«

»Du hättest deine Pflicht getan und gleichzeitig Falk gezeigt, dass er dich nicht unterschätzen darf.«

»Wenn das klappt, geht die nächste Currywurst auf mich.«

»Und ich weiß auch schon, wo wir sie essen werden.«

KAPITEL 24

Wer Erhard Spahn sprechen wollte, musste in der Regel ins GEZI gehen, ins Geschäftszimmer der Auszubildenden-Leitung der Polizeiakademie in Ruhleben. Nicht jedoch an einem Samstag. Die Lösung hatte sich in ihrem Portemonnaie befunden. Spahns Visitenkarte, die er allen Neulingen an ihrem ersten Tag bei der Polizei gegeben hatte – inklusive Handynummer. Er hatte allen eingeschärft, sie nur im absoluten Notfall zu benutzen. Andernfalls wisse er Mittel und Wege, jemanden leiden zu lassen.

Wenn Johanna an ihren Waldlauf zurückdachte, zweifelte sie keine Sekunden daran.

Doch dies war ein Notfall. Und tatsächlich, Spahn hatte keine Sekunde gezögert, als Johanna ihm am Telefon geschildert hatte, worum es ging.

»Kommen Sie zum Pladelu! Melden Sie sich am Empfang, ich hole Sie ab.«

Jetzt stand Johanna am Platz der Luftbrücke. Der Adlerkopf des berühmten Eagle Square schaute sie böse an. Überhaupt strahlte die Architektur des ehemaligen Flughafens Tempelhof diese gewaltige Kraft aus, die sich Hitler für seine Reichshauptstadt gewünscht hatte. Das elliptische Flugfeld war vom Platz aus nicht zu sehen, dafür die beiden allumfassenden Flügelbögen mit ihren festungsgleichen Türmen. Eigentlich mochte Johanna Gebäude aus Naturstein, doch die erdrückende Monstrosität schrie nach Wehrmacht, Flugshows, Massenwahn und Unterdrückung. Im südlichen Teil des vorgelagerten Flughafenkomplexes war das Polizeipräsidium beheimatet, während das Landeskriminalamt gegenüber am Tempelhofer Damm untergebracht war.

Johanna schritt auf ein von Säulen gehaltenes Vordach zu und betrat das Präsidium. An der Pforte nannte sie ihren Namen, zeigte ihren Dienstausweis und fragte nach Erhard Spahn.

Keine Minute später sah sie Spahn durch eine Glastür kommen. Wie er ihr entgegentrat, die drei Deutschlandflaggen der Eingangshalle hinter sich, hatte er etwas Staatsmännisches – wenn man von seinem legeren Äußeren in Bluejeans und einem schwarzen Hemd mit hochgerollten Ärmeln absah. Mit einem Mal wurde Johanna bewusst, dass sie in Jeans, Shirt und Chucks alles andere als offiziell wirken musste. Nach ihrem Treffen mit Boris hatte sie sich sofort aufgemacht. Ein Trip zurück in ihre Wohnung und dann hierher wäre pure Zeitverschwendung gewesen. Abgesehen davon hatte Spahn verstanden, dass sie ihn aus gutem Grund sprechen wollte.

»Frau Böhm, schön, Sie zu sehen!« Er streckte ihr die Hand entgegen.

»Herr Kriminaldirektor!« Johanna wusste nicht recht, wie sie ihn zu begrüßen hatte.

Er lächelte freundlich. »Sehr lobenswert, dass Sie meinen Rang kennen. Der Nachname tut es aber auch. Sie waren schon mal hier?«

»Ich habe meinen Ausweis dort vorne abgeholt.« Sie deutete in Richtung eines Ganges zu ihrer Linken.

»Der Ort mit der schlechtesten Fotokamera des digitalen Zeitalters. Ich kenne keinen Polizeiausweis, auf dem die Person nur annähernd gesund aussieht.«

Johanna musste lachen. Sie hatten in ihrer Klasse die Fotos untereinander verglichen. Es gab tatsächlich kein einziges gelungenes Bild. Alle sahen krank, zu dick, zu dünn, drogenabhängig oder verheult aus. Für Instagram-Ashley war es eine Katastrophe gewesen.

Spahn bat sie, ihm zu folgen.

»Ich laufe jetzt schon seit zweiunddreißig Jahren durch diese Gänge.«

Also definitiv schon über fünfzig, rechnete Johanna schnell nach.

»Erst im Abschnitt 13, dann Personalreferent im Stab der Polizeipräsidentin, später bei der Prävention im LKA. Von da aus zum Abschnitt 53 nach Kreuzberg und jetzt in der PA. Gefällt es Ihnen an der Akademie?«

»Auch wenn es abgedroschen klingt, war es mein Traum, hierherzukommen.«

»Das klingt überhaupt nicht abgedroschen.« Er führte sie in einen anonym wirkenden Besprechungsraum mit einem Konferenztisch und gepolsterten Stühlen. »Es passt zu Ihnen. Sie haben Ihre erste Karriere abgebrochen, um Polizistin zu werden. Das machen nur Leute, die sich das genau überlegt haben und unbedingt diesen Weg gehen wollen.«

Im ersten Moment war Johanna überrascht, dass er ihre Akte kannte. Dann erinnerte sie sich, dass Zacharias Toben sie nach einer Vorlesung angesprochen hatte, bei der auch Spahn anwesend gewesen war. Toben und Spahn hatten sich mit Sicherheit über sie unterhalten, sodass Spahn über ihre Familie zumindest grundsätzlich Bescheid wissen musste. Das machte es jetzt für sie einfacher.

»Aber Sie haben meine samstägliche Ruhe nicht für ein bisschen Small Talk gestört.«

Kurz spürte Johanna, wie ihre Nerven alle Flüssigkeit aus ihrem Mund zu saugen schienen. Dann sah sie Spahns belustigten Gesichtsausdruck und entspannte sich.

»Ich meinte ja schon am Telefon, dass es um Informationen zu einem möglichen Verbrechen geht«, sagte Johanna ruhig. »Konkret um drei Todesfälle.«

Sofort verschwand die Belustigung aus Spahns Blick.

»Friedrich Ammon, Nicolai Krahl und Patrizia Carstensen. Alle drei sind in dieser Woche ums Leben gekommen. Ammon in der Nähe von Rom, Krahl in Lyon, Carstensen in Rostock. Die italienischen und französischen Behörden haben bestätigt, dass die Opfer vergiftet wurden. Wenn mich nicht alles täuscht, dürfte bei Patrizia Carstensen inzwischen auch ein solcher Verdacht bestehen. Ich wusste nicht, an wen ich mich wenden sollte. Da habe ich an Sie gedacht. Ich glaube, die drei Todesfälle hängen miteinander zusammen.«

Spahn betrachtete sie einen Moment lang. Dann griff er zu einem Telefon, das auf einem Beistelltisch stand. Er wählte eine Nummer.

»Spahn hier. Schau bitte nach, was du bei INPOL zu folgenden Namen findest.« Er sah Johanna an. Sie wiederholte die Namen, Spahn gab sie weiter. »Ich sitze in Besprechungsraum vier. Bring mir bitte sofort, was du hast. Danke.«

INPOL war die bundesweite Datenbank des BKA, ein System für Fahndungen und Informationen zu potenziellen

Straftaten. In der letzten Nacht hatte Johanna kurz mit dem Gedanken gespielt, über INPOL nach Rasmus und Hedda Falk sowie nach ihrer Familie zu suchen. Genauso gut hätte sie sich aber auch von der Polizeiakademie abmelden können. Als Auszubildende verfügte sie zwar über einen Zugang, mit dem sie in einem separaten Raum der Hochschule einen Blick in INPOL werfen konnte. Allerdings war es ihr streng untersagt, ohne Genehmigung eine Suche durchzuführen. Das Problem war, dass jede Suchanfrage gespeichert wurde. Einfach mal so den Nachbarn oder die Familie auszuspionieren ging also nicht. Und schon gar nicht konnte Johanna nach dem ehemaligen Geheimdienstler Rasmus Falk suchen und erwarten, dass ihre Suche unentdeckt und ohne Konsequenzen bleiben würde.

»Woher wissen Sie von den Todesfällen?«, fragte Spahn, nachdem er das Telefon wieder an seinen Platz gestellt hatte.

Die Antwort auf diese Frage hatte sie sich vorher zurechtgelegt. »Nicolai Krahl war der Erste. Sie haben es im Radio vermeldet. Er ist bei einem Boxkampf gestorben. Dann habe ich in der Zeitung von Carstensen gelesen. Sie ist bei einer Lesung tot umgefallen. Da habe ich angefangen, im Internet zu suchen, und bin auf Ammon gestoßen.«

»Warum glauben Sie, dass die drei Todesfälle miteinander in Verbindung stehen?«

»Weil die drei sich gekannt haben.«

»Woher wissen Sie das?«

Johanna zögerte.

»Frau Böhm«, sagte Spahn mit ruhiger Stimme. Er lehnte sich zu ihr vor. Sie sah Verständnis in seinen Augen. »Ich weiß um Ihre Familie. Ich weiß, dass Sie Nicolai Krahl von früher kannten. Zacharias Toben hatte sich meine Erlaubnis eingeholt, Sie anzusprechen. Erzählen Sie mir einfach, was Sie wissen.«

»Es stimmt. Ich kannte Krahl von früher.« Sie suchte nach den richtigen Worten. »Er war ein guter Freund meines ältesten Bruders.«

»Viktor, richtig?«

»Richtig.«

»Nicolai Krahl und Ihr Bruder, davon wusste ich. Wer waren die anderen?«

»Friedrich Ammon war Staatsanwalt, Patrizia Carstensen eine junge Justizbeamtin, ehe sie unter die Literaten gegangen ist.«

»Beide auch in Thüringen unterwegs?«

»Am Landgericht in Mühlhausen.«

Beinahe hätte sie von dem Prozess gegen Krahl erzählt. Aber sie wollte Hedda Falk und ihren Mann aus dem Spiel lassen. Zumindest vorerst. Die E-Mail ihres Vaters schwirrte ihr im Kopf umher. Sie würde zunächst selbst versuchen herauszufinden, was Carl Bellmann von ihr wollte und was es mit Hagens Tod auf sich hatte. Dann konnte sie Spahn immer noch erzählen, dass sie auf weitere Informationen gestoßen war. Jetzt würde sie ihm gerade so viel sagen, dass sie ihre Pflicht als Polizistin erfüllt und den Behörden geholfen hatte, die drei Todesfälle miteinander zu verbinden.

Spahn schien zu spüren, dass ihr noch etwas auf der Zunge gelegen hatte. Zum Glück klopfte es in diesem Moment. Eine junge Frau mit kupferroter Kurzhaarfrisur trat ein. Sie trug Zivil, schwarze Stoffhose und smaragdgrüne Bluse.

Elegant und wirksam, dachte Johanna.

Sie nickten sich zu, dann nahm Spahn eine dünne Mappe entgegen.

»Das ist Johanna Böhm, eine unserer neuen Auszubildenden«, sagte er. »Und das ist Oberkommissarin Kerstin de Jong, eine überaus fähige Kriminalpolizistin und im Übrigen in Köln aufgewachsen.«

Kerstin de Jong trat zu Johanna und reichte ihr die Hand. Johanna erhob sich und ergriff die Hand ihrer Kollegin.

»Ich habe die letzten dreizehn Jahre in Köln gelebt.«

»Dann dürfte Berlin kein allzu großer Kulturschock sein.«

»Oberschöneweide ist nicht gerade Ehrenfeld, aber ich komme zurecht.«

De Jong lachte. Dann fingerte sie eine Visitenkarte aus der Hosentasche und reichte sie ihr. »Wenn Sie mal was brauchen. Willkommen im Haus!«

Sie nickte Spahn zu und ließ sie allein.

Johanna steckte die Visitenkarte ein und nahm wieder Platz, während Spahn die Akte aufschlug. Er überflog, was auf drei Blättern geschrieben stand, und klappte die Mappe wieder zu.

»Ihr Gefühl hat Sie nicht getäuscht. Auch bei Patrizia Carstensen deutet alles auf eine Vergiftung als Todesursache hin. Haben Sie eine Idee, was dahinterstecken könnte?«

Auch auf diese Frage hatte sie sich vorbereitet. Den ganzen Weg von Prenzlberg bis Tempelhof hatte sie darüber nachgedacht, ob sie die drei Akademien in Eisenach, Trisulti und Lyon erwähnen sollte. Aber das hätte verraten, dass sie sich bereits intensiver mit dem Fall befasst hatte. Stattdessen spielte sie ihre Familienkarte.

»Leider nein. Wie Sie sicher wissen, bin ich vor dreizehn Jahren von zu Hause ausgezogen und habe den Kontakt abgebrochen.«

»Zum gesamten Umfeld?«

»Komplett. Ich wollte einen klaren Schnitt machen.«

»Das muss hart gewesen sein.«

Johanna stockte. »Wenn Sie erlauben, möchte ich nicht darüber reden. Ich wollte nur, dass Sie von den Morden wissen.«

»Sie scheinen sich sicher zu sein, dass es sich um Morde handelt.«

»Wenn drei Menschen, die sich kannten, innerhalb weniger Tage an Vergiftungen sterben, fällt es mir schwer, an etwas anderes zu glauben.«

Spahn nickte. »Gibt es noch etwas, über das Sie mit mir reden wollen oder das wichtig für mich sein könnte?«

Johanna überlegte kurz. »Wäre es möglich, dass ich mir ein paar Tage freinehme? Wenn ich ehrlich bin, hat mich das Ganze etwas aufgewühlt.«

»Natürlich.« In Spahns Stimme schwang etwas mit, das Johanna nicht identifizieren konnte. »Aber tun Sie mir den Gefallen und bleiben Sie erreichbar. Ich gehe davon aus, dass die Kollegen vom BKA mit Ihnen sprechen wollen.«

Auf dem Weg nach Hause dachte Johanna über das Gespräch nach. Es war gelaufen, wie sie es sich erhofft hatte. Sie hatte ihrer Pflicht Genüge getan und die Polizei informiert. Damit hatte sie den Ermittlern zu einem ersten Durchbruch verholfen. Jetzt konnte sie sich Rasmus Falk und ihrer Familie widmen. Eine Frage ließ sie dabei nicht mehr los: Wie weit würde sie selbst gehen, um an Informationen zu gelangen?

Sie lief zu Fuß vom Bahnhof Schöneweide nach Hause. Als sie in die Wattstraße einbog, sah sie auf die Uhr. Es war kurz nach vier. In einer knappen Stunde würde sie Falk anrufen. Dann würde das Spiel beginnen.

Den schwarzen Kleintransporter entdeckte sie erst, als sie fast an ihrer Haustür angekommen war. Er stand schräg auf der anderen Straßenseite geparkt, die seitliche Schiebetür geöffnet. Ein Mann im Anzug stieg aus und kam auf sie zu. Johanna blieb stehen und griff in ihre Umhängetasche. Erst da merkte sie, dass sie das Pfefferspray in der Wohnung vergessen hatte.

Rasmus Falk lächelte und deutete auf seinen Wagen.

»Wollen wir?«

KAPITEL 25

SAMSTAG, 11. SEPTEMBER
Berlin, Deutschland

»Sie konnten es wohl nicht erwarten.« Johanna versuchte ruhig zu bleiben und kramte in der Tasche nach ihrem Schlüssel. »*Ich* rufe an, schon vergessen?«

»Ich dachte, ich helfe Ihnen bei Ihrer Entscheidung.«

»Und wie das?«

Johanna sah Falk nicht an, schloss stattdessen die Tür zum Innenhof auf.

»Indem ich Ihnen den Beweis liefere, dass die E-Mail Ihres Vaters echt ist.«

In ihrer Bewegung hielt sie inne.

Falk fuhr fort. »Sie konnten alles überprüfen. Nur nicht die Echtheit der E-Mail. Die kann nur ich Ihnen bestätigen. Oder Ihr Vater.«

Langsam zog Johanna die Hand mit dem Schlüssel zurück und wandte sich Falk zu. Er sah aus wie aus dem Ei gepellt. Seine fuchsroten Haare ordentlich gekämmt, seine Wangen frisch rasiert, sodass der Bartschatten kaum hervorstach. Der markante Duft eines Aftershaves wehte zu ihr herüber. Irgendwas mit Kräutern, gar nicht mal unangenehm. Ihre Augen glitten an seinem Anzug hinab. Dreiteiler, Jacke mit einem Knopf, der Stoff in einem Beige, das leicht ins Grau tendierte wie das Wetter auf der Schwelle vom Sommer zum Herbst. Ein elegant gekleideter Mann, der seine verkrüppelte Hand in die Hosentasche geschoben hatte. Nur beim Anblick der braunen Slipper aus Wildleder zog Johanna eine Augenbraue hoch.

»In dem Aufzug würde man Sie glatt im Buckingham Palace empfangen.«

»Das betrachte ich als Kompliment.«

»Haben Sie in die Schuhe gepinkelt, bevor Sie sie das erste Mal angezogen haben? Soll das Leder geschmeidig machen.«

»Den Tipp muss mein Schuster vergessen haben. Ich werde ihn bei Gelegenheit fragen.« Er sah ihr fest in die Augen. »Wollen wir noch länger herumalbern, oder wollen Sie sehen, wie ich an die E-Mail gekommen bin?«

Waren das wirklich cognacfarbene Augen? Johanna dachte, dass sie jetzt einen Drink vertragen konnte. Falk hatte es geschafft, ihr das Heft des Handelns wieder aus der Hand zu nehmen. Er war zwar nicht der geborene Diplomat, aber das war sie auch nicht. Seine direkte Art kam ihr entgegen. Auch wenn etwas Geheimnisvolles mitschwang, vielleicht sogar etwas Unehrliches. Das hatte ihm wohl sein Beruf mitgegeben.

»Wollen Sie etwa, dass ich bei Ihnen ins Auto steige?«

Falk schien zu überlegen. Dann warf er ihr seinen Autoschlüssel zu.

Verblüfft fing sie ihn auf.

»Sie können auch gerne erst noch Ihr Messer holen, wenn Ihnen das lieber ist. Ich lasse die Seitentür offen. Sie finden mich auf der Rückbank an meinem Laptop. Aber verschwenden Sie bitte nicht unsere Zeit. Wir haben heute noch was vor.«

»Wir?«

Statt zu antworten, drehte sich Falk um, ging zu seinem Auto und verschwand im Inneren des Kleintransporters. Die Fenster waren stark verdunkelt.

Unschlüssig stand Johanna vor ihrer geöffneten Haustür. Sollte sie wirklich erst hochgehen und etwas holen, mit dem sie sich verteidigen konnte? Sollte sie Boris Bescheid geben, dass Falk auf sie gewartet hatte? Kurz kam ihr der Gedanke, dass Falk womöglich bei ihr eingebrochen war, während sie sich erst mit Boris und später mit Erhard Spahn getroffen hatte.

Einem inneren Impuls folgend, schob sie die Autoschlüssel in ihre Jackentasche und überquerte langsam die Straße. Vorsichtig näherte sie sich dem Kastenwagen, bis sie das Innere durch die geöffnete Schiebetür erkennen konnte. Falk saß auf dem Rücksitz, vor dem ein Tisch montiert war. Darauf stand ein aufgeklappter Laptop. Er sah sie nicht an, sondern tippte irgendwelche Befehle. Johanna fiel auf, dass nur seine linke Hand über die Tastatur flog. Die Rechte schwebte über dem Keyboard. Nur ab und an senkte sie sich auf die Leertaste oder drückte Enter.

Mit einer abrupten Bewegung drehte Falk den Laptop in ihre Richtung.

Durch den Lichteinfall war es unmöglich, aus der Distanz etwas auf dem Bildschirm zu erkennen. Johanna musste näher herantreten. Mit einem Seitenblick auf Falk machte sie die letzten zwei Schritte, ehe sie direkt am Auto stand.

Auf dem Bildschirm waren mehrere Fenster nebeneinander angeordnet. Das größte in der Mitte, dunkelgrau und mit zahlreichen Zeilen in weißer Schreibmaschinenschrift gefüllt, erinnerte sie an Computer, wie man sie in alten Filmen sah. In der Kopfzeile des Fensters stand *Terminal*. Falk hatte einen Befehl eingegeben, ehe er den Bildschirm zu ihr gedreht hatte. Zeile um Zeile ratterte ins Bild, Johannas Augen fingen einzelne Begriffe wie *root* und *dir* auf, Dateigrößen in Bytes, dazu lange Nummernreihen, die sie für IP-Adressen hielt. Dann schien der Rechenprozess beendet, die Zeilenfolge kam zum Stillstand.

Ihr Puls beschleunigte sich.

Unter einer Zeile voller Code, den sie nicht verstand, tauchte etwas auf, das sie vergangene Nacht in ausgedruckter Form in ihren Händen gehalten hatte:

Am: *21. August um 10:19 Uhr*
Von: *carl.bellmann@consiliumhumanum.de*
An: *albert@krahlundkrahl.com*
Betreff: *Berlin*

Die E-Mail ihres Vaters.

Johanna sah vom Laptop zu Falk.

»Der Mailserver des Consilium Humanum. Ich habe vor einigen Wochen über einen Listener eine Backdoor installieren können, dank der ich jetzt nach Gutdünken auf die Daten des Servers zugreifen kann. Die Leute stellen sich vor, man könne mir nichts, dir nichts in einen Server eindringen. Das sind Märchen der Unterhaltungsindustrie. Wer es ernst meint, muss sich monatelang vorbereiten und den feindlichen Server so lange penetrieren, bis er sich einen Zugang legen kann. So wie ich beim Consilium.«

Johanna hatte zwar keine Ahnung, was ein Listener war, unter einer Hintertür konnte sie sich dagegen etwas vorstellen.

Falk schien ihre Gedanken erahnt zu haben.

»Stellen Sie sich einfach vor, der Server ist ein Haus mit vielen Ein- und Ausgängen. Wäre ich ein Einbrecher, würde ich alle Türen und Fenster nacheinander kontrollieren. Immer in der Hoffnung, dass irgendwo ein Schloss nicht funktioniert, etwas offen gelassen wurde oder so schwach gesichert ist, dass ich ohne großen Aufwand eindringen kann. In meiner Welt läuft es ähnlich. Nur dass die Baupläne der Häuser die Protokolle sind und die Ein- und Ausgänge die Ports, über die Daten verschickt werden.«

»War das gerade das Einführungskapitel aus *Hacken für Dummies?*«

»Ungefähr der erste Absatz.«

»Wie lange haben Sie gebraucht, um zu können, was Sie heute können?«

»Ausprobiert in der Schule, fünf Jahre Studium, Bundeswehr, MAD. Also über zwanzig Jahre.«

»Ich habe mich nie damit befasst. Aber ich muss wohl akzeptieren, dass die heutige Welt immer digitaler wird.«

»Sie könnten da einer ganz wichtigen Erkenntnis auf der Spur sein.«

»Kein Grund für Sarkasmus. Ich habe kein Interesse, alles zu wissen, was Sie wissen.«

»Keine Sorge. Diese Gefahr besteht nicht.«

»Sie sind ja ein echter Spaßvogel. Zurück zum Kontrastprogramm. Zu meinem Vater.«

Falk wurde wieder ernst. »Wenn Sie mich lassen, werde ich Ihnen die großen Zusammenhänge in Ruhe aufzeigen. Für den Augenblick muss das hier reichen.« Er deutete auf den Laptop. »Wie viele technische Details vertragen Sie?«

»Selbst wenn Sie mir den Hack jetzt Schritt für Schritt erklären würden, wüsste ich nachher nicht mehr als vorher. Überspringen wir den Punkt einfach.«

»Dann sehen Sie hier alles, was Sie sehen müssen.« Falk deutete mit seiner gesunden Hand auf eine Schreibmaschinen-weiße Zeile in dem grauen Fenster. »Ihr Vater hat die Mail in dem Unterordner *Eva* abgelegt. So bin ich überhaupt erst darauf gestoßen.«

»Gibt es weitere Mails über mich?«

»Nein. Das ist eines der Mysterien. Ansonsten ist der Account recht frei von allzu verfänglichen Inhalten. Hätte ich noch zwei gesunde Hände, würde ich eine dafür ins Feuer legen, dass Ihr Vater über eine weitere E-Mail-Adresse verfügt, die über einen anderen Server läuft. Mehr als das kann ich Ihnen daher nicht zeigen.«

Johanna sah die Zeilen ihres Vaters an Albert Krahl aufleuchten. Sie kannte sie mittlerweile ohnehin fast auswendig. In der vergangenen Nacht war sie immer wieder zu dem Blatt Papier mit der ausgedruckten Nachricht zurückgekehrt, ihre Gedanken bei ihrer Familie, ihrem Vater, ihrer Vergangenheit, die sie geglaubt hatte, hinter sich gelassen zu haben. Nun stand sie vor ihrer Wohnung auf der Straße, an das Auto eines Fremden gelehnt, eines ehemaligen Geheimdienst-Mitarbeiters, eines Hackers, der sie mit voller Wucht zurück in diese Vergangenheit gezerrt hatte.

Johanna wunderte sich, dass sich nicht mehr in ihr dagegen sträubte, mit Rasmus Falk zu sprechen. Andererseits hatte er auch bezüglich der E-Mail nicht gelogen. Wie hatte Falk es gestern Abend formuliert?

Derjenige, der auf den Dreck zeigt, gilt als größere Bedrohung als der, der für den Dreck verantwortlich ist.

Sie musste ihm recht geben. Er konnte nichts für die Taten eines Carl Bellmann, für die drei Giftmorde an den Personen, die mit seiner toten Frau in Verbindung gestanden hatten, oder für den Tod ihres Bruders Hagen. Falk hatte gelitten, ähnlich wie Johanna. In Schmerz und Verlust war er hineingezogen, sie hineingeboren worden. Was sie unterschied, war die Art und Weise, wie sie mit ihrem Schicksal umgegangen waren. Und doch waren sie beide nun hier.

»Wie geht es jetzt weiter?«, fragte Johanna schließlich.

»Sie glauben mir also?«

»Dass Sie die Wahrheit gesagt haben? Größtenteils.«

»Ich nehme, was ich kriegen kann.«

»Dann sollten Sie auch wissen, dass ich die Polizei über die Verbindung zwischen Ammon, Krahl und Carstensen informiert habe.«

Sie beobachtete, wie Falk reagierte. Doch dieser schien weniger überrascht als erfreut.

»Wie viel haben Sie preisgegeben?«

»Nichts von Ihnen, Hagen oder den Instituten. Nur, dass die drei Toten eine gemeinsame Vergangenheit hatten und unter den gleichen Umständen ums Leben gekommen sind. Hätte ich mehr verraten, hätte ich Fragen beantworten müssen.«

»Darauf können Sie wetten«, sagte Falk. Nach einem Augenblick des Überlegens fügte er hinzu:»Das lässt uns weiter alle Möglichkeiten und erhöht den Druck auf alle, die jetzt in die Ermittlungen hineingezogen werden. Das kann für uns von Vorteil sein.«

Falk machte Anstalten, aus dem Kleintransporter auszusteigen. Johanna trat zur Seite.

»Sie sagten, wir hätten heute noch was vor?«

»Eigentlich morgen.«

»Und das wäre?«

»Ich möchte Ihnen gerne jemanden vorstellen.«

»Will ich denjenigen denn kennenlernen?«

»Er heißt Ole-Kristof Rosen. Er könnte…«

Doch in Johanna hatte der Name sofort etwas ausgelöst.

»Der Richter, der Ihre Frau zur Schöffin berufen und dem Fall Krahl vorgesessen hat.«

Falks Blick verriet Überraschung. »Sie haben Ihre Hausaufgaben gemacht. Genau der. OK Rosen ist ein Freund von mir. Er könnte uns helfen.«

»Wie das?«

»Mir bei der Suche nach Heddas Mördern, Ihnen bei der Suche nach Antworten darauf, was mit Ihrem Bruder Hagen passiert ist.«

Johanna überkam das Gefühl, dass sie erstmals so etwas wie eine gemeinsame Basis gefunden hatten. Sie traute Falk noch immer nicht über den Weg, sah in seinem Handeln aber erste Motive und einige Funken dessen, was ihn antrieb. Etwas vormachen durfte sie sich nicht. Käme sie Falk in die Quere, würde der ehemalige Spion einen anderen Ton anschlagen. Dass sie aber Erhard Spahn eingebunden hatte, verschaffte ihr Luft und gab ihr einen eigenen Hebel. Falk musste damit rechnen, dass sie ihm gleichermaßen Stöcke zwischen die Beine werfen konnte wie er ihr. Ein Anruf genügte, und er würde die Polizei vor seiner Tür stehen haben. Insofern kam dieser Moment einem Burgfrieden gleich. Sie würden die nächsten Schritte gemeinsam gehen.

Nur wohin?

»Wo treffen wir diesen Richter?«

»In Mühlhausen«, sagte Falk.

Johanna hatte es kommen sehen. Trotzdem schluckte sie schwer. Mühlhausen lag gut dreißig Kilometer nördlich von Eisenach. Der Ort, der einst ihr Zuhause gewesen war – und an den sie nie hatte zurückkehren wollen.

KAPITEL 26

Falk hatte es ernst gemeint.
»Wir fahren noch heute Abend. Ich habe für uns im Hotel
Stadt Mühlhausen reserviert.« Auf Johannas scharfen Blick
reagierte er mit einem Grinsen. »Zwei Einzelzimmer.«
Johanna hatte zwar keineswegs vor, mit Rasmus Falk
in einem Hotel zu übernachten. Dennoch fielen ihr mehr
Gründe für als gegen die Reise ein. Also ging sie in ihre
Wohnung und packte alles, was sie brauchte, in einen
Rucksack. Dann holte sie aus einer Kiste unter ihrem Bett
einen Gegenstand hervor, den sie schon länger nicht mehr
benutzt hatte. Im Sommer war sie mit Bekannten aus Köln
in die Eifel gefahren und auf Geocaching-Tour gegangen.
Bei diesen Schnitzeljagden hatten sie sich mit genügend Bier
auf die Suche nach in der Natur versteckten Gegenstän-
den begeben, von denen sie nur die Längen- und Breiten-
grade gekannt hatten. Seitdem war auf Johannas Smartphone nicht nur eine App installiert, mit der man sich in
jedem Gelände orientieren konnte. Sie besaß auch einen
GPS-Sender, ein kleines, wasserdichtes Gehäuse, das seine
Position konstant aussendete und in dem man Botschaften
für den Finder hinterlassen konnte. Der Sender hatte die

Größe einer Streichholzschachtel. Nachdem sie ihn tief in ihrem Rucksack verstaut hatte, schickte sie die Frequenz des Senders an Boris und erklärte ihm in einer Sprachnachricht, was sie vorhatte.

Seine Antwort ließ nur Sekunden auf sich warten.

Er war entgeistert.

Trotzdem versuchte er nicht, sie von ihrem Vorhaben abzubringen. Stattdessen erteilte er ihr einen Auftrag, den sie keine fünf Minuten nachdem sie zu Falk ins Auto gestiegen war, ausführte.

Während Falk den Kleintransporter durch die engen Seitenstraßen von Oberschöneweide manövrierte, zückte Johanna ihr Smartphone. Ehe er reagieren konnte, hatte sie ein Foto von ihm gemacht und es an Boris geschickt.

»Was zum Teufel soll das?«

»Das ist meine Absicherung. Ich habe meinen Freund Boris wissen lassen, dass wir zwei zusammen unterwegs sind. Er weiß, zu wem wir fahren. Jetzt weiß er auch, wie Sie aussehen. Sollte ich mich nicht zweimal am Tag bei ihm melden, wird er zur Polizei gehen.«

»So viel zum Thema Vertrauen.«

»So viel zum Thema Selbstschutz.«

Sie verfielen in perlendes Schweigen.

Doch Johanna war es egal. Was glaubte Falk, mit wem er es zu tun hatte? Sie kannten sich seit weniger als vierundzwanzig Stunden. Eine Zeit, in der sich Johannas Welt so schnell gedreht hatte wie zuletzt vor dreizehn Jahren. Der Typ konnte unmöglich von ihr erwarten, dass sie ihm blind folgte.

Auch deshalb suchte sie nun nach einer alternativen Unterkunft. Sie würde den Teufel tun und im selben Hotel wie

Falk absteigen. Sie fand eine kleine Pension an der Marienkirche direkt im Herzen Mühlhausens und buchte ein Einzelzimmer für eine Nacht. Als sie Falk mitteilte, wo sie schlafen würde, schnaubte er nur und schüttelte den Kopf.

Irgendwo auf der A 9 zwischen Berlin und Leipzig begann Johanna sich Falks Auto näher anzuschauen. Sie fand, dass sie aus der Art und Weise, wie sich Menschen fortbewegten, eine Menge Rückschlüsse ziehen konnte. Dieses Auto war vor allem eines: praktikabel. Groß, geräumig und eingerichtet für ein Leben unterwegs. Die Fenster abgedunkelt, damit Falk auf der Rückbank vor neugierigen Blicken abgeschottet blieb. Die Metallkiste hinter den Vordersitzen deutete darauf hin, dass er dort sein Equipment untergebracht hatte. Ganz sicher seinen Laptop, vielleicht eine Fotoausrüstung oder eine Videokamera, womöglich sogar Waffen.

Von außen war das Auto unauffällig. Schwarze Kleintransporter gab es wie Sand am Meer. Einige Besonderheiten ließen Johanna jedoch darauf schließen, dass Falk kein Nullachtfünfzehn-Modell fuhr. Jedes Mal, wenn er beschleunigte, drückte es Johanna in ihren Sitz. Falks kaputte Hand ruhte auf dem Schalthebel eines Automatikgetriebes. Und dann war da noch der Bordcomputer. Weder der Bildschirm noch das Betriebssystem sahen serienmäßig aus. Hatte Falk sein technisches Wissen genutzt, um das Auto an einigen entscheidenden Stellen nach seinen Vorstellungen umzurüsten? Wenn sie genauer darüber nachdachte, ergab es Sinn. Der ehemalige Geheimdienstler war zweifellos davon besessen, so wenige Daten wie nötig über sich preiszugeben. Dass ein Autohersteller per Ferndiagnose auf den Bordcomputer zugreifen konnte, war für ihn garantiert inakzeptabel.

Falk musste viel Geld in dieses Auto gesteckt haben. Ob er beim Militär derart gut verdient hatte oder für seine Berufsunfähigkeit ausgezahlt worden war? Für einen kurzen Moment fühlte sich Johanna an ihre eigene Situation erinnert. Falk hatte offenbar große finanzielle Möglichkeiten. Sie dagegen hatte noch vor wenigen Minuten bei der Buchung der Pension in Mühlhausen durchgerechnet, ob sie sich die eine Nacht für fünfundvierzig Euro ohne Frühstück leisten konnte. In ihrem Nebenjob an der Alten Försterei würde sie erst wieder in zwei Wochen etwas verdienen, wenn das nächste Heimspiel anstand. Dann jedoch dachte sie an Falks verstorbene Frau. Womöglich hatte Hedda Falk ihrem Mann etwas hinterlassen, ein Erbe, eine Lebensversicherung. Johanna ärgerte sich, dass sie einen Anflug von Neid empfunden hatte. Mit ihren eintausendzweihundert netto kam sie zwar nur knapp über die Runden. Aber immerhin lebte sie jetzt das Leben, das sie sich gewünscht hatte.

Wenn man von dieser irrsinnigen Idee absah, dass sie nun neben Rasmus Falk im Auto saß und nach Mühlhausen fuhr.

Sie hielt das Schweigen nicht länger aus.

»Woher kennen Sie diesen Ole-Kristof Rosen?«

»Meine Frau und er hatten sich über gemeinsame Freunde kennengelernt.« Falks Ärger schien verraucht. »Ich hatte nicht viel mit ihm zu tun, bis wir überfallen wurden. Danach haben er und seine Frau Simona sich um mich gekümmert. So haben wir uns angefreundet.«

Johanna dachte darüber nach. Sie hatte Schwierigkeiten, sich vorzustellen, was der Mann neben ihr unter Freundschaft verstand. Freundschaften beruhten auf Vertrauen. Falk jedoch schien nicht der Mensch, der sich ohne Weiteres anderen öffnete. Im Militär galt der Zusammenhalt zwar als Stärke einer Einheit. Gehorsam und Hierarchien gaben den Soldaten aber klare Richtschnüre für ihr Handeln. Der Geheimdienst musste ihn gelehrt haben, ständig skeptisch zu bleiben, zu hinterfragen. Falk machte auf Johanna einen in sich zerrisseneren Eindruck, pflichtbewusst einerseits, unversöhnlich andererseits. Er schien von der Suche nach den Mördern seiner Frau vollständig eingenommen. Vielleicht war es dieser Antrieb gewesen, der ihn mit den Rosens zusammengeführt hatte.

Johanna dachte an Nicolai Krahl.

»Was wissen Sie über die Beziehung zwischen meinem Vater und Albert Krahl?«

»Dass die beiden ihre Seilschaften verdammt gut unter der Decke halten.« In seiner Antwort schwang Frust mit.

»Das meiste sind Vermutungen. Da das Consilium Humanum keine staatliche Hochschule ist, sondern ein privates Unternehmen, gibt es offiziell nur einen Besitzer.«

»Meinen Vater.« Das wusste sie bereits.

»Carl Bellmann ist der Einzige, der im Handelsregister genannt ist. Ich bin mir zwar sicher, dass das Geld von Krahl senior kommt, kann es aber nicht beweisen. Wenn der Herr Milliardär seine Schatulle geöffnet hat, dann hat er es geschickt getarnt. Aber das scheint ohnehin seine Spezialität zu sein.«

»Was meinen Sie damit?«

»Dass ich zwar auf die Server des Consiliums gelangt bin, aber nicht in die digitalen Gemächer des Krahl-Imperiums.« Eine säuerliche Miene machte sich auf Falks Gesicht breit.

»Alles, was ich belegen kann, ist die Verbindung zwischen Gerechtes Deutschland, dem Consilium und Carl Bellmann. Die Verflechtungen mit den beiden Hochschulen in Italien und Frankreich sind ohnehin öffentlich bekannt. Zu Krahl dagegen gibt es nichts. Der Typ ist wie ein Schatten.«

»Haben Sie mir nicht vorhin erzählt, was für ein erfahrener Hacker Sie sind?«

Falk schnaubte verächtlich. »Albert Krahl scheint zu der Sorte Superreiche zu gehören, die wissen, wie sie ihr Geld investieren. Er nutzt für den Datenkern der Krahl & Krahl AG ein Programm namens Helios. Es gilt als die beste Verschlüsselung, die es im privaten Sektor gibt.«

»Und an der kommen Sie nicht vorbei?«

»Keine Chance. Helios ist ein Meisterwerk. Niemand weiß, wer es erfunden hat. Man vermutet, dass das Programm aus Asien oder Osteuropa kommt. Das Problem ist, dass es seinem Namen alle Ehre macht.«

»Kommt Helios nicht aus der griechischen Mythologie?«

Falk nickte. »Helios war der griechische Sonnengott. Es heißt, dank seines Lichts habe er immer alles gesehen. Und damit auch jeden Angreifer. Helios macht es Hackern praktisch unmöglich, die eigenen Spuren zu verwischen. Deswegen ist es so gefährlich. Eine künstliche Intelligenz folgt dem Eindringling, sobald sich dieser zurückzieht. Es ist genial. Hacker leben von ihrer Anonymität. Helios greift genau diesen wunden Punkt an.«

»Und warum hat Krahl dieses Superprogramm nur für seine Firma, nicht aber für das Consilium gekauft?«

»Weil Helios sehr teuer ist. Angeblich kostet es einen zweistelligen Millionenbetrag. Alle wollen es haben, aber erstens kann es sich kaum jemand leisten, und zweitens soll der Entwickler sehr wählerisch sein. Man erzählt sich, er verkauft es nur an ausgewählte Unternehmen oder Institutionen.«

»Krahls Server sind also nicht zu knacken?«

»Keine Chance. Nur mithilfe eines Insiders.«

Johanna fragte sich, ob Falk insgeheim hoffte, dass sie ihm einen solchen Insider liefern konnte. Aber sie hatte Albert Krahl kaum gekannt. Er hatte zwar den jovialen Onkel Albert gegeben. Doch sie war als Kind genug mit ihrem eigenen Leben beschäftigt gewesen, als dass sie sich für irgendwelche Freunde ihres Vaters interessiert hätte.

»Wie ist Ihr Vater denn damals mit seinem Kumpel Krahl umgegangen?«, wollte Falk wissen.

Johanna überlegte. Ihre Erinnerungen waren verschwommen, ungenau. Sie hatte hart daran gearbeitet, die Bilder der Vergangenheit in die letzten Kammern ihres Gehirns zu verbannen. Sie nun hervorzuholen verursachte in ihr ein beklemmendes Gefühl. Dasselbe Gefühl, das sie als Kind verspürt hatte, wenn ihr Vater seine Aufmerksamkeit auf seine Tochter gerichtet hatte. Am liebsten wäre sie damals unsichtbar gewesen.

»Sie waren ein ungleiches Paar, würde ich sagen. Erst Geschäftspartner, dann so was wie Freunde, aber ohne dass sie je über etwas anderes geredet hätten. Zumindest nicht, dass ich es mitbekommen hätte. Mein Vater war der Ideologe, Krahl senior der Investor, wenn ich es mal plump umschreiben will. Mein Vater konnte reden und andere Menschen für seine Sache begeistern. Ein Intellektueller war er aber nie. Das war Krahl. Zumindest machte er den Eindruck. Still, aber machtvoll. Und ein Frauenheld, habe ich meinen Vater mal sagen hören. War aber verheiratet. Seine Frau habe ich nie kennengelernt.«

»Sie ist tot. Vor ein paar Jahren an irgendeinem Krebs gestorben.«

»Dann ist er jetzt alleine. Zumindest meine ich mich zu erinnern, dass Nicolai ein Einzelkind war.«

»So heißt es. Krahl senior steht ohne Firmenerben da. Keiner weiß, wie es mit seinem Imperium weitergehen soll, wenn der alte Mann abdankt.«

»Ich glaube nicht, dass Nicolai das Format gehabt hätte, um in die Fußstapfen seines Vaters zu treten. Es würde mich wundern, wenn Albert Krahl nicht längst jemand anderen auserwählt hätte.«

Johanna dachte an ihre eigene Familie. Ihr Vater Carl hatte noch seine Frau Martha und seinen Sohn Viktor. Hagen war tot, Johanna nicht mehr da.

Als Falk den Blinker setzte und von der Autobahn abfuhr, sah Johanna auf die Uhr. Kurz nach acht. Im warmen Gegenlicht der untergehenden Sonne las sie das Schild, das nicht nur den Weg nach Mühlhausen zeigte, sondern auch in das dreißig Kilometer entfernte Eisenach.

Heimat.

Gänsehaut legte sich über Johannas Arme. Sie rieb sich fröstelnd die Hände. Ihre Haut war knochentrocken. Sie gehörte nicht zu den Frauen, die ständig eine Handcreme bei sich hatten. Sie trug schon so genug mit sich herum. Wie die kleinen Risse in ihren Händen und in ihrem Leben.

Falk setzte sie diskussionslos an der Marienkirche ab. Sie hatte sein Angebot, noch etwas essen zu gehen, abgelehnt. Nicht, weil sie keinen Hunger hatte. Im Gegenteil. Seit der Currywurst mit Boris hatte sie nichts mehr zu sich genommen. Aber sie wollte jetzt alleine sein.

Johanna entdeckte das Schild zu ihrer Pension sofort. Die Bürgersteige schienen schon hochgeklappt. Doch neben der Pension hatte ein Imbiss noch geöffnet. Sie holte sich eine

Pizza Funghi mit doppelter Portion Mozzarella, dazu ein Wasser und eine Cola und betrat mit ihrem Rucksack und dem Pappkarton in der Hand die Unterkunft. Eine ältere Dame an der Rezeption drückte ihr einen Schlüssel in die Hand.

Zu ihrem Zimmer gelangte sie durch einen Innenhof. Bevor Johanna die Tür zum Hinterhaus öffnete, drehte sie sich noch einmal um. Sie hatte das Gefühl, beobachtet zu werden. War Falk noch irgendwo in der Nähe und behielt sie im Auge? Sie schüttelte den Kopf und trat ein.

Sie war wieder dort, wo sie aufgewachsen war. Kein Wunder, dass sie unter Verfolgungswahn litt.

KAPITEL 27

Die Müdigkeit hatte sie eingelullt wie der Nebel in einem Dampfbad. Warm umhüllt, war die Schwere aus ihr entwichen und hatte sie in ein traumloses Nichts gezerrt. Ausgeruht erwachte Johanna am nächsten Morgen. Auf dem Teppichboden vor ihrem Bett quälte sie sich durch ein halbes Dutzend Übungen, die der Ausbilder ihrer Klasse auferlegt hatte. Nach einer Dusche gönnte sie sich das Frühstück des Hauses, trank einen Kaffee zu viel und schrieb Boris eine beruhigende Nachricht. Zurück auf ihrem Zimmer, kramte sie ihre Sachen zusammen und trat wenig später hinaus auf den Vorplatz der Marienkirche.

Rasmus Falk stand in der Sonne. Eine Fliegersonnenbrille auf der Nase, lehnte er in demselben Anzug des Vortags an einem Laternenpfahl.

»Hat sich der Hotelwechsel gelohnt?«

»Kein Vergleich, keine Meinung. Aber ich kann Ihnen versichern, dass ich fast so gut geschlafen habe wie in der Kalahari unter dem Sternhimmel.«

»Mit einer Wüste kann Thüringen nur politisch dienen.«

»Die Kalahari ist keine Wüste. Der Name bedeutet *Großer Durst* und ...«

»Ich bin mir sicher, dahinter verbirgt sich eine faszinierende Geschichte. Für meinen Geschmack ist es aber noch zu früh für Belehrungen. Lassen Sie uns fahren!«

Johanna schloss für einen Moment die Augen und genoss die Sonne. Von irgendwo wehte der Duft frisch gebackenen Brotes herüber. Als sie wieder zu Falk sah, drehte sich dieser gerade um und ging zu seinem Auto. Sie trottete ihm hinterher. Dabei fiel ihr Blick auf seine Hosenbeine. Sie waren frisch gebügelt. Hatte das Hotel den Service angeboten, oder hatte der eitle Fatzke in seinem Metallkoffer im Auto womöglich gar keine Überwachungsausrüstung, sondern ein Bügeleisen und eine Fusselbürste?

Johanna hatte zu Hause überlegt, sich hinsichtlich ihrer Kleidung an ihrem vornehmen Begleiter zu orientieren, es aber nicht übers Herz gebracht. Ihr Mittelweg bestand in einer schwarzen Stoffhose und einem grauen Shirt mit Kragen, das sie für halbwegs elegant hielt. Dazu trug sie einen dünnen Mantel mit breitem Revers in der gleichen rostbraunen Farbe wie ihre Softshelljacke, die sie in ihren Rucksack geknüllt hatte. Der Mantel war Johannas Kompromiss für formellere Anlässe. Sie liebte die tiefen Taschen, in denen sie ihre Hände bis zum Ellenbogen vergraben konnte. Die Chucks hatte sie gegen schwarze Sneaker getauscht, die zusammen mit der Hose einer flüchtigen Prüfung standhielten, um neben Falk nicht als heruntergerockte Assi-Braut rüberzukommen.

Als sie losfuhren, verkniff sich Johanna die Frage, ob Falk sie am Abend noch beobachtet hatte. Sie wollte mehr über Ole-Kristof und Simona Rosen wissen.

»Die sind in Ordnung. OK stammt aus Hamburg, Simona aus Schengen.«

»Wie das Schengen-Abkommen?«

»Ja. Sie ging zum Studium nach Hamburg.«

»Ich nehme an, er hat Jura studiert.«

»Das macht für einen Richter durchaus Sinn.«

»Und sie?«

»Professorin für Mathematik. Arbeitet beim Statistischen Bundesamt.«

»Wow!« Johanna verzog ihr Gesicht zu einer Grimasse. »Paragrafen und quadratische Gleichungen. Deren Ehestreits möchte ich mal mitbekommen.«

»Sie werden überrascht sein.«

»Wollen wir die Förmlichkeiten nicht ablegen und uns duzen?«

Die Worte waren aus Johannas Mund, ehe sie sie hatte stoppen können.

»Wenn du es aushältst, jemanden wie mich zu duzen.«

»Du Arsch sagt sich leichter als Sie Arsch!«

Johanna war als Kind ein paarmal in Mühlhausen gewesen. Als sie nun mit Falk durch die Straßen der Kleinstadt fuhr, blieben ihr Blitzlichter der Erinnerung erspart. Nichts kam ihr bekannt vor. Sie gelangten in ein Wohnviertel, das nach Familien und spielenden Kindern auf der Straße schrie. Nur dass sie kaum jemanden auf der Straße entdeckte. Für Mühlhäuser war kurz nach zehn an einem Sonntag offenbar noch keine Uhrzeit, um eine Begegnung mit Nachbarn oder gar fremden Menschen zu riskieren. Johanna konnte es ihnen nicht verdenken.

Sie befanden sich in einer Straße mit eher kleineren Einfamilienhäusern. Die Doppelhaushälfte hatte es offensichtlich noch nicht hierher geschafft. Dafür ragte an einer Ecke ein Haus zwischen allen umliegenden hervor. Eine herrschaftliche Villa aus der Gründerzeit, weiße Fassade, an den Ecken roter Natursandstein, Erker, Eingänge zu beiden Straßenseiten, drei steile Spitzdächer. Falk brachte den Wagen vor dem Haus am Bordstein zum Stehen.

»Da hat sich aber jemand was gegönnt«, staunte Johanna.

»Du würdest blass, wenn du die Mietpreise sähest. Für das Geld bekommst du in Kreuzberg keinen Gartenschuppen.«

Sie traten zu einer Eingangstür mit Buntglasfenstern und klingelten. Ein Summer ertönte, und Sekunden später betraten sie über einen weißgrauen Marmorboden die Villa. Die Wohnung der Rosens lag im Erdgeschoss. Ein hochgewachsener Mann erwartete sie an der Wohnungstür.

Falk und der Mann umarmten sich.

Johanna war überrascht. Ole-Kristof Rosen war das genaue Gegenteil eines Richters, wie sie ihn sich vorgestellt hatte. Kein älterer Herr mit schütterem Haar und zu viel Komfort in der Körpermitte. Rosen war schlank, trug Jeans und T-Shirt, und obwohl wahrscheinlich schon um die fünfzig, zeigten sich trainierte, braun gebrannte Arme. Er wirkte jugendhaft attraktiv. In seinen dunklen Haaren zeichneten sich graue Strähnen ab. Über die Wangen und das breite Kinn wucherte ein grau-schwarzer Drei-, Vier- oder Acht-Tage-Bart.

»Und Sie müssen Johanna Böhm sein.«

Er sah sie aus dunklen Augen an, und sie gaben sich die Hand.

Eine warme Hand, spürte Johanna, weicher als das kantige Gesicht. Der Händedruck dauerte etwas länger als nötig. Noch während OK Rosen sie anlächelte, ertönte hinter ihm eine weibliche Stimme.

»Ole, willst du unsere Gäste nicht hereinbitten?«
Der Richter trat zur Seite. Eine Frau im Türrahmen kam
in Johannas Blickfeld. Sie gab Falk einen Kuss auf die Wange
und deutete einladend in die Wohnung.

Simona Rosen repräsentierte ebenso wenig die Professorin wie ihr Mann den Richter. Fast so hochgewachsen wie
ihr Gatte, überragte sie Johanna um wenige Zentimeter.
Rotblonde Haare flossen ihr wie ein wilder Wasserfall über
die Schultern. Ein elegantes Oberteil in ihrer Haarfarbe fiel
ihr bis über ihre Hüften. Darunter trug sie schwarze Leg-
gings, die sich an ihre schlanken Beine schmiegten. Sie war
barfuß, was ihr bei Johanna sofort Pluspunkte einbrachte.

Auch sie gaben sich die Hand, ehe Johanna den dreien
in die Wohnung folgte. Das Innere entsprach dem, was sie
von außen erwartet hatte. Von den Dielenböden bis zu den
hohen Decken mit Stuck, von den schweren Zimmertü-
ren mit glänzenden Messingbeschlägen bis zu einem Kronleuchter wirkte jeder Raum wie einem Magazin für Innen-
einrichtung entsprungen. In einem früheren Leben hätte
Johanna hier zu einer Matinee auftreten oder im Hintergrund an einem Flügel alte Frank-Sinatra-Songs spielen können, während die feinen Pinkel sie ignorierten und Champagner schlürften.

Sie setzten sich auf zwei cremefarbene Sofas. OK Rosen trat mit einer Karaffe Wasser hinzu, in denen Zitronen-
scheiben, Beeren und Minzblätter schwammen.

Hier wurde abends definitiv kein Dosenbier gezischt,
dachte Johanna. Welche Sorte Mensch richtete sich das
Wohnzimmer ein wie einen Museumssalon? Auf einem weiß
lackierten Sideboard, auf dem gerahmte Fotos des Paares
standen, fehlte nur das Schild *Bitte nicht anfassen.*

Während der Richter vier Kristallgläser füllte, tauschten Falk und Simona Höflichkeiten aus. Johanna überließ ihm das Reden. Sie hatte nur eine sehr vage Vorstellung, was er sich von den Rosens erhoffte. Erst als die Mathematikerin Johanna ansprach und ihr das Du anbot, bedankte sie sich überrascht, trank einen Schluck Wasser und versuchte, zumindest so zu tun, als wüsste sie ganz genau, warum Falk sie hierher mitgenommen hatte.

»Du hast Johanna also überzeugen können, dir zu helfen?«

Johanna blickte auf. Ole-Kristof Rosen hatte abrupt das Thema auf ihren Besuch gelenkt und blickte erwartungsvoll von Rasmus Falk zu ihr. Offenbar wussten er und seine Frau schon mehr über Johanna.

Falk sah zu Johanna, bevor er antwortet: »Wir sind beide auf der Suche. Meine Geschichte kennt ihr. Bis ich nicht weiß, wer für Heddas Tod verantwortlich ist, werde ich vor nichts und niemandem haltmachen. Das hat Johanna auch schon zu spüren bekommen.«

Johanna erwiderte nichts. Falks Eingeständnis wirkte wie ein indirekter Versuch, sich bei ihr für seine bisherige Dampfwalzen-Taktik entschuldigen zu wollen.

»Na ja, und Johanna …« Falk zögerte, ehe er fortfuhr. »Ich habe bei ihr wohl für einige Fragen gesorgt, auf die sie ebenfalls gerne ein paar Antworten hätte.«

»Von uns?« Simona Rosen blickte sie interessiert an.

Ehe Johanna antworten konnte, redete Falk weiter. »Nicht direkt von euch, eher mit eurer Hilfe.«

Falks Stimme klang verändert. Der trickreiche Unterton, der Johanna bislang daran gehindert hatte, ihm zu vertrauen, war verschwunden. Hier saß ein anderer Mensch neben ihr auf dem Sofa. Gab es doch einen anderen Rasmus Falk, nicht nur den rücksichtslosen Einzelgänger, sondern einen sorgenvollen Mann, der die Nähe seiner Freunde suchte und ihre Hilfe erbat? Oder spielte er diese Empathie und Verwundbarkeit nur vor?

»Am Telefon hast du uns ja schon vorgewarnt«, sagte der Richter. »Aber bevor wir über das Consilium Humanum sprechen, eine kurze Erklärung für Johanna.« OK Rosen wandte sich ihr zu. »Du musst wissen, diese Krahl-Sache war meine größte Niederlage im Richteramt. Nicolai Krahl war schuldig, alle wussten es, aber Ammon hat es uns unmöglich gemacht, ein faires Urteil zu sprechen. Ich bin also sehr daran interessiert zu erfahren, was es mit den drei Todesfällen auf sich hat, von denen mir Rasmus erzählt hat. Damit wir uns aber nicht missverstehen, Johanna: Wärest du nicht zur Polizei gegangen, hätte ich es getan.«

»Sind Sie, ich meine«, korrigierte sich Johanna, »bist du als Richter nicht dazu verpflichtet?«

»Das bin ich. Deswegen werde ich dem thüringischen LKA-Präsidenten noch heute eine E-Mail schreiben und erklären, dass ich eine Verbindung zwischen den drei Todesfällen herstellen kann. Was sie damit anfangen, liegt nicht in meiner Hand. Rasmus, du weißt, dass ich Hedda werde erwähnen müssen.« Er sah zu seinem Freund. »Auch, dass sie nicht lange nach der Verhandlung gegen Krahl getötet wurde. Aber ich werde einen Teufel tun und den Herrn Polizeipräsidenten mit der Nase darauf stoßen, dass du ein Motiv haben könntest.«

Johanna spielte mit ihrem Armreif. OK Rosen war im Begriff, die gleiche Gratwanderung zu vollführen wie sie. Er würde seine Pflicht tun und hoffen, dass er damit aus dem

Schneider war. So wie sie in ihrem Gespräch mit Erhard Spahn.

»Darf ich fragen, was damals nach dem Gerichtsverfahren mit Ammon passiert ist?«

»Ganz einfach.« Der Richter zuckte mit den Achseln. »Er war am Ende, glaubte kurze Zeit zwar, noch weitermachen zu können, aber er dürfte gewusst haben, dass es vorbei war. Der vorzeitige Ruhestand erschien ihm der beste Ausweg. Oder aber gewisse Leute hatten seine Weiterreise nach Italien längst arrangiert.«

»Und Carstensen?«

»Sie war eine Teilzeitkraft und hat schon damals nebenher geschrieben. Mehr wusste ich nicht über sie, und ich habe ihren weiteren Weg nicht verfolgt. Irgendwann war sie nicht mehr da, und ich habe mir keine Gedanken über sie gemacht. Bis Rasmus mir erzählt hat, dass sie diejenige gewesen sein muss, die Hedda verraten hat.«

Die Augen des Richters ruhten auf Johanna. Ihr fiel auf, wie selten er blinzelte.

»Du meintest vorhin, du hättest etwas zum Consilium für uns«, fragte sie in dem Versuch, sich seine Aufmerksamkeit nicht anmerken zu lassen.

»Es gibt zwei Bereiche. In dem einen kenne ich mich besser aus, in dem anderen Simona.« Er sah zu seiner Frau, die auf einem angewinkelten Bein saß. »Das Consilium scheint alles zu sein, nur keine harmlose Akademie für Wirtschaft und Kultur. Vergesst nicht, dass dieses Institut aus Eisenach heraus agiert und wir hier in Mühlhausen ziemlich gut mitbekommen, was man sich erzählt. Und das, was wir hören, lässt mich an dunkle Zeiten zurückdenken.«

»Mein Mann trägt gerne etwas dick auf«, unterbrach ihn

Simona, »in diesem Fall hat er aber leider recht. Das Consilium Humanum ist der intellektuelle Knotenpunkt für das Gerechte Deutschland. Es geht ihnen einerseits um die Politisierung der deutschen Kultur, andererseits um die Ausbildung und Vernetzung einer rechten Elite. Das klingt technokratisch und nicht bedrohlich, ist aber ziemlich raffiniert.« Simona lehnte sich vor und zeigte, das Wasserglas in der Hand, mit einem Finger auf Johanna. »Passt auf: Nehmen wir das erste Ziel! Du hast Musik studiert, hat Rasmus uns verraten. Was würdest du sagen, wenn dir in einem Orchester vorgeschrieben würde, nur noch deutsche Musik zu spielen? Und nur noch die Sorte Musik, die Deutschland kraftvoll, mächtig und voller Tradition erscheinen lassen würde?«

Johanna fiel als Erstes eine Wortwahl ein, wonach sie ihr Frühstück am liebsten auf dem Dielenboden verteilen wollte. Stattdessen sagte sie: »Ich würde meinen, dass das gegen die Freiheit der Kunst verstoßen würde.«

»Exakt. Artikel 5 des Grundgesetzes besagt, dass Kunst und Wissenschaft frei sind. Deswegen fühle ich mich genauso davon betroffen wie du, Johanna. Aber genau das will diese Partei, und sie will mit dem Consilium das Fundament dafür legen.«

»Aber wie soll das gehen?«, fragte Johanna.

»Durch die Unterscheidung zwischen eigener und fremder Kultur«, schaltete sich Falk ein.

»So ist es.« Simonas Stimme wurde schärfer. »Kultur, und damit meine ich alles von Literatur über Musik bis hin zu jeglicher Form bildender oder darstellender Kunst, soll einem volkspädagogischen Ansatz folgen.«

»So wie Patrizia Carstensen. Mehr Heimat, weniger Multikulti«, stöhnte Johanna.

Jetzt dämmerte es ihr, und mit einem Mal fühlte sie sich wieder an den Esstisch ihrer Familie versetzt, hörte die indoktrinierende Stimme ihres Vaters. *Die deutsche Kultur ist anderen Nationen überlegen. Sie ist unsere Identität und das Erbe unserer Volksgemeinschaft.* Jetzt wollte sie sich wirklich über den Dielenboden erbrechen.

»Und genau auf diesem Wege befinden wir uns«, ergänzte Ole-Kristof Rosen. »Gerechtes Deutschland sitzt ja schon in allen Landtagen und Kulturausschüssen, entscheidet über Förderungen mit, bringt Anträge ein, hinterfragt, manipuliert, boykottiert. Man stelle sich vor, bei der Bundestagswahl in ein paar Tagen werden die wirklich die zweitstärkste Kraft oder kratzen sogar an Platz eins. Das würde alle bisherigen Machtverhältnisse auf den Kopf stellen.«

»Womit wir bei Ziel Nummer zwei wären?« Johanna ahnte, was nun kam.

Während sich Simona Rosen wieder zurücklehnte, richtete sich nun ihr Mann im Sofa auf.

»Das eine ist der Versuch, die Kulturräume zu verändern und, nennen wir das Kind beim Namen, zu zensieren. Das andere sind die wirklich mächtigen Positionen im Land, in der Politik und in der Wirtschaft. Das Consilium Humanum baggert schon länger an den größten deutschen Unternehmen, damit diese ihre Führungskräfte in einer der Akademien weiterbilden lassen. In Eisenach läuft ein solches Programm bereits seit einigen Jahren. Bislang wurden die Seminare in einer Stadtvilla gegeben. Es heißt, das Consilium habe ein Schloss vor den Toren der Stadt erworben, um es entsprechend umzubauen. So wie in Trisulti und Lyon. Da also, wo Ammon und Krahl junior aktiv waren.

Das Consilium versucht sich zu einer Art mythischer Wirtschaftsloge aufzubauen, einem erzkonservativen Bootcamp für die künftigen Superstars der Machtelite.«

»Aber kann so was funktionieren?« Johanna wirkte skeptisch, obwohl sie wusste, dass ein solches Unterfangen genau zu ihrem Vater passte.

»Solche Einrichtungen gibt es bereits«, sagte Falk. »Keine rechtsextremen Einrichtungen, aber seit Jahrzehnten bestehende, exklusive Kaderschmieden für die Chefetagen. Einer unserer ehemaligen Chefs des MAD hat an so einer Institution über Jahre hinweg Vorträge gehalten. Die beteiligten Firmen zahlen fünfstellige Summen alleine dafür, dass sie ihren unternehmerischen Nachwuchs in diese Trainingslager schicken dürfen. Von den Seminarkosten ganz zu schweigen. Als Gegenleistung bekommen die Trainees ein bisschen mehr Wissen, vor allem aber ein unschätzbares Netzwerk, das sie bei Wanderausflügen, Gesprächen am Lagerfeuer und einem abartig dekadenten Abschlussball verfestigen. Eine Elite innerhalb der Elite. Alles zum Wohle der Volkswirtschaft, natürlich.«

Johanna dachte darüber nach. Wahrscheinlich würde sie während ihres Studiums irgendwann den Satz hören, dass jede Information für einen Fall relevant sein konnte. Vor allem, wenn es darum ging, an die Hintermänner eines Verbrechens heranzukommen. Manchmal musste man auf der Suche nach der Wahrheit zweifellos schrubben wie ein Brunnenputzer, bis sich das eine Detail unter der Oberfläche zeigte, welches alles andere miteinander verband. Gerade tat sich vor ihrem inneren Auge ein Bild auf. Sie sah die Organisation ihres Vaters, die wie ein Oktopus zahlreiche Arme ausfuhr, um entscheidende Bereiche der Gesellschaft in ihren krakenhaften Griff zu bekommen. Und über allem thronte Carl Bellmann, der Bundeskanzler in spe.

Noch war Johanna nicht klar, wie Falk oder ihr dieses Wissen helfen sollte. Allerdings bestand für sie kein Zweifel, dass Hedda Falk hatte sterben müssen, weil sie einem dieser Arme zu nahe gekommen war. Und auch Johannas Bruder Hagen hatte fraglos im Würgegriff des Oktopus sein Leben verloren.

»Ich möchte euch um etwas bitten«, sagte in diesem Moment Rasmus Falk. »Ole, kannst du herausfinden, ob gegen das Consilium, Carl Bellmann, Albert Krahl oder dessen Firma irgendwelche Ermittlungen laufen? Und glaubst du, es gibt einen Weg herauszufinden, an welchen Unternehmen oder Institutionen Albert Krahl beteiligt ist? Abgesehen von seiner eigenen Firma, natürlich.«

»Versprechen kann ich dir nichts, aber umhören werde ich mich. Wenn die Ermittler ihre Arbeit richtig machen, werde ich nach meiner Mail an das LKA ohnehin einen Anruf bekommen. Das könnte eine gute Chance sein, unter Kollegen ein paar Informationen auszutauschen.«

»Danke!« Falk sah zu Simona Rosen. »Du hast mir mal erzählt, du hättest Freunde bei der polnischen Polizei. Kannst du herausfinden, ob es eine Untersuchung im Todesfall Hagen Bellmann gegeben hat?«

Die Mathematikerin blickte zu Johanna. Falk hatte ihnen also erzählt, aus welcher Familie sie stammte. Damit hatte sie gerechnet. Dennoch war ihr Simona Rosens Blick unangenehm.

Sie nickte. »Ein Freund von mir ist bei der Kriminalpolizei in Stettin. Ich werde ihn fragen.«

»Darauf hatte ich gehofft«, entgegnete Falk.

Johanna spürte, dass alles gesagt war. Falk erkundigte sich noch einige Minuten nach der Arbeit bei Gericht und beim Statistischen Bundesamt. Dann war es Zeit, sich zu verabschieden. Erneut fiel der Händedruck mit dem Richter für Johannas Geschmack etwas zu lange aus, doch sie ließ sich nichts anmerken.

»Flirtet er mit allen Frauen?«, fragte Johanna Falk, als sie wieder am Auto standen.

»Das dürfte dich nicht wundern, oder?«

»Warum nicht?« Johanna holte die Cola, die sie am gestrigen Abend nicht mehr angerührt hatte, aus ihrem Rucksack und setzte sie an ihre Lippen.

»Weil du eine jüngere Version seiner Frau bist.«

Johanna verschluckte sich fast.

»Da muss ich dich enttäuschen«, erwiderte sie. »Mathe war noch nie meine Stärke.«

KAPITEL 28

Ein Gefühl der Zufriedenheit erfüllte Rasmus Falk. Er war einen wichtigen Schritt weitergekommen. Nicht nur, weil Ole-Kristof und Simona Rosen ihnen geholfen hatten, hinter die Fassade des Consiliums zu blicken, und versprochen hatten, sich weiter umzuhören. Die beiden hatten sich als wertvoll für seine Beziehung zu Johanna erwiesen. Einen Richter und eine Professorin, beide im Dienste des Staates, würde Johanna kaum als leichtgläubige Naivlinge betrachten, die der fixen Idee eines verzweifelten Witwers folgten. Die Rosens nahmen ihn ernst, und das sollte auch Johanna.

Jetzt standen sie sich an den geöffneten Türen seines Transporters gegenüber und blickten einander über das Dach des Autos an. Johanna trank ihre Cola, während Falk überlegte, wie es weitergehen sollte.

»Musst du zurück nach Berlin?«

»Das kommt darauf an, ob du noch andere Freunde hast, die du mir vorstellen willst.«

»Spüre ich da einen Funken Vertrauen?«

»Ich habe dir das Du angeboten, um dich besser beschimpfen zu können. Über was anderes habe ich noch nicht nachgedacht.«

»Wann erwartet man dich zurück in der Akademie?«

»Erst einmal gar nicht. Ich habe meinem Chef den Eindruck vermittelt, ich bräuchte etwas Zeit, um meinen Kopf frei zu bekommen. So musste ich ihm wenigstens keinen Bären aufbinden.« Sie grinste. »Zumindest keinen Berliner Bären.«

Als Falk sie anstarrte, zuckte Johanna mit den Achseln. »Ich liebe schlechte Wortspiele.«

Doch er hörte sie kaum. Der Berliner Bär. Ein Bild aus Johannas Wohnung drang in seiner Erinnerung wieder in den Vordergrund.

Die Urkunde. Das Berliner Wappen.

Er hatte es angesehen und an seine heraldische Bedeutung gedacht. Ein Siegel wie aus dem Mittelalter, als man redende Wappen benutzt hatte, um die Namen von Städten in ihrem Wortklang darzustellen. Heraldik. In seiner Zeit beim Militär hatte er sich intensiv mit der Symbolik in Wappen und Flaggen beschäftigt. Aber warum hatte ihn der Berliner Bär aufmerken lassen?

Falk schloss die Augen.

»Was ist los?«

Er wedelte Johannas Frage mit einer Hand beiseite. Er durfte diesen Gedanken nicht wieder verlieren. Langsam stießen die Bilder an die Oberfläche. Ein anderes heraldisches Symbol, das er erst kürzlich gesehen hatte. Aber wann? Und wo? Falk konnte sich rühmen, über ein bildhaftes Gedächtnis zu verfügen. So war es ihm immer möglich gewesen, in Computercodes mehr zu lesen als nur die Befehle und Zeichen. Sein Gehirn wandelte sie stets in Bilder um. Doch wo war dieses eine Symbol aufgetaucht?

Mit einem Mal sah er es wieder vor sich. Während der

Lesung von Patrizia Carstensen. Nein, unmittelbar danach, nachdem die Lyrikerin gestürzt und liegen geblieben war. Etwas war in Falks Sichtfeld geraten. Jemand hatte es durchschritten. Ein Mann. Der Mann mit dem Handy am Ohr, von dem Falk gedacht hatte, er würde den Notruf wählen. Jetzt sah er ihn wieder vor sich. Wobei, nein, nicht den Mann, nur dessen Hand. Eine Hand mit einem Ring. Falks Augen mussten dem Schmuckstück für den Bruchteil einer Sekunde unbewusst gefolgt sein. Deshalb konnte er sich jetzt wieder daran erinnern. Ein Ring aus Silber oder Platin. Ein Siegelring, bestehend aus einem blutrotem Stein und einem schwarzen Element im Herzen.

»Die Wolfsangel«, stieß Falk hervor und riss die Augen auf.

»Was?«

Falk antwortete nicht. Er hatte den Mörder gesehen. Während der Lesung. Für einen kurzen Augenblick. Er war sich sicher. Hatte nicht auch Nicolai Krahl eine Wolfsangel auf der Brust seines seidenen Boxermantels getragen?

In wenigen Schritten hatte er sein Auto umrundet und riss die Schiebetür zur Rückbank auf. Johanna sprang zur Seite.

»Okay, du Arsch, rede mit mir! Was ist los?«

»Das sage ich dir in wenigen Sekunden.«

Falk beugte sich vor, öffnete den Metallkasten und zog den Laptop heraus. Er verband den Computer mit einem portablen Router und wollte gerade den Tor-Browser öffnen, als ein schrilles Signal ertönte.

Falk fuhr zusammen.

»Was jault denn hier so?« Johanna hing mit missbilligendem Gesicht im Türrahmen.

Hektisch holte Falk sein Smartphone hervor. Das war

unmöglich. Oder doch nicht? Jeder Gedanke an die Wolfs-angel war verflogen. Stattdessen öffnete er die App des Sicherheitssystems, das sein Haus in Brandenhusen auf Poel überwachte. Eine Warnmeldung leuchtete auf. Eine der druckempfindlichen Bodenplatten, die er nach seinem Einzug an strategisch zentralen Punkten im Haus installiert hatte, war ausgelöst worden.

Während sich Johanna neben ihn auf die Bank setzte, prüfte Falk die Kameras.

Bei der dritten Einstellung wurde er fündig.

Jemand befand sich in seinem Haus. Eine in Schwarz ge-kleidete Person mit Skimaske.

Auch Johanna schien begriffen zu haben, was sie da auf dem Bildschirm sah.

»Ist das live? Bricht da gerade jemand bei dir ein?«

Falk starrte fassungslos auf den kleinen Bildschirm in sei-ner Hand. »Ich muss sofort nach Hause.«

»Dann los!«

»Was?« Falk sah Johanna verständnislos an.

»Wenn jemand bei dir eingebrochen ist, dann sicher nicht, weil du elegante Perlenketten bei dir rumliegen hast. Ich glaube nicht an Zufälle.«

»Das sind über vierhundert Kilometer bis zu mir.«

Johanna stockte. Falk sah ihr an, was sie dachte.

»Nein, ich kann die Polizei nicht rufen. Wenn die bei mir aufkreuzt, muss ich unangenehme Fragen beantworten. Das kann ich nur selbst klären. Auch auf die Gefahr hin, dass ich zu spät komme. Eine andere Chance habe ich nicht.«

»Worauf warten wir dann noch?«

Sie brauchten weniger als vier Stunden. Und wussten, dass sie zu spät kommen würden. Johanna hatte während der Fahrt die Kameras im Auge behalten. Während Falk fuhr, hatte sie ihm geschildert, wie sich der Einbrecher nicht für Wertsachen, sondern für die beiden Werkbänke im Arbeitszimmer interessiert hatte. Beim Computer hatte der Unbekannte auf Granit gebissen. Dann hatte er den Bildschirm mit den Überwachungskameras aktiviert, sich darauf entdeckt und war kurze Zeit später über das Grundstück in südlicher Richtung zur Meerseite geflüchtet.

Als Falk nun den Transporter über die Brücke auf die Insel steuerte, spürte er dieselbe Anspannung, die früher kurz vor einem Einsatz von ihm Besitz ergriffen hatte. Er durfte sich nicht davon leiten lassen, was Johanna gesehen hatte. Genauso wie nachrichtendienstliche Informationen danebenliegen konnten, konnte auch sie einen Fehler gemacht haben. Etwas, das ihrem Blick entgangen war. Vielleicht hatte der Einbrecher etwas zurückgelassen. Vielleicht hatte er sich nur am Ufer in Sicherheit gebracht und würde zurückkommen. Falk musste auf der Hut sein.

Er fuhr langsamer. Ehe sie sein Grundstück erreichten, bog er auf einen Feldweg ein. Unter einer Eiche stellte er den Wagen ab. Über die App prüfte er erneut die Kameras im und ums Haus.

Niemand war zu sehen.

Dennoch lehnte er sich nach hinten und holte aus der Metallkiste hinter seinem Sitz die Zoraki M906 hervor.

»Eine Schreckschusspistole«, antwortete er auf Johannas hochgezogene Augenbrauen.

Er wollte gerade fragen, ob auch sie eine Waffe mit sich trug, da entnahm sie ihrer Tasche das Messer.

Sie stiegen aus und schlossen leise die Autotüren. Falk

wollte kein Risiko eingehen. Noch gab es für ihn keine Entwarnung. Er hielt Johanna am Arm fest.

»Um das klarzustellen: Ab jetzt habe ich das Kommando.« Er sah die Überraschung in ihren Augen. »Ich habe die Waffe. Ich bestimme das Tempo. Du bist hinten. Wenn dir etwas auffällt, gibst du mir Bescheid. Du machst nichts ohne meine Erlaubnis. Verstanden?«

Johanna wirkte irritiert, schien aber zu verstehen und nickte. Sie war zwar eine angehende Polizistin, doch Falk war in der Bundeswehr ausgebildet worden. Auch wenn seine rechte Hand nicht mehr funktionstüchtig war, wusste er, worauf er zu achten hatte. Johanna nicht.

Sie gingen los. Bis zum Haus waren es keine fünfzig Meter. Auf dem ersten Stück nutzten sie die Deckung einer Hecke, die entlang des Weges verlief. Dann aber trafen sie auf das Rapsfeld, das sein Haus umgab. Hier gab es keinen Schutz mehr. Sie mussten sich auf offener Fläche bewegen. Falk bedeutete Johanna, ihm geduckt zu folgen und ihre Augen weiter auf die Umgebung zu richten. Er versuchte sich zu erinnern, wann er sich das letzte Mal in einem Einsatz einem Haus genährt hatte. Es war viele Jahre her, und doch arbeitete sein Gehirn noch immer nach den eingebrannten Mustern. Sie eilten über das freie Feld, während Falk die Türen und Fenster seines Hauses im Blick behielt. Nichts rührte sich.

An der Eingangstür angekommen, prüfte Falk ein letztes Mal die Kameras im Haus. Sie waren alleine. Nichts deutete auf eine Falle hin. Er bedeutete Johanna, die Tür für ihn aufzuschließen und zu öffnen. Mit der Zoraki im Anschlag trat er ein. Johanna folgte ihm, das Messer in der Hand. In der Diele, von der Wohnzimmer, Arbeitszimmer und Küche sowie die Treppe in den ersten Stock abgingen, blieben sie stehen. Falk sog die Luft tief durch seine Nase ein, atmete mehrfach ruhig ein und aus und versuchte Gerüche auszumachen, die nicht hierhergehörten. Dann lauschte er. Alles wirkte so, wie er es verlassen hatte.

Er gab Johanna ein Zeichen, ihm zu folgen. Mit der Waffe voraus betrat Falk das Arbeitszimmer. Es war leer. Er spürte Johanna hinter sich. Seine Augen glitten über die Bildschirme an den Wänden zu den beiden Werkbänken. Auf dem analogen Tisch hatte er vor seiner Abreise eine halb volle Kaffeetasse stehen gelassen.

Ihm fielen die Veränderungen sofort auf. Sie waren nur minimal, doch ihm, der in diesem Zimmer jahrelang Tag und Nacht gearbeitet hatte, sprangen sie sofort ins Auge. Die Zeitungsausschnitte, Mappen und Klebezettel, deren strenge Logik durcheinandergebracht worden war. Eine Logik, der vermutlich nur er folgen konnte. Und doch waren sie der Beweis für das, was Johanna schon auf der Fahrt beobachtet hatte. Der Eindringling hatte sich die Unterlagen angesehen.

Die Konsequenz daraus war ebenso logisch wie wenig überraschend: Wer auch immer hier gewesen war, hatte etwas Bestimmtes gesucht, war aus einem bestimmten Grund gekommen. Nicht für die leichte Beute, sondern für Informationen. Aber worüber?

»Fehlt etwas?« Johanna trat neben ihn und betrachtete die Unterlagen auf dem Tisch.

»Auf den ersten Blick nicht.«

»Was ist das alles?«

»Das erkläre ich dir später.«

Falk trat an den Bildschirm mit den vierundzwanzig

Rechtecken, die die Live-Bilder der Überwachungskameras im Haus und auf dem Grundstück zeigten. Mit geübtem Blick scannte Falk die Einstellungen. Alle Kameras waren weiterhin aktiv und in Position. Auf keinem der Bilder war jemand zu sehen.

Auf einem Pult unterhalb des Flatscreens lag eine Tastatur. Er legte seine Pistole daneben ab und wollte gerade den Befehl eingeben, um die Bilder des Moments anzuzeigen, an dem der Alarm ausgelöst worden war, als er erstarrte.

Johanna bemerkte seine Veränderung.

»Was ist? Hast du etwas entdeckt?«

Falk wollte wieder zu seiner Waffe greifen, doch es war zu spät.

»Das würde ich besser sein lassen«, ertönte eine Stimme von der Tür zum Arbeitszimmer.

Falks Hand verharrte auf halbem Weg zur Zoraki. Er blickte auf. Vor ihnen stand ein Mann mit kurz geschorenen Haaren und einer ausgeprägten Zornesfalte zwischen auffällig blauen Augen. Mit einer Hand lehnte er lässig am Türrahmen, in der anderen hielt er eine Glock.

»Schön, dass ihr es einrichten konntet«, sagte der Mann. »Ich hatte mich schon gefragt, wie lange ihr brauchen würdet.«

Er bedeutete Falk, sich von dem Pult zu entfernen, auf dem seine Waffe lag. Dann widmete er seine ganze Aufmerksamkeit Johanna.

»Hallo, Schwester«, sagte Hagen Bellmann.

KAPITEL 29

Es schien, als habe jemand mit beiden Händen ihre Lungenflügel ergriffen und mit aller Kraft zugedrückt. Johanna atmete keuchend aus. Furcht bemächtigte sich ihrer.

»Hagen!«

»Du wirkst überrascht.« Ein spöttisches Grinsen legte sich auf das Gesicht ihres Bruders. »Wirf das Messer weg«, sagte er. »Schön langsam, brav in die Ecke damit!«

Johanna zögerte einen Moment, dann warf sie ihre Waffe von sich. Sie zwang sich zu denken. An irgendetwas. Nur damit ihr Gehirn wieder zu arbeiten begann. Wann hatte sie ihren Bruder das letzte Mal gesehen? Vor dreizehn Jahren. An dem Abend, an dem sie aus ihrem Elternhaus geflohen war. Sie hatte sich nicht einmal von ihm verabschiedet. Sechzehn war sie gewesen, Hagen neunzehn. Ein drahtiger, fast dürrer Junge, verschlossen und ernsthaft, durch einen herrischen Vater und einen rücksichtslosen großen Bruder äußerlich abgestumpft, innerlich jedoch von einer unterdrückten Wut erfüllt, die er mit Computerspielen bekämpft hatte. Jetzt sah Johanna einen anderen Hagen vor sich. Unter einem eng anliegenden Longsleeve zeichneten sich Muskelpakete ab, breite Schultern, ein durchtrainierter

Bauch. Das Gesicht, einst hohlwangig, blass und frei jeder Emotion, war nun von rauer Architektur und erzählte die Geschichte körperlichen und seelischen Leids. Am meisten überraschte Johanna jedoch etwas, das sie in dem jugendlichen Hagen von früher nie gesehen hatte: eine natürliche Dominanz, die nichts mit seiner Waffe in der Hand zu tun hatte. Hagen wirkte gereift, scharfsinnig und, ja, sie wusste kein anderes Wort dafür, elegant.

In diesem Moment fand Rasmus Falk seine Sprache wieder. »Sie haben sie ermordet.«

Es war keine Frage. Falk trat vor. Sofort richtete Hagen die Pistole auf ihn. Jetzt erst sah Johanna den Schalldämpfer, der den Lauf der Waffe verlängerte. Falk blieb stehen, ließ sich aber nicht beirren.

»Sie haben Patrizia Carstensen, Nicolai Krahl und Friedrich Ammon vergiftet. Habe ich recht? Sie waren bei der Lesung in Rostock. Ich habe Sie gesehen, auch wenn es mir jetzt erst bewusst wird.«

Johanna sah von Falk zu ihrem Bruder. Ein Anflug von Überraschung huschte über sein Gesicht. Dann lächelte Hagen und neigte den Kopf zu einer angedeuteten Verbeugung.

»Wir sparen uns also die Nettigkeiten zur Begrüßung? Ich verüble es Ihnen nicht, Herr Falk. Schließlich habe ich mich ja selbst in Ihr Haus eingeladen.«

»Sie sind eingebrochen.« Falks Stimme klang zwanghaft kontrolliert.

»Ich pflege meine öffentlichen Auftritte auf ein Minimum zu reduzieren. Aber wie Sie richtigerweise festgestellt haben, erfordern manche Aufgaben meine Anwesenheit. Da wir so nett zusammenstehen, verraten Sie mir, woran Sie mich in Rostock erkannt haben?«

Johanna glaubte noch immer den jähzornigen Jungen unter der Oberfläche zu spüren. Doch Hagens souveräne und wortgewandte Art, wenngleich aufgesetzt und auf Kosten jener, die er in seiner Gewalt hielt, wirkte kraftvoller als jede Drohung. Einzig die Zornesfalte zwischen seinen blauen Augen blieb als offensichtliche Warnung.

Falk deutete auf Hagens Hand, mit der sich dieser am Türrahmen abstützte. Johanna erblickte einen Siegelring mit dem tiefroten Stein, den ein schwarzes Symbol durchschnitt.

»Mir ist Ihr Erkennungszeichen wieder eingefallen«, sagte Falk. »Die Wolfsangel. Sichert sich Ihresgleichen nicht über dieses Nazi-Symbol die Gefolgschaft zu?«

Hagen betrachtete einen Augenblick lang seine beringten Finger. Dann lächelte er.

»Heute trage ich ihn zur Erinnerung an alle, die ich für ihre Gefolgschaft bestrafen werde.«

»Mussten die drei deswegen sterben? Weil sie genauso blind den Ideologien Ihres Vaters nachgelaufen sind wie Sie selbst?« Falks Ton wurde aggressiver. Er ging wieder einen Schritt auf Hagen zu. »Was ist passiert? Hat man Sie fallen gelassen?«

»Ich freue mich, dass Sie fragen, Herr Falk«, erwiderte Johannas Bruder. Auch sein Ton wurde eine Spur schärfer. »Allerdings möchte ich Sie herzlich bitten, sich nicht unnötig zu bewegen. Wir wollen doch Kalamitäten vermeiden.«

Hagen trat seinerseits einen Schritt ins Arbeitszimmer herein, sodass ihn die beiden Werkbänke von Johanna und Falk trennten, er dennoch freie Schussbahn hatte. Johanna zweifelte keine Sekunde daran, dass ihr Bruder ein hervorragender Schütze war. Für den Bruchteil einer Sekunde musste sie an ihr eigenes Schießergebnis denken. Das war erst vor zwei Tagen gewesen. Jetzt stand sie hier neben einem ehemaligen Geheimdienstler und wurde von ihrem Bruder bedroht, den sie jahrelang aus ihren Gedanken vertrieben und dann tot geglaubt hatte, um nun festzustellen, dass er ein dreifacher Mörder war und sich offenbar auf einem Rachefeldzug befand.

»Gehen wir in medias res.« Hagen Bellmann betrachtete den Tisch vor sich, auf dem zahllose Papiere verstreut lagen. »Meine Zeit ist begrenzt. Daher würde ich es bevorzugen, wenn ihr mir einfach sagen würdet, was ich wissen will.«

»Deine Zeit ist begrenzt?« Johanna legte so viel Verachtung in ihre Stimme, wie sie aufbringen konnte. »Hast du gleich noch ein romantisches Date am Strand, oder was?«

Sie trat vor bis zur Tischkante. Hagen war keine drei Meter mehr von ihr entfernt. Nun richtete er seine Waffe wieder auf sie.

»Was ist? Willst du deine Schwester erschießen? Erst brichst du hier ein. Dann stehst du plötzlich da und fuchtelst mit einer Waffe herum. Warum glaubst du überhaupt, uns drohen zu müssen? Wirken wir etwa wie eine Gefahr für dich?«

Hagen blickte sie aus seinen blauen Augen neugierig an.

»Du hast dich verändert, Schwesterherz.«

»Dito.«

»Zum Guten, hoffe ich.«

»Die Waffe versperrt mir leider den Blick auf dein gutes Herz.«

»Willst du deswegen Polizistin werden? Damit niemand durch die Uniform in deine Seele schauen kann?«

Sie verzog keine Miene. Offenbar war es in ihrer Familie ein offenes Geheimnis, dass sie zur Polizei gegangen war.

»Wenn deine kostbare Zeit ach so begrenzt ist, warum bist du dann noch mal zurückgekommen, nachdem du heute Mittag schon mal hier warst?«

»Er musste nicht zurückkommen. Er hat die Insel nie verlassen.« Falk ließ seine Augen nicht von Hagen. »Sie haben mein Sicherheitssystem manipuliert und die Kameras auf Dauerschleife gestellt.«

Johanna brauchte einen Moment, um zu begreifen, was Falk gesagt hatte. Dann dämmerte es ihr. Als sie gemeinsam auf die Bilder der Überwachungskameras geschaut hatten, um zu kontrollieren, ob noch jemand außer ihnen im Haus war, hatten sie niemanden gesehen. Auch sich selbst nicht. Falk war es aufgefallen, als es schon zu spät war. Da hatte Hagen schon im Türrahmen gestanden. Er musste sich während seines Einbruchs an der Überwachungssoftware zu schaffen gemacht haben. Er war geflohen, als die Kameras noch aufzeichneten, und war zurückgekehrt, als die Dauerschleife eingesetzt hatte. Dann hatte er sich versteckt und auf sie gewartet.

»Womit wir wieder bei der Frage wären, warum ich überhaupt hier bin.« Hagens gekünstelte Freundlichkeit bekam Risse der Ungeduld. »Ich muss zugeben, Ihr Besuch der Lesung hat mich überrascht, Herr Falk. Aus meinem früheren Leben wusste ich natürlich, dass auch Sie schon einmal mit der werten Trixie in Kontakt gekommen waren, genauso wie mit Nick und Fritz. Da wurde mir bewusst, dass ich nicht der Einzige mit einem guten Grund war, die drei ins Jenseits zu befördern. Dann bin ich auf diese Adresse hier gestoßen und dachte, einen Besuch wäre es wert. Ich muss sagen: Respekt! Sie haben hier ein beeindruckendes Archiv und sehr interessante Unterlagen zusammengestellt. Das hier gefällt mir besonders gut.«

Hagen nahm eine Fernbedingung von der Werkbank und drückte eine Taste. Hinter Johanna leuchtete ein Bildschirm an der gegenüberliegenden Wand auf. Sie wandte sich um und sah die Fotos zweier Frauen. Auf dem einen sah Johanna sich selbst. Auf dem anderen war eine ältere Frau zu sehen, mit dunklen Haaren und einem aufgedunsenen Gesicht. Johanna erkannte ihre Mutter kaum wieder. Das Bild eines gebrochenen Menschen.

»Von wann ist das Foto?«, fragte sie tonlos.

»Ein paar Monate alt«, hörte sie Falks Stimme hinter sich.

»Aufgenommen am Abend der Landtagswahlen in Thüringen.«

So sah ihre Mutter also heute aus. Dreizehn Jahre später.

»Was ist mit ihr passiert?«

»Höre ich da etwa Mitleid?« Hagens Stimme triefte vor Spott. »Sie ist Vollzeit-Alkoholikerin. Betäubt ihre Schmerzen hauptberuflich mit Alkohol und Pillen. Ein erbärmliches Wrack.«

»Wann hat sie angefangen zu trinken?«

»Was glaubst du denn?«

Johanna kannte die Antwort. Eine Mutter, die ihre Tochter wild gewordenen Männern überlassen hatte und mit dem Schmerz klarkommen musste, versagt zu haben. Eine Mutter, die später auch noch einen ihrer beiden Söhne verlieren sollte. Martha Bellmann hatte offensichtlich aufgegeben. Das Einzige, was sie noch durch den Tag zu bringen schien, war das Vergessen.

Ging ihr das Schicksal ihrer Mutter nahe? Johanna wusste

darauf keine Antwort. Sie wusste gerade auf nichts eine Antwort. Sie kannte ja noch nicht einmal die Fragen. Da kam ihr eine in den Sinn.

»Warum lebst du eigentlich noch? Es heißt, du wärest in Polen ertrunken.«

»So soll es auch bleiben«, entgegnete Hagen, während Johanna weiter das Foto ihrer Mutter anstarrte. »Schließlich habe ich meinen eigenen Tod viel länger planen müssen als den der drei armen Giftschlucker. Jeder sollte glauben, dass ich bei dem Bootsunglück ertrunken war.«

»Es war also kein Unfall?«

»Sonst wäre ich heute nicht hier. Viktor hatte mich mit der Planung unseres Trainingscamps am Jezioro Lubie beauftragt. So konnte ich alles vorbereiten. Die Wasserübung, den Zusammenstoß der beiden Boote. Alle gingen über Bord. Ich tauchte bis auf den Grund, legte mir eine Sauerstoffflasche an, die ich vorher dort deponiert hatte, und schwamm davon. Als die anderen wieder in den Booten saßen, war ich schon am Ufer außer Sicht. Mir war klar, dass die Wasserschutzpolizei kommen und den Unfall aufnehmen würde. Das verschaffte mir die Zeit, mich abzusetzen, ehe meine Kameraden nach mir suchen würden.«

»Aber der Sack, der angeblich nachts geborgen wurde?« Johanna erinnerte sich an den Augenzeugenbericht, den Boris gefunden hatte.

»In dem Sack waren unsere Waffen, mit denen wir trainieren wollten. Viktors Anweisung lautete, bei Übungen auf dem Wasser die Waffen in einem wasserdichten und beschwerten Sack zu lagern, den wir jederzeit über Bord werfen konnten, falls sich eine Kontrolle näherte. Der Sack war bei dem Zusammenstoß der Boote auf Grund gesunken.

Wegen der Wasserschutzpolizei konnten sie ihn erst nachts bergen.«

»Nach dir haben sie nicht gesucht?«

»Vielleicht ja, vielleicht nein. Kriegsverlust.« Hagen zuckte mit den Achseln. »Gefunden haben sie meinen toten Körper jedenfalls nie.«

»Aber warum das alles?«

Mit einem Mal waren die Überheblichkeit und die Eleganz, die ihr Bruder vor sich hergetragen hatte, verschwunden. Als habe Johanna mit ihrer Frage einen Schalter umgelegt und das Licht ausgemacht. Ein düsterer Ausdruck breitete sich auf Hagens Gesicht aus. Die Zornesfalte trat hervor. Blanke Wut lag in Hagens Blick.

»Weil sie sie mir genommen haben«, presste er hervor.

Johanna wagte nicht nachzufragen. Auch Falk schien die Gefahr zu spüren. Er musste mit solchen Situationen vertraut sein. Beim Militär hatte man ihn bestimmt gelehrt, wie man agieren musste, wenn man Bewaffneten schutzlos gegenüberstand und diese die Kontrolle zu verlieren drohten. Es schien, als wäre Falk darauf bedacht, nicht wahrgenommen zu werden, mit seiner Umgebung zu verschmelzen. Keine Bewegung, kein Mucks ging von ihm aus.

»Sie war der erste Mensch, der mich verstanden hat, der mich so gesehen hat, wie ich bin, und nicht darauf geachtet hat, welch verdorbener Familie ich entsprungen war.« Hagen blickte sie nicht an. Er hatte begonnen, hinter den beiden Tischen auf und ab zu gehen. Dabei deutete er mit der Pistole in seiner Hand immer wieder auf imaginäre Ziele auf dem Boden. »Wir haben uns geliebt. Aber es war ein Fehler. Mein Fehler. Ich hätte es wissen müssen.« Er sprach mehr zu sich selbst als zu ihnen. »Sie hätten es nicht herausfinden dürfen. Niemals. Ich hätte sie beschützen müssen.«

Johanna konnte sich nicht beherrschen. »Wer war sie?«

Hagen sah auf. Für einen kurzen Moment glaubte Johanna, er werde die Waffe heben und einfach abdrücken. Da war er, der Blick des jähzornigen Jungen, den sie einst zurückgelassen hatte.

»Sie hieß Yasmin. Yasmin Erdem«, sagte er leise. »Sie war eine Muslima. Sie haben sie umgebracht.«

Plötzlich war diese Hand wieder da. Die Hand, die sich um Johannas Lungen schloss und zudrückte. Fetzen der Erinnerung traten in ihr Bewusstsein. Alice Bruder Dario. Der verbotene Kuss. Die Strafe durch Nicolai und ihren Bruder Viktor. Die Flucht. Der Neuanfang in Köln. Johanna musste keine Sekunde überlegen. Carl Bellmann hatte der Liebe seines Sohnes zu einer Muslima ein Ende gesetzt, wie er seine Tochter für einen Kuss mit einem Schwarzen bestraft hatte.

Nein, dachte Johanna, es war anders. Mich hat mein Vater versucht zu brechen, indem er mir meine Würde nahm. Hagen hat er brechen wollen, indem er ihm Yasmin nahm.

Sie wusste instinktiv, warum Carl Bellmann bei seinem Sohn anders gehandelt hatte als bei seiner Tochter. Johanna war ein Mädchen gewesen, dem man Gehorsam beibringen musste. Einem Mann musste man mit Härte begegnen, um ihn hart zu machen. Johanna war in den Augen ihres Vaters immer schwach gewesen. Und mit Schwachen konnte man keinen Krieg gewinnen. Man konnte sie lediglich gefügig machen. Männer dagegen musste man formen. Das war Carl Bellmanns Versuch der Charakterbildung gewesen.

»Dafür sollen sie bluten. Allesamt.« Hagen blieb wieder stehen. »Nachdem Yasmin tot war, schwor ich mir, dass sie dafür bezahlen würden. Aber ich brauchte einen Plan. Also gab ich den reumütigen Sohn, half meinem Bruder beim Aufbau unserer Miliz und arbeitete im Geheimen an meinem Tod. Jetzt bin ich wieder da und werde Gleiches mit Gleichem vergelten.«

»Was hatten Krahl, Ammon und Carstensen mit dem Tod Ihrer Freundin zu tun?«

In Falk war offenbar der Ermittler wiedererwacht.

»Nicolai hat zusammen mit meinem Bruder Viktor die Drecksarbeit gemacht. Sie haben Yasmin getötet. Ammon hat ein paar Strippen gezogen, sodass die Ermittlungen im Sande verliefen. Das war sein letzter Akt, ehe er als Staatsanwalt ausgeschieden ist.«

»Und Carstensen?«, fragte Johanna.

»Trixie? Sie hatte nichts mit Yasmin zu tun. Zumindest nicht, soweit ich weiß.«

»Warum musste sie dann sterben?«

»Für etwas, das noch weiter zurückliegt.«

Johanna verstand erst nicht. Dann sah sie, wie Hagen Falk fixierte.

»Carstensen hat Ihre Frau verraten, Falk. Das wollten Sie doch hören, nicht wahr? Ihre Frau hat der Falschen vertraut. Das war ihr Todesurteil. Trixie ist sofort zu meinem Vater gelaufen, ihrem großen Mentor, und hat ihm alles erzählt.«

»Das weiß ich längst«, erwiderte Falk betont ruhig. »Aber Sie haben Patrizia Carstensen sicher nicht getötet, weil sie meine Frau an das Consilium verraten hat.«

»Nicht ganz.«

»Sondern?«

»Weil mein Vater mir wegen ihr meinen ersten Mord befohlen hat.«

KAPITEL 30

Der Schuss ließ Johanna zusammenzucken. Hagen hatte blitzartig seine Waffe hochgerissen und eine Kaffeetasse getroffen, nach der Falk hatte greifen wollen. Das Zerbersten des Porzellans übertönte den Nachhall des gedämpften Klickens der Waffe. Kalter, abgestandener Kaffee ergoss sich über den Tisch vor ihnen. Falk musste geglaubt haben, den Pott in Hagens Richtung schleudern zu können, ehe dieser reagierte. Doch ihr Bruder war aufmerksam gewesen und hatte Falks Versuch mit einem präzisen Schuss im Keim erstickt.

»Keine Faxen, Falk! Ich will Sie nicht erschießen. Zwingen Sie mich also nicht dazu!«

»Sie haben meine Hedda ermordet«, presste Falk hervor.

Johanna sah, dass alle Farbe in seinem Gesicht einer vor Wut und Trauer verzerrten Fratze gewichen war. Sie handelte instinktiv und schob sich vor Falk.

»Geh mir aus dem Weg, Johanna!«

»Nein, Rasmus! Es wird hier kein Blutvergießen geben. Habt ihr mich verstanden? Ihr beide?«

Sie hob die Arme und sah von dem Mann, den sie erst vor

achtundvierzig Stunden kennengelernt hatte, zu dem Mann, den sie zuletzt vor dreizehn Jahren gesehen hatte.

»Was willst du?«, fragte sie ihren Bruder.

»Wissen, was ihr wisst!«

»Was geht dich das an?«

»Das ist nicht eure Angelegenheit!«

»Der Mörder meiner Frau ist sehr wohl meine Angelegenheit.« Falk wagte es nicht mehr, sich zu bewegen. Doch er ließ keinen Zweifel, dass er sich am liebsten auf Hagen gestürzt hätte. »Und jetzt, da ich weiß, wer meine Hedda auf dem Gewissen hat, werde ich es zu meiner Lebensaufgabe machen, Sie zu jagen und zur Strecke zu bringen.«

Johanna merkte, dass ihr die Situation entglitt. Jeden Moment konnte Falk die Beherrschung vollends verlieren. Und damit sein Leben. Das durfte sie nicht zulassen.

»Seht ihr denn nicht, dass uns allen dreien böse mitgespielt wurde? Dass uns etwas verbindet?«

»Mich verbindet nichts mit dem Mörder meiner Frau.«

»Du hast deine Frau verloren, Rasmus. Hagen hat seine Freundin Yasmin verloren. Und ich ...«

»Lass gut sein, Eva!«, unterbrach Hagen sie.

Es war ihr alter Name, der ihr den Mut gab weiterzusprechen.

»Genau das ist der Punkt, Hagen. Die Eva, die du einst kanntest, gibt es nicht mehr. Ich heiße heute Johanna Böhm, weil mir meine Existenz genommen wurde, als du damals im Nebenzimmer weggehört hast. Genauso wie es den Hagen nicht mehr gibt, den ich einst kannte. Und Rasmus, obwohl wir uns erst vor zwei Tagen begegnet sind, weiß ich, dass es auch dein altes Ich nicht mehr gibt, seit dir deine Frau genommen wurde.«

»Seit *er* mir meine Frau genommen hat«, schrie Falk und zeigte auf Hagen.

»Unser aller Existenzen wurden zerstört, Rasmus. Deine, meine, seine.«

Einen Moment sagte niemand ein Wort. Hagen und Falk schienen nachzudenken, was diese Erkenntnis für sie bedeutete. Dann senkte ihr Bruder die Waffe etwas und ergriff das Wort.

»Das ändert nichts, Schwester. Denn alles läuft auf dasselbe hinaus.« Hagen nahm erneut die Fernbedienung des Bildschirms an der Wand. Statt der Fotos von Johanna und ihrer Mutter erschien ein Diagramm. Diesmal waren Fotos von Ammon, Carstensen und Krahl junior zu sehen, darüber ein Bild ihres Vaters. »Bei ihm läuft alles zusammen. Mein Schicksal und eure Schicksale. Carl Bellmann ist nicht mehr mein Vater. Er ist ein Verbrecher. Und ich werde ihn für seine Verbrechen bestrafen.«

Unweigerlich stiegen in Johanna die Erinnerungen an die Nacht auf, in der sie zu Alice geflüchtet war. Sie hatte ihren Vater verflucht, zur Hölle gewünscht, ohne den Hauch eines Zweifels erklärt, dass diese Familie nicht mehr die ihre war. Am liebsten hätte sie ihn öffentlich gebrandmarkt und jedermann wissen lassen, wozu dieser Mann fähig war. Und war es nicht dieser Tag gewesen, der in ihr letztlich den Wunsch geweckt hatte, Polizistin zu werden? Dass Verbrecher wie ihr Vater ihrer gerechten Strafe zugeführt wurden?

Hagen hingegen wollte keine gerechte Strafe. Er wollte den Tod.

»Ich muss sein, wer ich bin. Ansonsten habe ich keine Chance«, fuhr Hagen fort. »Ich bin der, den mein Vater aus mir gemacht hat. Nur nicht so, wie er sich das vorgestellt hat. Und genau das wird sein Untergang sein.«

Da war sie, Hagens jähzornige Seele.

»Erinnerst du dich noch an die Spirale der Macht, die uns Vater gepredigt hat?«

Natürlich erinnerte sie sich noch.

»Spaltung führt zu Ausgrenzung«, begann sie.

»Ausgrenzung führt zu Hass«, fuhr Hagen fort.

»Hass führt zu Unterdrückung.«

»Unterdrückung führt zu Gewalt.«

Johanna schluckte, ehe sie sagte: »Und Gewalt führt zu Tod.«

»Diese Spirale wird er nun selbst zu spüren bekommen«, schloss Hagen.

»Wenn ich Sie nicht vorher erwische!« Falks Wut schien ungebrochen.

»Denken Sie nach, Falk!« Hagen sprach nun im Kommandoton eines Militärs. »Hat man Ihnen beim MAD nicht beigebracht, dass es nichts bringt, die Fußsoldaten zu töten? Es geht um die Kommandanten, die Generäle. Die Gefängnisse sind voll von Kleinkriminellen, die die Drecksarbeit für ihre Bosse erledigen. Die Bosse aber leben weiter in Reichtum und Macht. Wie mein Vater.«

Er sah zu Johanna.

»Ich bin nicht euer Feind, Schwester! Wir mögen eine ähnliche Geschichte haben. Aber das hier ist mein Weg, ganz alleine mein Weg. Und ich werde nicht zögern, jeden zu beseitigen, der mich aufzuhalten versucht. Jeden, hast du mich verstanden?«

Hagen nahm seine Glock wieder hoch und bewegte sich rückwärts in Richtung Ausgang. Johanna wollte irgendetwas sagen, doch die Warnung ihres Bruders war unmissverständlich. Ein letztes Mal trafen sich ihre Blicke. Hagens blaue Augen ließen keine Zweifel an seinen Worten zu. Und doch glaubte Johanna in seinem Ausdruck eine Verbundenheit zu erkennen, die es zwischen ihnen noch nie zuvor gegeben hatte. Erstmals in ihrem ganzen Leben verband sie etwas anderes als Blut: ein gemeinsamer Schmerz.

Dann war Hagen verschwunden. Johanna hörte noch, wie sich die Haustür öffnete und wieder ins Schloss fiel. Sie wollte sich gerade nach Falk umsehen, als dieser sie zur Seite stieß und an ihr vorbeilief.

»Rasmus, nein!«, schrie sie, doch er beachtete sie nicht. Sie griff sich ihr Messer und sprang hinterher. Falk riss die Haustür auf und rannte nach draußen. Sie folgte ihm. Doch noch ehe sie sich im Dämmerlicht des einbrechenden Abends orientieren konnte, kam ihr Falk schon wieder entgegen, die Schreckschusspistole in der Hand. Er würdigte sie keines Blickes und verschwand wortlos wieder im Haus. Sie hörte, wie er die Tür zum Arbeitszimmer zuwarf und hinter sich abschloss.

Johanna verließen die Kräfte. Sie sah sich um. Hagen war verschwunden. In welcher Richtung, konnte sie nicht sagen. Brandenhusen lag ruhig da, als sei nichts passiert. Wo war sie da bloß hineingeraten? Warum war sie überhaupt hier? Und wie würde es weitergehen?

Sie wurde das Gefühl nicht los, dass ein Unwetter aufzog. Eines, das nichts mit Wolken und Regen zu tun hatte, sondern ein alles vernichtender und mit sich reißender Sturm der Vergeltung.

Noch einen Augenblick stand sie reglos da. Dann ging sie zurück ins Haus und verriegelte die Tür.

KAPITEL 31

MONTAG, 13. SEPTEMBER
Tallinn, Estland

Die gläsernen Wände des Gewächshauses waren undurchdringlich. Niemand konnte durch sie hindurchsehen und beobachten, wie Kronos am ebenso gläsernen Konferenztisch saß. Die gepolsterten Sessel rund um den Tisch glichen den Schalensitzen in Formel-1-Autos. Nur sah Kronos auf dem Flatscreen an der Wand keine Rennstrecke, sondern in die Gesichter seiner drei Gesprächspartner.

Sie waren an diesem Morgen zu viert. In den vergangenen Wochen hatten sie mit bis zu acht Personen die allmorgendlichen Konferenzen abgehalten. Zwei von ihnen weilten jedoch nicht mehr unter ihnen. Auch darum würde es heute gehen, weshalb sie im engsten Kreise zusammengekommen waren.

Kronos war der Jüngste des Quartetts. Dazu passte auch, dass seine Gegenüber mit Papieren hantierten. Kronos dagegen hatte das Tablet vor sich liegen, das ihm Lee wie jeden Morgen gereicht hatte.

»Gibt es Themen, die Sie in die Tagesordnung aufnehmen wollen?«

Sie sprachen Deutsch. Seine Gesprächspartner beherrschten zwar verhandlungssicheres Englisch, Kronos' Deutsch war jedoch bis auf einen prononcierten Dialekt makellos.

Die neue Woche hatte mit schlechten Neuigkeiten begonnen. Nicht für ihn, wohl aber für seine Auftraggeber. Archimedes und Charlemagne waren nicht glücklich über die jüngsten Entwicklungen.

Letzterer hatte sich weigern wollen, einen Codenamen anzunehmen. Kronos jedoch hatte ihm die Regeln diktiert und ihn Charlemagne getauft, nach dem französischen Namen für Karl den Großen. Auch ein Carl Bellmann musste sich Kronos' Vorgaben beugen, wenn er die Dienste von Dark Fiber in Anspruch nehmen wollte. Archimedes dagegen hatte den Sinn hinter den Codenamen sofort verstanden und sich nach dem griechischen Mathematiker benannt. Danach hatte sich Bellmann nicht mehr widersetzen können. Schließlich hatte nicht Charlemagne das Sagen, sondern Archimedes.

Und natürlich Augustus, Kronos' Chef und Mentor. Er war der Monarch von Dark Fiber und nahm an nahezu allen virtuellen Meetings teil. So auch heute.

Kronos dachte an einen alten Ausspruch seines Vaters: Macht ist wie Sex. Jeder will mal ran, doch nur wenige sind wirklich gut darin.

Nicht, dass Bellmann nicht gut darin war. Keine Frage, der Politiker pflegte seine Machtfülle mit der Präzision eines Architekten und der Rücksichtslosigkeit eines Generals. Nur deshalb konnte er es nun bis ins Kanzleramt schaffen. Doch eines vermochte er nicht zu verstehen: Weder waren es Architekten, die ein Gebäude in Auftrag gaben und bezahlten, noch waren es Generäle, die als Oberbefehlshaber die gesamten Streitkräfte befehligten.

Diese oberste Ebene der Macht würde Bellmann nie erklimmen.

Jene, die im Geheimen agierte, im Hintergrund.

Eines jedoch hatte Charlemagne verinnerlicht wie niemand sonst: In der Politik war es unmöglich, seinen Zielen treu zu bleiben und es dabei allen recht zu machen. Und so hatte sich Charlemagne Archimedes untergeordnet, im Ziel vereint.

»Was gedenken Sie gegen das mediale Desaster zu tun, dem wir uns jetzt ausgesetzt sehen?«

Charlemagnes knurrender Tonfall ließ keinen Zweifel, in welcher Stimmung er sich befand. Für Kronos kam das nicht überraschend. Die Medien in Deutschland hatten sich in den vergangenen Wochen an den bevorstehenden Bundestagswahlen abgearbeitet. Der Funke der Begeisterung für die politische Zukunft des Landes hatte trotzdem nicht so recht überspringen wollen. An diesem Morgen jedoch war der Blätterwald in Flammen aufgegangen.

In Italien, Frankreich und Deutschland waren drei Menschen vergiftet worden. Allesamt hatten sie in Verbindung zu jenem Mann gestanden, den Kronos Charlemagne getauft hatte. Die beiden toten Männer hatten gar an ihren täglichen Konferenzen teilgenommen. Das war ein Problem. Nachdem die Partei Gerechtes Deutschland auf dem besten Wege gewesen war, bei der Bundestagswahl zum großen Sprung anzusetzen, musste sich das zentrale Gesicht der Kampagne nun unangenehme Fragen gefallen lassen.

Am Sonntag hatte ein gemeinsames Pressecommuniqué der italienischen, französischen und deutschen Behörden eingeschlagen wie eine Bombe. Wenngleich die Ermittler in ihrem Statement Carl Bellmann mit keinem Wort erwähnt hatten, hatten die professionellen Spürnasen der Journaille und die privaten Schnüffler in den sozialen Netzwerken in kürzester Zeit die Fährte aufgenommen. Seitdem waren die

Spekulationen explodiert. In dem waghalsigen Versuch, schon in der Montagsausgabe möglichst viele Verflechtungen Bellmanns mit den drei Verstorbenen unterzubringen, hatten mehrere Tageszeitungen eine Fülle an Fotos, Landkarten, Steckbriefen und Kurzporträts publiziert. Alles mit dem Ziel, die Verbindungen zu Bellmann und seiner Partei aufzuzeigen. Kein Wunder, dass sich Charlemagne heute wahrhaftig aufführte wie ein karolingischer Herrscher.

»Es ist ein Fiasko! Alles, was wir uns aufgebaut haben, könnte wieder in sich zusammenfallen. Unsere Umfragewerte werden implodieren.«

»Die Behörden haben ihren Job gemacht«, erwiderte Kronos ruhig.

»Sie sagten, wir könnten uns darauf verlassen, dass die Ermittler erst nach der Wahl eine Verbindung zwischen den Toten herstellen werden. Wenn überhaupt.«

»Ich sagte, es sei wahrscheinlich.«

»Hören Sie mir mit den Spitzfindigkeiten auf!« Charlemagne hob eine Hand, in der er einen Bleistift hielt, und richtete ihn auf die Webcam. »In sechs Tagen wird gewählt, und meine Partei sieht sich einem Shitstorm ausgesetzt für drei Leichen, die wir nicht einmal selbst zu verantworten haben.«

Ausnahmsweise, dachte Kronos.

»Das passiert, wenn wir nicht alle Variablen kennen«, meldete sich Archimedes zu Wort.

»Ich will nicht unhöflich erscheinen …«, begann Kronos.

»Und doch kündigen Menschen ihre Unhöflichkeiten nicht selten an, ehe sie sie loswerden«, erwiderte Archimedes ungerührt.

Kronos schmunzelte. Er schätzte die rhetorischen Kniffe,

die Archimedes anwendete, um zu demonstrieren, wer das letzte Wort hatte.

»Wir haben alle Variablen einbezogen, die wir kontrollieren konnten. Johanna Böhm ist erst vor zwei Tagen zu einer Variablen geworden. Da war es schon zu spät.«

Er beobachtete Charlemagnes Reaktion. Der Vater der angehenden Polizistin schien mit sich zu ringen. Kronos hatte ihm schon vor Wochen versucht zu erklären, warum der Plan aus seiner Sicht zum Scheitern verurteilt war, die Tochter für ihre Zwecke zu missbrauchen. Charlemagne ließ sich jedoch nicht von der Idee abbringen, dass man jeden Menschen manipulieren konnte. Zweifellos bewies der Politiker tagtäglich, dass diese Vorstellung auf einen Großteil der Menschen zutraf. Dennoch hatte Manipulation ihre Grenzen, insbesondere bei ideologischen Fragen. Und genau davor hatte Kronos Charlemagne im Hinblick auf Johanna Böhm gewarnt.

»Seien Sie froh, dass wir dank meiner Beziehungen vom Gespräch meiner Tochter mit Erhard Spahn erfahren haben. So wissen wir wenigstens, dass sie im Spiel ist.«

»Sie hat Berlin zusammen mit Rasmus Falk verlassen. So viel hatte ich Ihnen ja bereits mitgeteilt«, entgegnete Kronos ungerührt. »Seit gestern allerdings sind beide von unserem Radar verschwunden.«

»Gibt es Möglichkeiten, die Spur wieder aufzunehmen?«

Archimedes' Gesicht verschwand hinter einer Kaffeetasse.

»Ohne die Unterstützung der deutschen Behörden sind sie limitiert.«

»Das dürfte sich bald ändern.« Charlemagne legte seine Hände ineinander, berührte mit beiden Zeigefingern seine Nasenspitze und schürzte dabei die Lippen. »Dark Fiber muss Erfolg haben, Kronos! Ich erwarte ab sofort alle vier Stunden einen Statusbericht. Und schließen Sie meine Tochter darin ein.«

»Selbstverständlich«, sagte Kronos und tat so, als notiere er sich den Auftrag auf seinem Tablet. Stattdessen ließ er sein Gegenüber lediglich warten.

Schließlich hob er seinen Kopf und sah zurück zum Flatscreen. Sein Chef Augustus saß unbeweglich da. Er äußerte sich nur selten in diesen Konferenzen.

»Wenn wir schon von Variablen sprechen: Gibt es weitere Leichen im Keller oder Personen, die zu Leichen werden könnten, von denen ich wissen sollte?«

»Finden Sie heraus, wer sonst noch mit meiner Tochter zusammenarbeitet. Ob sie Schwachstellen hat, die wir ausnutzen können, um sie auf Kurs zu bringen.«

Kronos nickte und dachte dabei an Boris Malkin.

»Ich stimme Charlemagne zu«, sagte Archimedes. »Wir brauchen ein vollständiges Dossier zu Johanna Böhm und Rasmus Falk inklusive Gefahreneinschätzung und Exit-Strategie, falls sie uns gefährlich werden. Wir dürfen uns keine Fehler mehr erlauben. Alle unbekannten Variablen müssen eliminiert werden.«

Nicht nur im mathematischen Sinne, dachte Kronos.

KAPITEL 32

MONTAG, 13. SEPTEMBER
Brandenhusen, Insel Poel, Deutschland

Johanna erwachte ruckartig. Ihre Hand schloss sich um den Griff ihres Messers. Es steckte in der Scheide unter ihrem Kopfkissen. Sie sah sich um. Ein Schlafzimmer im Landhaus-Stil, das Bett aus Fichtenholz, die Laken blau-weiß, ein schummriges Gemälde an der Wand zeigte ein Reh auf einer Waldlichtung. Johanna blickte zum Fenster, das sie vor dem Zubettgehen fest verschlossen hatte. Das erste Licht des neuen Tages fiel auf eine Kommode, mit der Johanna am Vorabend die Tür verbarrikadiert hatte. Hätte jemand zu ihr ins Zimmer kommen wollen, hätte der Versuch alleine sie sofort geweckt. Doch Rasmus Falk hatte sie in Ruhe gelassen.

Er hatte ihr am Abend einsilbig das Gästezimmer im ersten Stock gezeigt, nachdem ihr aufgegangen war, dass sie auf Poel würde übernachten müssen. Ohne ein eigenes Auto am Abend noch von der Insel zu kommen hatte sich als unmöglich herausgestellt. So hatte sie sich Falks Autoschlüssel geschnappt, war zum Wagen gelaufen, hatte ihn vor das Haus gefahren und war mit ihren Sachen aufs Zimmer gegangen. Falk hatte sich derweil wieder im Arbeitszimmer eingeschlossen. Ihr war es nur recht gewesen. Nach Hagens Auftauchen hatte sie Zeit für sich gebraucht.

Hagen.

Der Gedanke an ihren Bruder vertrieb die Müdigkeit. Johanna sah auf die Uhr. Kurz vor sechs. Sie zog sich an, schob die Kommode so leise wie möglich zurück an ihren Platz und öffnete die Zimmertür. Im Haus herrschte völlige Stille. Sie wusch sich im angrenzenden Badezimmer und ging hinunter. Kurz überlegte sie, sich einen Kaffee zu machen, entschloss sich aber dagegen. Stattdessen verließ sie das Haus. Der Himmel über Poel erwachte. Ein grauer Wolkenteppich hing tief über den Häusern in der Ferne. Eine Brise wehte ihr um die Nase, und sie zog den Reißverschluss ihrer Jacke zu. Mit beiden Händen fuhr sie sich durch ihr zerzaustes Haar. Dann marschierte sie los. Sie wusste nicht, wohin sie gehen sollte. Nur, dass sie einen Spaziergang und frische Luft brauchte. Zu viel tobte in ihrem Kopf. Hagen, wie er einfach aufgetaucht war, vier Morde gestanden und sie schließlich bedroht hatte. Falk, wie er von Hass zerfressen hinter Hagen hergestürmt war, zu allem bereit. Ihr Vater, der Leben auslöschte und Seelen zerstörte, wie es ihm gefiel, nur um gemeinsam mit Albert Krahl einer wirren Herrschaftsidee nachzueifern. Und da war sie selbst, Johanna Böhm, die eigentlich nur Polizistin werden wollte und nun alles aufs Spiel setzte, um was eigentlich zu erreichen?

Sie folgte einem befestigten Weg, der das Getreide zweier Anbauflächen durchschnitt wie ein Teppichmesser die gewebten Fasern. Sie war leichtsinnig gewesen, merkte sie jetzt. Sie hatte im Haus eines Mannes übernachtet, dem sie nicht traute. In Mühlhausen hatte sie noch extra das Hotel gewechselt. Gestern Abend dagegen hatte sie erschöpft und ohne nachzudenken das Angebot des Gästezimmers angenommen. Sie schüttelte über sich selbst den Kopf.

Dabei fiel ihr ein, dass sie unbedingt Boris anrufen musste. Sie versuchte es sofort, erreichte aber nur dessen Mailbox. Es war noch früh, womöglich schlief er noch. Eine kurze Nachricht, dass sie okay war, so viel war sie ihm schuldig. Alles andere würde sie ihm nach ihrer Rückkehr persönlich berichten.

Doch der Wunsch, mit jemandem zu reden, um die sich in ihr türmenden Gedanken loszuwerden, wurde immer größer. Sie wusste, wen sie anrufen würde.

Während ihr Smartphone die Kamera aktivierte und das erste Klingeln ertönte, erreichte Johanna den Strand. Der Abschnitt war nur wenige Meter breit, doch am frühen Morgen menschenleer. Sie stapfte durch den feucht-festen Sand und fragte sich, ob sie Glück haben würde.

»Komm schon«, beschwor Johanna, als es noch immer klingelte. »Geh ran!«

Da erschien auf ihrem Bildschirm das Gesicht, nach dem sie sich gesehnt und das sie so lange nicht mehr gesehen hatte.

»Hör mal, Zuckerpuppe, als ich sagte, wir müssen bald quatschen, meinte ich eigentlich abends bei einem Glas Wein und nicht an einem Montagmorgen mit einer Aspirin«, murmelte die schlaftrunkene Alice.

Johanna erfüllte ihr Anblick mit heftigen Glücksgefühlen. Wie ihre Freundin mit einer Hand die schwarze Mähne durchwühlte, sich über die Augen fuhr, im Bett aufrichtete und ein Kissen hinter sich zurechtklopfte. Johanna hatte Alice mehr vermisst, als sie sich hatte eingestehen wollen.

»Ich habe halt an dich gedacht und wollte dich unbedingt sehen«, erwiderte sie. »Freundschaft kennt keine Uhrzeiten.«

»Und keine Gnade.« Alice richtete sich auf. »Will ich wissen, wo du gerade bist? Ist das ein Strand? Ohne mich?« Sie legte ihre Stirn in Falten. »Nach Karibik sieht das nicht gerade aus.«

»Ich bin auf Poel.«

»Faszinierend. Und wo soll das sein?«

»Eine der Ostseeinseln.«

»Man lernt nie aus. Verrätst du mir, wie es dich dorthin verschlagen hat? Am Freitag hatte ich den Eindruck, du seiest in deiner schnuckeligen Bude in Berlin.«

»Das ist eine lange Geschichte.«

»Du wirst es nicht für möglich halten, aber vor wenigen Sekunden habe ich noch geträumt. Da finde ich schon, ich habe eine gute Story verdient.«

»Glaub mir, ich werde dich nicht enttäuschen.«

Johanna begann zu erzählen. Von dem Moment an, als sie Alice die Sprachnachricht geschickt und geglaubt hatte, sie auf den neuesten Stand gebracht zu haben. Doch dann hatte Rasmus Falk vor ihrer Tür gestanden und alles noch viel komplizierter gemacht.

Zunächst hörte Alice ruhig zu. Ihre Miene verdüsterte sich zwar, außer einem ungläubigen Funkeln in ihren großen schwarzbraunen Augen blieb eine Reaktion aber aus. Irgendwann stand sie auf. Ohne ihre Freundin zu unterbrechen, tapste Alice in die Küche. Johanna konnte sehen, dass man auch in Hamburg nachts ähnlich gammelige T-Shirts trug wie sie selbst. Durch mehrere Risse und Löcher schimmerte Alice dunkle Haut. Während im Hintergrund die Kaffeemühle geräuschvoll ihren Dienst verrichtete, fuhr Johanna fort.

Als Alice sich gerade wieder ins Bett setzte, aufrechter

als zuvor, sichtlich wacher als zuvor, mit einer dampfenden Tasse in der Hand, erreichte Johanna die Stelle in ihrer Geschichte, als Hagen, erstaunlich lebendig, mit einer Waffe in der Hand in Falks Haus aufgetaucht war.

Alice entwich ein Laut des Erstaunens, doch sie unterbrach sie nicht. Erst, als Johanna geendet hatte, fragte sie: »Und was ändert Hagens Auftauchen für dich?«

Alles, wollte Johanna spontan antworten, schluckte das Wort aber herunter. Stattdessen sagte sie: »Wie soll ich mit einem Bruder umgehen, der in seinem Leben mindestens schon vier Menschen getötet hat und behauptet, er sei längst nicht fertig?«

»Stimmt, was kann man da bloß machen?«, erwiderte Alice in gespielter Hilflosigkeit. »Wenn wir doch nur jemanden wüssten, der bei der Polizei arbeitet.«

»Falk ist kaum weniger gefährlich in seiner Rachlust«, fuhr Johanna fort, als habe sie den Einwurf ihrer Freundin nicht gehört.

»Hagen und dieser Falk klingen ein bisschen wie Kain und Abel.«

»Nur lässt sich unmöglich vorhersehen, wer wen umbringen wird. Das ist alles so wahnsinnig kompliziert. Beide haben geliebte Menschen verloren. Beide wollen meinem Vater an den Hals. Und eigentlich wollen sie sich auch gegenseitig an den Hals. Die haben schon so viele Grenzen überschritten. Ich habe Angst, wegen ihnen in eine Spirale zu geraten, aus der keiner von uns je wieder herauskommt. Andererseits kann ich mich nicht einfach raushalten und so tun, als ginge mich das alles nichts an.«

Johanna dachte an ein altes Sprichwort.

Wer auf Rache aus ist, der grabe zwei Gräber.

Oder noch mehr, fügte Johanna innerlich hinzu.

Mit einem Mal wurde ihr bewusst, dass eines der Gräber ihr gehören konnte. Am Abend hatte sie einen Vorgeschmack auf das bekommen, was passieren konnte, wenn sie zwischen die Fronten geriet. Aber wie konnte sie sich davor bewahren? Sie konnte und wollte keine eigene Vendetta gegen ihren Vater anzetteln. Sie konnte und wollte Hagen nicht für das schützen, was er getan hatte und noch tun wollte. Sie konnte und wollte aber auch Rasmus Falk nicht einfach in seiner Jagd auf ihre Familie unterstützen.

»Wer bist du?«

Alice Frage erwischte Johanna auf dem falschen Fuß.

»Was meinst du?« Sie sah ihre Freundin an.

»Wer bist du, Johanna, und was willst du werden?«

Auf dem kleinen Bildschirm ihres Smartphones sah Johanna den Ernst in Alice Augen. Niemand kannte sie besser. Kein Mensch wusste mehr über sie. Nur sie kannte all ihre Geheimnisse.

»Erinnerst du dich noch an unseren Schuppen?«, fragte Johanna.

Alice grinste. Ihre weißen Zähne glänzten selbst durch die Linse einer Handykamera.

Natürlich erinnerte sich ihre Freundin. Genauso wie Johanna. Das enge, Spinnweben-verhangene Gartenhäuschen bei Alice Nachbarn, in dem sie sich als Teenager versteckt und wo sie von ihrer Zukunft geträumt hatten. Dort hatte Johanna das erste Mal den verrückten Gedanken geäußert, Polizistin zu werden. Wie alt war sie da gewesen? Vierzehn? Jünger? Älter? Sie wusste es nicht mehr.

Johanna blieb stehen, blickte sich um. Das Meer wogte trügerisch ruhig auf und ab. Die kleinen Wellen verrieten nichts von der Urgewalt, die sie zu entfesseln vermochten. Erst jetzt nahm sie den Duft von Salz, Fisch und Algen wahr und sog ihn tief ein.

»Ich will Polizistin werden«, sagte sie mit fester Stimme.

»Und was hindert dich daran?« Alice legte den Kopf schief. Die Wärme in ihrem Blick rührte Johanna.

»Du meinst, ich sollte einfach mit allem, was ich weiß, zu Spahn gehen?«

»Ich meine, dass du einen ausgeprägten Sinn für Gerechtigkeit hast. Hagen hat vier Menschen auf dem Gewissen. Dieser Falk zwar nicht, trotzdem ist er hinter Hagen her und offensichtlich zu allem fähig. Und über deinen Vater müssen wir gar nicht mehr reden. Bei dem läuft mal wieder alles zusammen. Und, oh Wunder, anscheinend will dieser Typ dich zurück unter seine Fuchtel kriegen. Wenn du alles auf den Tisch legst, müsste es mit dem Teufel zugehen, wenn du auf diese Weise dein Schicksal nicht wieder in die eigenen Hände bekämest. Würde Spahn dir denn glauben?«

Gute Frage, dachte Johanna. Würde überhaupt jemand eine solche Geschichte glauben?

Dieser Weg stellte zumindest eine Möglichkeit dar, ihrem Vater Einhalt zu gebieten. Indem sie Kriminaldirektor Spahn von Yasmin Erdem erzählte, von Hedda Falks Tod und, ja, sogar von ihrer Vergewaltigung. Sie konnte alles offenlegen. Aber was würde sie damit erreichen? Selbst wenn Spahn ihr glaubte, welche Beweise hatte sie? Andererseits wäre es dann an der Polizei, diese Beweise zu finden. Und nicht an ihr.

Ihr kam wieder in den Sinn, was Hagen gesagt hatte. *Unser Vater ist ein Verbrecher.* Nein, Hagen hatte unrecht. Carl Bellmann war kein Verbrecher. Er war ein schlechter

Mensch. Einfache Verbrecher, dachte Johanna, glaubten trotzdem noch an etwas Gutes. Sie wollten eigentlich ein gutes Leben führen, meinten jedoch, mit verbrecherischen Methoden eine Abkürzung nehmen zu können. Sie versuchten, auf Kosten anderer ihrer eigenen Not zu entkommen. Schlechte Menschen dagegen wollten nichts Gutes erreichen. Sie labten sich am Leid anderer, gaben vor, am übergeordneten Wohl einer Gesellschaft interessiert zu sein, strebten letztlich aber bloß nach dem persönlichen Nutzen auf Kosten jener, die in ihren Augen minderwertig waren. Sie machten sich nur selten selbst die Hände schmutzig, sondern nutzten Handlanger, die um sie herumscharwenzelten. So tickte ihr Vater. Carl Bellmann brachte andere Menschen auf die schiefe Bahn, während er sich selbst als aufrechter und geradliniger Ehrenmann inszenierte.

»Eva Johanna Bellmann, rede mit mir!«

Johanna riss sich aus ihren Gedanken und starrte in das Gesicht auf dem Bildschirm in ihrer Hand.

»Würde Spahn dir glauben?«

»Ich glaube schon, ja.« Johanna war noch immer nicht wieder ganz bei Alice. Eine Erinnerung tauchte vor ihren Augen auf.

»Das Gartenhäuschen …«

»Was ist damit?«

»Der Ort für unsere Geheimnisse. Niemand wusste, dass wir uns heimlich dort reingeschlichen und versteckt haben.« Johanna dachte kurz nach. »Vielleicht gibt es eine Möglichkeit herauszufinden, was Hagen vorhat.«

Jetzt, da sie wusste, was ihr Bruder durchlebt hatte, ergab ihre Idee durchaus Sinn. Die Wahrscheinlichkeit war nicht hoch, einen Versuch war es dennoch wert. Und wenn sie richtiglag, konnte sie danach vielleicht sogar mit etwas Handfestem zu Spahn gehen.

Während sie Alice von ihrem Plan erzählte, machte sie sich auf den Rückweg. Ihre Freundin war zwar wenig optimistisch, dass Johannas Plan erfolgreich sein würde. Allerdings schien sie auch nicht böse zu sein, sich noch einmal hinlegen zu können. Sie arbeitete als Krankenschwester im Hamburger Universitätsklinikum und hatte heute Spätschicht.

Wenige Minuten nachdem sie sich verabschiedet hatten, erreichte Johanna das Haus. Sie würde Falk von ihrer Überlegung erzählen. Allerdings nur unter einer Bedingung.

»Wo warst du?«

Er stand im Türrahmen, als sie sich seinem Haus näherte.

»Spazieren.«

»Komm mit, ich muss dir was zeigen.«

Falk drehte sich um und ging hinein. Überrascht und mit den Gedanken noch bei ihrem Einfall, folgte Johanna ihm ins Arbeitszimmer.

Falk hatte geduscht, die Haare waren noch feucht. Er trug Cordhosen und einen Pullover, aus dem ein Button-Down-Kragen hervorschaute.

»Heute im Freizeit-Look?«

Er antwortete nicht. Stattdessen zeigte er auf den Bildschirm, auf dem sie gestern noch ihr eigenes Gesicht und das ihrer Mutter gesehen hatte. Nun erschien dort eine bildhübsche junge Frau mit langen, schwarzen Haaren in einem blauen Sommerkleid. Ihr strahlendes Lächeln, ihre makellosen Zähne, vor allem aber ihre dunklen Augen vermittelten Johanna eine Lebensfreude, die sie nur zu gerne mit der Frau auf dem Foto teilen würde. Eine Sekunde später jedoch wusste sie, wer die Frau war. Alle Lebensfreude erlosch.

»Yasmin Erdem«, bestätigte Falk ihre Befürchtungen. »Selbstmord. So heißt es zumindest. Wurde am Fuße der Göltzschtalbrücke gefunden.«

»Aber die liegt im Vogtland in der Nähe der tschechischen Grenze.«

Johanna kannte die Brücke, sie war ein stolzes Monument an der Grenze Thüringens zu Sachsen. Die größte Ziegelstein-Brücke der Welt, ein Viadukt aus fast einhundert Rundbögen, das auf einer Länge von über einem halben Kilometer das Tal der Göltzsch überspannte. Immer wieder kam es dort zu Todesfällen. Insbesondere Jugendliche verspürten den Drang, ihren Mut dort oben in achtzig Metern Höhe zu beweisen.

»Wie soll sie dorthin gelangt sein?«

»Das hat sich nie geklärt.« Falks Gesichtsausdruck sprach Bände. Die Polizei hatte sich keine große Mühe gemacht, den vermeintlichen Selbstmord zu hinterfragen. »Sie hat in Gotha gelebt, nicht weit von Eisenach. Dort hat sie wahrscheinlich auch deinen Bruder kennengelernt.«

Johanna blickte dem ehemaligen Spion in die Augen. Falk sah grauenvoll aus. Von seinem stets gepflegten Äußeren war nur die Kleidung makellos. Um die Augen lagen die dunklen Schatten einer schlaflosen Nacht.

Sie betrachtete wieder die schöne Yasmin. Ob Falk sah, was Johanna sah? Yasmin Erdem, eine Muslima. Hedda Falk, eine Schwarze. Und dann war da noch ihr eigenes Schicksal. Alice Bruder Dario, ein Schwarzer.

»In Deutschland ist man nicht deutsch genug, wenn man nicht deutsch aussieht«, sagte sie leise.

Wortlos schaltete Falk den Monitor aus. Johanna starrte auf den Bildschirm. Hatte Falk verstanden? Realisierte er, dass es nicht um ihn und Hagen, um Hedda oder Yasmin, um Johanna oder Dario ging? Dass sie besser sein mussten als die andere Seite? Johanna würde dafür kämpfen. Sie spürte, dass Falk diese Werte noch in sich trug, wenn auch hinter einer Maske aus tiefer Trauer. Vielleicht existierte eine Möglichkeit, die Spirale der Gewalt zu durchbrechen und für Gerechtigkeit zu sorgen.

»Es gibt einen Ort, den ich dir zeigen möchte«, sagte Johanna.

Falk wandte sich ihr zu. In seine Verbitterung mischte sich Neugier.

»Die Chance ist gering, dass wir dort fündig werden. Hagen hat den Ort als Jugendlicher geliebt. Es war sein Versteck. Irgendwann bin ich ihm mal gefolgt und habe ihn beobachtet. Er hat nie herausgefunden, dass ich die Hütte entdeckt hatte.«

»Wo?«

»Im Thüringer Wald.«

KAPITEL 33

MONTAG, 13. SEPTEMBER
Thüringer Wald, Deutschland

Die Nacht war verschwunden, ohne dass er sie hätte auskosten können. Seine Nacht. Seine Dunkelheit. Geblieben waren nur dunkle Gedanken.

Rasmus Falk kannte nun den Mörder seiner Frau.

Und die Schwester des Mörders hatte er bei sich übernachten lassen.

Aber hatte er nicht genau deswegen Johanna Böhm überzeugt, ihm zu helfen? Er hatte doch gewusst, dass jeder Hinweis und jede Spur zu ihrer Familie gewiesen hatte. Nun fand er sich in seinen Befürchtungen bestätigt, war der Lösung einen großen Schritt näher gekommen. Er wusste nun endlich, wer seine Frau auf dem Gewissen hatte – und wer den Auftrag gegeben hatte, sie zu ermorden. Carl Bellmann war der Schuldige. So, wie er es vermutet hatte.

Hagen Bellmann hatte ihm sogar noch einen Gefallen getan. Er hatte begonnen, die Täter zu jagen, und ihm zu verstehen gegeben, dass er weitermachen würde. Eigentlich konnte Rasmus Falk nun abwarten und Johannas Bruder seiner Aufgabe überlassen. Mit etwas Glück fand Hagen Bellmann nicht nur seine Peiniger und bestrafte sie, sondern brachte sich dabei selbst zu Fall. Für Rasmus Falk konnte hier und heute seine Reise enden.

Doch das würde sie nicht.

Falk wollte sich nicht darauf verlassen, dass jemand anderes für ihn die Arbeit übernahm. Im Gegenteil. Jetzt, da er wusste, was er zuvor nur geahnt hatte, wollte er selbst aktiv werden, wollte er selbst alle Hebel in Bewegung setzen, um die Schuldigen ihrer gerechten Strafe zuzuführen. Dafür musste er nur eines tun: Hagens Spur folgen.

Hagen hatte recht gehabt. Falk war nicht an den einfachen Fußsoldaten interessiert, sondern an den Befehlshabern. Er wollte die Väter hinter der Verschwörung, die seiner Hedda das Leben gekostet hatte.

Mit diesen Gedanken hatte er sich die Nacht um die Ohren geschlagen. Er hatte auf der Terrasse gestanden und gespürt, wie schlechtes Wetter aufgezogen war. Das verblassende Licht des Mondes hinter den Wolken hatte den Feldern die Weite genommen. Der glänzende Schein über Poel war abgeebbt. Ein durchaus passender Moment für Falks Gefühlswelt. Es war die schwerste Nacht seit dem Tod seiner Frau geworden. Nur mit Mühe hatte er sich vom Alkohol ferngehalten. Wenn er nicht das Training der Bundeswehr verinnerlicht und die Therapie als Witwer durchgestanden hätte, wäre er in den letzten Stunden verloren gewesen.

Sein Psychologe hatte einmal gesagt, seine Flucht in die Nacht half ihm, die Leere neben sich im Bett zu vergessen. Tagsüber war es Menschen möglich, die Trauer des Verlusts zu verdrängen, auszublenden, dass ein Mensch plötzlich fehlte. Man brauchte nur genügend Ablenkung. Die ganze Wucht der Einsamkeit überkam einen immer erst nachts.

Das Kopfkissen, das den Duft ihrer Haare verloren hatte. Die abklingende Wärme unter der gemeinsamen Decke. Das fehlende Gefühl nackter Haut. Das verstummte Atmen, einst so rhythmisch und vertraut. Aus dem Leben mit einer Gefährtin war eine haltlose Isolation geworden.

Noch immer suchte er in ruhigen Momenten nach Erinnerungen an ihre Stimme. Er hatte erst Monate nach Heddas Tod begriffen, dass er sie nie wieder hören würde. Ihr Lachen, vollmundig und herzhaft, allumfassend, raumfüllend. Ihre Augen, die ihn immer an einen treuen Beagle erinnert hatten, aber scharf wie jene eines Jagdhundes werden konnten, wenn Hedda eine Spur aufgenommen hatte.

Hedda und ihre außergewöhnliche Gabe, Schwachstellen in einer Argumentation zu finden, die kleinsten Widersprüche in den Aussagen anderer. Nicht nur als Reporterin, auch als Schöffin. Sie hatte erkannt, was Friedrich Ammon für ein Spiel gespielt hatte. Sie hatte ihn durchschaut und gesehen, dass er mit Nicolai Krahl unter einer Decke gesteckt hatte. Sie hatte weit über den Prozess hinaus geschaut, hatte auch Ole-Kristof Rosen ins Visier genommen, wie Falk erst später herausgefunden hatte. Sie hatte ihn und seine Frau Simona durchleuchtet, seine Arbeit als Richter, ihre Arbeit am Statischen Bundesamt. Sie hatte selbst einmal zugegeben, ihm, Rasmus Falk, hinterherrecherchiert zu haben. Einfach, um es zu versuchen. Sie hatte natürlich gewusst, dass er beim Militärischen Abschirmdienst gearbeitet hatte. Er hatte nie Geheimnisse vor ihr gehabt. Doch es hatte sie in ihrer natürlichen Ehre gepackt zu wissen, wie weit sie selbst bei einem Spion gelangen konnte. Es war eine erschütternde Erfahrung für sie gewesen, als sie feststellen musste, wie gut er sein Leben unter Verschluss gehalten hatte.

Das ganze Ausmaß ihrer Recherchen im Fall Ammon hatte er erst Monate nach ihrem Tod erkannt, als er ihren Laptop und ihren Schreibtisch durchgegangen war. Danach hatte er beschlossen, alles auf eine Karte zu setzen. Ihren Ansporn, Ammon zu Fall zu bringen, hatte er zu ihrem Vermächtnis gemacht und sich aufgetragen. Er hätte damals nach Berlin gehen können. Die Bundeswehr hatte ein Center for Intelligence and Security Studies aufgebaut und Lehrbeauftragte für einen neuen Master-Studiengang gesucht. Er hätte den Bereich Cyber Security leiten sollen. Bis heute fragte er sich, ob er das Angebot nicht hätte annehmen sollen.

Stattdessen steckte er inzwischen nur noch tiefer in seiner Fehde mit der Vergangenheit. Er saß am Steuer seines Autos und fuhr zurück aufs Festland. Johanna hatte ihn mit ihrem Tipp in neue Erregung versetzt. Der Thüringer Wald. Es erschien zwar recht weit hergeholt, dass Hagen an einen Ort zurückgekehrt war, den er vor anderthalb Jahrzehnten mal als Teenager wie sein persönliches Versteck behandelt hatte. Doch es war einen Versuch wert, und vor allem zog es Falk aus seiner dunklen Phase zurück ins Feld.

Johanna saß neben ihm und hatte die Augen geschlossen. Ob sie schlief oder einfach nur ihre Ruhe haben wollte, war ihm egal. Sie befanden sich auf demselben Weg zurück, den sie am Vortag in Hektik und Sorge um einen unbekannten Einbrecher nach Poel genommen hatten. Nur einmal hielten sie an einer Raststätte für Benzin und frischen Kaffee, sprachen dabei kaum ein Wort.

Als sie auf der B 7 die Landesgrenze von Hessen nach Thüringen überquerten, spürte Falk eine Veränderung bei seiner Beifahrerin. Sie war wach, richtete sich in ihrem Sitz auf. Der

Grund für ihre Aufmerksamkeit lag vor ihnen. Hatte es zuvor kaum ein Schild am Straßenrand gegeben, waren in der nächsten Ortschaft die Laternen plakatiert mit einem einzigen Gesicht: Carl Bellmann. Er war nur wenige Kilometer von hier zu Hause. Das war sein Gebiet. Sein Machtzentrum. An Creuzburg und Krauthausen vorbei kamen sie nach Eisenach. Falk mied den Blick zu Johanna. Sie kehrte in ihre Heimatstadt zurück.

Dabei hätte er sie gerne gefragt, wie viel sie als Jugendliche von dem verstanden hatte, was um sie herum passiert war. Wie die politischen Diskussionen bei Tisch daheim ausgefallen waren, welche Personen ein und aus gegangen waren, ob sie hatte beobachten können, wie sich ihr Vater den Aufstieg zu einer führenden Figur der Rechten erarbeitet hatte. Falk, geprägt von seiner Zeit beim MAD, brannte darauf, mit einer Insiderin wie Johanna zu sprechen, um besser zu verstehen, wie die Rechtsradikalen es geschafft hatten, in Deutschland bei all der Geschichte des Landes heute immer nur als Einzeltäter angesehen zu werden, als durch das Internet radikalisierte Irre, sodass über die Opfer nur selten gesprochen wurde, sehr wohl aber über das gesellschaftliche Problem, an dem Ausländer genauso schuldig waren wie die Rassisten.

Hedda hatte sich bei diesen Diskussionen häufig am Begriff der Fremdenfeindlichkeit aufgehängt. Beinhaltete dieser nicht schon per se ein Vorurteil? War nicht jeder Mensch einem anderen fremd, wenn man sich vorher noch nie begegnet war? Die Deutschen hatten in Heddas Augen ein Talent dafür, ihre Sprache so zu nutzen, dass ihre Fehler möglichst kaschiert wurden und mindestens eine Teilschuld an andere ging.

Jetzt aber war der falsche Zeitpunkt, Johanna danach zu fragen. Hagen Bellmann rückte wieder in den Vordergrund.

Für einen kurzen Moment war ihm der Gedanke gekommen, Johanna könnte ihn in eine Falle locken. Doch schon ein flüchtiger Blick verriet ihm, dass er falschlag. Während sie durch Eisenach fuhren, saß Johanna wie versteinert neben ihm. Kein Wort, die Augen stur nach vorne gerichtet. Sie schien ihre Idee inzwischen zu bereuen. Sie hatte nie wieder hierherkommen wollen. Jetzt aber gab es keinen Weg mehr zurück.

Sie passierten den Bahnhof und verließen die Stadt in Richtung Süden. Nach wenigen Minuten veränderte sich das Stadtbild. Die Häuser rückten in den Hintergrund. Stattdessen stieg im Westen ein begrünter Hügel an. Über den Baumwipfeln ragte auf der Anhöhe die Wartburg empor. Ihr zu Füßen schlängelte sich eine Landstraße mitten in den Thüringer Wald. Jetzt war es nicht mehr weit. Nur noch rund fünf Kilometer, dann kamen sie an einen größeren Parkplatz. Johanna hatte ihn ausgesucht, um von hier aus zu Fuß weiterzugehen.

Falk parkte. Er drehte sich zu Johanna um.

»Wie weit werden wir laufen müssen?«

»Etwas mehr als zwei Kilometer in Richtung Osten und dann ein paar hundert Meter durch das Unterholz.«

Johanna sah angespannt aus. Von einem Lächeln fehlte jede Spur. Sie schnürte ihre Sneaker fest zu und nahm ihre Jacke aus dem Rucksack. Er selbst hatte ein Paar alte Militärstiefel eingepackt.

Sie stiegen aus. Falk schlug den Kragen seines Parkas hoch. Auf der anderen Straßenseite verschwand ein Feldweg zwischen den Bäumen im Wald. Falk hoffte, dass er gerade nicht den größten Fehler seines Lebens machte. Doch da hatte Johanna schon die Fahrbahn überquert. Mit einem unguten Gefühl folgte er ihr.

KAPITEL 34

MONTAG, 13. SEPTEMBER
Thüringer Wald, Deutschland

Der Rennsteig gehörte zu den bekanntesten Wanderwegen Deutschlands. Er führte von Hörschel westlich von Eisenach bis nach Blankenstein, das nicht weit entfernt von der Göltzschtalbrücke lag, von der sich Yasmin Erdem angeblich in den Tod gestürzt hatte. Jetzt folgten sie dem Pfad, verließen ihn aber nach etwas über zwei Kilometern und bogen links ab. Johanna versuchte sich zu erinnern. Ein alter, verwachsener Baum war ihr im Gedächtnis geblieben. Er markierte die Stelle, von der aus sie sich sicher war, Falk zur Hütte führen zu können. Doch dafür musste sie erst einmal diesen Baum finden.

Nach einigen Hundert Metern auf dem befestigten Weg erkannte Johanna, dass sie falsch abgebogen waren. Sie drehten um.

»Ich war 14 oder 15, als ich das letzte Mal hier war«, sagte sie entschuldigend.

Sie gelangten zurück zum Rennsteig und gingen weiter. An der nächsten Abzweigung wandten sie sich erneut nach links. Diesmal wirkte die Umgebung vage vertraut. Und tatsächlich, nach einem halben Kilometer stieß Johanna einen leisen Freudenschrei aus. Da war sie, eine alte, vor vielen

Jahren zur Seite gekippte Lärche, deren Wurzeln sie noch immer an Ort und Stelle hielten. An ihrem Stamm hatte man vor langer Zeit eine Parkbank errichtet und ein Schild befestigt.

Und ob ich schon wanderte im finstern Tal, fürchte ich kein Unglück; denn du bist bei mir, dein Stecken und Stab trösten mich.

Johanna war sich nicht sicher, ob ein solcher Psalm zum Wandern anregte. Ein Unglück, da stimmte sie allerdings zu, konnte sie auf diesem finsteren Weg, den sie nun einzuschlagen gedachten, wahrlich nicht gebrauchen.

Sie wusste jetzt genau, wohin sie zu gehen hatten. Selbstbewusst betrat Johanna das Unterholz.

»Komm schon!« Sie winkte Falk zu sich. »Es sind nur noch ein paar hundert Meter.«

Es ging bergab. Vorsichtig setzte Johanna einen Fuß vor den nächsten. Sie hörte es plätschern, ehe sie den Bach sah. Jetzt konnten sie die Hütte nicht mehr verfehlen. Am Wasserlauf kamen sie nur noch langsam voran, dafür versanken sie mit jedem Schritt weiter in den Tiefen des Waldes. Der Wanderweg schien jetzt weit entfernt. Johanna sah sich um. Hätte es den Bach nicht gegeben, wäre ihr jede Orientierung abhandengekommen. Er war nicht einmal zwei Meter breit, würde sie aber genau dahin führen, wo sie hinwollten.

Schließlich blieb Johanna stehen. Zwei hochgewachsene Kiefern standen dicht an dicht vor ihr.

»Gib mir dein Fernglas«, sagte sie zu Falk und streckte die Hand aus.

Er reichte ihr ein Monokular, einen einläufigen Feldstecher.

»Nur weil du nur noch eine Hand hast, musst du doch nicht auf eines deiner Augen verzichten.« Grummelnd hantierte Johanna mit dem Fernglas, bis sie scharf zwischen den Kiefern hindurchsehen konnte. Da war sie, die alte Jagdhütte, in der sich Hagen vor langer Zeit seinen Tagträumen als Jugendlicher hingegeben hatte.

Johanna konnte keine Lebenszeichen erkennen. Sie reichte das Monokular an Falk weiter und wies ihm die Richtung. Er trat vor und besah sich die Hütte selbst. Johanna bemerkte, dass er sich weitaus mehr Zeit nahm als sie. Er suchte die Umgebung weiträumig ab, richtete das Fernglas in die Baumkronen, blickte zurück, woher sie gekommen waren. Selbst den Boden bis zur Hütte schien er nach etwas abzusuchen, das sich Johanna nicht erschloss. Ob er nach Mienen oder Sprengfallen suchte, nach Kameras oder Bewegungsmeldern? Sie mochte sich nicht ausmalen, was Falk in seinen Einsätzen beim Militär erlebt hatte.

Er steckte das Monokular weg. »Ab jetzt übernehme ich wieder die Führung.«

»Nein.«

Falk sah sie überrascht an.

Johanna hatte es sich genau überlegt. »Wenn er nicht da ist, müssen wir uns nicht anschleichen. Aber wenn er da ist, wird er uns ohnehin bemerken. Hagen ist auf der Hut. Bislang hatte er keinen Grund zu glauben, dass ihm jemand auf der Spur war. Jetzt schon. Wenn wir versuchen, uns heimlich zu nähern, bringen wir uns in die gleiche Situation wie gestern. Vielleicht noch schlimmer, weil er keine Fragen mehr stellen wird. Er könnte direkt das Feuer eröffnen.«

Falk wollte protestieren, doch Johanna hielt eine Hand hoch.

»Wenn er da ist, müssen wir ihm zeigen, dass wir mit ihm reden und nicht kämpfen wollen.«

Falk blickte sie nachdenklich an. Sie sah den Widerstreit in seinen Augen. Wollte er mit dem Mörder seiner Frau wirklich reden? Manche Männer tendierten dazu, Konflikte anders zu lösen.

»Wir brauchen Hagen«, sagte sie. »Oder zumindest brauchen wir das, was er weiß.«

Falk wirkte nicht überzeugt. Stattdessen sah er zu der Hütte hinüber. Sie stand inmitten einer schwer zugänglichen Anhöhe. Die Eingangstür und ein Fenster lagen ihnen ebenso zugewandt wie eine kleine Veranda, deren Stufen zur Tür führten. Johanna erinnerte sich, dass die Hütte über zwei weitere Fenster verfügte, aber nur einen Raum hatte. Falk schien eine Entscheidung getroffen zu haben. Eine, die ihm missfiel.

»Okay. Aber wir sollten die Hütte vorher einmal umrunden und nach Überwachung suchen.«

»Was würde das bringen?« Johanna war das Versteckspiel leid. Irgendetwas sagte ihr, dass Hagen sie nicht angreifen würde, sofern sie sich ruhig verhielten. Wenn er überhaupt dort war. »Sollte Hagen uns entdecken, würde er nur glauben, wir schleichen durch die Büsche, um ihn auszuspionieren.«

»Wir wollen ihn ja auch ausspionieren.«

»Aber nicht aus der Ferne, sondern direkt vor seiner Nase. Und dafür müssen wir in die verdammte Hütte.«

Johanna trat hinter den Kiefern hervor, noch ehe Falk etwas erwidern konnte. Sie hörte, wie er ihr leise fluchend folgte. Johanna ließ die Hütte nicht mehr aus den Augen. Durch das Fenster neben der Eingangstür war kein Licht zu sehen, keine Bewegungen. Der Geruch des feuchten Waldbodens umhüllte sie, ihre Sneaker traten auf weiches Moos und Tannenzapfen, die unter ihrem Gewicht ein leises Knirschen von sich gaben. Zielstrebig ging sie auf die Veranda zu, die Hände links und rechts offen neben ihren Hüften. Hagen sollte sehen, dass sie unbewaffnet war. Sie wusste nicht, ob sie hier gerade eine riesige Dummheit beging. Ihr Bruder konnte einfach die Tür öffnen und sie über den Haufen schießen. Aber nein, das würde er nicht wagen. Nicht so. Oder doch?

Sie erreichte die drei Stufen zur Veranda. Da sah sie das Vorhängeschloss. Die Tür war von außen verriegelt. Sie entspannte sich.

»Es ist niemand da.«

Auch Falk hatte das Schloss bemerkt. »Das erleichtert die Sache.«

Er trat an ihr vorbei. Zu ihrer Überraschung holte Falk nun doch seine Zoraki aus einem Knöchelholster und drückte ihr die Waffe in die Hand.

»Behalt die Umgebung im Blick!«

Aus seiner Jackentasche fingerte er ein längliches Ledermäppchen heraus. Daraus kam ein metallener Gegenstand zum Vorschein, der einem Taschenmesser glich. Johanna hatte so etwas bisher nur in Filmen gesehen. Falk fächerte mehrere ausklappbare Dietriche auf. Nach einem prüfenden Blick auf das Schloss entschied er sich für eines der metallenen Elemente, zog einen zweiten Stab aus dem Taschenmesser hervor und setzte beide in das Vorhängeschloss. Zu ihrem Erstaunen hörte sie nur wenige Sekunden später ein leises Klicken. Das Schloss sprang auf.

Statt die Tür sofort zu öffnen, bedeutete Falk ihr, sich hinter ihn zu stellen. Er nahm die Zoraki an sich und gab ihr das Zeichen, an ihm vorbei die Tür zu öffnen. Sie gehorchte. Die Waffe in beiden Händen, stieß er die Tür ganz auf und richtete die Pistole in den Raum. Die Hütte maß vier auf sechs Meter.

»Ein Raum. Fenster links. Fenster rechts. Tisch mittig. Regal links. Deckenlampe. Bereich hinter Tür nicht einsehbar.«

Seine Beschreibung kam, ohne dass sie ihn darum gebeten hatte. In gedämpftem Ton, knapp und präzise. Sie blickte ihm über die Schulter. Dann trat er ein, den Rücken an der Wand, die Waffe in Position. Sie folgte ihm. Mit einem Kopfnicken signalisierte er ihr, die Tür wieder zuzuziehen. Sie tat, wie ihr geheißen.

»Alles sauber«, kam sein Kommentar.

Sie waren allein. Falk ließ die Waffe sinken.

»Das war dramatisch.« Johanna sah Falk an. »Und jetzt?«

»Kameras!«

Sie folgte Falks Blick. Dieser ging auf einen kleinen Monitor zu. Er war nicht größer als ein Tablet. Falk erweckte den Bildschirm zum Leben. Vier Bilder des Waldes rund um die Hütte tauchten auf, dazu zwei Aufnahmen aus der Hütte, auf denen Falk und Johanna zu sehen waren.

War das der Beweis, dass Hagen hier gewesen war?

»Wer auch immer hier sein Lager aufgeschlagen hat, ist sehr vorsichtig.«

Johanna dachte an das Warnsignal, das Falk über eine App bekommen hatte, als bei ihm zu Hause eingebrochen worden war. Falk hatte offenbar den gleichen Gedanken. Er drehte das Gerät zwischen den Fingern.

»Keine Mobilfunk-Übertragung. Das Ding ist nur für den stationären Gebrauch. Wem es auch immer gehört, er wurde nicht gewarnt. Dennoch sollten wir den Bildschirm im Auge behalten, falls wir nicht die Einzigen sind, die sich für die Hütte interessieren.«

Erst jetzt nahmen sie ein, was sie vor sich hatten. Keine Frage, jemand war hier gewesen, und das vor nicht allzu langer Zeit. Das Blockhaus war verhältnismäßig sauber, die Luft weniger muffig als befürchtet. In einer Ecke lagen zusammengerollt ein Schlafsack und eine Isomatte. Hier hatte sich jemand eingerichtet. Essensreste fehlten, doch derjenige, der hier hauste, musste darauf achten, keine Tiere anzulocken.

Sie hatten Hagens Versteck gefunden. Das spürte sie.

Darüber hinaus jedoch erweckte auf den ersten Blick nichts ihr Interesse. So recht konnte sie nicht sagen, worauf sie gehofft hatte. Der Monitor versprach nicht mehr zu sein als eine Überwachungsanlage. Auf dem Tisch lag nichts, ein leerer Mülleimer und ein Holzstuhl standen daneben. Einzig in einem schmalen Regal reihten sich knapp dreißig Bücher aneinander. Johanna ging hinüber. Fast erwartete sie, rechte Hetzschriften zu finden. Das Gegenteil war der Fall. Wenn der erwachsene Hagen wirklich hierher zurückgekehrt war, dann hatte er sich seit seiner Jugend verändert. Vor ihr in den beiden Fächern standen Werke von Jane Austen und Miguel de Cervantes, Virginia Woolf und George Orwell, Marguerite Yourcenar und Homer. Sie nahm die *Odyssee* aus dem Regal und blätterte darin. Das Buch war abgenutzt, die Seiten zerfleddert. Ob von Hagen oder jemand anderem, dieses Buch war nicht nur gelesen, sondern studiert worden. Mit dem Daumen flickte sie durch die Seiten.

Hinter sich hörte sie Falk räumen. Sie drehte sich um. Da der Raum nichts anderes hergegeben hatte, hatte Falk angefangen, über den Boden zu kriechen.

»Wonach suchst du?«

»Nach einem Versteck.«

Sie legte Homer aus der Hand und ging neben ihm auf die Knie.

»Erinnerst du dich an ein Geheimfach?«

»Nein. Ich konnte mich kaum noch daran erinnern, wie es überhaupt hier drinnen aussah.«

Sie begannen, den rauen Holzboden mit ihren Händen abzufahren, zu fühlen, ob sich eine der Planken lösen ließ, ob sie eine Unebenheit entdeckten, einen Spalt, der größer war als andere, ob irgendwo ein Stift hervortrat, an dem man eine Planke heraushebeln konnte. Sie arbeiteten sich Zentimeter für Zentimeter vor, verschoben Tisch und Stuhl, Matte und Schlafsack. Schließlich verrückten sie das Regal.

Sofort sahen sie, dass sie fündig geworden waren.

In dem Moment, in dem Johanna das Regal verrückt hatte und der Druck auf den Planken unter ihm nachgelassen hatte, begann ein Brett zu wackeln. Ohne Mühen hob Falk es mit seiner gesunden Hand an und hebelte es heraus. Darunter kam ein dunkler Spalt zum Vorschein. Falk zog eine Taschenlampe aus seiner Jackentasche und leuchtete hinein.

»Schau mal einer an …«

Er steckte sich die Taschenlampe in den Mund und griff mit einer Hand in das Loch. Im nächsten Moment zog er ein Bündel von der Größe eines Rucksacks heraus. Es war ein wasserdichter Packsack aus Lkw-Plane.

Falk erhob sich. Gemeinsam gingen sie zum Tisch. Johanna konnte es nicht erklären, doch in Neugier und Aufregung mischte sich eine undefinierbare Sorge. Wenn sie wirklich Hagen auf die Schliche gekommen waren – was befand sich dann in diesem Sack? Würde es auch sie betreffen? Bis zu diesem Zeitpunkt hatte sie die Büchse der Pandora für eine abgenutzte Floskel gehalten. Nun fragte sie sich, welches Übel wohl diesem Beutel entweichen würde, wenn Falk ihn öffnete. Vorsichtig löste er die Schnallen an den Seiten und rollte das schwergängige Material am Deckel auf. Ein staubiger Geruch stieg ihr in die Nase, vermischt mit dem Gummi der Lkw-Plane. Johanna lehnte sich zu Falk hinüber. Er griff hinein und zog einen Stapel Papier heraus.

Es waren Kladden, fest gebundene Hefte in DIN A4. Auf jedem Umschlag prangte ein ordentlich beschriebener Aufkleber. Die Handschrift war erwachsener geworden, aber Johanna erkannte Hagens Schrift wieder. Jetzt bestand kein Zweifel mehr. Sie hatten sein Versteck gefunden.

Johanna las den Namen, mit dem die oberste Kladde beschriftet war: *Carl Bellmann*.

»Jackpot«, rief Falk.

Er fächerte die Kladden auseinander und legte sie vor sich auf den Tisch. Ihnen wohlbekannte Namen reihten sich aneinander: Carl Bellmann, Albert Krahl, Nicolai Krahl, Friedrich Ammon, Patrizia Carstensen, Viktor Bellmann. Ganz unten kamen noch zwei weitere Kladden hervor. Sie trugen die Überschriften *Consilium Humanum* und *Dark Fiber*.

Mit der letzten Bezeichnung konnte Johanna nichts anfangen. Die anderen hingegen waren unmissverständlich. Ihr fiel auf, dass ihr Name in dieser Liste ebenso fehlte wie der ihrer Mutter. Auch Rasmus Falk war nicht dabei. Sie griff sich das Heft mit dem Namen ihres Vaters und schlug es auf. Vor ihr öffnete sich eine handschriftlich geführte Akte über Carl Bellmann. Ein Porträtfoto, dazu Name, Geburtsdatum, Anschrift, Familienangehörige. Sie las ihren eigenen Namen, Eva Bellmann, in Klammern dahinter Johanna Böhm. Sie blätterte weiter. Was sie las, verschlug ihr den Atem. Hagen hatte eine Art Gerichtsakte angelegt. Er hatte Anklageschriften gegen Carl Bellmann formuliert zu den Taten, die dieser begangen haben sollte. Hagen hatte vermeintliche Beweise aufgeführt, Erinnerungsprotokolle niedergeschrieben, Zitate mutmaßlich beteiligter Personen. Dieses Heft war eine Ansammlung aus Anklagen, Beweisen, Verteidigungen und Urteilssprüchen. Bei manchen Fällen, erkannte Johanna, war Hagen sogar zu dem Schluss gekommen, dass Carl Bellmann nicht als Hauptschuldiger zu verurteilen sei. Dafür hatte er Querverweise zu anderen Kladden notiert. Johanna schien es, als habe Hagen einen geheimen Prozess gegen seinen Vater geführt und anschließend selbst Recht gesprochen. Ob er deshalb glaubte, nun als Henker zur Tat schreiten zu dürfen?

Sie sah zu Falk hinüber. Auch sein Heft zu Friedrich Ammon war derart aufgebaut. Falk blätterte bis ans Ende. Dort fanden sich Informationen zur Akademie in Italien, ein Grundriss der Kartause Trisulti, Fotos einer Schokoladenfabrik sowie das Bild eines jungen Mannes, unter dessen Foto der Name Luca geschrieben stand. Diese Details mussten zu seinem Mordplan gehört haben. Offenbar hatte sich Hagen hierher zurückgezogen und wochen-, womöglich monatelang an diesen Unterlagen gearbeitet, um seine Opfer zum Tode zu verurteilen. Hier hatte er seinen Rachefeldzug geplant. Von hier aus war er auf die Jagd gegangen.

Erst Ammon, dann Krahl, dann Carstensen. Und jetzt? Sie besah sich die anderen Hefte: *Carl Bellmann, Viktor Bellmann, Albert Krahl, Consilium Humanum* und *Dark Fiber.*

»Hier steht etwas über Hagens Tod«, sagte Falk. Er las mittlerweile in der Mappe ihres ältesten Bruders Viktor. »Eine Anklage auf Gründung und Führung der illegalen Untergrundarmee Generation D. Dein Bruder hat hier ziemlich genau Buch geführt.«

Johanna überflog die Zeilen. Es ging um rund zweihundertfünfzig Personen, die über Telegram kommunizierten und darin allerhand Verschwörungstheorien, verfassungsfeindliche Symbole und Gewaltfantasien verbreiteten. Zu ihrem Erstaunen handelte es sich aber keineswegs nur um einen Chatroom, in dem jeder sein radikales Gedankengut absondern konnte. Die Teilnehmer waren organisiert, eingeteilt in regionale Chat-Gruppen je Bundesland. Darin wurden Treffen und Waffentrainings organisiert, Untergrund-Konzerte oder Spendensammlungen.

Als Johanna an eine Untergrundarmee gedacht hatte, hatte sie sich ein paar Kumpels vorgestellt, die in ihrer Wahnwelt ein bisschen Krieg spielen wollten. Aber das hier hatte eine andere Dimension. Das war todernst. Mit zweihundertfünfzig Mann konnte diese Generation D ganze Ortschaften und Städte in ein Bürgerkriegsgebiet verwandeln.

»War es das, was du beim MAD über Hagen herausgefunden hast? Diese nicht ganz so ehrlich gemeinte Verfassungstreue?«

»So was in der Art.« Falk legte das Heft zur Seite. »Der Verfassungsschutz stuft insgesamt rund dreiunddreißigtausend Deutsche als rechtsextrem ein, die Hälfte davon als gewaltbereit. Das Problem ist, dass die meisten Deutschen glauben, dass sich dahinter keine Organisationen verbergen, maximal kleinere Gruppen. Das ist pure Realitätsverleugnung. Die bereiten sich auf Bürgerkriegsszenarios vor, beschwören Gewalt nicht nur gegen Migranten herauf, sondern auch gegen politische Gegner.« Er griff wieder zu dem Heft. »Hör dir die Aussage an, die dein Bruder dem lieben Nicolai Krahl zugeschrieben hat: *Ende oder Wende – erst die Not wird das Beste in unserem Volk entfesseln.*«

Johanna ballte die Fäuste. Ob wegen des Ausspruchs oder weil der Name Nicolai Krahl einen Schauer des Ekels in ihr ausgelöst hatte, wusste sie nicht. Um das Thema zu wechseln, fragte sie: »Was ist Dark Fiber?«

Sie ließ das Heft auf dem Tisch liegen, schlug lediglich die erste Seite auf. Ein Unternehmen mit Sitz in Estland, spezialisiert auf Netzwerkarchitektur. Warum hatte Hagen ein Dossier zu einer solchen Firma angelegt? Gab es einen Zusammenhang zwischen Dark Fiber und dem Consilium Humanum?

Doch bevor sie der Frage auch nur einen weiteren Gedanken widmen konnte, hörte sie Rasmus Falks Stimme.

»Johanna, runter!«

Sie spürte Falks Hand auf ihrer Schulter, wie er sie zu Boden drückte. Ihre Knie gaben nach. Unsanft landete sie auf den Brettern der Hütte.

»Was ist los?«

Falk deutete auf den Monitor, den er vom Tisch genommen hatte. Die Kamera an der Rückseite der Hütte zeigte zwei Männer. Sie trugen Gewehre über ihren Schultern.

KAPITEL 35

MONTAG, 13. SEPTEMBER
Thüringer Wald, Deutschland

Ihr erster Impuls war die Flucht. Dann sah sie genauer hin. »Revierjäger«, sagte Falk, die Augen fix auf den Monitor gerichtet.

Johanna betrachtete gespannt die beiden Förster. Was, wenn sie zur Hütte kamen und sie hier entdeckten? Wem gehörte diese Baracke überhaupt? Falk und Johanna hatten Hausfriedensbruch begangen. Aber bei wem? Würden die Jäger sie einfach nur verscheuchen, oder würden sie die Polizei rufen? Was, wenn Johanna verhaftet wurde und die Beamten die Hefte bei ihnen fanden? Wie gebannt beobachtete sie jede Bewegung der Wildhüter. Sie kamen immer näher, waren vielleicht noch fünfzig Meter von der Hütte entfernt. Sie näherten sich von der Rückseite. Theoretisch konnten Falk und Johanna noch fliehen und das Holzhaus als Sichtschutz nutzen. Doch das war riskant.

Da kam ihr eine Idee. Sie sprang auf.

»Komm«, sagte sie zu Falk.

»Was?«

»Mach schnell und leg den Monitor weg!«

Johanna zog ihn am Ärmel seiner Jacke nach oben. Sie hatten nur noch wenige Sekunden. In Windeseile packte sie die Kladden zurück in die Tasche. Dann zerrte sie Falk nach draußen auf die Veranda.

»Setz dich auf die Stufen«, flüsterte sie.

Leise schloss sie die Tür und verriegelte sie wieder mit dem Schloss. Dann setzte sie sich hastig neben Falk auf die Holzplanken. Den Sack mit den Heften stellte sie zwischen die Füße, als handele es sich um ihren Rucksack. Im nächsten Augenblick kamen die beiden Jäger um die Ecke.

Johanna erschrak und schrie auf. Obwohl sie mit den Männern gerechnet hatte, ließen ihre Erregung und das Erscheinen der Jäger sie zusammenzucken.

»Oh, Entschuldigung«, sagte einer der beiden Männer, ein breitschultriger Hüne mit Glatze. »Wir wollten Sie nicht erschrecken. Hatten ja keine Ahnung, dass hier jemand sitzt.«

Johanna zwang sich zu einem Lächeln, von dem sie hoffte, dass es heiter und ungezwungen klang. »Meine Güte, Sie haben mich aber erschreckt«, sagte sie mit einer etwas zu hohen Stimme. »Kein Problem, wir wollten uns nur etwas ausruhen und dachten, hier auf der Veranda hätten wir es bequem.«

»Wo kommen Sie her?«, fragte der andere Mann.

Er war nicht ganz so groß wie sein Kumpan, dafür mit einem ausladenden Hinterteil und einem dicken Bauch, was ihm die Figur einer Taube verlieh. Beide Männer waren schon älter, Johanna schätzte sie auf gute sechzig. Ihre Gewehre wirkten modern, die Schäfte waren aus Carbon, auf den Läufen saßen gewaltige Schalldämpfer. Hier waren Profis unterwegs. Johanna hoffte, dass sie nicht misstrauisch würden.

»Wir haben am Parkplatz Hohe Sonne geparkt und wollten ein bisschen querfeldein laufen«, erwiderte sie und legte einen Schuss Naivität in ihren Tonfall. »Mehr ein Spaziergang als eine Wanderung. Einfach ein bisschen für uns sein.«

Sie griff nach Falks Hand. Erst fürchtete sie, er könne sich ihr entziehen. Zu ihrer Überraschung griff er zu, als habe er so etwas erwartet. Spione waren gute Schauspieler, dachte sie.

»Da haben Sie sich ein verlassenes Fleckchen ausgesucht.« Der Glatzkopf lächelte verständnisvoll. »Wir wollen Sie nicht weiter stören. Machen Sie's gut!«

Er wandte sich zum Gehen. Da blickte der andere Mann zur Tür.

»Sag mal, Toni, seit wann hat die Bruchbude ein neues Schloss?«

Johanna bohrte ihre Fingernägel in Falks Hand.

Doch Glatzen-Toni winkte ab. »Das habe ich selbst vor Monaten ausgetauscht. Seitdem kann niemand mehr drin gewesen sein.« Der Hüne sah auf seine Uhr am Handgelenk. »Komm, lass die jungen Leute in Ruhe ihre Pause genießen. Wir haben noch einen langen Marsch vor uns!«

Mit diesen Worten zogen sie von dannen.

Kaum waren sie am Rande der Lichtung verschwunden, zog Johanna ihre Hand zurück. Sie fühlte sich warm und feucht an.

»Das war knapp.«

»Und eine verdammt gute Idee«, erwiderte Falk, der bereits wieder seinen Dietrich aus der Jacke holte.

»Du willst noch mal rein?« Johanna konnte es kaum glauben.

»Wir müssen die Hefte zurücklegen und alles wieder so

herrichten, wie wir es vorgefunden haben. Dein Bruder hat das neue Schloss von diesem Toni vor Monaten entweder gegen ein äußerlich identisches ausgetauscht oder sich einen Schlüssel dafür angefertigt. Er wird hierher zurückkehren. Wenn die Tasche nicht mehr im Versteck ist, wird er wissen, dass wir hier waren. Und dann wird er uns jagen.«

Er stand auf und trat zur Tür. Sekunden später sprang das Schloss wieder auf.

»Aber was, wenn er die Aufnahmen der Kameras kontrolliert und uns sieht?«

Falk lächelte. »Dein Bruder ist nicht der Einzige, der sich ein bisschen mit Computern auskennt.«

Sie betraten die Hütte.

»Du machst Fotos von den Notizen, und ich kümmere mich um die Überwachungsvideos, einverstanden?«

»Einverstanden!«

Johanna versuchte ihren Puls zu beruhigen. Sie breitete die Hefte auf dem Tisch aus und zog ihr Smartphone aus der Tasche. Es dauerte einige Minuten, ehe sie alle Seiten eingescannt hatte. Als sie fertig war, beendete auch Falk gerade seine Arbeiten am Monitor.

»So, wir haben noch zehn Minuten, um außer Reichweite der Kameras zu kommen. Dann wird es so aussehen, als seien wir nie hier gewesen.«

Er packte alle Unterlagen wieder in den Sack und verstaute das Paket so, wie er es unter dem Boden vorgefunden hatte. Schließlich setzten sie die Planke wieder ein und schoben das Regal zurück an Ort und Stelle.

Da fiel Johannas Blick erneut auf die *Odyssee* von Homer. Sie griff nach dem Buch und blätterte wieder darin.

»Ein bisschen Lektüre für die Heimfahrt?« Falk nahm

den Bildschirm und stellte ihn an den Platz zurück, an dem sie ihn vorgefunden hatten.

Es war eine alte Ausgabe. Einzelne Seiten lösten sich bereits. Vorsichtig ließ sie das Papier durch ihre Finger gleiten. Da bemerkte sie ein Eselsohr. Sie schlug die markierte Seite auf. Die *Odyssee* war ein Epos über die Abenteuer des Königs Odysseus. Die Geschichte wurde in Versform erzählt und war in insgesamt vierundzwanzig Gesänge eingeteilt. Johanna hatte das Buch einst in der Schule gelesen. Nun überflog sie die Zeilen. Sie handelten von der sonnendurchfluteten Insel Thrinakria. Johanna versuchte sich zu erinnern. Da fiel es ihr ein.

»Helios!«

Falk hob den Kopf.

»Helios«, sagte Johanna erneut. »Hagen hat die Geschichte des Odysseus auf Thrinakria markiert. Die Insel, auf der der Sonnengott Helios seine heiligen Rinder hielt, die von Odysseus' Gefährten geschlachtet wurden.«

»Entschuldige, ich bin nicht bibelfest.«

»*Büßen sie mir für die Rinder nicht vollständige Buße, tauch ich ins Dunkel des Hades hinab und leuchte den Toten*«, las Johanna vor. »Verstehst du nicht? Hagen muss genau wie du versucht haben, Krahls Sicherheitssystem zu durchbrechen, um an irgendwelche Daten zu kommen.«

Jetzt verstand Falk. »Helios, natürlich! Aber was hilft uns das Buch weiter?«

Nichts, dachte Johanna. In ihrer Aufregung hatte sie geglaubt, einen wertvollen Hinweis gefunden zu haben. Mehr als einen Verdacht, dass auch Hagen mit einem Computer umzugehen wusste, war es allerdings nicht.

»Wir müssen los«, sagte Falk.

Johanna nickte. Sie stellte das Buch ins Regal. Falk achtete penibel darauf, alles so zurückzulassen, wie sie es vorgefunden hatten. Dann verließen sie die Hütte.

Der Rückweg machte ihnen keine Mühe. Der Bach führte sie zur umgestürzten Lärche. Von dort aus war es ein Kinderspiel.

Auf dem Rennsteig merkte Johanna, dass sie keinen Handyempfang hatte. Erst am Auto erwachte ihr Smartphone wieder zum Leben. Boris hatte versucht, sie zu erreichen. Sie würde ihn später zurückrufen. Jetzt mussten sie erst einmal überlegen, wie es weiterging.

Falk startete den Motor, fuhr aber noch nicht los. »Dein Bruder ist besessen. So was habe ich noch nie gesehen. Wir müssen alles durchgehen, was er gesammelt hat, und schauen, ob wir etwas finden, das uns weiterhelfen könnte.«

»Wozu weiterhelfen?« Johanna drehte sich im Beifahrersitz zu ihm. »Ist dir schon einmal der Gedanke gekommen, dass diese Unterlagen polizeilich relevant sind? Wir müssen sie den Ermittlern übergeben. Dann können die ihren Job machen, und wir brauchen nur noch zuzusehen.«

Sie dachte an ihr Gespräch mit Alice. Sie war entschlossener denn je, Erhard Spahn alles zu erzählen. Das war ihre Chance, es zu beenden. Sie wusste von Hagen. Sie konnte verhindern, dass noch mehr Menschen zu Schaden kamen. Auch wenn sie diese Menschen verachtete. Trotzdem würde sie diesem Albtraum ein Ende setzen. Sie würde wieder in ihren Alltag zurückkehren. Und auch Falk würde endlich Ruhe finden.

Sie fühlte eine undeutliche Verantwortung in sich aufsteigen. Ihre Familie hatte Rasmus Falk und seiner Frau großes

Leid zugefügt. Jetzt konnte Johanna dieses Leid zumindest mildern. Sie konnte ihn von seinem Streben nach Selbstjustiz abhalten und stattdessen diejenigen zur Verantwortung ziehen, die lange genug mit ihren Verbrechen davongekommen waren. Und dazu gehörte auch Hagen.

Kurz fragte sie sich, was mit ihrem Vater, ihrem Bruder Viktor und Albert Krahl passieren würde. Sie würden sich nicht mehr herauswinden können, wenn die Ermittler erst einmal alle Vorwürfe gegen sie unter die Lupe nahmen. Oder doch? Johanna musste es versuchen. Sie musste so schnell wie möglich mit Spahn sprechen.

»Ich muss zurück nach Berlin.«

Falk starrte auf das Lenkrad. Er schien mit sich zu kämpfen. Dann hob er den Blick.

»Du hast recht.« Er klang beinahe erleichtert. »Diese Funde ändern alles. Du fährst nach Berlin und ich nach Mühlhausen zu Ole-Kristof und Simona. Auf diesen Moment habe ich jahrelang gewartet. Ich bringe dich nach Eisenach. Von da aus kannst du den Zug nach Berlin nehmen, und ich habe es nicht weit bis zu den Rosens.«

Falks Veränderung war greifbar. Alle Verbitterung, aller Zorn schienen von ihm abgefallen. Noch immer spürte sie die Besessenheit, die ihn antrieb. Jetzt aber war sie zielgerichtet. Falk wollte mit einem Richter besprechen, wie seine nächsten Züge aussehen konnten. Gleichzeitig gestattete er ihr, zur Polizei zu gehen. Vielleicht konnte er doch von seinem Wunsch nach Rache absehen. Vielleicht konnte er doch mit einem gerechten Urteil seinen Frieden machen. Vielleicht glaubte er am Ende doch noch an das, wofür er selbst einmal gearbeitet und gelebt hatte. Er hatte auf eigene Faust ermittelt, weil es sonst niemand getan hatte. Er hatte die

Arbeit seiner Frau fortgesetzt, wie ein Privatdetektiv. Jetzt mussten sie nur noch dafür sorgen, dass die richtigen Personen alle nötigen Informationen erhielten.

Auch Johanna spürte nun große Erleichterung in sich aufsteigen. Sie hatte Falk sogar zu mögen begonnen. Diese Erkenntnis machte es ihr leichter, ihm zu vertrauen.

»Was mich noch nicht loslässt, ist Dark Fiber«, sagte Falk. »Was hat ein estnisches Unternehmen mit deinem Vater, Albert Krahl oder dem Consilium zu tun?«

»Ich habe den Namen noch nie gehört«, gab Johanna zu. »Der Begriff ist mir bekannt, die Firma dagegen nicht.«

»Dark Fiber hat eine Bedeutung?«

»Vereinfacht gesprochen: Eine Dark Fiber ist ein unbenutztes Glasfaserkabel. Dunkel deswegen, weil Glasfaserkabel Lichtwellen übertragen. Wenn sie nicht genutzt sind, fließt kein Licht. Dunkle Faser. Dark Fiber. Ganz einfach.«

»Ich habe kein Wort verstanden.«

»Stell dir ein Kabel unter der Erde vor, das nicht benutzt wird. Das ist eine Dark Fiber.«

»Wie aufregend.«

»Aufregend wird es, wenn man diesen Kanal als direkte Verbindung nutzt, um Daten zu senden und ein in sich abgeschlossenes Netzwerk aufzubauen. Man bekommt eine praktisch unbegrenzte Bandbreite gepaart mit einer abgesicherten Datenübertragung.«

»Ich nehme an, das sind unschlagbare Vorteile für Menschen, die sich damit auskennen.«

Falk seufzte. »Du hast gefragt, was eine Dark Fiber ist. Viel wichtiger ist aber, was das Unternehmen Dark Fiber macht.«

»Hast du eine Vermutung?«

»Nur wilde Theorien. Ich brauche Zeit zum Nachdenken.«

»Willkommen in meiner Welt.«

Er holte seinen Laptop hervor und übertrug Johannas Bilder von den Heften auf seinen Computer. Dann suchte sie sich einen Zug heraus. Am Abend um halb acht würde sie wieder in Berlin sein.

»Ich bringe dich jetzt zum Bahnhof«, sagte Falk. »Fahr nach Hause und sprich mit deinen Leuten bei der Polizei. Sag ihnen alles, was du weißt. Nimm keine Rücksicht auf mich. Du tust das Richtige.«

Wieder hatte sie das Gefühl, einem neuen, besonneneren Falk gegenüberzusitzen.

Sie brauchte Zeit für sich. Die Zugfahrt würde ihr guttun. Von unterwegs konnte sie Boris anrufen. Er würde ihr zuhören. Er würde das Richtige sagen. Das einzige Problem war, dass sie sich die Zugfahrt eigentlich nicht leisten konnte. Aber darüber würde sie später nachdenken.

Falk lenkte den Kleintransporter vom Parkplatz und fuhr den Weg zurück, den sie gekommen waren. Nebel war aufgezogen und umhüllte die Wartburg. Nach einer Viertelstunde parkte er vor dem Bahnhof Eisenach.

»Hier!« Falk zog vier Fünfzigeuroscheine aus seinem Portemonnaie.

Johanna war perplex. »Ich brauche dein Geld nicht«, sagte sie bissiger als beabsichtigt.

Natürlich war das gelogen. Zweihundert Euro waren für sie eine Menge Geld. Aber das war ihr egal. Ihre Unabhängigkeit bedeutete ihr alles. Sie empfand Falks Geste als herablassend.

»Jetzt ist nicht die Zeit für falschen Stolz, Johanna!« Falk wirkte ärgerlich. »Ich will dich nicht bevormunden. Ich will dich nicht bestechen. Aber ich kann nicht erwarten, dass du mit mir durch die Weltgeschichte reist und dann auch noch die Heimfahrt selbst bezahlst.«

»Ich ...«

»Johanna, bitte!« Falks Stimme nahm einen sanften Ton an, den sie noch nicht von ihm gehört hatte. Er lächelte. »Sieh es als einen Beitrag der Hedda-Falk-Stiftung für vielversprechende Polizistinnen an.«

Nun musste auch sie lächeln. Sie nahm das Geld, wenn auch widerwillig.

»Danke.«

Sie verabschiedeten sich voneinander. Johanna versprach, Falk anzurufen, sobald sie mit Spahn geredet hatte. Am Eingang zum Bahnhof drehte sie sich noch einmal um. Falk stand noch immer auf dem Parkplatz und beobachtete sie. Er würde erst fahren, wenn sie außer Sichtweite war. Er passte auf sie auf.

Er war ein seltsamer Mann, dieser Rasmus Falk.

KAPITEL 36

Bei einem Bäcker kaufte sich Johanna zwei Flaschen Wasser, ein Käsebrötchen und eine zuckrig-klebrige Rosinenschnecke. Dann eilte sie zum Gleis und stieg in den Zug, der gerade eingefahren war. Sie fand einen Sitzplatz und überlegte, ob sie sich eine Strategie zurechtlegen sollte. Schließlich entschied sie sich dagegen. Es war an der Zeit, mit dem Taktieren aufzuhören. Es ging um die Wahrheit, und von der gab es aus ihrer Sicht nur eine Variante.

Als der Zug sich in Bewegung setzte, wählte sie die Nummer von Erhard Spahn.

»Frau Böhm, wie schön, von Ihnen zu hören.« Der Kriminaldirektor klang ehrlich erfreut. »Ich hatte vor, Sie jeden Moment anzurufen.«

»Wie komme ich zu dieser Ehre?« Johanna versuchte ihre Nervosität zu überspielen. »Ist etwas passiert?«

Hatte Hagen schon wieder zugeschlagen? War die Polizei ihrem Bruder womöglich auf den Fersen? Aber nein, sie wussten ja noch nicht mal, dass er noch lebte. Oder doch?

»Von wo rufen Sie an?«, fragte Spahn zurück.

»Ich sitze im Zug nach Berlin.«

»Haben Sie den Kopf etwas frei bekommen?«

»Ja und nein«, sagte sie zögernd. Jetzt war der Moment da.

»Ich würde gerne mit Ihnen sprechen. Ich habe am Wochenende Dinge über meine Familie herausgefunden, die für Sie von Relevanz sein könnten.«

»Das trifft sich gut.« Er klang nicht überrascht. »Ich hatte Sie ja ohnehin vorgewarnt, dass wir noch einige Fragen haben würden. Können Sie noch heute vorbeischauen?«

Sie überlegte fieberhaft. »Lassen Sie mich nachsehen, wann ich da bin.«

Sollte sie sich noch Zeit nehmen? Sagen, sie käme erst nachts an? Nein, es gab keine Ausreden mehr. Sie warf einen Blick auf den Fahrplan.

»Ich bin um kurz vor halb acht am Südkreuz. Dann wäre ich gegen acht am Pladelu. Würde das passen?«

»Perfekt. Treffen wir uns einfach wieder am Empfang.«

Sie verabschiedeten sich.

Ihre Situation hatte sich soeben verändert. Nicht nur sie wollte mit Spahn sprechen, sondern die Polizei auch mit ihr. Das konnte sie kaum überraschen. Die Behörden hatten am Sonntag ein Communiqué herausgegeben und über die drei Morde an Ammon, Krahl und Carstensen informiert. Daraufhin waren sie zweifellos mit Tipps überschüttet worden, denen sie nun nachgehen mussten. Womöglich folgten die Ermittler bereits ernsthaften Hinweisen. Ob einige von ihnen zu Johannas Familie führten?

Sie erkannte, dass das Gespräch mit Spahn nicht das Einzige war, worauf sie sich vorbereiten musste. Ihrem Ausbildungsleiter gegenüber wollte sie zwar offen sein. Wer aber würde sonst noch im Raum sitzen? Johanna erkannte, dass sie ein Ass im Ärmel brauchte, falls man versuchen würde, sie zu überrumpeln.

Die Lösung kam ihr sofort. Dark Fiber.

Auf ihrem Smartphone rief sie die Fotos der Unterlagen auf, die Hagen zu Dark Fiber angelegt hatte. Die Aufzeichnungen unterschieden sich von den anderen Akten nicht nur in ihrem Umfang. Hagen hatte bislang kaum etwas aufgeschrieben. Zudem fehlten Anklagen oder Beweisführungen. Es wirkte eher, als habe Hagen ein Notizbuch über eine Firma geführt, zu der er gerade erst begonnen hatte zu recherchieren. Sie überflog die Zeilen auf den drei Seiten, die sie eingescannt hatte.

Demnach war Dark Fiber ein Technologiekonzern in Estland, der sich auf den Ausbau der Internet-Infrastruktur in Europa spezialisiert hatte. Die Firma galt als einer der Marktführer für den neuesten Mobilfunkstandard der fünften Generation. Johanna wusste nur, dass überall in Deutschland neue Sendemasten errichtet wurden, um diesen sogenannten 5G-Standard möglichst flächendeckend aufzubauen. Die Politiker erklärten im Brustton der Überzeugung, er werde viel schneller sein als alle bisher verfügbaren Optionen kabelloser Datenübertragung. Nur, wie so vieles in Deutschland, versprach das Ergebnis zwar gewaltige Geschwindigkeiten, der Weg dahin wurde allerdings mit atemberaubender Langsamkeit genommen.

Wie das allerdings mit Hagens Racheplänen zusammenhing, war ihr schleierhaft. Seine Aufzeichnungen hatten diesen Punkt nicht einmal gestreift.

Sie musste mehr über Dark Fiber erfahren und entschied sich, Boris anzurufen. Gerade, als es zu klingeln begann, setzte sich ein Mann im Anzug auf den Sitz neben ihr. Er hatte nicht einmal gefragt, ob der Sitz frei sei, sondern sich einfach fallen gelassen. Johanna stand auf und bat ihren neuen Sitznachbarn, sie in den Gang zu lassen. Mit einem Schnaufen der Entrüstung stand der Typ wieder auf und ließ sie raus.

Ohne ein Wort des Dankes ging sie in Richtung Bordtoilette.

»Da bist du ja endlich«, sagte Boris zur Begrüßung, als er ihren Anruf angenommen hatte. »Wo zur Hölle treibst du dich rum?«

Es tat gut, seine Stimme zu hören.

»In einer Toilette«, sagte sie und schloss die Tür hinter sich.

»Keine Details, bitte.«

»Entspann dich, ich will hier nur meine Ruhe haben.«

»Bist du im Zug nach Hause?«

»Ja, und wir müssen unbedingt reden, wenn ich wieder da bin.«

»Was ist passiert?«

»Zu viel, um es dir am Telefon zu erklären. Nur eines: Ich werde mich gleich noch mit Spahn treffen und ihm alle Informationen übergeben, die ich habe. Und das ist eine ganze Menge.«

»Der Trip mit diesem Falk hat sich also gelohnt?«

Gute Frage, dachte Johanna. Hatte er sich gelohnt? Oder wäre sie am liebsten nie auf die Suche gegangen, um Antworten zu finden, die ihr Leben auf den Kopf gestellt hatten?

»Sagen wir es so: Die Geister der Vergangenheit haben mich mit voller Wucht eingeholt.«

»Bist du okay?«

»Ich könnte einen Wodka gebrauchen.«

»Heute noch?«

»Morgen, okay? Wenn ich bei Spahn war, will ich nur noch in mein Bett.«

»Kein Ding, Prinzessin! Kann ich bis dahin noch was für dich tun?«

»Ich hatte gehofft, dass du das fragst. Sagt dir ein estnisches Unternehmen mit dem Namen Dark Fiber was?« Eigentlich war es als rhetorische Frage gemeint, doch zu ihrem Erstaunen zögerte Boris.

»Da klingelt was, ja. In irgendeinem Zusammenhang habe ich den Namen erst kürzlich gehört oder gelesen. Ist ja kein ganz alltäglicher Name. Und dann auch noch Estland. Was musst du wissen?«

Sie erzählte ihm in wenigen Worten, was sie in Hagens Kladde gefunden hatte.

»Alles klar. Dann schaue ich mal, ob ich deiner Trumpfkarte noch das richtige Beiblatt beimischen kann. Wann kommst du in Berlin an?«

»Um halb acht.«

»Das passt. Ich rufe dich an, wenn du auf dem Weg zum Pladelu bist.«

»Der Wodka geht auf mich.«

»Warten wir es ab.« Er lachte und legte auf.

Sie verließ die Toilette und hoffte, dass Boris mehr finden würde als ein Porträt auf der Firmenwebsite. Wo konnte er von dem Namen schon mal gehört haben?

Als sie an ihrem Platz angekommen war, war ihr neuer Sitznachbar zum Glück schon wieder verschwunden. Sie schrieb Alice eine Nachricht. Dann lehnte sich Johanna mit dem Kopf gegen das Fenster und ließ gedankenverloren die Landschaft an sich vorüberziehen. In weniger als zwei Stunden würde sie alles auf den Tisch legen. Sie würde Spahn von ihrem tot geglaubten Bruder erzählen, von seinen Taten, von der Begegnung in Falks Haus, von ihrer Fahrt in den Thüringer Wald. Sie würde ihm die Fotos zeigen, die sie von Hagens Notizbüchern gemacht hatte. Und schließlich würde sie ihm von ihrer Vergewaltigung erzählen. Alles würde ans Licht kommen, damit es ein für alle Mal vorbei war. Sie würde ihre Familie endgültig hinter sich lassen.

Sie hatte ihr Leben bislang an einem Abhang gelebt. Vor ihr war es unaufhaltsam bergab gegangen. Hinter ihr hatte eine fast unüberwindbare Steilwand bis hin zur Rettung emporgeragt. Ihre Brüder hatten sich von ihrem Vater folgsam in den Abgrund führen, schubsen und prügeln lassen, waren gestolpert, hingefallen, hatten sich verletzt, wieder aufgerappelt, um anschließend noch tiefer zu fallen. Ihre Mutter Martha hatte all dem unbeteiligt zugeschaut, die Arme verschränkt, und vergessen, dass sie auch noch einer Tochter das Leben geschenkt hatte. Nur was für ein Leben? Das kleine Mädchen, das versucht hatte, sich hinter seiner Mutter zu verstecken, bis es feststellen musste, dass sich seine Mutter unsichtbar gemacht hatte. Das Mädchen, das begann, die Steilwand hochzuklettern, immer wieder abrutschte, fiel und sich doch nicht entmutigen ließ, obwohl es nicht wissen konnte, was sich oberhalb der Klippe verbarg. Doch alles musste besser sein als das, was das Mädchen zurückzulassen versuchte. Irgendwann war es oben angekommen, mit blauen Flecken, Kratzern, Schrammen, Wunden, blutig und entkräftet. Und allein. Aber nicht gebrochen. Gerne hätte das Mädchen seinen Bruder Hagen mitgenommen. Aber dieser hatte sich lieber in die Schlucht gestürzt. Am Ende sogar noch tiefer als alle anderen.

Der Zug erreichte Berlin Südkreuz pünktlich um 19.26

Uhr. Johanna stieg aus und zog ihren rostbraunen Mantel mit den tiefen Taschen aus dem Rucksack. Sie würde in demselben Outfit am Polizeipräsidium ankommen wie noch am Tag zuvor bei den Rosens.

Kaum hatte sie den Bahnhof verlassen, klingelte ihr Telefon. Johanna merkte sofort, dass Boris etwas gefunden hatte. Sie ging zu Fuß durch das Wohnviertel im Schatten des Tempelhofer Feldes, während Boris sprach. Gespannt lauschte sie seinen Ausführungen. Am Ende teilte sie zwar nur bedingt seine Begeisterung, doch ihr Freund war überzeugt, dass ihr die Informationen weiterhelfen würden.

Das mussten sie auch. Denn zum zweiten Mal in den vergangenen achtundvierzig Stunden stand sie vor dem Polizeipräsidium.

KAPITEL 37

Ihr war, als erlebte sie ein Déjà-vu. Wie sie am Empfang nach Erhard Spahn fragte. Wie dieser nur wenige Augenblicke später staatsmännisch und leger zugleich auf sie zukam. Wie sie freundliche Worte der Begrüßung austauschten. Doch Johanna verspürte eine gänzlich andere Anspannung als noch vor zwei Tagen. Dieses Mal wollte sie nicht mehr sich selbst mit Halbwahrheiten schützen. Dieses Mal wollte sie etwas beenden, indem sie die Karten auf den Tisch legte. Sie wollte einen Schlussstrich ziehen und wieder in ihr Leben zurückkehren, wie sie es noch vor einer Woche gelebt hatte.

»Verraten Sie mir, wer mich befragen wird?«, erkundigte sich Johanna nun.

»Bekannte Gesichter«, erwiderte Spahn in aufmunterndem Ton. »Keine Sorge, ich lasse Sie nicht gegen eine Armada von Ermittlern in den Kampf ziehen.«

Johanna hatte sich im Zug überlegt, ob sie Spahn zunächst unter vier Augen berichten sollte, was seit ihrem letzten Gespräch passiert war. Letztlich aber spielte es keine Rolle, wer dabei zuhörte. Es gab nichts und niemanden mehr zu schützen. Es gab nur noch das, was Falk und

Johanna herausgefunden hatten. Und dieses Wissen musste sie nun mit den Behörden teilen. Nicht nur mit ihrem Ausbildungsleiter.

»Bringen wir es hinter uns?« Spahn schien ihre Gedanken gelesen zu haben.

Sie nickte und folgte ihm. Er führte sie vor die Tür desselben Besprechungsraumes, in dem sie sich beim letzten Mal unterhalten hatten.

»Machen Sie sich keine Gedanken«, sagte Spahn, bevor er sie einließ. »Sehen Sie es als Übung. Nicht jeder Rekrut bekommt so früh einen Einblick in die Arbeit der Kripo.«

»Bei der Schupo würde meine Arbeit hier enden«, sagte Johanna in dem Versuch einer heiteren Erwiderung. »Wie wär's, wenn ich jetzt wieder auf Streife gehe, während Sie da drinnen alles klären?«

Spahn lachte. »Stimmt. Oft führt die Kripo die Arbeit der Schupo fort. Das heißt aber nicht, dass Schutzpolizisten nicht wissen müssen, wie die weitere Verfolgung der Straftaten abläuft.«

Johanna malte sich in Gedanken aus, was wohl passieren würde, wenn sie sich in wenigen Augenblicken in Widersprüche verstricken und von einer Zeugin in eine Verdächtige verwandeln würde.

»Abgesehen davon«, fuhr Spahn fort, »stehen Sie noch ganz am Anfang Ihrer Ausbildung. Wer weiß, vielleicht wollen Sie irgendwann zur Kripo wechseln? Dann lege ich gerne ein gutes Wort für Sie ein.«

Mit diesen Worten öffnete er die Tür.

Johanna stand wie vom Donner gerührt. Was hatte er da gesagt? Nein, das durfte nicht sein. Nicht er. Nicht Spahn. Nicht der Mann, der über ihre Ausbildung wachte. Panik erfasste sie. Befand sie sich bereits im unsichtbaren Griff ihres Vaters? Oder war Spahns Angebot, ihr zur Kripo verhelfen zu wollen, purer Zufall? Mit einem Mal erkannte sie, wie töricht sie gewesen war, wie naiv. Sie hatte geglaubt, hierherzukommen und mit Leuten zu sprechen, die auf ihrer Seite standen. Dabei hatte sie das Leben doch gelehrt, mit Vertrauen sehr sparsam umzugehen. Sie hatte sich dem Irrglauben ergeben, nichts befürchten zu müssen, solange sie sich an die Wahrheit hielt. Und das, obwohl ihr eigener Vater immer gepredigt hatte, seine Trümpfe erst dann auszuspielen, wenn man sich sicher sein konnte, von niemandem überboten zu werden.

»Frau Böhm?« Spahn musterte sie. »Ist alles in Ordnung?«

Johanna zwang sich nachzudenken. Der Weg zurück war ihr versperrt. Ihr blieb keine Zeit, sich eine neue Strategie zurechtzulegen. Sie musste sich den Ermittlern stellen und improvisieren.

Knapp nickte sie Spahn zu und betrat den Besprechungsraum. Sofort erkannte sie, was Spahn mit bekannten Gesichtern gemeint hatte. An dem Tisch saßen Kerstin de Jong, Zacharias Toben und Udo Lindner. Hinter ihr schloss Erhard Spahn die Tür.

Johanna wunderte sich. Was machten die beiden Verfassungsschützer hier? Natürlich verfügte auch der Inlandsnachrichtendienst über Ermittler, die sich bei bestimmten Straftaten einschalteten. Sie erinnerte sich, wie sich Toben und Lindner den Studierenden vorgestellt hatten. Toben hatte erklärt, er sei in der Abteilung für Rechtsextremismus tätig. Seine Anwesenheit durfte Johanna also kaum überraschen. Welcher Abteilung Lindner angehörte, daran konnte sie sich dagegen nicht mehr erinnern. Er musste mit Toben zusammenarbeiten.

Das Duo sah aus wie am Tag ihres Vortrags. Toben trug einen sichtbar teuren Anzug mit Einstecktuch und wirkte wie ein millionenschwerer Finanzjongleur von der Wall Street. Lindner dagegen sprühte vor jungenhaftem Charme, war ständig in Bewegung, zupfte an den hochgekrempelten Hemdsärmeln und lächelte ihr gewinnend zu, als er sie begrüßte.

Etwas überraschend verspürte Johanna einen Anflug von Erleichterung, als sie Kerstin de Jong die Hand reichte. Sie war der jungen Kriminaloberkommissarin mit der kupferroten Kurzhaarfrisur erst einmal für wenige Sekunden begegnet, doch sie hatte de Jong auf Anhieb gemocht. Nun saß sie neben Toben und Lindner. Johanna fiel auf, dass sie sich ihre Fingernägel in der Farbe ihrer Haare lackiert hatte. Ein möglicher Hinweis auf die Rebellin, die Johanna hinter der Fassade des klassischen Hosenanzugs vermutete, den de Jong trug.

Spahn bedeutete Johanna, sich den dreien gegenüberzusetzen, und fuhr sich durch den dunkeln Bart, der seinen Mund umschloss. Er schien zu überlegen, wo er selbst Platz nehmen sollte. Dann entschied er sich für den Stuhl neben Johanna. Ihr kam es so vor, als wollte er die Rolle ihres Anwalts übernehmen. Sofort kehrte die Unsicherheit zurück, wie sie das Gespräch handhaben sollte. Spahns Bemerkung vor der Tür hatte alles auf den Kopf gestellt, was sie sich ursprünglich vorgenommen hatte. Sie musste befürchten, dass einer der Ermittler in diesem Raum insgeheim auf der Gehaltsliste ihres Vaters stand.

Johanna straffte sich. Sie war zwar nur eine Polizeischülerin, trotzdem würde sie sich nicht herumschubsen lassen. Sie war auch eine Zeugin, die mit ihren Informationen zu Recht und Gesetz beitragen wollte. Aufrecht und konzentriert saß sie da und wartete. Sollte die Gegenseite den ersten Schritt machen.

Zu ihrer Überraschung eröffnete Kerstin de Jong das Gespräch.

»Wir versuchen gerade, so schnell wie möglich zusammenzutragen, was wir in den drei Mordfällen haben, die Sie für uns miteinander verbunden haben.«

Ein Zeichen des Dankes. Immerhin, dachte Johanna.

»Deshalb haben wir noch einige Fragen an Sie.«

De Jong lächelte sie an. Johanna blickte freundlich zurück, erwiderte aber nichts. Sie hatte mal in einer amerikanischen Fernsehserie gesehen, wie ein Anwalt seine Klientin gefragt hatte, ob sie wisse, wie viel Uhr es sei. Zur Antwort hatte sie ihm die Uhrzeit genannt. Daraufhin hatte der Anwalt entgegnet, seine Klientin müsse als Allererstes lernen, nur auf die Fragen zu antworten, die man ihr stelle. Ob sie wisse, wie viel Uhr es sei? Ja, das wisse sie. Mehr nicht. Die exakte Uhrzeit war bereits Teil einer Detailfrage. Doch Details sollte man nur preisgeben, wenn man danach gefragt wurde. Johanna nahm sich vor, diesen Rat zu beherzigen.

»Herr Toben und Herr Lindner sind hier, weil die drei Fälle von mehreren Behörden untersucht werden«, fuhr de Jong fort, als sie realisierte, dass Johanna nicht reagieren würde. »Daher zunächst einmal die Frage: Gibt es noch etwas, das Sie Ihren Ausführungen hinzufügen möchten, die Sie am Samstag gegenüber Kriminaldirektor Spahn getätigt haben?«

Eine Frage, so offen wie ein Scheunentor voller Stolperfallen. Wäre Johanna zur Wahrheit verpflichtet gewesen, hätte sie sofort alles ausplaudern müssen, was seit Freitagabend mit dem Auftauchen Falks in ihrer Wohnung passiert war. Tatsächlich war das der Grund gewesen, warum sie hierhergekommen war. Doch diese Option war jetzt vom Tisch. Johanna musste taktieren. Sie entschied sich für eine Gegenfrage.

»Die drei Todesfälle haben also wirklich etwas miteinander zu tun?«

»Ja.« De Jong behielt die Gesprächsleitung. »Gestern wurde ein Joint Investigation Team ins Leben gerufen. Europol und Eurojust halten sich bislang raus. Wir befinden uns noch in der Phase des Abgleichens aller Erkenntnisse. Aber dank Ihnen sind wir einen entscheidenden Schritt weiter.«

Johanna wusste aus einer ihrer ersten Vorlesungen, dass bei großen internationalen Fällen die Zusammenarbeit der polizeilichen Behörden über Europol lief. Für Fälle, in die Europol nicht sofort eingriff, wurde zunächst ein Joint Investigation Team geschaffen, um mühselige Rechtshilfe-Ersuchen bei den jeweiligen nationalen Staatsanwaltschaften zu verhindern. Das JIT war eine direkte Schnittstelle, über die Ermittlungen auf einem zumindest halbwegs unbürokratischen Weg erledigt werden konnten.

Als Johanna das erste Mal davon gehört hatte, hatte sie sich gewünscht, irgendwann einmal an einer solchen Ermittlung teilzunehmen. Dafür aber würde sie im Laufe ihrer Ausbildung von der Schupo zur Kripo wechseln müssen. Sie schluckte schwer bei diesem Gedanken.

»Haben Sie in den letzten Tagen von Ihrer Familie gehört?«

Die Frage kam von Zacharias Toben.

Johanna wandte sich ihm zu. Er musterte sie mit einem Blick, dem jegliche Freundlichkeit fehlte, wie sie ihr de Jong entgegengebracht hatte.

»Nein«, sagte Johanna knapp.

»Erhard Spahn hat uns erklärt, Sie hätten vor dreizehn Jahren allen Kontakt zu Ihrer Familie abgebrochen. Warum?«

»Ich hatte meine Gründe.«

»Und die wären?«

»Das ist privat.«

»Mit wem hatten Sie in den letzten Tagen Kontakt?«

Johanna runzelte die Stirn ob des abrupten Themenwechsels und des feindseligen Untertons. Toben schien nicht auf Augenhöhe mit ihr reden zu wollen.

»Ist das hier eine Vernehmung oder nur ein Austausch unter Kollegen?«

Johanna gab ihrer Stimme einen beiläufigen Charakter.

Toben ging nicht auf ihre Frage ein. Er wiederholte: »Mit wem hatten Sie in den letzten Tagen Kontakt, Frau Böhm?«

»Darf ich fragen, warum das für Ihre Ermittlungen relevant ist?«

»Das überlassen Sie bitte unserer Einschätzung.«

»Ich beantworte Ihnen gerne alle Fragen zur Sache, Herr Toben. Mein Privatleben pflege ich allerdings zu schützen.«

»Mit dieser Einstellung dürften Sie bei Rasmus Falk punkten.«

Für einen Augenblick verlor Johanna die Kontrolle über ihre Mimik. Toben hatte sie kalt erwischt. Sofort setzte er nach.

»Ich sehe, der Name Rasmus Falk ist Ihnen bekannt.«

Johanna versuchte ihre Gedanken in Windeseile zu ordnen. Sie wussten also von Falk. Aber wie? Diese Frage würde sie sich noch beantworten müssen. Jetzt aber half es nichts zu lügen.

»Ja, der Name ist mir bekannt.«

»Woher?«

»Rasmus Falk hat mich kontaktiert.«

»Wann?«

Johanna entschied sich für die Wahrheit.

»Am Freitag.«

»Was wollte er?«

Sag nicht mehr als nötig, ermahnte sich Johanna.

»Mit mir reden.«

»Über was?«

»Über die drei Todesfälle.«

Triumphierend sah Toben sie an.

»Sie wussten also schon am Freitag davon.«

»Seit Freitagnacht.« Johanna gab sich gleichgültig. »Am Samstag habe ich Erhard Spahn informiert.«

»Wussten Sie nicht, dass die Polizei vierundzwanzig Stunden arbeitet?«

Johanna verschränkte ihre Hände ineinander und legte sie vor sich auf der Tischplatte ab. Gerne hätte sie ein Glas Wasser gehabt, an dem sie nippen konnte. Doch man hatte ihr nichts angeboten.

»Sicher.«

Sie sah Toben interessiert an, als könne sie es kaum erwarten, eine weitere Frage von ihm gestellt zu bekommen.

»Was heißt das?«

»Dass mir die Öffnungszeiten der Polizei bekannt sind, Herr Toben.«

Aus dem Augenwinkel sah sie, wie Kerstin de Jong ein

Lächeln nicht unterdrücken konnte. Johannas Provokation brachte also nicht alle am Tisch aus der Fassung. Bislang war es lediglich ein Schlagabtausch zwischen Zacharias Toben und ihr.

»Schluss mit den Spielchen!«, fauchte der Verfassungsschützer. »Was wissen Sie?«

Johanna hatte das Gefühl, ihr Glück erst einmal nicht weiter auf die Spitze treiben zu wollen. Also entschied sie sich, ihm ein paar Brocken hinzuwerfen.

»Ich habe es als meine Pflicht angesehen, erst dann meinen Ausbildungsleiter in Kenntnis zu setzen, nachdem ich selbst von dem überzeugt war, was mir Rasmus Falk mitgeteilt hatte. Deshalb habe ich seine Aussagen am Samstagmorgen überprüft und mich anschließend an Erhard Spahn gewandt.«

»Sie haben also selbst ermittelt.«

»Ich habe gegoogelt, Herr Toben. Ich hoffe, die Polizei kann mich in den kommenden Jahren mehr über Ermittlungsarbeit lehren als das Bedienen von Suchmaschinen.«

Jetzt schaltete sich Udo Lindner ein.

»Gehe ich richtig in der Annahme, Frau Böhm, dass Sie Ihrem Ausbildungsleiter alles erzählt haben, was Sie im Internet gefunden haben?«

Das war eine heikle Frage, und sie war exzellent gestellt, dachte Johanna. Wenn sie ehrlich war, musste sie sie mit Nein beantworten. Sie zögerte einen Augenblick zu lange. Toben ergriff sofort seine Chance.

»Aha!«, rief er. »Was haben Sie verschwiegen?«

Johanna brauchte eine schnelle Erklärung.

»Ich habe Kriminaldirektor Spahn alles mitgeteilt, was ich als bestätigt ansehen konnte.«

»Und was haben Sie mit dem Rest gemacht?«

»Dem bin ich am Wochenende nachgegangen«, gab Johanna zu.

Es war zwecklos zu verneinen, dass sie weiter recherchiert hatte. Sie wussten von ihrer Verbindung zu Rasmus Falk, woher auch immer. Also musste sie davon ausgehen, dass man sie irgendwie im Auge behalten hatte und im Zweifel ebenso wusste, dass sie mit Falk Berlin verlassen hatte.

»Sie haben bewusst Informationen zurückgehalten«, sagte Toben. Er klang nun eiskalt. »Frau Böhm, Sie befinden sich in großen Schwierigkeiten.«

»Johanna Böhm hat einen Fehler gemacht, den jeder Mensch machen kann.« Es war das erste Mal, dass Erhard Spahn sprach. »Nur weil Frau Böhm seit zwei Wochen bei der Polizei ist, heißt das nicht, dass sie sich schon verhalten muss wie eine Beamtin mit Ihrer Erfahrung, Herr Toben. Ich bin mir sicher, dass Frau Böhm im besten Sinne gehandelt hat.«

Toben wollte reagieren, doch Spahn bedeutete ihm mit einer Handbewegung, ihn nicht zu unterbrechen. Erstmals erlebte Johanna, wie ihr Vorgesetzter seine Autorität einsetzte.

»Sie hat den Behörden in genau dem Moment einen Hinweis gegeben, in dem sie sich ihrer sicher war. Sie hat mich angerufen und aus freien Stücken dabei geholfen, die Ermittlungen miteinander zu verknüpfen. Und wie ich Frau Böhm kennengelernt habe, hätte sie uns von Rasmus Falk ebenfalls erzählt, wenn wir ihr die Chance dazu gegeben hätten.«

Johanna empfand einen kurzen Anflug von Dankbarkeit für Spahn. Ein Teil von ihr wollte glauben, dass er ihr aus lauteren Beweggründen zur Seite gesprungen war. Die Skeptikerin in ihr ermahnte sie jedoch, Spahn nicht zu vertrauen. Welches Spiel ihr Ausbildungsleiter spielte, konnte sie unmöglich wissen.

»Herr Toben, ich habe Herrn Spahn heute mit der Bitte kontaktiert, ihn erneut sprechen zu können. Nicht umgekehrt.«

»Was hast du herausgefunden?«

Es war Kerstin de Jong, die das sagte und die sie plötzlich duzte. Wollte sie die Schärfe aus dem Gespräch nehmen und das Eis brechen? Es wirkte. Johanna merkte, wie ihre Nerven das Gleichgewicht wiederfanden. Sie ignorierte Tobens wütenden Blick und sah zu der Frau mit den kupferroten Haaren.

»Herausgefunden wäre das falsche Wort.« Jetzt begann für Johanna der Part, in dem sie sich vorsichtig vorwagen musste. »Rasmus Falk ist zu mir gekommen, weil er mich überreden wollte, ihm zu helfen.«

»Wobei?«, fragte de Jong.

»Um in Erfahrung zu bringen, wer hinter dem Mord an seiner Frau stecken könnte.« Johanna schilderte in wenigen Worten, wie es zum damaligen Prozess gegen Nicolai Krahl gekommen, wie Hedda Falk in das Amt einer Schöffin gelangt und wie sie schließlich ermordet worden war. »Rasmus Falk weiß, dass ich heute hier bin. Er weiß, dass er ein Motiv für die drei Morde an Friedrich Ammon, Nicolai Krahl und Patrizia Carstensen gehabt hätte. Ich bin allerdings davon überzeugt, dass er unschuldig ist.«

»Und das sagt Ihnen Ihre jahrelange Erfahrung als Mordermittlerin?«

Johanna ignorierte Tobens spöttische Bemerkung. Ihre Augen waren weiter auf Kerstin de Jong gerichtet.

»Rasmus Falk ist seit Jahren auf der Suche nach den Mördern seiner Frau. Er ist aber auch einer von euch. Oder uns, sollte ich besser sagen. Ein ehemaliger MAD-Mitarbeiter, ein Mensch, dem Gerechtigkeit noch etwas bedeutet.« Sie sagte dies mit größerer Überzeugung, als sie selbst verspürte. Doch jetzt ging es auch darum, Falk zu schützen. »Nach dem Tod seiner Frau hat er nie aufgehört, daran zu glauben, dass irgendwann der Tag kommen würde, an dem diejenigen zur Rechenschaft gezogen werden, die Hedda Falk auf dem Gewissen haben. Als dann Ammon, Krahl und Carstensen ermordet wurden, hat er mich aufgesucht und mich gebeten, ihm zu helfen.«

»Und wie?«

»Er hatte gehofft, dass ich noch mit meiner Familie in Verbindung stünde. Er ist davon überzeugt, dass entweder mein Vater oder mein ältester Bruder Viktor hinter dem Tod seiner Frau steckt.«

»Warum Ihre Familie?«, wollte Lindner wissen.

»Wegen der engen Verbindung zwischen den Bellmanns und den Krahls. Mein Vater und Albert Krahl sind gute Freunde, genauso mein Bruder Viktor und Nicolai. Zumindest waren sie es, bis ich von zu Hause weggelaufen bin.«

»Was weißt du über deinen Bruder Hagen?«, fragte Kerstin de Jong.

Johanna begriff, dass sie die Antwort bereits kannte und taktvoll auslotete, ob Johanna ebenfalls darüber informiert war.

»Hagen ist tot.«

Johanna wollte es dabei belassen. Sie würde nicht erwähnen, dass Hagen noch lebte, dass sie ihm begegnet war. Sollte hier im Raum tatsächlich jemand sitzen, der ihrem

Vater hinterher alles berichten würde, war Hagens Überleben die letzte Information, die sie preisgeben würde.

»Was haben Rasmus Falk und du gemacht, nachdem er dich aufgesucht hat?«

Da fiel der Groschen. Die Frage war kein Zufall. Natürlich! So hatten sie überhaupt von ihrem Kontakt zu Falk erfahren. Sie wussten, dass Falk und Johanna bei Ole-Kristof und Simona Rosen gewesen waren. Der Richter hatte nach ihrem Besuch dem thüringischen LKA-Präsidenten eine E-Mail schreiben und ihn informieren wollen. Rosen musste dabei erwähnt haben, dass Falk mit einer jungen Frau namens Johanna Böhm zu ihm gekommen war. Diese Information war mit Sicherheit beim JIT gelandet.

»Das wisst ihr bereits«, erwiderte Johanna deshalb mit einem Lächeln. »Wir sind nach Mühlhausen gefahren, um mit dem Richter zu sprechen, der damals den Prozess gegen Nicolai Krahl geleitet hatte. Danach sind wir zu Falk gefahren und die Unterlagen durchgegangen, die er über die Jahre angesammelt hat. Dabei sind wir auf etwas gestoßen.«

Johanna wollte weder über das Gespräch mit den Rosens noch über Hagens Erscheinen oder über die Fahrt in den Thüringer Wald sprechen. Daher musste sie diese Befragung in eine andere Richtung lenken.

»Und auf was?«, fragte de Jong.

Jetzt hatte Johanna die volle Aufmerksamkeit aller im Raum.

»Auf eine estnische Firma. Sie heißt Dark Fiber.«

Sie wusste sofort, dass sie einen Volltreffer gelandet hatte. Tobens und Lindners Augen weiteten sich erschrocken. Spahns Reaktion konnte sie aus dem Augenwinkel nicht erkennen. Kerstin de Jong hingegen wirkte ahnungslos.

»Was ist Dark Fiber?«, fragte sie daher interessiert. Johanna wählte ihre Worte mit Bedacht und behielt Toben und Lindner im Auge.

»Die Bundesregierung hat Dark Fiber damit beauftragt, die Software zu liefern, mit der das 5G-Netz in Deutschland aufgebaut wird.«

Das hatte ihr Boris verraten. Und er hatte sich nicht getäuscht. Sie hatte ins Schwarze getroffen. Gerade wollte de Jong nachfragen, da erhob sich Lindner aus seinem Sitz.

»Frau Böhm, an dieser Stelle sollten wir das Gespräch unterbrechen. Vielen Dank, dass Sie gekommen sind. Sie haben uns sehr geholfen.«

Selbst Spahn und de Jong wirkten wie vor den Kopf gestoßen. Was passierte hier gerade?

»Ich möchte Sie herzlich bitten, Ihre Informationen für sich zu behalten. Es ist von großer Wichtigkeit, dass wir uns darauf verlassen können. Habe ich Ihr Wort?«

Johanna sah Lindner verdutzt an. Dann erhob sie sich.

»Natürlich«, sagte sie. »Aber darf ich fragen, wieso?«

»Ich möchte zum jetzigen Zeitpunkt nicht darauf antworten«, sagte Lindner. Seine charmante Art war verschwunden. Hastig rollte er seine Hemdsärmel herab und schloss die Knöpfe an den Manschetten. »Wir kommen wieder auf Sie zu, Frau Böhm.«

Damit reichte er ihr die Hand. Das Verhör war beendet.

Es entstand eine unangenehme Stille. Kerstin de Jong und Erhard Spahn schienen von dem Vorgehen der Verfassungsschützer ähnlich überrumpelt wie Johanna. Ihnen blieb keine Wahl, als Johanna zu danken und zum Ausgang zu begleiten. De Jong verabschiedete sich vor dem Büro und erklärte, sie werde sich bei Johanna melden. Es klang eher nach einer privaten Bemerkung unter Freundinnen denn nach einer beruflichen Notwendigkeit. Johanna war überrascht, freute sich gleichzeitig aber. Kerstin de Jong gefiel ihr.

Spahn hingegen schwieg, bis sie wieder am Empfang angekommen waren.

»Bitte entschuldigen Sie das unerwartet jähe Ende unserer Unterhaltung.« Er schien etwas abzuwägen, beließ es aber bei einem Achselzucken. »Willkommen bei der Polizei! Sie haben sich gut geschlagen.«

»Danke.« Johanna zögerte. »Warum wurde ich so plötzlich entlassen?«

»Machen Sie sich keine Sorgen. Eine internationale Ermittlung mit drei Toten, hoher politischer Druck, gerade vor einer Bundestagswahl – das sorgt schon mal für angespannte Ermittler.«

»Leitet Kerstin de Jong das JIT?«

»Nein, aber sie ist Teil des Teams. Dafür habe ich gesorgt. Sie ist eine herausragende Polizistin.«

Spahn schien de Jong zu fördern. So, wie er Johanna fördern wollte? Oder tat er dies im Auftrag ihres Vaters? Ihr fiel ein Detail ein, das sie in ihre Überlegungen bislang nicht einbezogen hatte.

»Wo arbeiten Sie eigentlich, wenn Sie nicht im GEZI in Ruhleben sind?«

»Ich tanze auf mehreren Hochzeiten.« Spahn lächelte. »Ein Büro in der Akademie, eines hier am Pladelu und eines im BKA.«

»Am Treptower Park?«

»Genau. Da bin ich am häufigsten, wenn ich nicht in der Akademie bin.«

KAPITEL 38

MONTAG, 13. SEPTEMBER
Mühlhausen, Deutschland

Falk winkte Ole-Kristof Rosen und seiner Frau Simona zum Abschied lächelnd zu. Als er sich hinter das Steuer seines Mercedes Vito setzte, sanken seine Mundwinkel jedoch passend zu seiner Stimmung. Der erneute Besuch bei dem befreundeten Ehepaar hatte nichts gebracht. So aufgekratzt er aus der Waldhütte gekommen war, so zweifelnd saß er nun mit leerem Blick da und starrte auf die Straße.

Danke für nichts, dachte er.

Ja, die Rosens hatten sich ihrer Bitten angenommen. Doch Simonas Informationen aus Polen über den vermeintlichen Tod Hagen Bellmanns waren mit dessen Erscheinen in seinem Haus auf Poel irrelevant geworden. Falk hatte ihnen natürlich nichts davon erzählt. Stattdessen hatte er Simona geduldig zugehört. Sie hatte tatsächlich einen Bericht der polnischen Polizei auftreiben können, der die Hintergründe zu Hagens angeblichem Unfalltod beinhaltete. Jetzt warf er den Wisch achtlos auf den Beifahrersitz. Ole-Kristof hatte zu allem Überfluss berichtet, dass es innerhalb des Verfassungsschutzes zwar Überlegungen gab, gegen das Consilium Humanum zu ermitteln, bislang aber keine Schritte eingeleitet worden waren. Die Hinweise reichten bei Weitem nicht aus, um die Institution oder Carl Bellmann genauer unter die Lupe zu nehmen.

Und Albert Krahl? Der hatte eine weiße Weste, wie sie nur Kriminelle haben konnten, die neben ihrem vielen Geld auch den Intellekt besaßen, ihre Spuren bis zurück in die Kindheit erfolgreich zu verwischen.

Seine Familie stammte aus Trier. Das Unternehmen hatte bereits sein Vater aufgebaut. Albert gehörte zu den ersten Studierenden nach der Neugründung der Universität Trier, schloss sich einer Studentenverbindung an und promovierte schließlich mit Auszeichnung in Soziologie. Die Firma seines alten Herrn übernahm er, kaum dass er die Uni verlassen hatte. Was bis dahin ein Millionengeschäft gewesen war, verwandelte Albert Krahl über die folgenden Jahrzehnte in einen milliardenschweren Mischkonzern, gewachsen durch ständiges Kaufen, Filettieren und Verkaufen von Firmen wie die Bellmann'schen Milchwerke. Damals, vor dreißig Jahren, hatte die Beziehung zwischen Krahl und Bellmann begonnen.

OK Rosen hatte Falk kaum Hoffnungen machen können. Wer dem scheinbar unbescholtenen Bürger Krahl und dessen Firmenimperium an den Kragen wollte, musste bei all den Beteiligungen an Firmen in aller Welt schon eine globale Recherche in Angriff nehmen, für die der deutsche Staat weder die Manpower noch ein gesteigertes Interesse hatte. Schließlich gehörte die Krahl & Krahl AG zu jenen Unternehmen, die ihre Steuern noch in Deutschland zahlten. Und das nicht zu knapp.

Falk fluchte. Er wusste natürlich um die Regeln der Geheimdienste, um die Hürden, die ihnen im Weg standen, bevor sie offizielle Untersuchungen aufnehmen konnten. Im

Falle verfassungsrechtlicher Bedenken waren diese sogar noch deutlich höher als bei wirtschaftlichen Vergehen. Und dann erwies sich auch noch Dark Fiber als harte Nuss. Die Informationen, die Hagen Bellmann in seiner Kladde niedergeschrieben hatte, machten Falk zwar neugierig, sein Gefühl alleine reichte ihm aber nicht. Es steckte mehr dahinter. Johanna Böhms Bruder hatte in seinen Notizen keine direkte Verbindung zwischen Dark Fiber und ihrem Vater oder Albert Krahl erwähnt. Dass er das Heft jedoch zusammen mit jenen seiner bisherigen und potentiellen Opfer versteckt hatte, verriet Falk, dass er weitergraben musste. Sein Instinkt ließ ihn an eine Art Trojanisches Pferd denken. Doch es brauchte mehr Fleisch an den noch allzu nackten Knochen. Die Rosens waren keine Hilfe gewesen. Sie hatten mit dem Namen Dark Fiber nichts anfangen können. Also musste er selbst ran. Der anbrechende Abend würde in eine lange Nacht übergehen.

Falk drehte den Schlüssel im Zündschloss und lenkte den Kastenwagen in Richtung seines Hotels. Er hatte sich wieder im Hotel Stadt Mühlhausen einquartiert und spürte grimmige Erregung bei dem Gedanken, sich in die Recherche zu Dark Fiber zu stürzen.

Als er an einer roten Ampel hielt, meldete sein Smartphone den Eingang einer Textnachricht. Sie war von Johanna. Ehe er sie lesen konnte, sprang die Ampel auf Grün. Hinter ihm hupte ein Autofahrer ungeduldig. Falk verkniff sich eine rüde Geste. Stattdessen steuerte er den Parkplatz eines Supermarktes an und öffnete die Nachricht.

Hallo, Rasmus, schrieb Johanna. *Ich bin am Pladelu. Sie haben mich nach dir gefragt. Ich habe ihnen von Hedda erzählt, von unserer Fahrt nach Mühlhausen und nach Poel.*

Wie wir in deinen Unterlagen auf Dark Fiber gestoßen sind.
Mehr wollten sie dann aber nicht mehr wissen.

Falk las jedes Wort mit größter Sorgfalt. Die Nachricht klang nicht nach der Johanna, die er kennengelernt hatte. Von der Anrede bis zum letzten Wort. In der Nachricht schwang eine bislang ungekannte Vorsicht mit.

Je länger ich darüber nachdenke, schrieb sie weiter, desto mehr glaube ich, dass man die Toten ruhen lassen sollte. Was meinst du? Ich gehe jetzt nach Hause. Werde noch was lesen und dann ins Bett. Lass uns morgen telefonieren! Gruß, J.

Falk las die Nachricht dreimal. Dann war er sich sicher. Dass die Polizei Johanna nach ihm gefragt hatte, konnte nur bedeuten, dass die Behörden von ihm und ihr gewusst hatten. Entweder durch OK Rosens Austausch mit dem Thüringer LKA oder aber …

Konnte das sein? Er überlegte. Natürlich konnte man jedes Smartphone orten und abhören. Für beide Fälle musste jedoch ein begründeter Verdacht vorliegen, dass eine Person unmittelbar in eine Straftat von erheblichem Ausmaß verwickelt war. Mord gehörte zweifelsohne dazu. Allerdings hätte kein Richter alleine aufgrund Falks oder Johannas Historie einen entsprechenden Antrag der Staatsanwaltschaft genehmigt. Dennoch musste Johanna ein ähnlicher Verdacht gekommen sein. Deshalb ihre Vorsicht in der Nachricht. Auch sie hielt es zumindest für möglich, dass ihre Kommunikation mitgelesen wurde. Sie hatte geschrieben, die Toten ruhen zu lassen. Er war sich sicher, dass sie Hagen gegenüber der Polizei nicht erwähnt hatte, obwohl sie es sich vorgenommen hatte. Irgendetwas Unerwartetes musste sich im Polizeipräsidium zugetragen haben. Stattdessen hatte sie

Dark Fiber der Polizei als Brocken zum Fraß vorgeworfen. Das war ein kluger Schachzug gewesen. Aber was hatte sie damit gemeint, dass man danach nichts mehr von ihr hatte wissen wollen? Falk musste mit Johanna reden.

Da meldete sich sein Smartphone erneut. Diesmal klingelte es. Ein anonymer Anrufer. Falks Vorsicht war geweckt.

»Ja?«

»Wo bist du?«

Johanna.

»Von wo aus rufst du an?«

»Aus einer Telefonzelle.«

»Hoch lebe die Telekom!« Er bewunderte Johannas Geistesgegenwart. »Hör zu! Du erinnerst dich, wo ich das letzte Mal gewohnt habe, als du lieber woanders pennen wolltest? Ruf mich dort an. In zehn Minuten.«

Sie schien zu verstehen. »Geht klar. Bis gleich.«

Falk warf das Handy auf den Beifahrersitz und stieg aufs Gas. Er brauchte keine fünf Minuten bis zu seinem Hotel und eilte auf sein Zimmer. Er öffnete den Kühlschrank zur Minibar, legte sein Smartphone hinein und schloss die Tür wieder. Kaum hatte er seinen Blazer über die Stuhllehne am Schreibtisch gehängt, klingelte das Telefon.

»Bevor du was sagst«, begann Falk ohne Vorrede, »wo ist dein Handy?«

»In meiner Jackentasche, aber …«

»Pack es in deinen Rucksack und stell ihn außerhalb der Telefonzelle ein paar Meter entfernt irgendwo ab, wo du ihn im Auge behalten kannst.«

»Was …?«

»Tu es einfach, Johanna!«

Er zuckte zusammen, als ein dumpfes Knallen signalisierte, dass Johanna den Hörer der Telefonzelle unsanft abgelegt hatte. Undeutlich hörte er nicht jugendfreie Flüche, die eindeutig ihm galten. Er gestattete sich ein Lächeln.

»Können wir dann jetzt?«, war ihre genervte Stimme Sekunden später wieder zu vernehmen. »Denn da ist mal was gewaltig schiefgelaufen. Die wussten von uns, Falk! Bei Dark Fiber haben sie 'ne feuchte Hose bekommen. Und meinem Ausbildungsleiter kann ich auch nicht mehr trauen.«

»Moment, Moment«, unterbrach Falk sie. »Der Reihe nach, bitte.«

Johanna brauchte fast zehn Minuten. Falk hörte gespannt zu. Dass ein Joint Investigation Team gebildet worden war, überraschte ihn nicht. Dass der Verfassungsschutz mit am Tisch gesessen hatte, ebenso wenig. Jemand mit genügend Grips hatte offenbar verstanden, um was es tatsächlich ging. Oder besser: um wen. Von den drei Ermordeten auf Carl Bellmann zu kommen war keine Raketenwissenschaft gewesen, nachdem ausgerechnet Johanna Böhm alias Eva Bellmann den Behörden die ersten Informationen zu den Giftmorden frei Haus geliefert hatte. Und dass die Geheimdienste bei den Bellmanns in der Vergangenheit nicht auf beiden Augen blind gewesen waren, wusste Falk aus eigener Erfahrung. Schließlich hatte der Militärische Abschirmdienst dessen Sohn Hagen einst aus der Bundeswehr entfernen lassen und diese Information wie üblich mit dem Verfassungsschutz geteilt.

Was Falk an Johannas Erzählungen aufhorchen ließ, waren ihre Zweifel an Erhard Spahn. Dieser Name war ihm in seinen Recherchen rund um die Bellmanns und Krahls noch nicht untergekommen. Das würde sich jetzt ändern. Als Schnittstelle zwischen Akademie, Schupo und Kripo konnte ein Mann mit Spahns Einfluss potenzielles Gefolge frühzeitig rekrutieren, fördern und die Karrieren seiner Auszubildenden in die richtigen Bahnen lenken. Und wenn jemand wie Bellmann seine Tochter von der Schupo in die Kripo bringen wollte, war Spahn ebenfalls der Richtige dafür. Falk musste mehr über diesen Kriminaldirektor herausfinden. Denn wenn Johanna mit ihrem Verdacht richtiglag, gab es vielleicht eine Möglichkeit, über Spahn an Bellmann heranzukommen.

»Was sagt denn das Computergenie?«, fragte Johanna gerade. »Haben die mein Handy angezapft? Oder deins?«

»Ich kann es nicht ausschließen.« Falk dachte nach. »Es gibt nur einen sicheren Weg, um uns keine Gedanken mehr darüber machen zu müssen.«

»Und der wäre?«

»Leg es zu Hause in den Kühlschrank oder in die Mikro, lass es dort und kümmere dich nicht mehr drum.«

»Was soll das bringen?«

»Kühlschränke und Mikrowellen sind stark gedämmt und im Bestfall elektromagnetisch abgeschirmt. Wie faradaysche Käfige.«

Falk hörte Johanna verächtlich schnauben.

»Die Dämmung bewirkt, dass das Mikrofon deines Telefons die Gespräche außerhalb nicht aufzeichnen kann«, schob er erklärend nach. »Die elektromagnetischen Felder sorgen dafür, dass Funksignale abgefangen werden beziehungsweise nicht nach draußen dringen.«

»Ich könnte mein Handy einfach abschalten.«

»Das reicht nicht. Selbst wenn du deinen Akku herausnehmen würdest, wärst du nicht sicher, weil viele Smartphones kleine Zusatzbatterien enthalten, um die Kernfunktionen des Telefons am Leben zu erhalten.«

»Okay, okay, hab's kapiert. Handy in den Kühlschrank. Was sonst?«

»Erzähl mir noch mal, was dein Boris zu Dark Fiber herausgefunden hat.«

»Dass Dark Fiber die Software liefert, mit der das 5G-Netz in Deutschland aufgebaut wird«, wiederholte Johanna.

»Darüber muss ich nachdenken.« Falk verspürte das vertraute Gefühl erregender Ungeduld. »Wir sprechen morgen wieder. Denk dran: Deine IT ist nicht mehr sicher. Schlaf dich aus, dann ruf mich morgen Vormittag wieder von einer Telefonzelle aus an.«

Schon während sie sich verabschiedeten, klappte er seinen Laptop auf und holte sein Smartphone aus der Minibar. Er und seine Geräte hatten einen langen Abend vor sich.

Noch war Dark Fiber eine unbekannte, geheimnisvolle Größe in einem undurchsichtigen Spiel. Es war Zeit, endlich Licht in die dunkle Faser zu bringen.

Er wollte gerade mit der Recherche beginnen, da klingelte sein Smartphone. Es war Ole-Kristof Rosen. Überrascht nahm Falk das Gespräch an.

KAPITEL 39

MONTAG, 13. SEPTEMBER
Berlin, Deutschland

Die Stufen fühlten sich höher, ihre Füße schwerer, die Luft dünner an als sonst. Die Treppen hoch zu ihrer Wohnung im zweiten Stock forderten ihren Tribut. Johanna fühlte sich gezeichnet von den vergangenen Tagen. Seit ihrer Ankunft auf Poel bei Rasmus Falk und dem bedrohlichen Wiedersehen mit ihrem Bruder Hagen waren gerade einmal vierundzwanzig Stunden vergangen. Jetzt stand sie auf wackeligen Beinen vor ihrer Wohnungstür und vermochte nicht vorherzusagen, wann sie wieder erwachen würde, sobald sie auf ihrem Bett zusammengebrochen war.

Sie verspürte nicht einmal mehr die Kraft, über die drohende Gefahr nachzudenken, die sich aus dem Gespräch am Pladelu ergeben hatte. Falk hatte ihr versprochen, Erhard Spahn unter die Lupe zu nehmen. Mit Sicherheit würde er auch Dark Fiber auf den Zahn fühlen. Für eine Nacht konnte sie das Geschehene also ihm überlassen. Sie brauchte Schlaf. Zumal sie schon morgen wieder in der Akademie erwartet wurde. Dabei fiel ihr gerade nicht einmal ein, ob sie dienstags nach Ruhleben oder an den Campus Lichtenberg musste.

Während sie nach ihrem Schlüssel suchte, tauchte kurz

das Bild von Teresa Osterkamp vor ihrem Auge auf. Nach den letzten Tagen würde sich eine Begegnung mit ihr wie Wellness anfühlen. Was waren Streitereien doch harmlos, wenn sie nur auf einer ehrlichen, offen ausgetragenen Abneigung basierten. Kein Versteckspiel, kein größeres Gut oder Schlecht. Einfach nur ein sauberer Zickenkrieg – immer mitten auf die Zwölf. Die Osterkamp zu sehen würde für Johanna eine wunderbare Abwechslung sein.

Als sie ihre Wohnungstür aufstieß, schlug ihr in der Dunkelheit der muffige Gestank eines tagelang nicht gelüfteten Raumes entgegen. Johanna schloss die Tür und betätigte den Lichtschalter. Nichts tat sich. Leise fluchend ertastete sie an der Wand den Schalter für die Lampe im Badezimmer. In dem Moment, in dem sie ihn gefunden hatte, mischte sich ein anderer Geruch zu der abgestandenen Luft. Es war …

Aftershave.

Noch bevor Johanna verstand, was passierte, schloss sich von hinten eine raue Hand über ihrem Mund. Erschrocken wollte sie aufschreien, doch der Laut kam ihr nicht über die Lippen. Stattdessen packten weitere Hände ihre Arme, rissen sie nach hinten. Pure Gewalt fesselte sie, erst die Arme, dann die Beine. Johanna wand sich angsterfüllt, konnte kaum atmen, ihre Muskeln zuckten unkontrolliert vor Verzweiflung und Panik.

Was geschah hier gerade?

Für einen schrecklichen Moment befürchtete sie, in einen Albtraum wie vor dreizehn Jahren zu stürzen. Mit aller Macht kämpfte sie die Erinnerungen an diesen Tag nieder. Vergebens. Tränen traten ihr in die Augen, während sie verzweifelt versuchte, durch die Nase zu atmen und ein Minimum an Sauerstoff zu erhaschen.

Da leuchtete die Lampe im Wohnzimmer auf. Die Augen weit aufgerissen, starrte sie umher, riss ihren Kopf von links nach rechts. Drei Männer in schwarzen Overalls und mit Skimasken. Halb trugen, halb zerrten sie Johanna durch ihre Wohnung. Ein vierter Mann ging voraus. Auf sein Signal hin warfen die Eindringlinge Johanna vor ihm zu Boden. Sie schlug hart auf. Die wenige Luft, die ihr verblieben war, entwich mit einem schrecklichen Keuchen, das in einen Hustenanfall überging, der Johanna sekundenlang schüttelte. Japsend rang sie nach Luft.

Zwei der Schergen traten neben sie und rissen sie hoch. Johanna kniete, während die Männer ihr die Arme hinter dem Rücken festhielten. Sie konnte sich kaum bewegen, wieder schloss sich eine Hand über ihrem Mund und zog ihren Kopf nach hinten. Ihr Körper spannte sich wie ein Bogen, aus dem jeden Augenblick ein Pfeil abgeschossen werden sollte. Ohne es zu wollen, starrte sie aus geweiteten Augen zu dem vermeintlichen Anführer hoch, der sich vor ihr aufgebaut hatte.

Auch er trug eine Sturmhaube. Johanna sah in seine blauen, reuelosen Augen. Gewalttätig und, ja, lüstern. Er musterte sie aufmerksam, sagte aber kein Wort. Dann griff er mit einer Hand zu dem Baumwollstoff über seinem Kopf und zog daran.

Zum Vorschein kam ein kahler Schädel, die Nase geädert, feiste Wangen, die fast übergangslos in einen stiernackigen, teils muskulösen, teils fetten Hals übergingen. Die Nasenflügel bebten, die Lippen lagen unsymmetrisch aggressiv übereinander und verzogen sich zu einem gehässigen Grinsen.

Als Johanna den Mann erkannte, wurde ihr schlecht.

Es war Viktor Bellmann.

»So sieht man sich wieder«, schnarrte er mit harter Stimme. »Das letzte Mal, dass ich dich gesehen habe, hast du genauso gewimmert. Nur hattest du weniger an. Erinnerst du dich?«

Johanna spürte, wie ihr Herz mit jedem hektischen Schlag unkontrolliert Blut durch ihren Körper pumpte. Doch irgendetwas musste diese lebensnotwendige Flüssigkeit ihrer Wirkung beraubt haben. Vom Gehirn bis zu ihren kraftlosen Beinen schien nichts mehr zu funktionieren. Johanna atmete stoßweise. Sie drohte zu kollabieren.

Viktor Bellmann gab ein Signal, und die Hand vor Johannas Mund verschwand.

Mit rasselndem Atem sog Johanna gierig Luft ein. Doch noch immer bogen diese Gorillas ihren Körper nach hinten.

»Was willst du hier?«

Es war nicht mehr als ein Flüstern. Sie hätte schreien wollen, brachte jedoch nicht einmal diese wenigen Worte kraftvoll hervor. Viktor schien es gleich zu sein.

»Früher warst du die rebellische Fotze, die sich von einem Schwarzen vögeln ließ. Jetzt bist du das Bullenschwein, das den Knüppel lieber am Gürtel trägt als zwischen den Beinen.«

Viktors Gefolge schnaufte vor Lachen.

»Was ich hier will?« Er beugte sich so weit zu ihr herunter, dass sie seinen Atem riechen konnte, in den sich billiger Alkohol gemischt hatte. »Am liebsten würde ich dich totschlagen.« Er machte eine Pause und betrachtete ihren Gesichtsausdruck. Ob er sich an ihrer Angst labte? »Dein Glück, dass unser beider Vater mir aufgetragen hat, dich sanfter zu behandeln.«

»Carl Bellmann ist nicht mein Vater«, spie Johanna. »Und du bist nicht mein Bruder.«

Als Viktor sich bewegte, zuckte sie in der Erwartung zusammen, für ihre Erwiderung einen Schlag zu kassieren. Stattdessen kniete er sich vor sie hin und schob sich nah an sie heran. Er legte seine linke Hand auf ihre Wange. Die Berührung, fast schon zärtlich, war schlimmer als eine Tracht Prügel. Ekel stieg in Johanna auf.

»Und du bist nicht meine Schwester«, flüsterte er. »Weshalb ich auch kein Problem haben werde, beim nächsten Mal weniger zimperlich zu sein. Hast du verstanden, kleine Eva?«

»Beim nächsten Mal?«, ächzte sie, während sie versuchte, ihren Kopf von ihm wegzudrehen.

»Für den Fall, dass du dich nicht aus unseren Geschäften heraushältst.«

»Aus dem Consilium?«

Viktor entblößte seine Zähne zu einem gehässigen Grinsen. »Du lernst schnell.«

»Und auch aus Dark Fiber?«

Das Grinsen gefror.

»Diesen Namen solltest du schnell wieder vergessen.« Viktors Hand wanderte in ihren Nacken und packte so kräftig zu, als wolle er ihre Wirbelsäule herausreißen. »Dir ist es noch nie bekommen, wenn du zu viel herumgeschnüffelt hast. Sei ein braves Mädchen, ja?«

»Da habe ich wohl einen wunden Punkt getroffen.« Johanna hätte den Mund halten sollen. Das wusste sie, aber sie konnte nicht anders. »Sonst noch was? Bringst du beim nächsten Mal wieder Nicolai mit? Ach nein, das geht ja nicht. Nicolai ist ja tot. Fehlt er dir?«

In der nächsten Sekunde bohrte sich eine eiserne Faust in ihre Niere. Mit der linken Hand hatte Viktor ihren Nacken festgehalten, während er mit rechts ansatzlos zugeschlagen hatte. Johanna spürte noch, wie die Männer hinter ihr sie losließen. Dann sackte sie zu Boden. Sie spürte noch, wie sie sich erbrach, dann wurde ihr schwarz vor Augen.

Wie durch einen Schleier drang die Stimme ihres Bruders an ihr Ohr und raunte ihr eine letzte Drohung zu. Dann hörte sie sich entfernende Schritte und eine Tür, die ins Schloss fiel. Irgendetwas in Johannas Gehirn reagierte und sagte ihr, dass sie dringend etwas tun musste. Sie benötigte einige Sekunden, ehe sie kapierte, was ihr Verstand von ihr wollte. Sie öffnete die Augen, stemmte sich mit letzter Kraft hoch und kroch zur Wohnungstür. Es schien mehrere Minuten, Stunden, gar Tage zu dauern. Ihr Hausschlüssel war ihr aus der Hand gefallen, als die Angreifer sie gepackt hatten. Jetzt umschloss sie ihn mit zittrigen Fingern. Sie brauchte mehrere Anläufe, um den richtigen Schlüssel ins Türschloss zu stecken und umzudrehen.

Dann lehnte sie sich mit dem Rücken gegen das kühle Holz der Tür.

Ein einziger Gedanke beherrschte sie.

Sie war hier nicht mehr sicher. Sie musste fliehen. Und zwar sofort.

KAPITEL 40

Ihr war auf einmal fürchterlich kalt. Johanna begann zu zittern. Im nächsten Moment robbte sie ins Badezimmer und übergab sich erneut. Während ihr der säuerliche Speichel aus dem Mund troff und sie keuchend über der Schüssel hing, tränten ihre Augen vor Panik, Erschöpfung und den Krämpfen, die ihren Körper schüttelten.

Alles war wieder da. Die Erinnerungen. Die Bilder, die sie nie wieder hatte sehen wollen. Sie glaubte, Nicolai Krahls Duft steige ihr wieder in die Nase. Sein Atem, sein Schweiß, das Bier, das er getrunken hatte. Johanna glaubte die Schmerzen in ihrem Schoß wieder zu spüren, die rohe Gewalt, die er ihr angetan hatte. Seine Hände auf ihrer Haut.

Mühsam zog sich Johanna am Waschbecken hoch. Sie musste diesen Geruch loswerden. Mit warmem Wasser wusch sie sich das Gesicht, spülte ihren Mund aus. Dann ließ sie heißes Wasser ins Becken laufen und fingerte ein Fläschchen Eukalyptus-Öl aus einem Medikamentenbeutel. Sie träufelte einige Tropfen ins Wasser, legte sich ein Handtuch über den Kopf, stützte ihre Arme auf die Keramik und schloss die Augen. Gierig sog sie den zitronig-blumigen Duft ein. Sofort überkam Johanna ein Gefühl der Ruhe. Das erste

Mal hatte sie diesen Effekt in Namibia bemerkt, am trockenen Flussbett des Swakop, wo sie unter einem Eukalyptusbaum an einem Lagerfeuer gesessen und den Duft der Blätter wie pures Leben inhaliert hatte.

Jetzt konzentrierte sie sich ganz auf diese Erinnerung, atmete tief ein und aus, immer wieder. Bis die Bilder in ihrem Kopf verschwammen. Die Gesichter ihrer Peiniger wurden unscharf, Krahls Geruch ebbte ab. Die feuchte Wärme des Wassers ließ Schweißperlen durch ihre Poren treten. Kein Angstschweiß mehr, sondern ein Gefühl, als befände sie sich wieder in Namibia, als wischte die Schönheit der Natur alle anderen Gedanken beiseite. Ihr Atem beruhigte sich, das Blut breitete sich wieder in ihrem Körper aus, als habe sich ein Damm geöffnet.

Johanna fand langsam wieder zu sich.

Nach einigen Minuten richtete sie sich auf, ließ das warme Wasser aus und füllte kaltes ein. Mit beiden Händen schaufelte sie sich eine Ladung ins Gesicht, keuchte auf, genoss die kühlende Wirkung auf ihrer Haut. Dann trocknete sie sich ab und sah in den Spiegel.

»Du siehst zum Kotzen aus, Jo!«

Ihr Spiegelbild zeigte ein müdes Lächeln. Ihre Haare zerzaust und am Ansatz feucht, ihre Wangen feuerrot, ihre Augen gerändert und blutunterlaufen.

Doch jetzt wusste Johanna, was sie zu tun hatte. Sie war schon einmal an diesem Punkt in ihrem Leben angekommen. Es spielte keine Rolle, wie sie sich fühlte, wie müde sie war, wie sehr ihr Körper schmerzte. Sie musste handeln.

Zehn Minuten später hatte sie alles Wichtige in einen Wanderrucksack gestopft. Ihr Laptop, ihr Smartphone und der GPS-Tracker gehörten nicht dazu. Alles drei hatte sie aufs Bett geworfen. Wenn jemand tatsächlich ihr Handy angezapft hatte, dann waren auch ihr Laptop und der Tracker nicht mehr sicher. Sie musste auf Block und Bleistift umsteigen. Sie übertrug die wichtigsten Telefonnummern aus ihrem digitalen Adressbuch in das kleine Notizheft mit dem dunkelroten Einband und speicherte die Fotos von Hagens Kladden auf einem USB-Stick.

Ein Geräusch aus dem Innenhof ließ sie an den Balkon treten. Wortfetzen drangen an ihr Ohr. Erst befürchtete sie, Viktor und seine Bande unten im Hof zu erspähen. Dann stellte sie erleichtert fest, dass es ihre Nachbarn in der dritten Etage waren. Ihr kam eine Idee. Kurz entschlossen verließ Johanna ihre Wohnung, stieg die Treppe hinauf und klopfte. Es war nach Mitternacht, und zunächst wollte niemand öffnen. Dann aber trat eine junge Frau an die Tür. Eine Minute später wählte Johanna mit einem geborgten Handy den Taxi-Ruf und bestellte sich einen Fahrer zu ihrem Haus. Sie bedankte sich und gab das Telefon zurück.

Zurück in ihrer Wohnung, sah sie sich noch einmal um. Was brauchte sie noch? Kleidung, Schuhe, Jacke, Notizbuch, Stift, Messer und Pfefferspray, dazu ihre Papiere, insbesondere ihren Dienstausweis. Schließlich stopfte sie auch einen Satz Polizeikleidung mit dazu, zog sich die schweren Polizeistiefel an, eine dunkelblaue Einsatzhose mit Seitentaschen und den dazu passenden Pullover. Während sie die hohen Schuhe schnürte, spürte sie die Entschlossenheit zu sich zurückkehren.

Niemand würde je wieder so mit ihr umgehen. Das hatte sie sich vor dreizehn Jahren geschworen.

Sie mochte in ihrer eigenen Wohnung nicht mehr sicher sein. Doch Johanna Böhm ließ sich von niemandem ihr

Leben bestimmen. Sie würde sich zur Wehr setzen. Nicht ganz im Stile einer Polizistin, die den Überfall sofort hätte melden müssen. Aber diese Grenze hatte sie ohnehin schon längst überschritten.

Sie schulterte ihren Rucksack, löschte das Licht und verließ die Wohnung.

Im Treppenhaus ging sie im Dunkeln leise und vorsichtig in den Keller. Falls sich Viktors Schläger weiter in der Nähe befanden, durfte sie ihnen nicht in die Arme laufen. Im Untergeschoss gab es einen Durchgang zum Vorderhaus, wo ein separater Ausgang hoch zur Straße führte. Auf jedes Geräusch achtend, schlich Johanna von Raum zu Raum. Als sie an der Kellertür zur Straße angekommen war, zögerte sie kurz. Durch ein schmales Oberfenster konnte sie den Gehweg überblicken. Niemand war zu sehen.

Sie wartete, bis sie die Scheinwerfer eines Autos näher kommen und langsamer werden sah. Es war ihr Taxi. Der Fahrer hielt und stieg aus. Johanna öffnete rasch die Tür und trat über die enge Treppe auf die Straße.

Johanna setzte sich auf die Rückbank. Als sie dem Taxifahrer die Adresse nannte, schien sie einen Menschen sehr glücklich gemacht zu haben. Johanna konnte sich denken, warum. Von Oberschöneweide würden sie eine gute halbe Stunde bis Schöneberg brauchen.

Als das Taxi schließlich von der Martin-Luther-Straße in die Barbarossastraße einbog, sprang das Taxameter auf vierzig Euro. Johanna dirigierte den Fahrer bis zu einem weißen Eckhaus und bezahlte. Zwei Drittel des Stipendiums der Hedda-Falk-Stiftung für vielversprechende Polizistinnen waren damit aufgebraucht. Und ob Johanna nach dieser Nacht noch immer eine vielversprechende Kandidatin für diesen Job war, musste sie zumindest in arge Zweifel ziehen. Doch das spielte jetzt keine Rolle mehr. Nicht nach Viktors Überfall.

Johanna war sich sicher, dass ihr niemand gefolgt war. Jetzt sah sie sich noch einmal um und trat an die Haustür eines fünfstöckigen Altbaus. Boris wohnte ganz oben unter dem Dach in einem geräumigen Loft. Der Eingang war nicht verriegelt, und so betrat Johanna das Treppenhaus. Zum Glück gab es einen Aufzug, ein altes, klappriges Ding mit Gittertüren, dessen Ruckeln und Knarzen nachts die Hälfte der Bewohner wecken musste. Doch Johanna war es egal. Sie bestieg das Ungetüm, drückte die Fünf und ließ sich in die Höhe transportieren. Oben angekommen, klingelte sie an Boris' Wohnung.

Für einen kurzen Moment fürchtete sie, Boris könnte nicht daheim sein. Dann aber hörte sie Schritte. Im nächsten Moment glitt die Tür auf, und er stand in hellblauen Boxershorts und weißem T-Shirt vor ihr.

Sie versagte sich den Wunsch, ihm um den Hals zu fallen, denn dann bestand die Gefahr, dass sie zusammenbrach.

»Darf ich reinkommen?«, fragte sie stattdessen mit einem schwachen Lächeln.

»*What the actual fuck?*« Boris blickte auf ihren Rucksack.

»Das zu erklären könnte dauern. Hast du Wodka?«

»Hat der Papst 'ne Bibel?«

Er trat zur Seite und ließ sie ein.

Sie liebte Boris' Wohnung. Ein einziger großer Raum. Ein ehemaliger Dachboden, ausgebaut zu einem modernen Studio mit Holzverstrebungen an der Decke, Stahlpfeilern mitten im Zimmer, teils steinernen, teils verputzten Wänden und von zwei Menschen eingerichtet, die über ebenso viel Stil wie Geld verfügten.

»Wie ein Pussymagnet, nur dass mich Pussys nicht interessieren«, hatte Boris ihr erklärt, als sie ihn das erste Mal besucht hatte. »Aber Tomasz findet es hier auch ganz geil.« Dieser Tomasz trat nun zu ihnen. Er trug einen geöffneten Bademantel über den Boxershorts und blickte aus müden Augen zu Johanna.

»Johanna, mein Schatz!« Tomasz küsste sie auf die Wange. »Habe ich Wodka gehört?«

»Leider nicht zum Spaß«, erwiderte sie.

Tomasz war in jeder Hinsicht anders gebaut als Boris. Er war größer, breiter, muskulöser, aber auch weicher als sein feingliedriger, aber rauer Freund. Sein blondes Haar, normalerweise akkurat gescheitelt, stand ihm zerzaust zu Berge.

»Tut mir leid, dass ich euch aus dem Bett gescheucht habe«, fuhr sie fort. »Ich bräuchte eine Bleibe für eine Nacht.«

»Du kannst so lange bleiben, wie du willst«, sagte Tomasz.

»Wenn du mich entschuldigst, ich muss auf den Wodka verzichten. Der Wecker klingelt um fünf, und dafür …«, er hob den Blick und sah zu einer Wanduhr neben der Tür, »ist die Zeit zum Ausnüchtern zu kurz.«

»Ab ins Bett und stopf dir Ohropax rein!« Boris gab Tomasz einen Kuss. »Ich kümmere mich um unseren Gast.«

Mit einem entschuldigenden Achselzucken schloss Tomasz sie in die Arme. Dann wankte er zurück zu einem Bett, das hinter einem dunkelblauen Vorhang auf einem hölzernen Podest errichtet worden war. Boris führte Johanna zu einer Ecke mit einem Chesterfield und zwei Sesseln. Johanna ließ sich auf das Sofa fallen. Boris verschwand in der Küchenzeile und kam wenige Minuten später mit einer Kanne, zwei Tassen und einer

Wodkaflasche wieder. Er goss ihnen eine hellbraune Flüssigkeit ein und gab je einen Schuss des klaren Schnapses hinzu. »Russische Schokolade, wie man es hier in Deutschland nennt«, sagte Boris und reichte ihr eine Tasse.

»Kakao mit Wodka?«

»Soll angeblich unser Zar erfunden haben. Ist aber Quatsch.« Er nahm einen Schluck. »Egal, was ist passiert?«

Johanna trank, bevor sie antwortete. Sie spürte die Wärme der heißen Schokolade und die leichte Schärfe des Wodkas. Beides bescherte ihr augenblicklich ein wohliges Gefühl im Magen. Die Nachwehen des Erbrechens verschwanden. Dann redete sie.

Es dauerte lange. Sehr lange. Sie begann mit Viktors Überfall in ihrer Wohnung. Dann fing sie von vorne an. Wie sie vor zwei Tagen von Konnopke's Imbiß zum Pladelu gefahren, mit Erhard Spahn gesprochen und danach zu Hause von Rasmus Falk abgefangen worden war. Wie sie erst nach Mühlhausen und später nach Poel gefahren waren. Wie Hagen Bellmann von den Toten auferstanden war und wie sie am nächsten Morgen im Thüringer Wald fündig geworden waren. Erst da wurde ihr bewusst, dass Falk und sie erst vor wenigen Stunden in dieser Hütte gewesen waren. Dann berichtete sie Boris von ihrer Rückreise, dem zweiten Gespräch mit Spahn, das zu einem Verhör mutiert war, und kam schließlich wieder auf Viktor zu sprechen.

»Tja, und jetzt bin ich hier.«

Boris hatte sie kein einziges Mal unterbrochen. Auch jetzt sagte er nichts. Stattdessen stand er auf, ging zurück in die Küche und kam mit zwei schlanken Gläsern wieder. Diesmal goss er den Wodka nicht in den Kakao, sondern in die Gläser. Sie stießen an.

»Johanna, bislang habe ich das für ein krudes Spiel gehalten, irgendwas zwischen Schnitzeljagd und Vergangenheitsbewältigung. Jetzt erlaube ich mir zu sagen: Ich bin froh, dass du noch lebst. Aber ich erlaube mir auch zu sagen: Diese Geschichte muss aufhören. Und zwar sofort.«

Johanna befiel eine Gänsehaut. Erst indem Boris es ausgesprochen hatte, gestand sie sich ein, dass sie in ein tödliches Spiel hineingeraten war.

»Du hast recht«, erwiderte sie. »Es muss aufhören. Nur kann ich nicht einfach wieder zurück in die Akademie und weitermachen, als wäre nichts gewesen.«

»Warum nicht? Wer würde es dir verübeln?«

»Ich mir selbst. Das ist genau der Grund, weshalb ich Polizistin werden wollte. Gerechtigkeit, Boris. Ich will nicht, dass das, was mir jetzt schon wieder passiert, anderen Menschen widerfährt. Menschen wie mein Bruder Viktor oder mein Vater müssen aufgehalten werden.«

»Und was ist mit deinem Bruder Hagen? Muss er auch aufgehalten werden?«

»Natürlich.«

»Bevor oder nachdem er den Rest der Familie umgebracht hat?«

Johanna schwieg.

»Was ist mit diesem Falk?«

»Was soll mit ihm sein?«

»Wird er sich aufhalten lassen? Oder wird er den Job zu Ende bringen, sollte Hagen scheitern?«

»Ich weiß es nicht«, gestand Johanna.

Boris stellte die richtigen Fragen. Gleichzeitig wusste Johanna, dass sie es sich nicht verzeihen würde, wenn sie einfach ins Bett ging und ab morgen wieder die Schulbank drückte. Jedes weitere Opfer würde sie auf ihre Kappe nehmen müssen. Sie durfte sich nicht raushalten.

»Ich würde ja zur Polizei gehen«, setzte sie an.

»Aber du weißt nicht, wem du vertrauen kannst«, führte Boris ihren Gedanken fort. »Weiß Falk schon Bescheid?«

»Scheiße, nein!« Johanna setzte sich mit einem Ruck auf. »Kann ich dein Handy benutzen?«

»Ich habe eine bessere Idee.«

Boris ging zum Bett, verschwand hinter dem Vorhang und kam kurze Zeit später mit einem Smartphone zurück. Er gab es ihr.

»Das ist Tomasz' Privates. Er hat noch ein Firmenhandy. Du kannst es benutzen, solange du es brauchst.«

Er nannte ihr den Sicherheitscode.

»Ihr zwei seid eine Wucht.«

Aus ihrem Rucksack holte sie das kleine Notizbuch hervor, schlug die Seite mit den Telefonnummern auf und wählte die Nummer für Falks Hotelzimmer.

Der ehemalige Geheimdienstler ging nach nur einem Klingeln dran.

»Was ist das für eine Nummer?« Falk klang hellwach.

»Ein geborgtes Handy.«

»Wo bist du?«

»Bei Boris. Ich hatte ungebetenen Besuch.«

»Was? Von wem?«

In wenigen Worten fasste sie das Aufeinandertreffen mit Viktor zusammen. Als sie geendet hatte, schwieg Falk einen Moment.

»Das wird ja immer besser«, sagte er dann.

Johanna glaubte ihren Ohren nicht zu trauen. War das Freude in Falks Stimme?

»Wie bitte?«

»Warte kurz!«

Im Hintergrund hörte sie Falks Finger auf der Tastatur seines Laptops. »Hat Boris eine E-Mail-Adresse, an die ich etwas schicken kann?«

Verwirrt blickte Johanna zu Boris, der ihr seine Adresse nannte und dann seinen Laptop holte. Kaum hatte er sein Mailprogramm geöffnet, verkündete ein Piepsen den Eingang einer E-Mail.

»Klickt auf den Link«, befahl Falk.

Boris tat, wie ihm geheißen. Im Browser öffnete sich ein passwortgeschütztes Fenster. Falk diktierte ihnen den sechzehnstelligen Code. Kaum hatte Boris ihn eingegeben, startete ein Video.

Johanna erschrak.

Was sie sah, war ihre Wohnung. Sie war in das grüne Licht einer Nachtsichtkamera getaucht. Johanna saß sprachlos auf dem Sofa. Ein surreales Bild spielte sich vor ihren Augen ab. Sie beobachtete, wie vier dunkle Gestalten ins Blickfeld kamen. Die Männer durchsuchten mit Taschenlampen das Zimmer, das für Johanna bis vor wenigen Stunden noch ihr Zuhause gewesen war. Plötzlich zogen sich die Eindringlinge zusammen, postierten sich am Türrahmen und kommunizierten nur noch mit Handzeichen.

Boris betätigte eine Taste an seinem Laptop und erhöhte die Lautstärke. Da erklang das unverkennbare Geräusch einer sich öffnenden und schließenden Tür. Was danach geschah, wollte Johanna nicht mehr sehen. Doch sie zwang sich hinzuschauen. Wie die Männer sie ins Zimmer brachten und zu Boden warfen. Wie Viktor sich vor ihr aufbaute und die Sturmhaube vom Kopf nahm.

»So sieht man sich wieder«, ertönte seine schnarrende Stimme aus den Lautsprechern des Computers. »Das letzte Mal, dass ich dich gesehen habe, hast du genauso gewimmert. Nur hattest du weniger an. Erinnerst du dich?« Johanna blickte starr auf den Bildschirm. Hass loderte in ihr auf. Ein Gefühl, das sie in dieser Wucht lange nicht mehr verspürt hatte. Sie beobachtete, wie Viktor sich neben ihr Ebenbild kniete und ihr die Hand auf die Wange legte. Viktor forderte sie auf, sich aus den Geschäften ihres Vaters herauszuhalten.

»Aus dem Consilium?«

»Du lernst schnell.«

»Und auch aus Dark Fiber?«

»Diesen Namen solltest du schnell wieder vergessen.«

Sekunden später sah Johanna zu, wie Viktor ihr im Video in die Niere schlug, sie zusammensackte und sich auf dem Boden erbrach. Das Bild gefror, als die vier Gestalten auf dem Weg zur Wohnungstür waren.

Niemand sagte ein Wort. Nicht Johanna, nicht Boris, nicht Falk am Telefon.

Es dauerte einige Augenblicke, ehe Johanna wieder einen klaren Gedanken fassen konnte. Dann flüsterte sie: »Du hast meine Wohnung verwanzt.«

»Ja«, gab Falk unumwunden zu. »Ich habe die Kamera installiert, als du in der Küche warst. Sie steht auf deinem Kleiderschrank.«

Johanna wollte etwas erwidern, doch Falk sprach mit lauter Stimme weiter.

»Ich könnte jetzt sagen, dass ich es bedauere oder weil ich geahnt habe, dass so etwas passieren könnte. Das wäre gelogen. Ich wollte dich ausspionieren.«

»Du hast mein Vertrauen missbraucht.«

»Einen Scheiß habe ich«, entgegnete Falk. »Ich musste wissen, ob du eine Chance bist oder eine Gefahr. Ich habe die Kamera zu einem Zeitpunkt installiert, an dem ich dich noch nicht einschätzen konnte. Vertrauen spielte in diesem Moment überhaupt keine Rolle.«

»Das spielt es jetzt auch nicht mehr«, erwiderte Johanna verbittert.

»Red keinen Unsinn und denk nach!« Falks Stimme hatte einen Ton angenommen, den sie bislang noch nicht von ihm kannte. »Die Kamera hat uns den handfesten Beweis geliefert, den wir gebraucht haben. Mit diesem Video können wir deinen Vater und deinen Bruder ans Messer liefern. Die gesamte Sippe. Das Consilium Humanum und, wenn wir Glück haben, auch Dark Fiber.«

Johanna wollte erwidern, dass sie nichts mehr hören wollte, dass sie fertig mit ihm war. Wollte ihn ein hinterlistiges Arschloch nennen. Wollte ihm sagen, dass er ihre Würde entblößt hatte. Dass er sie in ihren verwundbarsten Momenten ausspioniert hatte. Dass er ihre Intimsphäre verletzt hatte wie zuvor in ihrem Leben nur Nicolai Krahl und ihr Bruder Viktor.

Doch sie konnte es nicht.

Sie sah auf das Video und erkannte dessen Wert. Sie war schockiert, aber mehr über die Bilder als über die Kamera, die diese aufgenommen hatte.

»Über die Kamera reden wir noch, Falk. Wichtiger ist jetzt: Was machen wir damit?«

»Es wird Zeit, in die Offensive zu gehen.«

»Und wie?«

Falk erwiderte: »Ich habe da schon eine Idee.«

KAPITEL 41

DIENSTAG, 14. SEPTEMBER
Eisenach, Deutschland

Wittenberg, Leipzig, Weimar, Erfurt – so viele geschichtsträchtige Städte lagen auf ihrem Weg von Berlin nach Eisenach. Johanna verband sie allesamt mit Martin Luther. Schuld daran war ihr Vater. Carl Bellmann hatte sich hinter Luthers Reformation versteckt und erklärt, was vor fünfhundert Jahren gegolten hätte, würde auch heute noch gelten. Die Menschen hätten noch immer das Recht und die Pflicht, neu zu denken, neu zu urteilen. Gerade in einer Zeit, in der die Welt in den Fängen der politischen und wirtschaftlichen Elite gefangen sei. Ihr Vater hatte gepredigt, die mittelalterliche Macht der Fürsten und Bischöfe sei nichts anderes gewesen als die heutige Vorherrschaft des europäischen und amerikanischen Geldadels, der Politik wie Medien gleichermaßen in einem eisernen Griff habe. Daraus müsse man ausbrechen wie einst Martin Luther im Kampf gegen die Katholiken. Dass der späte Luther sich zudem als Antisemit geoutet hatte, überzeugte Carl Bellmann nur noch mehr von seinem Weg als Reformator der deutschen Gesellschaft.

Johanna versuchte die Gedanken an ihren Vater beiseitezuwischen, als die Landschaft vor ihrem Fenster vorbeiraste.

Sie saß schon wieder im Zug, diesmal in entgegengesetzter Richtung. Nach einer verdammt kurzen Nacht auf dem Chesterfield war sie gerädert aufgewacht. In Boris' Badezimmer hatte sie sich geduscht und im Spiegel den blauen Fleck begutachtet, den Viktors Faust unterhalb ihrer Rippen hinterlassen hatte. Dann hatte sie sich angezogen und war zum Bahnhof gefahren. Mit Boris.

Als treue Seele, die er war, wich er nicht mehr von ihrer Seite, hatte sie nicht alleine in die Lutherstadt fahren lassen wollen, wo sie mit Rasmus Falk verabredet war. In der Höhle des Löwen. Boris hatte ihr mit deutlichen Worten zu verstehen gegeben, ihren Plan für wahnsinnig zu erachten. Falls sie ihn wirklich umsetzen wollte, würde er dazugehören. Als selbstständiger Grafiker konnte er über seine Zeit frei entscheiden, und so hatte er in der Nacht einige Mails geschrieben und war am Morgen mit ihr gekommen. Jetzt saß er neben ihr, genauso schweigsam wie Johanna, genauso fixiert auf die Wälder und Felder, die an ihnen vorbeiflogen.

Es war später Vormittag, als sie in Eisenach eintrafen.

Als sie aus dem Gewölbe mit dem halbmondförmigen Buntglasfenster an der Stirnseite ins Freie traten, steuerte Johanna auf die wartenden Taxis zu. Keine zehn Minuten später setzte sie der Fahrer auf der Wartburgallee ab. Sie befanden sich im Südviertel Eisenachs, einer denkmalgeschützten Villenkolonie unterhalb der Wartburg. Viele Häuser standen auf großzügigen Grundstücken mit respektvollem Abstand zueinander, herrschaftliche Villen vom Klassizismus über den Jugendstil bis zum Bauhausstil. Kein Haus glich dem nächsten, und für manche Bauten war der Begriff *Haus* eine Beleidigung.

»Bist du auch in einem dieser Schlösser groß geworden?«

»Nein. Ich habe in einer eher bürgerlichen Gegend gewohnt. Es ist nicht mehr weit.«

Johanna führte Boris zwischen zwei Grundstücken auf einen Fußweg. Was war das Gehirn des Menschen doch für ein Wunderwerk an Speicherkapazität? Sie war dreizehn Jahre nicht mehr hier gewesen. Dennoch musste sie keine Sekunde überlegen, wohin sie gehen musste. Auch tauchten Bilder aus ihrer Schulzeit vor ihrem inneren Auge auf, wie sie diesen Weg unzählige Male alleine oder mit Alice gegangen war. Gerade diesen Weg, denn hier war sie von den Fenstern ihres Elternhauses aus nicht zu sehen gewesen. Boris und sie befanden sich nun unmittelbar in der Nähe ihres alten Zuhauses, ihrer Familie, dem Ort, an dem sie aufgewachsen war, des Ortes, an dem sie ihren größten Albtraum erlebt hatte.

Der Weg führte sie zu einer Seitengasse der Marienstraße. Nach einigen Metern entdeckte Johanna den schwarzen Kastenwagen, der ihr inzwischen so vertraut war. Sie hatte Falk genau erklärt, wo er zu parken hatte. Nun stand er an der exakt richtigen Stelle. Hinter einer Häuserwand, sodass nur das Heckfenster in Richtung Marienstraße zeigte und der Rest des Autos vor neugierigen Blicken geschützt war. Auf diese Weise konnten Johanna und Boris unbeobachtet in das Auto klettern.

Die Begrüßung fiel knapp aus. Falk und Boris beschnupperten sich kurz und schienen sich im Stillen zu einigen, dass jetzt nicht die Zeit für einen Schwanzvergleich war.

»Was ist passiert?«, wollte Johanna wissen.

»Ich bin seit kurz vor sechs hier.« Falk zog ein Tablet hervor. »Um 7.18 Uhr fuhr eine Limousine vor. Vier Minuten später kam Carl Bellmann aus dem Haus und stieg ein. Seitdem gab es keine Bewegungen mehr im Haus.«

Er griff nach einer Kamera mit einem mächtigen Objektiv und drehte sie zu Johanna. Der kleine Bildschirm des Apparats zeigte das Foto eines Mannes. Es war ihr Vater. Auch wenn sie ihn auf zahllosen Pressebildern, auf Werbeplakaten und im Fernsehen gesehen hatte, fühlte sich diese Aufnahme realer und näher an. Es war, als sehe sie ihren Vater nach dreizehn Jahren zum ersten Mal wieder.

»Ist dir irgendwas an ihm aufgefallen?«, fragte sie betont ruhig.

»Er hatte eine Golftasche dabei.«

Natürlich, ihr Vater spielte Golf. Das hatte sie vergessen. Ob er nach der Arbeit eine Runde gehen würde?

Erst jetzt sah Johanna aus der verdunkelten Heckscheibe hinüber auf die Marienstraße. Sie presste die Zähne aufeinander, als sie das Stadthaus betrachtete. Trotz des wolkenverhangenen Himmels leuchtete die Fassade strahlend weiß, als sei sie erst kürzlich frisch gestrichen worden. Im Erdgeschoss befanden sich gewerbliche Räume, in denen einst eine Bäckerei untergebracht war. Jetzt hatte sich hier ein Architektenbüro niedergelassen. Die drei Etagen darüber wurden von den Bellmanns bewohnt. Zumindest, wenn alles beim Alten geblieben war.

In der obersten Etage hatte ihr Vater einst einen großen Saal eingerichtet, in dem er mit Gleichgesinnten Besprechungen und Feiern abgehalten hatte. Erst später war Johanna in den Sinn gekommen, dass diese meist geheimen Treffen sektenartigen Riten gefolgt waren. Als Kind war es ihr strikt untersagt gewesen, das Dachgeschoss zu betreten. Nur, wenn ihre Familie außer Haus gewesen war, hatte sie es gewagt, nach oben zu gehen. Ihr Vater hatte sie einmal dabei erwischt, weil er etwas zu Hause vergessen hatte und unerwartet zurückgekehrt war. Er hatte sie verdroschen. Nicht das erste und nicht das letzte Mal.

Sie blickte zu den Fenstern in der zweiten Etage. Sechs gleich große Fenster, zwei für jedes Zimmer, zwei für jedes der drei Kinder. Die Fenster auf der linken Seite hatten zu ihrem Reich gehört. Ihr Kinderzimmer. Die Eltern schliefen nach hinten raus. Auf der gesamten ersten Etage lagen ein großes Wohn- und Esszimmer mit offener Küche sowie das Büro ihres Vaters.

»Was ist mit Viktor Bellmann?«

Boris' Frage an Falk riss sie aus ihren Gedanken.

»Keine Anzeichen von ihm. Möglich, dass er noch in Berlin ist.« Falk klang genervt. »Wir können nur observieren. Andere Möglichkeiten haben wir nicht. Ein paar Unwägbarkeiten müssen wir in Kauf nehmen.« Er sah sich zu Johanna um. »Bist du bereit?«

Sie zögerte. Dann nickte sie.

In der vergangenen Nacht hatten sie den Plan besprochen. Jetzt ging es los.

Johanna und Boris schoben die Tür des Transporters wieder auf und stiegen aus. Nervös strich sich Johanna ihre schwitzigen Hände an der Hose ab.

»Alles okay?« Boris sah sie besorgt an.

»Nichts ist okay, aber jetzt ist nicht die Zeit für Sentimentalitäten. Also los!«

Boris drückte ihr kurz den Arm, dann drehte er sich um und überquerte die Straße. Johanna blieb ihm dicht auf den Fersen, die Augen auf die Fenster gerichtet. Sie waren alle mit Gardinen behangen. Dahinter bewegte sich nichts. Boris trat die drei Stufen zur Eingangstür hinauf, während sich Johanna hinter ihm hielt.

Boris betätigte die Klingel.

Es dauerte einige Sekunden. Dann ertönte eine Frauenstimme, verzerrt, nicht zu erkennen.

»Ja?«

»Paket für Sie!«

So hatten sie es besprochen. Boris sollte als Türöffner fungieren. Würde es klappen?

Im nächsten Moment ertönte ein Summen. Er drückte gegen die Eingangstür, und sie schwang auf.

Sie waren drin.

Kameras konnte Johanna nicht entdecken. Das wunderte sie etwas, doch offenbar glaubte ihr Vater, dass niemand es wagen würde, ihm in seiner Hochburg zu nahe zu kommen.

Sie betraten das Treppenhaus.

Johanna wusste, dass der Geruchssinn eines Menschen die meisten Erinnerungen auslösen konnte. Trotzdem war sie nur schlecht auf das Gefühl vorbereitet, das sie befiel, als sie auf dem Treppenabsatz mit noch allzu vertrauten Düften konfrontiert wurde. Stur geradeaus blickte sie, während sie hinter Boris die Stufen erklomm.

Die Tür im ersten Stock zur Wohnung war noch nicht geöffnet. Also stellte sich Johanna daneben an die Wand und überließ es Boris, als Erster ins Blickfeld der Person zu geraten, die jeden Moment kommen musste.

Da öffnete sich die Tür. Eine Frauenstimme fragte: »Wer sind Sie? Wo ist denn nu das Paket?«

Johanna trat vor.

»Hallo, Mutter.«

Die Frau im Türrahmen brauchte einen Moment, um ihren Blick neu zu justieren. Sie kniff die Augen zusammen, als ob sie scharf stellen musste, was sie sah. Dann riss sie sie auf.

»Du!«

Freude sah anders aus. Allerdings sah auch der Mensch, der Johanna gegenüberstand, anders aus als vor dreizehn Jahren. Martha Bellmann war gealtert, jedoch nicht zu ihrem Vorteil. Die einst attraktive Brünette mit den vollen Lippen, dem großem Busen und dem eleganten Auftreten war ein Wrack, das nur noch von Haartönung, Make-up, teurer Kleidung und zu viel goldenem Schmuck an Ohren, Hals und Händen zusammengehalten wurde. Ihr Gesicht und ihre Finger aufgequollen, ihr einst schlanker Bauch ein unförmiger Übergang zwischen zu tiefem Dekolleté und zu kurzem Rock. Johanna blickte in ein erschütterndes Abbild ihrer einst schönen, wenngleich schon immer charakterschwachen Mutter.

»Pure Freude über mein Erscheinen, wie ich sehe«, sagte Johanna. »Willst du deine Tochter nicht hereinbitten?«

»Was willst du hier?«, brachte Martha Bellmann hervor.

»Mit dir über die alten Zeiten reden.«

»Die sind schon lange vorüber.«

»Das sehe ich.«

Ohne zu fragen, drängte sich Johanna an ihrer Mutter vorbei.

»Hey, was fällt dir ein?«

»Es dauert nicht lange.«

Boris blieb wie besprochen an der Eingangstür stehen. Er sollte sie warnen, wenn er von unten etwas hörte.

Johanna erkannte sofort, dass sich nur im Treppenhaus nichts verändert hatte. Die Diele und das große Wohnzimmer, in dem sie nun stand, waren renoviert und neu eingerichtet worden. Erleichtert stellte sie fest, dass ihr weitere Zeitreisen erspart blieben. Und weiter als bis hierhin wollte sie sich ohnehin nicht vorwagen. Ihr Blick flog flüchtig durch das große Zimmer. Modern eingerichtet in hellen Tönen aus Weiß und Beige, Glas und Steinfliesen in Marmoroptik. Ihr fiel sofort auf, dass nirgends Fotos der Familie standen. Nicht einmal vom Ehepaar oder dem einzig verbliebenen Kind Viktor.

»Nett habt ihr es. So hell und offen.«

»Spar dir deinen Spott!«

Ihre Mutter hatte sich offenbar gefasst, war ihr gefolgt und trat nun auf sie zu. Jetzt betrachtete sie Johannas Outfit, die Einsatzhose und den Polizeipullover.

»Du bist bei den Bullen?«

»Das wusstest du nicht?«

»Woher denn? Was interessiert mich eine undankbare Göre, die einfach davonläuft?«

Johanna schluckte eine Retourkutsche herunter. Sie ließ ihren Blick schweifen. Auf dem Wohnzimmertisch vor einem Ledersofa stand ein Glas mit einer durchsichtigen Flüssigkeit. Aus der Ferne konnte Johanna weder Eis noch Olive oder Zitronenschale erkennen. Was aber nichts heißen musste. Der Anblick ihrer Mutter verriet ihr alles, was sie wissen musste.

»Dein altes Zimmer ist jetzt ein Gästezimmer«, sagte ihre Mutter gerade.

Johanna lachte bitter auf. Kurz hatte sie geglaubt, sich beherrschen zu können.

Dann halt nicht!

»Für die Gäste nur das Beste, was? Ein Zimmer mit Geschichte. Erzählst du euren Gästen dann auch, dass in diesem Zimmer der beste Freund eures ältesten Sohnes eure Tochter vergewaltigt hat? Im Auftrag deines Mannes? Oder taugt so etwas nicht als Gutenachtgeschichte?«

Martha Bellmann schwieg.

»Bist du deswegen zur Säuferin geworden? Weil du als Mutter versagt hast und deine Tochter nicht vor dem Monster beschützen konntest, das du geheiratet hast?«

»Ich habe keine Tochter.«

»Und ich habe keine Familie. Das habe ich gestern schon deinem verkommenen Ältesten mitgeteilt. Wusstest du, dass Viktor bei mir eingebrochen ist, um mich zu bedrohen? Wusstest du, dass er mich am liebsten umbringen würde? Das war *seine* Gutenachtgeschichte für mich. Du hast jegliche Kontrolle über deine wildwütigen Männer verloren. Wenn du jemals auch nur den Hauch von Kontrolle besessen hast.«

»Bist du nur hier, um mich zu beleidigen?«

Johanna spürte, wie Feindseligkeit Trotz wich. »Ich hatte darauf spekuliert, meinen Erzeuger anzutreffen.«

»Also doch Sehnsucht?«

»Nach der Hölle? Danke, ich hänge an meinem Leben. Genau aus diesem Grunde bin ich hier. Dein Göttergatte soll sich aus meinem Leben heraushalten.«

»Und um ihm das zu sagen, bist du extra hierhergekommen? Wen hast du da überhaupt mitgenommen? Ist der Typ dein Freund?«

»Boris? Er ist schwul, Mutter.«

»Für echte Männer reicht es nicht?«

»Du meinst für Vergewaltiger und solche, die ihre Frauen schlagen?«

»Dein Vater ist nicht hier.«

»Wo ist er?«

»Auf Wahlkampftour irgendwo in Thüringen.«

»Dann komme ich heute Abend wieder.«

»Das wird dir nichts nützen. Er spielt nachher Golf und isst noch mit Freunden im Clubhaus zu Abend. Er wird erst spät zu Hause sein.«

Johanna versuchte sich ihren Triumph nicht anmerken zu lassen. Das war genau die Information, auf die sie gehofft hatte. Der Eiertanz hatte sich also doch gelohnt.

»Gut, dann eben morgen.«

Johanna ging an ihrer Mutter vorbei in Richtung Wohnungstür. Dann drehte sie sich noch einmal um.

»Wenn du nur noch einen Funken Muttergefühl in dir trägst, sagst du ihm nicht, dass ich hier war.«

Doch Johanna sah sofort, dass ihre Mutter in dem Moment zum Telefonhörer greifen würde, in dem Boris und sie das Haus verlassen hatten. Martha hatte viel zu große Angst vor ihrem Mann, als dass sie Carl Bellmann den unerwarteten Besuch seiner Tochter verheimlichen würde.

KAPITEL 42

DIENSTAG, 14. SEPTEMBER
Eisenach, Deutschland

Der Himmel über Wenigenlupnitz zehn Kilometer östlich von Eisenach hing wie eine jahrzehntelang nicht gewaschene Gardine über ihnen. Einst strahlend hell, jetzt grau und kaum lichtdurchlässig. Warme Feuchtigkeit vermengte sich mit kühler Luft wie der Wasserstrahl unter der Dusche, wenn man das heiße Wasser aufdrehte und sich trotzdem kalte Strahlen hinzumischten.

Johanna fror nicht, ihr war aber auch nicht warm. Dennoch schwitzte sie unter ihrer Jacke, während sie im Schatten der Bäume warteten. Es war später Nachmittag. Das Wetter an der Schwelle zum Regen passte zu ihrer Stimmung. Die Begegnung mit ihrer Mutter hatte ihr gezeigt, dass die Zeit der Höflichkeiten vorbei war.

Während der langen Stunden des Wartens hatte Boris sie gefragt, welche Phase ihres Lebens sie am meisten geprägt hatte. Sie hatte darauf keine Antwort geben können. Natürlich wusste sie, wie sehr die Kindheit einen Menschen das ganze Leben prägte. Andererseits hatte sie nicht mehr allzu viele Erinnerungen an die Zeit, als sie klein war. Ein Psychologe würde ihr wohl erklären, was sich alles in ihrem Unterbewusstsein festgesetzt hatte. Hieß es nicht, dass man als

Kind alles spielerisch lernte? Doch wie viel hatte sie wirklich spielen dürfen? Sah sie heute manches viel kritischer, weil sie als Teenager durch die Hölle gegangen war? Welche Sechzehnjährige musste schon ihren Namen ändern, um vor ihrer Vergangenheit zu fliehen?

»Was machst du für ein nachdenkliches Gesicht?«

Rasmus Falk stand neben ihr, unbeweglich wie eine Statue.

»Warten ist nicht meine Stärke.«

»Na dann hast du dir ja genau den richtigen Beruf ausgesucht.«

Sie befanden sich am äußersten Rand des Eisenacher Golfclubs. Nach der Begegnung mit ihrer Mutter waren sie umgehend hierhergefahren und hatten die Gegend ausgekundschaftet. Hier warteten sie nun mit Blick über das dreizehnte Loch auf Carl Bellmann, während Boris mit dem Auto auf dem Parkplatz des Clubs stand und ihnen als Beobachtungsposten diente. Vor einer halben Stunde hatte er ihnen verkündet, dass Johannas Vater bei Loch zehn abgeschlagen hatte.

Der Golfplatz lag für ihre Zwecke perfekt. Baumreihen säumten die äußeren Ränder des Platzes, dahinter befand sich freies Feld. Nur im Norden war das Grundstück von einer Autobahn begrenzt. Loch dreizehn bildete den Abschluss des Platzes parallel zur A4. Geschützt und verdeckt durch Bäume und Sträucher, das Green unmittelbar vor ihnen, der Abschlag rund dreihundert Meter entfernt zu ihrer Rechten. Zwar war das Loch von anderen Positionen auf dem Platz einsehbar, doch es waren nur wenige Golfer unterwegs. Das Wetter spielte ihnen in die Karten. Sie hatten sich an der Rezeption die Flight-Besetzungen angesehen und festgestellt, dass Bellmann eine Abschlagszeit für sich alleine reserviert hatte. Niemand würde bei ihm sein.

Falk tippte sie an und deutete zum Abschlag. Johanna entdeckte eine einzelne Figur mit einer Golftasche auf einem dreirädrigen Wagen. Falk blickte durch sein Monokular.

»Er ist es.«

Carl Bellmann konnte sie von seiner Position aus unmöglich entdecken. Johanna spürte, wie ihre Anspannung stieg. Erst ihre Mutter, nun ihr Vater. Gleich würde sie das erste Mal seit dreizehn Jahren ihrem Erzeuger gegenüberstehen.

Aus der Ferne hörten sie ein leises Klicken von Metall auf Kunststoff. Sekunden später kündete ein Ploppen vom Aufprall des Balles auf dem Fairway. Die kleine, weiße Kugel sprang ein paarmal auf, rollte weiter und blieb schließlich rund achtzig Meter zentral vor der Flagge liegen. Sie sahen, wie Carl Bellmann den Schläger zurück in die Golftasche steckte, den Elektrocaddy auf Reisen schickte und ihm gemächlich folgte.

Während ihr Vater näher kam, übernahm Johanna das Fernglas. Sie blickte hindurch, stellte scharf.

Da war er.

Er trug eine rot-schwarz karierte Golferhose, schwarze Schuhe, eine rote Windjacke über einem weißen Polohemd und einen Golfhandschuh an der Rechten, mit der er einen Stift hielt und auf einer Scorekarte etwas notierte. Er sah ernst aus, als er den Blick hob und zu seinem Ball trat. Diesmal wählte er ein kurzes Eisen, stellte sich zum Ball, hielt einen Moment inne und vollführte seinen Schlag. Sein Schwung war der eines älteren Herrn, eckig, ruppig, aber kraftvoll und voller Konzentration. Die weiße Kugel landete butterweich auf dem zarten Grün, keine zwei Meter von der Fahne entfernt. Sichtlich zufrieden mit sich ging er zum Wagen, wischte das Eisen mit einem Tuch ab, steckte es zu den anderen und griff nach dem Putter, einem kurzen Schläger mit einem massiven Kopf. Seinen Caddy schickte er bereits in Richtung des nächsten Abschlags, während er sich auf dem Weg zum Green den Handschuh Finger für Finger von der Hand zupfte. Wie die Profis steckte er ihn sich in eine der Gesäßtaschen und betrat das kurz geschorene Green.

In diesem Moment steckte Johanna den Feldstecher weg und trat mit Falk aus dem Schatten der Bäume.

Carl Bellmann hatte ihnen den Rücken zugewandt. Nahezu lautlos näherten sie sich ihm von hinten. Ihre Schuhe machten keine Geräusche auf dem feuchten Rasen. Erst schritten sie über das höher geschnittene Rough, dann über das Vorgrün.

Sie betraten gerade das Green, da hörte sie die Stimme ihres Vaters.

»Ich hatte mit dir eigentlich schon an Loch elf gerechnet.«

Carl Bellmann drehte sich um.

Ihr Vater sah sie aus seinen blauen Augen mit einem überlegenen Lächeln an.

Johanna blieb abrupt stehen. Ihr Herz schlug ihr bis zum Hals. Er hatte sie erwartet.

»Dachtest du, du könntest mich überrumpeln? Dachtest du wirklich, deine Mutter würde nicht aus dem Fenster schauen und den Wagen entdecken, mit dem du und dein schwuler Freund davongefahren seid? Ich habe ihn auf dem Parkplatz des Clubhauses entdeckt. Mir war sofort klar, dass du hier irgendwo sein würdest. Hast du ernsthaft geglaubt, ich würde dir abnehmen, dass du es erst morgen noch mal versuchen würdest?«

»Nein.« Johanna versuchte noch immer, ihren Schock zu verdauen. »Aber ich konnte der Versuchung nicht widerstehen, meiner Mutter zu sagen, dass sie eine Versagerin ist.«

»Wage es nicht, so über deine Mutter zu reden«, brauste er auf.

»Spar dir dein Pathos!« Johanna legte so viel Verachtung wie möglich in ihre Stimme. »Du kannst mir nichts.«

»Ist das so?«

Carl Bellmann ging auf sie zu, den Putter spielerisch in der Hand, als könne er jeden Moment zuschlagen.

»Sie sollten besser bleiben, wo Sie sind, Bellmann.«

»Und Sie müssen Rasmus Falk sein. Wie geht es Ihrer Frau?«

Johanna konnte den Stich spüren, den Falk um ein Vielfaches stärker und tiefer empfinden musste.

Statt einer Antwort zog Falk mit seiner gesunden Hand die Zoraki aus der Jackentasche. Er hob sie nicht, doch das war nicht nötig. Carl Bellmann blieb stehen. Er war gut drei Meter von ihnen entfernt.

»Oh, war das taktlos von mir? Wie geht es Ihrer Hand? Ich sehe, als Halterung taugt sie noch.«

Er blickte auf die verkrüppelten Finger. In ihnen hielt Falk sein Tablet.

Johanna hatte lange darüber nachgedacht, wie das Gespräch verlaufen könnte. Für unzählige Angriffe ihres Vaters hatte sie sich Erwiderungen ausgedacht, hatte überlegt, wie sie die Kontrolle behalten konnte. Jetzt fiel ihr nichts ein. Vor ihr stand der Mann, der sie sechzehn Jahre tyrannisiert hatte. Und er glaubte, sie noch immer in seiner Gewalt zu haben.

Dieser Gedanke trieb sie weiter.

»Viktor hat mich besucht. Da dachte ich, ein Besuch mei-
nerseits wäre nur gerecht.«

»Viktor?« Ihr Vater gab vor, nachdenken zu müssen.

»Richtig, er erzählte mir davon. Ihr habt euch nett unterhalten. Und du hast ihm zugesichert, dass du dich ab sofort
wieder auf dein Studium konzentrierst.«

»Da hat er mich wohl missverstanden. Aber das wundert
mich nicht. Sprache war noch nie seine Stärke.«

Carl Bellmann lächelte. »Damit hast du sogar gar nicht
unrecht. Aber dafür hat er andere Stärken. Nicht wahr, Viktor?«

Johannas Magen verkrampfte sich. Zwischen den Bäumen, die Bahn dreizehn und vierzehn trennten, trat eine
massige Gestalt hervor. Es war Viktor. Er ging auf sie zu –
und zog eine Pistole mit Schalldämpfer.

Sie hatten sich verzockt. Ihr Vater hatte mit einer Falle
gerechnet. Er musste Viktor unmittelbar nach Johannas
Besuch bei ihrer Mutter aus Berlin zurückbeordert haben.
Als er dann Falks Wagen auf dem Parkplatz entdeckt hatte,
musste es für Viktor ein Leichtes gewesen sein, sich unbe-
merkt auf den Golfplatz zu schleichen. Zu spät erkannte
Johanna, dass ihr Besuch bei ihrer Mutter naiv gewesen war.
Ein schrecklicher Fehler.

Aber sie waren noch nicht geschlagen.

»Bevor dein dummer Sohn einen noch dümmeren Fehler macht«, sagte Johanna mit mehr Mut in ihrer Stimme,
als sie empfand, »solltest du dir anhören, was wir zu sagen
haben.«

Ihr Vater sah von Viktor zu seiner Tochter und spielte mit
dem Golfschläger in seiner Hand.

»Ich kann es kaum erwarten.«

»Du kannst mir zum Beispiel eine Frage beantworten.«

»Und die wäre?«

»Warum du gewissen Leuten bei der Polizei den Auftrag gegeben hast, mich im Auge zu behalten.«

Für einen kurzen Moment sah Johanna Überraschung in den Augen ihres Vaters. Dann war sie wieder verschwunden.

»Habe ich das?« Er sah zu Viktor. »Sei doch froh, dass dein alter Herr sich für die Karriere seiner Tochter interessiert und nur das Beste für sie will.«

»Glaubst du wirklich, du könntest mich zu deinem Spielzeug bei der Polizei umfunktionieren? Nach allem, was du mir angetan hast?«

»Ach, die Vergangenheit, Töchterchen! Lass sie doch ruhen! Du solltest in die Zukunft blicken. Du solltest dich fragen, was für dich als Staatsdienerin in den nächsten Jahren das Beste sein könnte. Es wird Veränderungen geben. Deutschland wird sich ändern. Es ist schon dabei. Du wirst mir irgendwann dankbar sein und mich um Verzeihung bitten dafür, dass du so feige von zu Hause weggelaufen bist.«

Johanna lachte bitter auf.

»Du hast dir die Wahrheit schon immer so gedreht, wie sie dir gerade passt.«

»Wahrheit ist formbar, liebe Eva. Das müsstest du am besten wissen. Deswegen nennst du dich heute ja auch Johanna. Weil dir dieser Teil der Wahrheit besser gefällt. Wahrheit ändert sich jeden Tag. *Wir* ändern sie jeden Tag. Warte es ab! Du wirst bald erkennen, was ich meine.«

»Welche Rolle spielt dabei Dark Fiber?«

Jetzt verdunkelte sich das Gesicht ihres Vaters wie der Himmel über ihnen. Erste Regentropfen gingen auf sie nieder.

»Viktor hat dir etwas ausgerichtet, nehme ich an? Du, nein, ihr beide solltet euch daran halten.«

»Da wir gerade davon reden.« Falk reichte Johanna das Tablet. »Wärest du so gut? Ich habe keine Hand frei.« Johanna nahm das Tablet, entsperrte den Bildschirm und rief das Video auf, das sie vorbereitet hatten. Das Video aus Johannas Wohnung.

»Du verfluchte Schlampe«, flüsterte Viktor, nachdem das Video zu Ende war.

Mit einer ruckartigen Bewegung hob er die Waffe und richtete sie auf seine Schwester.

Falk reagierte sofort und hob seinerseits die Zoraki. Nur zeigte er damit auf Carl Bellmann.

»Interessante Aufnahme, nicht wahr?« Falk sprach betont ruhig. »Wenn ich nicht in einer Stunde einen bestimmten Befehl rückgängig mache, wird dieses Video automatisch an die Polizei und alle überregionalen Medien in Deutschland überspielt. Zusammen mit den aktuellsten Bewegungsdaten meines Telefons und dem Hinweis, dass diese Mail automatisch erstellt wurde und dass sich Johanna und ich hier mit Ihnen treffen wollten.«

Carl Bellmann betrachtete noch immer den Bildschirm.

»Nicht zufrieden mit deinem ältesten Sohn?« Johanna konnte sich diesen kleinen Triumph nicht verkneifen. »Deine Kinder müssen für dich die reinste Enttäuschung sein.«

Johanna sah den Zorn in Viktors Augen, den rasenden Furor darüber, dass er vorgeführt und gedemütigt worden war.

»Wie wäre es, wenn wir euch beide einfach mitnehmen und den Krüppel zwingen, uns das Video auszuhändigen, weil ich dich, Schwester, ansonsten hinrichte?«, presste Viktor hervor, während sein Gesicht rot anlief.

»Das wäre keine gute Idee.«

Die Stimme kam von hinten.

Johanna glaubte zunächst, sich verhört zu haben. Doch er war es wirklich.

»Waffe weg, Brüderchen«, sagte Hagen Bellmann.

Er kam mit einer kurzläufigen Shotgun im Anschlag näher.

Einen Augenblick lang schien die Zeit stillzustehen. Johanna wusste nicht, wie ihr geschah. Und Gleiches schien für ihren Vater und ihren ältesten Bruder zu gelten. Carl und Viktor waren wie gelähmt.

»Die Familie ist endlich wieder beisammen.« Hagen richtete seine Waffe direkt auf das Gesicht seines Vaters. »Dabei hatte ich mir unser Wiedersehen anders ausgemalt. Ich wollte euch eigentlich beim Sterben zusehen. So wie Fritz, Nick und Trixie.«

Viktor erwachte aus seiner Trance und hob seine Waffe.

»Ts-ts-ts, Viktor«, fuhr Hagen in tadelndem Tonfall fort. »Du willst doch nicht, dass ich deinem Herrn und Meister aus einem bösen Reflex das Gehirn wegschieße. Wobei, wenn ich ehrlich bin, das war eigentlich mein Plan. Nur hatte ich nicht mit dieser kleinen Pattsituation gerechnet.«

Hagen warf Johanna einen finsteren Blick zu.

Johanna reagierte nicht. Stattdessen sah sie im Augenwinkel, wie Falks kaputte Hand zu seiner Gürtelschnalle wanderte. Er tat so, als hake er seinen Daumen im Hosenbund ein. Doch in Wahrheit drückte er einen Schalter.

Noch vor wenigen Stunden wäre jetzt ein ohrenbetäubender Lärm ertönt. Falk hatte ihnen die Wirkung des Panik-Buttons im Auto demonstriert, während sie sich die Ohren zugehalten hatten. Danach jedoch hatte er ihn umprogrammiert. Jetzt sandte er einen stillen Notruf aus. Einen Notruf, der auf Boris' Smartphone einging und diesem signalisierte, dass sie seine Hilfe brauchten.

Johanna hoffte, dass es funktionierte. Und tatsächlich. Nur Sekunden später sah sie in der Ferne Falks schwarzen Kastenwagen mit hoher Geschwindigkeit über den kleinen Feldweg rasen, der vom Clubhaus am Rande des Golfplatzes entlangführte.

Auch die anderen hörten den Wagen näher kommen und wandten die Köpfe.

»Das muss unser Taxi sein«, sagte Hagen ruhig. »Pünktlich auf die Minute. Schwesterherz, Mister Falk, nach euch!« Das musste er Johanna nicht zweimal sagen. Schritt für Schritt, das Gesicht dem verdutzten Viktor und dem verärgerten Carl zugewandt, entfernten sie sich im Rückwärtsgang. Immer in dem Wissen, dass Viktor sie jederzeit mit einer einzelnen Kugel hinrichten konnte. Doch Falk hielt seine Waffe auf ihren ältesten Bruder gerichtet, während Hagen weiterhin ihren Vater anvisierte.

Langsam, ganz langsam gingen sie in Richtung des herannahenden Autos, das Augenblicke später rutschend auf dem Schotter zum Stehen kam. Johanna drehte den Kopf und sah Boris' weit aufgerissene Augen des Entsetzens hinter dem Steuer.

»Du hast uns noch nicht verraten, warum du wieder unter den Lebenden bist«, sagte in diesem Moment Carl Bellmann.

»Wegen etwas, das du nie verstehen wirst«, entgegnete Hagen.

»Ist es diese schmutzige Migrantin? Wie hieß sie doch gleich?«

»Yasmin. Ein Name, den ihr euch merken solltet«, rief Hagen, der inzwischen vor dem Kühlergrill des Transporters angekommen war. »Ich werde ihn euch ins Ohr flüstern, ehe ich euch umbringe.«

Johanna war inzwischen bei der Schiebetür angelangt, riss sie auf und warf sich auf die Rückbank. Falk folgte ihr eine Sekunde später. Dann sprang auch Hagen hinein.

»Gib Gas!«, schrie ihr Bruder, während er die Schiebetür zuzog.

Boris brauchte die Aufforderung nicht. Die Reifen drehten durch, fanden dann Halt und katapultierten den Wagen nach vorne. Johanna sah Viktor mit ausgestreckter Waffe über das Green in ihre Richtung laufen, doch Carl Bellmann schien ihn zurückzurufen. Viktor ließ die Waffe sinken und blieb stehen. Beide sahen ihnen nach, wie sie von dem Feldweg auf einen Parkplatz der Autobahn gelangten und sich mit Vollgas entfernten.

Sie waren entkommen.

KAPITEL 43

DIENSTAG, 14. SEPTEMBER
Gotha, Deutschland

»Scheiße! Scheiße! Scheiße!« Hagen Bellmann war außer sich. »Ihr verdammten Idioten! Was habt ihr geglaubt? Dass ihr diesen Tyrannen nett bitten könnt, euch in Ruhe zu lassen?«

»Wir haben …«

Hagen ließ Johanna nicht ausreden. »Halt deine Klappe!« Er hockte hinter dem Beifahrersitz auf der Metallkiste in Falks Transporter, sein Gesicht wutverzerrt. Er deutete mit der Shotgun auf sie. »Ihr habt alles kaputt gemacht in eurem Glauben, zu verstehen, worum es hier geht. Dabei wisst ihr nichts. Gar nichts!«

Sie fuhren über die A4 in Richtung Osten. Das zumindest hatten sie geplant. Nur war es auf dem Golfplatz nicht so gelaufen, wie sie erhofft hatten. Zwar hatten Johanna und Falk ihre Botschaft überbracht. Carl Bellmann wusste nun, dass sie mit dem Video etwas gegen ihn und das Consilium Humanum in der Hand hatten. Doch Viktors Auftauchen hätte sie beinahe das Leben gekostet, wäre Hagen ihnen nicht zu Hilfe gekommen.

Jetzt saßen Johanna und Falk nebeneinander auf der Rückbank, Boris steuerte sie ohne Ziel durch Thüringen, und Hagen schien in seiner Rage völlig außer Kontrolle.

Wie Johanna vermutet hatte, war ihr Bruder noch immer der psychisch instabile Junge, den sie vor dreizehn Jahren in ihrem Elternhaus zurückgelassen hatte. Die selbstsichere, weltmännisch arrogante Hülle, die er zur Schau gestellt hatte, hatte sich in Luft aufgelöst. Dieser Mann mit der Shotgun war wie eine entsicherte Handgranate, die jeden Moment explodieren konnte.

Johanna hörte, wie Boris den Blinker setzte, und sah nach vorne. Einige Hundert Meter vor ihnen lag ein Parkplatz. Offenbar steuerte Boris ihn an. Auch Hagen hatte es bemerkt.

»Fahr weiter!«, schrie er. »Wir halten nicht an. Kapiert?«

Boris zuckte zusammen, der Wagen geriet ins Schlingern. Im nächsten Augenblick hatte er ihn gefangen und war wieder in der Spur. Johanna sah, wie Boris den Griff um das Lenkrad verstärkte, die Fingerknöchel weiß hervortraten.

Was hatte sie ihm nur angetan? Er hatte sie nicht alleine lassen, sie nach Eisenach begleiten wollen. Was war sie für eine Närrin gewesen! Ihr vorrangiges Ziel musste jetzt sein, ihren Freund in Sicherheit zu bringen. Aber dafür musste sie Hagen zur Vernunft bringen. Oder zumindest beruhigen.

»Warum warst du eigentlich am Golfplatz?«, versuchte sie es in ruhigem Tonfall.

»Was glaubst du denn? Sicher nicht, um eine ruhige Kugel zu schieben.«

»Sondern?«

»Ich wollte meinem alten Herrn eine Kugel in den Kopf jagen.«

Hagen sagte es, als wäre es das Selbstverständlichste der Welt, doch Johanna registrierte erleichtert, dass er sich auf das Gespräch einzulassen schien.

»Leider hatten wir uns dasselbe Loch ausgesucht. Ich habe am Wegesrand im Gebüsch gelegen und darauf gewartet, dass Vater aufs Green tritt. Er sollte mit der Fahne in der Hand abtreten als das Fähnchen im Wind, das er immer war.«

Selbst dem Tod wollte Hagen ein Symbol verleihen, erkannte Johanna. Dann fiel ihr etwas ein.

»Du hättest ihn mit der Shotgun doch gar nicht erwischt.«

Hagen blickte auf das Gewehr in seinen Händen, als realisierte er erst jetzt, dass er es noch immer hielt.

»Quatsch. Ich habe mein G22 aufgeben müssen, als ihr Idioten aufgetaucht seid.«

»Du meinst, du hast ein Scharfschützengewehr einfach so am Golfplatz liegen gelassen?«

»Ich werde es einsammeln, wenn ich euch losgeworden bin. Vorausgesetzt, mein werter Bruder hat es sich bis dahin nicht unter den Nagel gerissen.«

»Was heißt loswerden?« Jetzt schaltete sich Falk ein. »Wohin fahren wir?«

»Nach Gotha.«

Johanna fiel auf, dass Hagen den Mann nicht anblickte, dessen Frau er einst getötet hatte.

»Und warum sollten wir das tun?« Falk funkelte Hagen streitlustig an.

Johanna kam die Antwort in den Sinn, ehe ihr Bruder die Chance hatte, auf Falks Provokation einzugehen.

»Yasmin«, sagte sie. »Wir fahren wegen ihr nach Gotha, stimmt's?«

Hagens Miene verriet, dass sie richtiglag. Seine Freundin hatte in Gotha gelebt. Statt zu antworten, drehte er sich zu Boris um.

»Nimm die Ausfahrt Gotha und dann die 247 Richtung Norden. Ich leite dich.«

Kurze Zeit später fuhren sie ab, und Hagen dirigierte Boris in ein Industriegebiet. »Wir müssen erst einmal das Auto loswerden. Es ist verbrannt.« Ehe Falk etwas einwenden konnte, ergänzte Hagen: »Keine Sorge, der Kiste passiert nichts. Abwarten!«

Sie fuhren neben einer Autowerkstatt auf einen Hinterhof, den links und rechts Garagen säumten. Hagen bedeutete Boris anzuhalten und stieg aus. Er ging zu einem der Abteile, zog einen Schlüssel aus der Hosentasche und schob Sekunden später das Garagentor hoch. Der Raum dahinter war gerade groß genug für ein Auto. Zu Johannas Erstaunen stand dort bereits ein Wagen, ein Taxi mit Eisenacher Nummernschild. Es war eine Mercedes C-Klasse und war in dem hellen Elfenbeinton lackiert, der für deutsche Taxis gesetzlich vorgeschrieben war. Hagen setzte sich hinter das Steuer und rollte auf den Hof. Dann bedeutete er Boris, den Transporter in die leere Garage zu stellen.

»Wo hast du die Karre her?«, fragte Johanna, während Falk, Boris und sie das Equipment sowie ihre Taschen aus dem Kastenwagen nahmen und im Kofferraum des Taxis verstauten.

»Yasmins Vater besitzt eine Taxifirma. Er hat mir ein Auto besorgt und keine Fragen gestellt.«

»Er weiß, dass du noch lebst?« Sie riss erstaunt die Augen auf.

»Seine Frau und er. Sie sind die Einzigen.« Hagen stand an der Fahrertür und blickte nervös umher, als erwarte er, hinter einer Ecke Viktor zu entdecken. »Ihnen kann ich vertrauen. Sie haben mir auch die Wohnung beschafft, in die wir jetzt fahren.«

»Willst du mir etwa sagen, dass sie wissen, was du tust? Dass du Leute umbringst?«

Für einen kurzen Moment huschte ein dunkler Schatten über Hagens Gesicht. Johanna befürchtete, zu weit gegangen zu sein. Doch er blieb ruhig. Viel mehr sogar: Er lächelte das erste Mal, seit er ihnen auf dem Golfplatz zur Seite gesprungen war. Allerdings war es ein trauriges Lächeln.

»Du tust so, als sei Rachsucht nur etwas für Verrückte. Sie haben ihre Tochter ermordet, Johanna! Ihre einzige Tochter. Entführt und von einer beschissenen Brücke in die Tiefe geworfen. Dir ist Schlimmes widerfahren, das weiß ich. Aber uns wurde der Mensch genommen, den wir geliebt haben. Frag mal deinen Kumpel Falk, wie sich das anfühlt!«

Damit setzte er sich hinter das Steuer und schlug die Tür zu.

Johanna wollte etwas erwidern. Doch sie wusste nicht, was. Oder wie. Einerseits empfand sie sprachlose Wut, dass er eine Vergewaltigung mit einem Mord verglich und darüber richtete, ob sie Rachsucht verspüren durfte oder nicht. Andererseits musste sie sich eingestehen, dass sie keinen Schimmer hatte, was Hagen, Yasmins Eltern oder Falk empfanden. Gab es Taten, gab es ein Leid, das selbst vernünftige Menschen dazu bewegen konnte, Gleiches mit Gleichem zu vergelten, anderen Menschen den Tod zu wünschen? Hatte sie sich nicht selbst im tiefsten Inneren gefreut, als sie von Nicolai Krahls Tod erfahren hatte?

Benommen von ihren düsteren Gedanken, stieg sie ins Taxi und nahm erst wieder etwas um sich herum wahr, als sie anhielten und die Männer ausstiegen.

Sie hatte keine Ahnung, in welchem Teil von Gotha sie

waren. Hagen hatte sie in eine Siedlung gefahren, die aus lieblosen Betonklötzen bestand. Ein grauer Bau reihte sich an den nächsten, alle in der gleichen Architektur, Struktur, Farbe. Charakterlose Massenunterbringungen für jene, die froh waren, sich überhaupt eine eigene Wohnung leisten zu können, oder eine vom Amt gestellt bekamen. Doch Johanna erkannte auch, warum Hagen hier seinen Fluchtpunkt gefunden hatte. Nicht die Hütte im Wald war sein Hauptquartier gewesen, auch wenn er dort zweifellos viel Zeit verbracht hatte. Hier in der Anonymität der Armut konnte er sich bewegen, ohne angesprochen oder gar erkannt zu werden. Das Taxi als Fahrzeug tat sein Übriges. Ein Taxi fiel nirgendwo auf.

Hagen hatte vor einem der Gebäude geparkt, deren Balkone orange angestrichen waren. Ob es ein Versuch gewesen war, dem tristen Einheitsbrei eine individuelle Nuance zu verleihen? Sie ermahnte sich, nicht zu urteilen über Umstände, die ihr unbekannt waren. Stattdessen half sie Falk, seine Kameraausrüstung zum Haus zu tragen, während Boris sich um ihren und seinen Rucksack kümmerte.

Die abendfeuchte Kälte folgte ihnen in die Wohnung im ersten Stock wie eine hungrige Katze. Zwei Zimmer, Küche, Diele, Bad – Johanna hatte die Bude in wenigen Schritten erkundet. Laminat, rauchgelbe Wände, Möbel vom Sperrmüll. Einzig zwei Laptops und weiteres Computerzubehör erregten ihre Aufmerksamkeit und wiesen auf mehr hin als eine heruntergekommene Behausung eines Menschen, dem das Leben egal geworden war.

Falk, Boris und Johanna ließen ihre Sachen im vermeintlichen Wohnzimmer fallen. Eine zerschlissene Couch lud nicht gerade dazu ein, sich niederzulassen. Also blieben sie abwartend stehen. Hagen kam aus der Küche mit vier Plastikflaschen Wasser, warf jedem von ihnen eine zu und trank aus seiner eigenen.

Danach fragte er: »Noch mal, was sollte der Scheiß auf dem Golfplatz?«

»Wir haben Bellmann mit einem Video konfrontiert«, erwiderte Falk.

»Was für ein Video?« Hagen schraubte seine leere Flasche zu und warf sie achtlos neben das Sofa.

»Das Video, in dem unser lieber Bruder mich in Berlin überfällt.«

»Wovon redest du?«

Falk holte das Tablet hervor und zeigte es ihm.

»Du hast eine Überwachungskamera in deiner Wohnung?«, fragte Hagen, nachdem er sich die Aufnahme zweimal angeschaut hatte.

Kein Wort zur Gewalt, kein Wort zu Viktors Äußerungen, keine Frage, ob es Johanna gut ging. Ihre Anwesenheit schien ihm Antwort genug.

»Ich hatte die Kamera angebracht«, gestand Falk. »Als ich noch nicht wusste, ob ich Johanna vertrauen kann.«

Hagen lachte hämisch auf. »Und? Können Sie ihr vertrauen?«

»Ihr ja, Ihnen nicht.«

Johanna hatte es erwartet. Falk hatte nicht vergessen, wer ihm gegenüberstand, was Hagen getan hatte. Was hatte Hagen gesagt? *Frag mal deinen Kumpel Falk, wie sich das anfühlt!* Nein, Falks einziger Grund, warum er sich noch nicht auf Hagen gestürzt hatte, war seine Neugier, was ihr Bruder wusste und ob er ihm erst noch von Nutzen sein konnte, bevor es zum Kampf kam.

»Rasmus! Hagen hat uns vorhin das Leben gerettet.«
Johanna musste einschreiten, ehe es eskalierte. »Zumindest
hat er uns aus einer ziemlich misslichen Lage befreit und
sich dabei zu erkennen gegeben.«

»Und das soll mich vergessen machen, dass er meine
Hedda ermordet hat?«

Johanna ging nicht darauf ein. »Wir haben auf dem Golfplatz die Hosen runtergelassen. Jetzt müssen wir uns überlegen, wie es weitergeht. Als Erstes will ich, dass Boris in
Sicherheit ist.« Sie sah ihren Freund an. »Ich habe dich in
Gefahr gebracht. Es tut mir leid.«

Boris wollte etwas entgegnen, da fiel ihm Hagen ins Wort.

»Als Erstes«, er trat zum Sofa und ließ sich darauf fallen,
»müsst ihr endlich kapieren, worum es geht. Ihr habt noch
immer keine Ahnung, in was ihr da hineingeraten seid.«

Sie drehten sich alle zu ihm um.

Hagen schlug die Beine übereinander und lehnte sich
zurück.

»Unser geliebter Vater will die Bundestagswahlen manipulieren.«

KAPITEL 44

»Also doch!«

Rasmus Falk hatte sich nicht beherrschen können. Hatten Johanna Böhm und Boris Malkin gerade noch Hagen Bellmann angestarrt, fuhren sie nun zu ihm herum. Er verspürte eine unbändige Erregung. Seit letzter Nacht brannte er darauf, von seiner Vermutung zu erzählen. Der Überfall Viktors auf Johanna hatte jedoch vorübergehend alles in den Hintergrund gerückt, was er im Hotel in Mühlhausen herausgefunden hatte. Jetzt brachte Hagen Bellmann seine Theorie selbst zur Sprache und schien sie zu bestätigen.

»Was meinst du damit?« Johanna sah bass erstaunt von Hagen zu ihm und zurück zu ihrem Bruder. »Die Wahlen manipulieren? Im Ernst? Aber wie?«

»Über Dark Fiber.« Nicht Hagen oder Falk hatten gesprochen, sondern Boris. Sein Gesichtsausdruck verriet, dass in ihm gerade ein Groschen gefallen war. »Dark Fiber ist ein Trojanisches Pferd.«

Falk war beeindruckt. Er hatte Boris unterschätzt. Aber Johannas Kumpel hatte den Nagel auf den Kopf getroffen. Johanna dagegen sah noch immer aus, als prasselten zu viele Informationen auf einmal auf sie ein. Wer mochte es ihr verübeln? Doch Falk erkannte, dass dieser Moment zu wichtig war. Sie musste die Zusammenhänge verstehen. Dafür brauchte sie Informationen. Dann würde sie schneller begreifen, als ihr lieb war. Ihm widerstrebte, Hagen mit ins Boot zu holen, aber sie mussten augenblicklich zusammenführen, was sie wussten.

»Ich schlage vor, ich fange an. Dann übernimmt Hagen. Einverstanden?«

Johannas Bruder sah ihn überrascht an. Schließlich schien er Falks Angebot als eine Art Waffenruhe anzuerkennen. Er nickte, stand vom Sofa auf und holte aus der Küche drei Klappstühle. Er reichte sie ihnen und ließ sich wieder aufs Sofa fallen. Jetzt saßen sie im Kreis.

Falk konzentrierte sich. Es kam auf jedes Detail an.

»Johanna, erinnere dich, was Simona und OK Rosen über das Consilium Humanum gesagt haben.«

»Eine Institution als intellektueller Knotenpunkt für das Gerechte Deutschland«, sagte sie. »Sie wollen eine rechte Elite ausbilden und die deutsche Kultur nationalisieren.«

»Genau. Wie eine unsichtbare Krake, die ihre Arme über alle Bereiche des Landes ausbreitet. Was aber braucht eine Partei wie das Gerechte Deutschland, wenn sie wirklich das Sagen haben will?«

»Die Mehrheit«, sagte Johanna sofort.

»Womit wir bei den Bundestagswahlen wären und Dark Fiber ins Spiel kommt. Boris, sag noch mal, was du herausgefunden hattest!«

»Nur, dass Dark Fiber die Software für den 5G-Netzausbau in Deutschland liefert.«

»Das ist ein großes Nur.« Falk blickte Johanna in die Augen. »Ich weiß, du hasst es, wenn ich wie ein Nerd rede.

Das geht jetzt aber nicht anders. Beim 5G-Netzausbau handelt es sich um die neueste Stufe im Mobilfunk, um die fünfte Generation. Das klingt nach nichts Besonderem, aber das Netz soll künftig hundertmal schneller sein als heute. Die meisten Menschen werden davon kaum etwas merken. Wichtig ist der Ausbau vor allem für die Industrie. Die Leistung der Netze wird explodieren und technologische Möglichkeiten bieten, die bis vor Kurzem undenkbar waren. Nehmen wir ein einfaches Beispiel, das autonome Fahren. Die Autos der Zukunft sollen mit anderen Autos, mit virtuellen Fahrspuren, Leitplanken und Ampeln kommunizieren. Damit das funktioniert, brauchst du ein stabiles und flächendeckendes Netz. Und damit meine ich wirklich flächendeckend. Jedes Funkloch könnte tödlich sein. Die Daten müssen gezielt und unmittelbar fließen, ohne Verzögerung oder Störungen. Dafür braucht es in Deutschland nicht nur mehr Sendemasten, sondern eine komplett neue Technologie.«

Johanna hörte ihm aufmerksam zu.»Wer stellt diese Sendemasten her?«

»Das ist unterschiedlich. Die Telekom arbeitet beispielsweise mit Siemens zusammen. Grundsätzlich wird die Telekommunikationsbranche stark reguliert. Ohne die Bundesnetzagentur geht nichts. Sie gibt die Sicherheitskataloge heraus, an die sich alle Firmen und Zulieferer halten müssen. Weil die Anforderungen aber extrem hoch sind, können nur wenige Unternehmen die Kriterien erfüllen.«

»Dark Fiber kann das?«

»Die sind einer der Marktführer in Europa. Estland ist Deutschland im 5G-Ausbau meilenweit voraus. Dark Fiber macht seit Jahren fast nichts anderes mehr. Zumindest offiziell.«

»Aber wie genau soll Dark Fiber der Partei meines Vaters helfen, die Bundestagswahl zu manipulieren?«

»Was ist denn bei der diesjährigen Wahl anders als bei allen anderen Wahlen zuvor in Deutschland?«

»Scheiße.« Johanna schlug sich mit der Hand vor die Stirn. »Die Menschen können das erste Mal online wählen.«

»Bingo.« Falk lächelte. »Aber wenn der 5G-Ausbau in Deutschland noch nicht weit genug vorangeschritten ist, kann die Wahl am Sonntag doch noch nicht betroffen sein.«

»Ja und nein, dazu komme ich gleich.«

»Lässt sich eine Bundestagswahl überhaupt so einfach manipulieren?«, fragte Johanna weiter.

»Nein. Aber auch dazu komme ich gleich noch. Lass uns erst einen Schritt zurückgehen. Gestern Abend hast du mich angerufen, bevor du nach Hause gegangen bist, wo Viktor alles durcheinandergebracht hat.«

»Das hast du schön ausgedrückt.«

»Du weißt, was ich meine«, erwiderte Falk angespannt. »Nachdem wir aufgelegt hatten, rief mich OK Rosen an.«

»Was wollte er? Du warst doch gestern Nachmittag noch bei ihm.«

»Ganz genau. Das hat mich auch gewundert. Als ich Simona und ihn nach Dark Fiber gefragt habe, konnten sie mir nichts sagen. Aber er hat sich anschließend bei einem Freund in der Bundesnetzagentur umgehört. Dieser erzählte ihm von Gerüchten, wonach Dark Fiber vorgeworfen wird, in ihre Software für die Sendemasten eine Hintertür eingebaut zu haben, um Daten abfangen zu können.«

»Würde das nicht auffallen? Wenn doch alles so stark reguliert wird?«

»Wenn eine Hintertür gut gemacht ist, nicht unbedingt. Vor allem, weil es nicht zwingend darum gehen muss, Daten abfangen zu können. Dafür bräuchte man gigantische Serverfarmen. Solche Kapazitäten hätten nur Unternehmen wie Google oder, wenn überhaupt, Geheimdienste. Aber es gibt andere Arten von Hintertüren.«

Er nahm einen Schluck Wasser. Das hier war sein Metier, sein Fachgebiet. Er war gleichermaßen aufgewühlt wie fokussiert.

»Jetzt nerde ich wieder ein bisschen rum. Also, die Kommunikation zwischen einem Sendemast und einem Gerät wie deinem Smartphone läuft immer gegenseitig. Das ist nie eine Einbahnstraße. Die beiden unterhalten sich genauso, wie du dich am Telefon mit Boris unterhältst. Der Sendemast will wissen, über welche Frequenz, Anbieter und Geschwindigkeit dein Smartphone kommunizieren will, wie viel das kostet und so weiter. Also stellt es deinem Gerät die Fragen und bekommt die Antworten. Was dabei passieren kann, nennen wir Fachidioten Drive-by-Downloads.«

»Eine Software, die im Hintergrund vom Sendemast auf das Smartphone gespielt wird, ohne dass ich es merke«, sagte Johanna, die das Prinzip sofort verstanden hatte.

»Genau das ist es, was Ole-Kristof gehört hat. Und er hat auch einen Namen genannt bekommen. Jemanden, den du kennst.«

»Mach es nicht so spannend, Mensch!«, forderte Johanna ihn auf.

»Udo Lindner von der Abteilung C des Verfassungsschutzes. C wie Cyberabwehr.«

Wortlos lehnte sich Johanna auf dem Klappstuhl zurück und warf die Arme in einer hilflosen Geste in die Luft.

»Heißt das«, wollte Boris wissen, »dass dieser Lindner für das Gerechte Deutschland arbeitet und Dark Fiber dabei hilft, manipulierte Sendemasten zu installieren?«

»Eins nach dem anderen. Wir sollten zwei Dinge voneinander trennen, zumindest vorerst.« Falk verspürte eine zunehmende Ungeduld, auf den eigentlichen Kern zu sprechen zu kommen. »Lindner arbeitet im Inlands-Geheimdienst in einer Abteilung, die ein natürliches Interesse an Informationen aus der Telekommunikationsbranche hat. Der Verfassungsschutz ist also unter Garantie an der technischen Umsetzung des Netzausbaus beteiligt. In der Theorie könnte Dark Fiber eine solche Hintertür also mit dem Wissen oder gar unter Anleitung des Verfassungsschutzes einbauen. Aus der Praxis weiß ich aber, dass das zumindest über offizielle Wege unmöglich wäre. Ole-Kristof sagte, Lindner sei intern aufgefallen, weil er sich in einzelne Prozesse eingemischt habe. Das macht ihn nicht automatisch schuldig. Wenn er aber auf Carl Bellmanns Gehaltsliste stehen sollte, sähe das anders aus. Schließlich muss eine solche Hintertür ja nicht sofort genutzt werden, sondern erst dann ...«

»... wenn die Partei an der Macht ist, die sie für ihre Zwecke bräuchte«, beendete Johanna den Gedanken.

Sie setzte alles richtig zusammen. Jetzt musste Falk ihr nur noch die restlichen Informationen geben. Dann war das Bild vollständig.

»Was mich auch noch stutzig gemacht hat«, fuhr er fort, »war ein zweiter Name, über den ich gestolpert bin. Nach dem Telefonat mit OK habe ich in einigen einschlägigen Foren recherchiert. Dort empfehlen erfahrene Hacker, die Server von Dark Fiber besser in Ruhe zu lassen, weil sie von Helios gesichert werden.«

Johanna schoss auf dem Stuhl augenblicklich wieder nach vorn. »Dieses super Sicherheitsprogramm, mit dem auch Krahls Firma abgeschirmt ist?«

»Genau das. Und bevor du fragst, ob ich an Zufälle glaube: Nein, tue ich nicht.«

»Es stimmt«, sagte in diesem Moment Hagen.

»Was meinst du?«, fragte Johanna.

»Dark Fiber wird von Helios gesichert. Ich verstehe auch ein bisschen was davon, wie dein Freund Rasmus feststellen musste, als ich bei euch auf Poel vorbeigeschaut habe.«

Falk erinnerte sich nur zu gut daran, dass Hagen sein Sicherheitssystem überlistet und die Kameras manipuliert hatte. Hagen verstand offensichtlich mehr als nur ein bisschen was von Computern.

»Ich habe mich auch an Dark Fiber versucht. Als ich merkte, womit ich es zu tun hatte, habe ich es ganz schnell sein gelassen. Mit Helios ist nicht zu spaßen.«

»Trotzdem, wie hilft uns das weiter?« Johanna wurde offenbar ebenfalls ungeduldig.

Falk war es recht. Er kam zum Punkt.

»Alles deutet darauf hin, dass Dark Fiber nicht nur damit beauftragt wurde, das deutsche 5G-Netz auszubauen, sondern alles dafür vorzubereiten, dass Menschen und Unternehmen in Deutschland ausspioniert werden können. Nenn es einen großen Lauschangriff, wenn du magst. Ich glaube nicht, dass dies im Auftrag der aktuellen Bundesregierung geschieht. Wenn ich eine Wette abschließend müsste, würde ich darauf setzen, dass andere Kräfte ihre Hände im Spiel haben. Kräfte, die noch nicht an der Macht sind, aber davon überzeugt sind, es bald zu sein.«

»Mein Vater mit Gerechtes Deutschland«, sagte Johanna.

»Ganz genau.« Falk sah Hagen auffordernd an. »Jetzt sind Sie dran!«

Johannas Bruder richtete sich im Sofa auf.

»Okay«, sagte er. »Aber es bleibt weiter technisch. Kommen wir zu deiner Frage, ob man eine Bundestagswahl so einfach manipulieren kann. Dafür muss man wissen, wie das deutsche Wahlsystem funktioniert.«

»Föderal«, sagte Johanna. »Jede Kommune ist für ihren Teil der Wahl verantwortlich.«

»Und auf jeder Ebene gibt es Wahlleiter, die von der Stadt über das Land bis zum Bund berichten«, ergänzte Boris. »Das habe ich für meinen Einbürgerungstest gelernt. Der Kurs war ein Quell unnützen Wissens. Ich hätte nie gedacht, dass ich davon noch mal was gebraucht könnte.«

»Womit wir schon mal etwas Wichtiges geklärt hätten«, sagte Hagen. »In Deutschland gibt es nicht das eine zentrale Register für alle Wähler und Stimmen, sondern jede einzelne Kommune stimmt ab und gibt ihre Ergebnisse weiter, bis sie alle beim Bundeswahlleiter im Statistischen Bundesamt zusammenlaufen. Das bedeutet, dass es nur einen sicheren Angriffspunkt für Manipulationen gibt.«

»Die jeweilige Kommune«, sagte Johanna.

»Richtig. Nehmen wir mal an, jemand käme auf die Idee, das Wahlergebnis der Kommunen nachträglich zu fälschen und dem Bundeswahlleiter manipulierte Zahlen zu melden. Dann gäbe es zwar zunächst ein falsches Ergebnis. Ein paar Tage später würde der Schwindel aber auffliegen, weil alle Wahlergebnisse in den einzelnen Kommunen noch einmal überprüft und nachgezählt werden. Unregelmäßigkeiten würden auffallen, und das richtige Ergebnis würde herauskommen.«

»Der Imageschaden für Deutschland wäre zwar groß, die Wahl aber nicht gefälscht«, sagte Falk, der sich zurückgelehnt hatte. Sie waren auf dem richtigen Weg. Das spürte er. Sie hatten das Geheimnis geknackt. Zumindest in der Theorie.

»Das bedeutet«, fuhr Johanna fort, »dass eine Manipulation nur gelingen würde, wenn schon die abgegebenen Stimmen gefälscht wären.«

»Exakt!« Jetzt war auch Hagen sichtlich aufgeregt. »Und hier kommt Dark Fiber ins Spiel. Denn Dark Fiber ist vom Bundeswahlleiter beauftragt worden, die technischen Voraussetzungen für die Online-Stimmabgabe zu schaffen. Und warum? Wieder weil Estland als Vorreiter dieser Technologie gilt und dort schon seit 2005 online gewählt werden kann. Normalerweise würde das föderale System in Deutschland es erfordern, dass jede Kommune selbst entscheiden kann, welchen Anbieter sie für ihr Wahlsystem nutzt. In diesem Fall wurde aber eine klare Empfehlung ausgesprochen, weil Deutschland das erste Mal online wählen lässt und man sich keine Panne mit nicht funktionierenden oder millionenfach ungültigen Stimmen leisten will. Daher will man auf ein System zurückgreifen, das nachweislich funktioniert. Und das bietet Dark Fiber.«

»Und wie läuft die Manipulation ab?«, wollte Boris wissen.

»Da muss ich spekulieren«, gab Hagen zu. »Grundsätzlich sehe ich zwei Möglichkeiten. Beide betreffen nur die Online-Stimmabgabe. Entweder erfindet das System in jedem Wahlkreis Wähler und schleust die Fake-Stimmen online ins Wahlergebnis ein. Weil nirgendwo die Wahlbeteiligung nur ansatzweise hundert Prozent erreicht, würde das nicht auffallen, da die Stimmen anonymisiert einlaufen. Die zweite Variante wäre, die online abgegebenen Stimmen in dem Moment zu verändern, in dem sie abgeschickt werden. Wenn du also an deinem Handy oder Rechner deine Stimme der Partei A gibst und sie abschickst, kann ein manipuliertes System deine Stimme danach noch ändern und der Partei B zuschreiben. Du würdest davon nichts mehr mitbekommen.«

»Und das würde nicht auffallen?« Johanna blickte noch skeptisch drein.

»Die Frage ist, was man erreichen will. Einerseits soll das föderale System vor Fälschungen schützen, weil Angriffe nicht auf einem zentralen Server erfolgen können. Andererseits liegt gerade hier die Schwäche, wenn zwar nicht alles auf einem Server landet, aber alle Wahlbezirke dieselbe Software nutzen. Dann reicht ein Algorithmus, der im Hintergrund dafür sorgt, dass über ganz Deutschland an vielen einzelnen Stellen die Zahlen marginal verändert werden, sodass es vor Ort kaum auffällt, sich über das gesamte Land aber zu einem Schneeball summiert.«

»Und weil das Gerechte Deutschland schon jetzt in einigen Umfragen nah dran ist, stärkste Partei zu werden, wäre ihr Sieg bei der Bundestagswahl keine echte Überraschung mehr«, sagte Johanna.

»Ein paar Prozent beim schärfsten Konkurrenten weniger, ein paar Prozent auf das eigene Konto drauf – und schon hat Gerechtes Deutschland einen komfortablen Wahlsieg eingefahren«, schloss Falk.

»Das würde sie aber nicht automatisch an die Regierung bringen. Dafür bräuchten sie die absolute Mehrheit«, wandte Boris ein. »Die bekämen sie nur mithilfe einer gewaltigen Manipulation. Das Ergebnis würde jeder infrage stellen.«

»Du vergisst die deutsche Geschichte«, erwiderte Falk. »Hitler hat auch keine absolute Mehrheit gebraucht. Was die Nazis 1933 brauchten, waren Steigbügelhalter, kleinere Parteien, die dumm genug waren, der NSDAP zur Allmacht zu verhelfen. Das wäre heute nicht anders. Für ein bisschen Macht hat so mancher Politiker schon ganz andere Grundsätze verraten.«

Alle lehnten sich zurück. Schweigen legte sich über die kleine Wohnung. Falk war inzwischen davon überzeugt, dass Carl Bellmann, Albert Krahl, das Consilium Humanum, das Gerechte Deutschland und Dark Fiber unter einer Decke steckten, um am kommenden Sonntag bei der Bundestagswahl einen Staatsstreich zu landen. Alles deutete darauf hin. Das Problem: Beweise hatten sie noch immer nicht. Sie hatten nichts in der Hand außer einem Gefühl und einem Video.

Das Video war ihre größte Waffe. Wenn sie es den Medien in die Hände spielten, würde es sich in Windeseile verbreiten und der Bellmann'schen Partei großen Schaden zufügen. Damit war es aber nicht getan. Sie mussten nachweisen, dass Dark Fiber die Sendemasten genauso manipulierte wie die Software, der die Menschen vertrauen sollten, um am Sonntag ihre Stimme abzugeben. Es schien so gut wie unmöglich.

Doch wer Demokratie wollte, musste dafür kämpfen. Und Falk würde kämpfen. Viele Menschen nahmen Demokratie für selbstverständlich. Für sie bedeutete Demokratie nicht nur Freiheit, sondern Sicherheit. Sie wollten sorglos und ruhig schlafen können, in dem sicheren Gefühl, am nächsten

Tag aufzuwachen und zu wissen, dass die Welt über Nacht dieselbe geblieben war, in der sie unter die Decke gekrochen waren und das Licht ausgemacht hatten.

Ich war einer derjenigen, die in diesen Nächten arbeiten, um das Land sicherer zu machen, dachte Falk. Ich habe im Dunkeln die Drecksarbeit gemacht, habe für den Geheimdienst Grenzen überschritten, auf den Landkarten dieser Welt genauso wie auf den virtuellen Schlachtfeldern. Ich habe unsichtbare Gegner bekämpft, damit die Menschen in ihrem sichtbaren Umfeld keine bösen Überraschungen erleben mussten. Man hat mich nicht gesehen, aber ich war da, wenn man mich gebraucht hat.

Und jetzt brauchte Deutschland wieder jemanden, der den Gegnern der Demokratie die Stirn bot.

KAPITEL 45

»Wir haben ein Problem.«

Das war eine Untertreibung, fand Kronos. Er befand sich im Gewächshaus. Früher als sonst. Die tägliche Videokonferenz würde erst in einigen Minuten beginnen. Kronos saß wie immer alleine an seinem Platz hinter dem Milchglas. Ihm virtuell gegenüber saß Augustus. Sein Chef und Mentor hatte ihn soeben darüber in Kenntnis gesetzt, was auf einem Golfplatz in Eisenach passiert war. Johanna Böhm und Rasmus Falk hatten sich nicht einschüchtern lassen. Sie waren zum Gegenangriff übergegangen und nun im Besitz eines kompromittierenden Videos, das Viktor Bellmann, dessen Vater und vor allem Dark Fiber exponierte.

Doch damit nicht genug: Hagen Bellmann lebte.

»Das sind bemerkenswerte Entwicklungen.« Kronos dachte einen Augenblick nach. »Wie ich es sehe, hatten wir es bislang nur mit einem Familiendrama zu tun. Jetzt gefährdet es aber nicht nur unseren Auftrag, sondern auch unsere eigene Position.«

»Das sehe ich genauso.« Augustus schien mit den Gedanken schon weiter zu sein. »Wir müssen damit rechnen, dass die Fehler unserer Geschäftspartner existenzielle Folgen für Dark Fiber haben könnten.«

Kronos hatte es befürchtet. Sollte sich in Deutschland der Verdacht verbreiten, eine estnische Firma versuche im Namen einer rechtsradikalen Partei, die Grundlagen für einen modernen Überwachungsstaat zu legen, wäre der Schaden für Dark Fiber irreparabel. So mancher ohnehin schon autoritäre Staat könnte zwar versucht sein, sich ihre Kenntnisse zunutze zu machen, darüber hinaus wären Großaufträge jedoch kaum noch zu bekommen. Alleine schon, weil Dark Fiber der Ruf nachhängen würde, die nötige Geheimhaltung nicht mehr wahren zu können.

»Unser einziger Vorteil ist«, fuhr Augustus fort, »dass Charlemagne bislang die einzige Person ist, die nachweislich in die Affäre verwickelt ist.«

Augustus hatte recht. Archimedes' Tarnung hatte offenbar weiter Bestand. Die Anteilseigner hinter Dark Fiber waren dank einer Holding in Luxemburg anonym, sodass sich auch Augustus keine ernsthaften Sorgen zu machen brauchte. Und er selbst, Kronos? Er hatte sich schon mit dem Eintritt in diese Firma abgesichert, verfügte über genügend Geld und würde keine vierundzwanzig Stunden benötigen, um das Land spurlos zu verlassen und unterzutauchen.

Dennoch gab er noch nicht alles verloren. Augustus schien es ähnlich zu sehen.

»Wie lauten Ihre Befehle?«

»Wir stellen ihnen eine Falle«, sagte Augustus.

»Woran denken Sie?«

»Überlassen Sie das mir.«

Kronos war überrascht. Augustus nahm die Dinge nur noch selten in die eigene Hand.

»Kronos, ich verlasse mich auf Sie. Sie wissen, was zu tun ist, sollten wir scheitern.«

»Natürlich«, erwiderte er und machte sich eine Notiz, mit Lee das Notfallprotokoll durchzugehen.

»Gut«, sagte Augustus. »Dann ist es jetzt Zeit, unsere Geschäftspartner zuzuschalten. Aber kein Wort darüber vor Archimedes und Charlemagne.«

KAPITEL 46

MITTWOCH, 15. SEPTEMBER
Gotha, Deutschland

Die Nacht hatte den ersten Herbststurm gebracht. Äste und Blätter säumten die Wege und Straßen, in der Ferne heulten die Sirenen der Einsatzkräfte, um die Schäden der vergangenen Stunden zu beseitigen. Johanna sah umgestürzte Fahrräder auf dem Bürgersteig, Handtücher im Vorgarten, die von einem Wäscheständer geweht worden waren, sogar einen auf der Seite liegenden Motorroller, dessen Eigentümer einen Lackstift brauchen würde, um die Wunden des Unwetters zu übertünchen.

Johanna hatte ihre Polizeistiefel und Einsatzhose noch nie so geschätzt wie an diesem Morgen, als sie mit Boris durch die Straßen von Gotha ging. Zum Glück hatte sie an eine wetterfeste Jacke gedacht, als sie ihre Wohnung überstürzt verlassen hatte. Boris hingegen würde seine Lederjacke nur im tiefsten Winter gegen etwas Wärmeres eintauschen. Solange er seine Beanie trug, hielten ihn sein krauses Kopfhaar und der raue Bart warm genug.

Sie war froh, dass er sie zum Bäcker begleitete. Nach einer saumäßigen Nacht brauchte sie seine vertraute Gesellschaft. Hagen hatte unter seinem Bett im Schlafzimmer eine zweite Matratze hervorgezogen und ins Wohnzimmer gebracht.

Die Männer hatten sie ihr in einem Anflug galanter Selbstlosigkeit überlassen, während sich Boris auf dem Sofa eingedreht und Falk von Hagen eine Isomatte bekommen hatte, mit der er sich in den Flur legen konnte. Obwohl Johanna schon in der Nacht zuvor bei Boris und Tomasz kaum ein Auge zugemacht hatte, wälzte sie sich auch in Gotha lange von links nach rechts, ehe sie in einen traumlosen Schlaf fiel, aus dem sie beim ersten Tageslicht wieder erwacht war. Die Dusche am Morgen hatte nur einen Teil der Müdigkeit vertrieben.

Sie waren am Abend nicht mehr weitergekommen mit ihren Theorien. Falk und Johanna hatten Hagen gestanden, in die Hütte im Thüringer Wald eingebrochen zu sein. Nachdem der Wutanfall ihres Bruders abgeklungen war, waren sie dessen in den einzelnen Heften festgehaltene Erkenntnisse durchgegangen. Als sie sich eingestanden hatten, dass sie in einer Sackgasse feststeckten, hatte sich Falk mit seinem Laptop zurückgezogen. Hagen hatte es ihm mit seinem Computer gleichgetan, beide in dem Glauben, in den Tiefen des Internets und Darknets mehr zu finden als in ihrem Stuhlkreis im Wohnzimmer. Johanna war froh gewesen, dass die beiden Männer ihren Konflikt zeitweise ruhen ließen.

Boris und Johanna hatten sich derweil mit Falks Tablet auf das Sofa gesetzt und waren einem Gefühl Johannas nachgegangen. Sie hatte sich gefragt, nach welchen Kriterien staatliche Aufträge an externe Unternehmen vergeben wurden. Schließlich musste im Hintergrund alles dafür getan worden sein, dass die Bundesnetzagentur und der Bundeswahlleiter Dark Fiber beauftragt hatten. Zwar stießen sie auf zahlreiche Medienberichte, wonach persönliche Bezie-

hungen, Lobbyismus oder Gefälligkeiten unter Geschäfts-
partnern und Politikern quasi an der Tagesordnung waren.
Über Dark Fiber oder gar Udo Lindner fanden sie hingegen
nichts. Johanna war sich sicher, in ihrem Unterbewusstsein
über eine wichtige Information zu verfügen. Doch sie kam
nicht an sie heran. Sie musste erkennen, dass sie zu viele
Puzzlestücke ungeordnet vor sich hatte.

Als sie auf der Matratze lag, waren ihr die Weihnachten mit Tante Beatrice in Köln in Erinnerung gekommen.
Bea hatte ihnen zu jedem Fest ein großes Puzzle besorgt, zu-
meist Fotos oder Malereien historischer Stätten wie des Köl-
ner Doms oder des Brandenburger Tors. Gemeinsam hatten
sie sich an den Weihnachtstagen in zwei Sessel im Wohnzimmer gesetzt und zu puzzeln begonnen. Tante Bea hatte
stets mit den Rändern angefangen, während Johanna die
übrigen Stücke nach einem groben Raster geordnet hatte.
So hatten sie an Weihnachten stundenlang dagesessen und
das Bild vor ihnen stetig wachsen lassen. Und immer hatten sie am Abend des 25. aufgehört, um sich den Rest des
Puzzles für den zweiten Weihnachtstag aufzuheben. Wenn
Johanna dann aber am Morgen des 26. Dezembers aufgestanden und ins Wohnzimmer gekommen war, hatte Tante
Bea das Puzzle fertiggestellt – bis auf das letzte Teil. Dieses
hatte sie neben das Gesamtkunstwerk gelegt, einladend und
für Johanna bereit. Das erhebende Gefühl, wenn ihre Finger
das finale Element des Bildes ruhig und erregt zugleich in die
passende Form geschoben hatten, würde sie nie vergessen.

Der Unterschied zu dem Puzzle, vor dem Johanna nun
stand, konnte dagegen größer nicht sein. Mit Tante Bea hatte
sie stets gewusst, wie das Endergebnis aussehen würde. Sie
hatten alle Puzzlestücke vor sich gehabt, inklusive eines Ab-

bildes dessen, was sie zu bauen gedachten. Sie hatten alles nur richtig zusammenführen müssen. In der Wirklichkeit, musste Johanna erkennen, kannte sie weder das vollständige Bild, noch verfügte sie über alle Teile des Puzzles. Sie glaubte zwar, die Ränder des Puzzles halbwegs vollständig abgesteckt zu haben, bis zum fertigen Bild war es jedoch noch ein weiter Weg. Es gab dunkle Stellen, fehlende Elemente, und es schien, als ob so manches Stück an mehrere Orte passen konnte.

Würde es einen Moment geben, in dem sich plötzlich alles zu einem klaren Bild fügte? Würde es sogar jemanden geben, der ihr die letzten Puzzlestücke so hinlegte, dass sie, wie einst bei Tante Bea, das letzte Teil nur noch einsetzen musste? Aber wer konnte das sein?

»Ich finde, du solltest diese Kerstin de Jong anrufen«, sagte Boris und riss Johanna aus ihren Gedanken. »Und Falk sollte seine Kontakte zum MAD spielen lassen. Wofür hat er denn jahrelang im Geheimdienst gearbeitet?«

Sie gab ihm recht. Schon vor zwei Tagen war sie mit diesem Ziel zurück nach Berlin gefahren. Ihr Verdacht jedoch, Erhard Spahn könne mit ihrem Vater in Kontakt stehen, hatte sie wieder davon abgebracht. Nun fühlte sie sich wie eine Idiotin. Nicht ihr Ausbilder, sondern Udo Lindner schien sich von Carl Bellmann bezahlen zu lassen, um dem Gerechten Deutschland an die Macht zu verhelfen. Kein Wunder, dass Lindner die Besprechung am Montagabend abgebrochen hatte, nachdem Johanna den Namen Dark Fiber ins Gespräch gebracht hatte.

Spahn dagegen hatte es womöglich wirklich nur gut gemeint, als er sagte, er wolle sich für sie einsetzen. Dennoch blieb dieses unterschwellige Gefühl des Misstrauens. Einmal gesät, wollten die Restzweifel nicht so schnell vergehen. Was jedoch auf ihre Weise mehr über Johanna als über Spahn aussagte. So viel Selbstreflexion brachte sie immerhin auf. »Danke, Boris«, erwiderte sie. »Dass du hier bist, dass du mir den Rücken stärkst und mir sagst, wann ich vernünftig sein sollte. Manchmal brauche ich das.« Er legte den Arm um sie, während sie vor der Bäckerei stehen blieben.

»Dafür sind Freunde da«, sagte er. »Und wenn wir zurück in Berlin sind, suchen wir dir eine neue Wohnung. Bis du eine gefunden hast, kommst du bei uns unter.«

Der Gedanke, sich eine neue Wohnung suchen zu müssen, hatte Johanna einige Stunden Schlaf gekostet. Viktors Auftauchen hatte ihre Wohnung kontaminiert. Sie würde sich dort nie wieder sicher fühlen. Das war eine Katastrophe. Nicht nur, weil sich Johanna in ihrer kleinen Bude frei und wohlgefühlt hatte. Auch, weil bezahlbarer Wohnraum in Berlin so verbreitet war wie Wasser in der Kalahari. In Oberschöneweide konnte sich Johanna ein kleines Apartment leisten. Zudem war es nicht weit bis zu ihrem Job an der Alten Försterei. Von dort wegzuziehen würde vieles verkomplizieren.

Während sie sich in die Schlange der Wartenden einreihten und Boris die Auslagen begutachtete, packte Johanna die Wut. Schon wieder zwang ihre Familie sie dazu, zu flüchten, umzuziehen, neu anzufangen. Wenn auch nur innerhalb Berlins. Womöglich würde sie immer auf der Hut sein müssen, solange ihr Vater und ihr Bruder frei herumliefen. Ihr kam der Gedanke, dass dieses Drama die Chance mit sich brachte, sich von diesen Fesseln zu befreien. Wenn sie es schafften, dem Bellmann-Clan eine politische Verschwörung nachzuweisen, die eine Manipulation der Bundestagswahl einschloss, konnten Carl und Viktor kaum straffrei ausgehen. Dann wäre Johanna frei. Zumindest für einige Zeit.

»Glaubst du wirklich, dass die versuchen, die Wahl zu manipulieren?«, flüsterte sie Boris zu.

Neben der Bäckerei hingen diverse Wahlplakate an einer Laterne, denen der Wind trotz seiner Wucht nichts hatte anhaben können. In vier Tagen war es so weit, die Deutschen würden ihre neue Regierung wählen. Es musste längst alles vorbereitet sein, wenn das Gerechte Deutschland sich wirklich per Staatsstreich an die Macht fälschen wollte. Ob es überhaupt noch zu stoppen war? Johanna fragte sich, ob sie womöglich nur paranoid geworden war. Geschädigt von ihrer Familie, aufgewachsen in einem Umfeld voller Verschwörungstheorien, Machtstreben und Manipulation. War es möglich, dass sie zu ähnlichen Spinnereien neigte wie die Aluhüte auf der anderen Seite?

Boris hatte recht. Sie musste de Jong anrufen, ihr alles erzählen. Gleichzeitig sollte Falk seine Kontakte beim MAD nutzen und von einer zweiten Seite den Druck erhöhen. Wenn es Hinweise von unterschiedlicher Seite gab, konnten die Behörden dies nicht mehr ignorieren. Johanna und Falk kannten genügend Leute, die eine Ermittlung in Gang bringen konnten.

Ehe Boris auf ihre Frage antworten konnte, waren sie an der Reihe. Sie kauften die halbe Bäckerei leer. Brötchen und Croissants, Weckchen und Rosinenschnecken, dazu zwei Cappuccino to go. Als sie mit Papiertüten und zwei Bechern beladen wieder auf die Straße traten, klingelte Boris' Handy. Umständlich überreichte er ihr die Tüten und tastete seine Lederjacke ab. Johanna balancierte das Gebäck und die zwei Kaffeebecher derweil weiter in die Richtung, aus der sie gekommen waren.

Doch Boris folgte ihr nicht.

Johanna drehte sich um.

Ihr Freund stand drei Meter hinter ihr, kabellose Kopfhörer in den Ohren, die wie kleine weiße Zuckerstangen am Weihnachtsbaum aus seinen Ohrmuscheln hingen.

»Sagen Sie mir, wer Sie sind!«, hörte sie Boris in nervösem Ton sagen.

Was war da los? Er sah zu Johanna und hielt ihr den Bildschirm seines Smartphones hin, sodass sie »Anonym« lesen konnte. Sie blickte sich um, sah einen Mauervorsprung, legte ihre Einkäufe darauf ab und trat zu ihm.

»Ja, sie ist bei mir.« Pause. »Okay. Einen Moment.«

An Johanna gerichtet, sagte er: »Für dich.«

Statt ihr das Telefon zu geben, zog er eine der Zuckerstangen aus dem Ohr und gab sie ihr. Johanna fummelte sich den Kopfhörer mit eingebautem Mikrofon in ihren Gehörgang und hielt sich mit der anderen Hand das freie Ohr zu. Jetzt konnten sie beide hören.

Aber wer wollte sie sprechen und wusste, dass er sie über Boris erreichen konnte? Hatte jemand zuvor versucht, sie auf ihrem Handy anzurufen, das jetzt bei ihr in der Wohnung lag?

Mit fester Stimme fragte sie: »Mit wem spreche ich?«

»Johanna Böhm?«

Ein kalter Schauder lief ihr den Rücken hinunter. Johanna kannte computerverzerrte Stimmen bislang nur aus dem Fernsehen. Doch sie wusste sofort, mit was sie es zu tun hatte. Die Stimme, die sie hörte, war eine Mischung aus metallenem Rauschen und einem androiden, geschlechtslosen Tonfall.

»Am Apparat.«

»Gut. Ich rufe Sie an, weil ich weiß, dass Sie nach etwas suchen.«

»Wer sind Sie?«

»Dieser Anruf dient dazu, meine Glaubwürdigkeit zu demonstrieren.«

Johanna konnte nicht anders. Sie lachte. »Sie wollen Glaubwürdigkeit demonstrieren und lassen dafür Ihre Stimme verzerren?«

»Wir alle müssen unsere Sicherheitsmaßnahmen ergreifen«, sagte die Stimme. »Deswegen haben Sie sich Ihres Telefons entledigt und reisen in Begleitung bewaffneter Männer.«

Ihr Herz hämmerte gegen ihre Brust. Wer war der Anrufer?

»Ich frage noch einmal: Wer sind Sie?«

»Nennen Sie mich einfach Günter Guillaume. Ich gebe Ihnen jetzt eine Information, die Ihnen helfen wird. Zu einem späteren Zeitpunkt werde ich Sie wieder kontaktieren. Dann wissen Sie, dass Sie meinen Informationen vertrauen können.«

Sie kannte den Namen Günter Guillaume. Jeder Mensch, der sich für deutsche Politik interessierte, kannte ihn.

»Sie wollen Vertrauen schaffen, indem Sie sich nach dem Stasi-Agenten nennen, der Willy Brandt bespitzelt hat?«

»Was sind schon Namen, Frau Böhm?« Kurz fragte sich Johanna, ob der Anrufer auf ihren Namenswechsel anspielte. »Der Informant in der Watergate-Affäre bekam den Codenamen Deep Throat wegen eines gleichnamigen

Pornofilms. Also lassen Sie mir die Freude und nennen Sie mich Günter Guillaume.«

Johanna fragte sich, ob sich hinter der Computerstimme ein Mann oder eine Frau verbarg. Ihr Gefühl sagte ihr, dass der Anrufer männlich war. Doch sicher war sie sich nicht.

»Was sind das für Informationen?«

»Sie erhalten von mir eine IP-Adresse, einen Benutzernamen und ein Passwort. Falls Sie nicht wissen sollten, was Sie damit anfangen können, wird Ihr Freund Rasmus Falk Ihnen sicher weiterhelfen. Haben Sie etwas zu schreiben?«

Boris hatte auf seinem Smartphone bereits eine Notiz geöffnet und bedeutete Johanna, dass er das Tippen übernehmen würde. Sie sollte sich auf das Gespräch konzentrieren. Ein Blick auf ihre zitternden Hände verriet ihr, dass sie ohnehin nicht in der Lage gewesen wäre, fehlerfrei auf der kleinen Tastatur des Telefons zu schreiben.

Der Anrufer, der sich Günter Guillaume nannte, gab ihnen eine zwölfstellige IP-Adresse durch, dazu den Benutzernamen *Charlemagne* und ein Passwort aus Groß- und Kleinbuchstaben, Zahlen und Sonderzeichen, das mindestens dreißig Stellen haben musste. Anschließend nannte er ein zweites Passwort, das dieselbe Länge zu haben schien.

Als er fertig war, fragte Johanna: »Und das soll uns helfen?«

»Sagen Sie Herrn Falk, dass ihm diese Information in Sachen Dark Fiber weiterhelfen sollte.«

Jetzt spürte Johanna schier unbändige Neugier. »Und was dann?«

»Ganz einfach: Sie hören wieder von mir.«

»Warten Sie! Wie...«

Doch Günter Guillaume hatte aufgelegt.

Johanna und Boris starrten sich an. Dann drehten sie sich zeitgleich zu den Papiertüten um, rissen ihre Einkäufe an sich und eilten im Laufschritt zurück zur Wohnung.

Keuchend und schwitzend platzten sie herein, als Hagen in der Küche stand und Kaffee kochte, während Falk, in einen frischen Anzug in Dunkelgrau gekleidet, aus dem Badezimmer kam. Mit einem Handtuch rieb er sich die Haare trocken, er war noch barfuß.

Johanna brauchte mehrere Anläufe, ehe sie ihnen erzählt hatte, was passiert war. Hagens und Falks Augen wurden mit jedem Wort größer. Als Boris die Notiz mit der IP-Adresse und den Zugangsdaten hervorzog, riss Falk ihm das Telefon aus der Hand.

»Das ist es!«, rief er. »Wenn diese Daten stimmen, sind wir drin.«

Ohne eine Antwort abzuwarten, stürmte er ins Wohnzimmer und schnappte sich seinen Laptop.

»Gibt es hier ein offenes WLAN?«, fragte er Hagen.

Johannas Bruder stand bereits neben Falk.

»Benutz das hier«, sagte er und deutete auf den Bildschirm. »Das ist von einem der Nachbarn. Das Passwort lautet *Hallo Welt*. Manchen Menschen ist echt nicht zu helfen.«

Die beiden Computerfreaks schüttelten synchron die Köpfe. Sekunden später flog Falks gesunde Hand über die Tastatur, immer wieder die Daten prüfend, die Boris in sein Handy getippt hatte.

Nach einer Minute, die sich wie eine Ewigkeit anfühlte, rief er: »Teufel noch mal, es hat geklappt!«

Günter Guillaume hatte ihnen Zugang zu Dark Fiber verschafft.

KAPITEL 47

MITTWOCH, 15. SEPTEMBER
Gotha, Deutschland

Sie standen zu dritt hinter Falk und starrten auf den Bildschirm.

»Was ist das?«

»Das, liebe Johanna, ist das Dashboard eines gewissen Charlemagne«, sagte Falk. »Ihr habt den Zugang zu einem Benutzerkonto bei Dark Fiber bekommen. Jetzt müssen wir herausfinden, wie es funktioniert.«

»Du sagtest, Dark Fiber ist mit Helios gesichert. Heißt das, du bist jetzt drin und kannst dir alles ansehen?«

»Ich fürchte, nicht. Ich sagte dir ja bereits, dass man Helios nur überwinden kann, wenn man die Hilfe eines Insiders bekommt. Wer auch immer dich angerufen hat, muss ein solcher Insider sein. Was er dir gegeben hat, scheint mir aber nur der Zugang zu einer Art Mitarbeiter- oder Kundenkonto zu sein.« Er betrachtete den Bildschirm. »Wir haben hier einen Arbeitsplatz für Dateien, einen E-Mail-Zugang, einen Chatroom und einen Kalender. In diesen Bereichen können wir uns offenbar frei bewegen. Wenn wir jetzt beispielsweise auf den Arbeitsplatz gehen, müssten wir ... Ach komm, ey!«

Statt einer Dateiübersicht öffnete sich ein Fenster und fragte nach einem Passwort.

»Lass mich raten!«

Er sah auf Boris' Notizen. Johanna erinnerte sich, dass der Anrufer ihnen zwei Passwörter genannt hatte. Falk tippte die zweite Zeichenkombination ein. Als er auf *Weiter* klickte, erschien ein neues Fenster. Darin stand: *Ungültiges Passwort*.

»Mist! Okay, probieren wir etwas anderes.«

Er versuchte den E-Mail-Account zu öffnen, doch erneut war dieser passwortgeschützt und akzeptierte weder die erste noch die zweite Zeichenkombination. Gleiches galt für den Chatroom. Dann versuchte Falk es beim Kalender. Er gab das zweite Passwort ein.

Diesmal klappte es.

»Na bitte!« Falk ballte die gesunde Hand zur Faust.

Tatsächlich öffnete sich ein bildschirmfüllendes Fenster, in dem der aktuelle Monat dargestellt war. Johanna fiel auf, dass sich jeden Morgen um sieben Uhr ein Termin wiederholte. Falk öffnete den Eintrag des heutigen Tages.

»Eine Videokonferenz«, sagte Hagen.

»Mit vier Teilnehmern«, ergänzte Boris. »Augustus, Kronos, Archimedes und Charlemagne.«

»Decknamen«, murmelte Falk. »Kluger Schachzug. Mit Sicherheit ist der Chatroom auf dem Dashboard der Ort, an dem die Videokonferenzen stattfinden.«

»Schau mal, da ist eine Datei hinterlegt.« Johanna deutete auf ein PDF-Symbol, das dem Termin zugeordnet war.

Falk versuchte es zu öffnen. Wieder ein Passwort, wieder kamen sie mit den beiden ihnen zur Verfügung stehenden Zeichenkombinationen nicht weiter.

»Die sind gut.« Falk nickte anerkennend. »Aber zumindest haben wir einen Blick in den Kalender. Johanna, du sagtest, der Anrufer hätte seine Glaubwürdigkeit unter Beweis stellen wollen. Vielleicht hat er dir nur eine Brotkrume hingeworfen. Jetzt weißt du, dass er wirklich über wertvolle Informationen verfügt. Wenn er sich das nächste Mal meldet, hat er vielleicht mehr als nur den Kalender für uns.«

»Wer sind diese Leute?«, wollte Boris wissen. »Warum die Decknamen?«

Johanna fiel etwas auf. »Augustus, Kronos, Archimedes, Charlemagne.« Sie wiederholte die Namen immer wieder. »Augustus, der erste römische Kaiser. Kronos, der Vater von Zeus. Archimedes, der große Mathematiker. Charlemagne, der ...«

»Karl, der Große,« fiel Boris ein. »Carl Bellmann. Kann es sein, dass wir den Zugang deines Vaters erhalten haben?«

»Nicht nur das«, sagte Johanna, der ein weiterer Gedanke gekommen war. »Falk, was ist, wenn auch der Name Helios in diese Reihe gehört? Helios, der Sonnengott. Du sagtest, niemand wüsste, wer Helios programmiert hat. Gleichzeitig werden Dark Fiber und die Krahl & Krahl AG von Helios geschützt. Jetzt bekommen wir einen Zugang zum Helios-System. Was, wenn der Gründer von Dark Fiber auch hinter Helios steckt? Für ein solches Genie wäre es doch ein Leichtes, eine Software zu programmieren, die eine Wahl manipuliert oder andere Menschen ausspioniert.«

Irgendetwas sagte Johanna, dass ihnen dieser Zugang nicht nur gegeben worden war, um der Quelle zu vertrauen. Sie sollten auch auf etwas stoßen. Auf eine tiefergehende Wahrheit. Ihnen war ein weiteres Puzzlestück zugeworfen worden. Ein Stück, das in eine bislang noch dunkle Stelle des Gesamtbildes passte.

Jetzt meldete sich Hagen zu Wort.

»Schaut mal hier, Leute!« Er deutete auf den nächsten Tag im Kalender. Dieser unterschied sich fundamental von allen bisherigen. Dort war keine Videokonferenz eingetragen. Dort stand: *Klausurtagung*.

Falk öffnete den Termin.

Johanna sah es sofort. Diese Klausurtagung war kein virtuelles Treffen im Chatroom. Diesem Termin war ein Ort zugewiesen worden.

»*Schloss Wilhelmsthal, Eisenach*«, las sie vor. Unweigerlich hatte sie ihre Stimme gesenkt. »Sie treffen sich morgen um neun Uhr.«

In Eisenach, natürlich in Eisenach. Johanna kannte das Schloss. Es lag nur wenige Kilometer außerhalb der Stadt.

»Sie werden fast alle dabei sein«, ergänzte Boris und las die Teilnehmerliste vor, die ebenfalls in dem Termin hinterlegt war: »Augustus, Archimedes, Charlemagne und zwei weitere Gestalten namens Ludwig und Hoover.«

»Ich gehe jede Wette ein, dass mein Vater und mein Bruder dort sein werden«, sagte Hagen entschlossen. »Und das heißt für mich: Ich werde auch dort sein und auf sie warten.«

»Mach keinen Quatsch!« Johanna hatte befürchtet, dass Hagen so etwas sagen würde. »Wir werden ganz bestimmt keine zweite Golfplatz-Aktion hinlegen.«

»Mir ist egal, was ihr machen werdet.« Hagens Stimme klang nun wieder hart und unnachgiebig. »Ich bin euch nichts schuldig, ihr seid mir nichts schuldig. Ich habe euch gestern aus der Klemme geholfen. Ab jetzt gehe ich wieder meinen eigenen Weg.«

»Aber sie werden nach dir Ausschau halten. Vielleicht

rechnen sie sogar damit, dass du kommst«, wandte Johanna ein.

Doch ihr Bruder hatte sich längst entschieden.

»Wie wollen sie damit rechnen, wenn sie nicht wissen, dass wir ihren Terminplan kennen? Und selbst wenn, ich habe nur ein Ziel, und für dieses Ziel eignet sich diese Konferenz perfekt.«

»Aber was, wenn der Anrufer uns gar keine weiteren Informationen geben will? Was, wenn er uns von dem Termin wissen lassen wollte, um uns in eine Falle zu locken?« Johanna merkte, dass sie immer verzweifelter klang, doch es war ihr egal. »Rasmus, sei du bitte die Stimme der Vernunft!«

Falk war aufgestanden und hatte sich zu ihnen umgedreht.

»Ich werde Hagen begleiten.«

»Was?« Johanna konnte es nicht fassen. »Nein! Jetzt wissen wir, wo sie morgen sein werden. Wir müssen den Behörden Bescheid geben, worum es wirklich geht.«

»Und was dann?« Falk betrachtete sie mit einer Mischung aus Bedauern und Überlegenheit, als verstünde *sie* nicht, worum es hier wirklich ging. »Wir haben nicht genug gegen sie in der Hand. Nur Hörensagen und Vermutungen, nichts Handfestes. Ehe unseren Hinweisen Gehör geschenkt wird, ist alles vorbei.« Er wandte sich an ihren Bruder. »Hagen, es ist mir nicht egal, was du damals getan hast. Aber ich erkenne an, unter welchen Bedingungen du es getan hast. Wir beide wollen, dass das endet. Und wir können es beenden. Gemeinsam, morgen im Schloss Wilhelmsthal.«

Die beiden Männer sahen sich an. Johanna erkannte, dass sie geschlagen war. Die beiden Racheengel hatten sich verbündet.

In Windeseile überschlug sie ihre Optionen. Sie wusste, dass sie Hagen und Falk nicht mehr von ihrem Entschluss abbringen konnte.

Sie sah zu Boris. Er war ihre einzige Chance. Gleichzeitig musste sie dafür sorgen, dass er in Sicherheit war. Alles andere war jetzt egal.

»Okay«, sagte sie. »Ich bin auch dabei. Aber nur unter einer Bedingung.«

KAPITEL 48

DONNERSTAG, 16. SEPTEMBER

Eisenach, Deutschland

Es drang kaum Mondlicht durch den wolkenverhangenen Himmel. Die Nacht war schwarz, nur die Lichter Eisenachs verliehen dem Horizont in der Ferne vereinzelte Farbtupfer in einer ansonsten einnehmenden Dunkelheit. Lediglich hinter einem schmalen Fenster im Wilhelmsthaler Schloss flammte Licht. Es war das einzige Anzeichen von Leben auf dem Anwesen, das aus zwei U-förmigen, sich gegenüberliegenden Haupthäusern sowie sieben weiteren Nebengebäuden und Stallungen bestand.

Wenn man von den Wachen absah, die sie in den vergangenen zwei Stunden im Umkreis des Schlosses ausgemacht hatten. Es war kurz nach fünf Uhr morgens. Johanna lag neben Falk und Hagen am Waldrand in gut dreihundert Metern Entfernung zu den Gebäuden. Sie alle trugen Kleidung in Flecktarn. Selbst der feine Falk hatte seinen Anzug gegen die militärische Kluft getauscht. Zunächst hatte sich Johanna gewundert, wie natürlich er sich darin bewegte, bis sie sich erinnert hatte, dass er von ihnen der Kampferprobteste war. Zumindest, wenn man von Hagens kurzer Zeit im Militär und seinen Aktivitäten in der Generation D absah.

Sie hatten sich eine Position im Süden des Geländes ausgesucht, den Wald im Rücken, mannshohe Büsche ringsum, sodass sie von drei Seiten blickdicht geschützt waren und zwischen den Zweigen und Ästen freie Sicht auf den Vorplatz hatten. Gekommen waren sie durch die südlichen Wälder, hatten das Taxi am Altenberger See zurückgelassen und waren etwas über einen Kilometer querfeldein zu ihrem Beobachtungsposten gelaufen. Der Wald, einst Jagdgebiet des im Mittelalter errichteten Schlosses, lag im Tal der Elte und damit, wie Johanna feststellen musste, keine zehn Kilometer von jener Waldhütte entfernt, in der Falk und sie Hagens Versteck entdeckt hatten. Nun blickte sie auf das Schloss, eine über die Jahrhunderte mehrfach umgebaute und erweiterte Sommerresidenz des Hochadels, und fragte sich, ob sie das Richtige taten.

Sie hatten das Gelände am Vortag stundenlang studiert, auf Papier und im Internet, mittels Luftaufnahmen, Satellitenfotos und topografischen Landschaftskarten. Hagen hatte sich um die Kleidung und die Verpflegung gekümmert, Falk um das technische Equipment. Eine Ausrüstung, die nur einen einzigen Zweck erfüllen sollte: die Überwachung. Darauf hatte Johanna bestanden. Sie hatte Hagen und Falk klargemacht, dass sie keine Vendetta zulassen würde. Falls die beiden Männer mit dem Ziel hierherkamen zu töten, dann wäre sie raus und würde die Polizei rufen. Sie war nicht bereit, zur Helferin zweier Henker zu werden. Sie konnte es nicht zulassen, dass Hagen weitere Menschen tötete oder Falk zum Mörder wurde. Also hatte sie so lange interveniert, bis die beiden eingelenkt hatten.

Zwar hatten Falk und Hagen Handfeuerwaffen dabei, Falk seine Zoraki, Hagen seine Glock. Davon hatten sie sich nicht abbringen lassen. Doch für das, was sie vorhatten, waren sie nur zur Selbstverteidigung gedacht. Zumindest redete Johanna sich das ein. Immerhin hatten sie die großen Geschütze zu Hause gelassen. Hagen hatte das Scharfschützengewehr vom Golfplatz holen wollen, es aber aufgegeben. Die Shotgun lag weiterhin in der Wohnung in Gotha. Ihre nützlichsten Waffen, so hoffte Johanna, bestanden aus Foto- und Videokameras, jeweils mit lichtempfindlichen Teleobjektiven für große Distanzen. Sie hatten auch Abhörtechnik mitgebracht, kleine Sendemikrofone, die sie von außen an den Fenstern des Schlosses hatten anbringen wollen. Doch Falk hatte gerade noch rechtzeitig mit dem Feldstecher entdeckt, dass selbst der Versuch sie enttarnt und ihre Mission zum Scheitern verurteilt hätte. Bewegungssensoren und Strahler waren an den Fassaden der Gebäude angebracht worden, sodass jeder Versuch, sich dem Schloss zu nähern, sie in gleißendes Licht getaucht hätte.

Hagen hatte vorgeschlagen, das Schloss in größerer Entfernung einmal zu umrunden, um sicherzugehen, dass dies für alle Seiten des Komplexes galt, doch eine andere Entdeckung hatte ihn davon abgebracht. Im Umkreis von gut fünfzig und hundert Metern um das Schloss patrouillierten Wachen. Sie bewegten sich in festen Zonen. Hagen vermutete, dass es sich um Männer aus Viktors Miliz handelte, der er selbst einmal angehört hatte. Für ihn war ihre Anwesenheit der Beweis, dass das Treffen tatsächlich stattfinden würde.

Johanna hoffte, dass sie von ihrer Position aus die nötigen Fotos und Videos aufnehmen konnten. Sollten sie gezwungen sein, näher heranzugehen, würden sie riskieren, entdeckt zu werden. Schon jetzt sehnte sie sich nach dem

Moment, in dem sie die Sachen packen und von hier abhauen würden. Im Bestfall mit den Beweisen im Gepäck, wer sich hinter den Codenamen Augustus, Archimedes, Hoover und Nero verbarg. Und mit der Bestätigung, dass Charlemagne niemand anderes als ihr Vater war.

Sie war inzwischen davon überzeugt, dass Günter Guillaume ihnen den Termin dieses Treffens hatte verraten wollen. Nur, war es ein ernst gemeinter Tipp gewesen oder eine Falle? Auch deshalb hatten sie sich einen zweiten Fluchtweg überlegt, falls sie in Schwierigkeiten gerieten. Während das Taxi am Altenberger See stand, hatte Hagen zusätzlich einen Mietwagen organisiert, den Falk an einem Feldweg am nordöstlichen Rande des Grundstücks geparkt hatte.

Johanna war froh, dass sie sich am späten Nachmittag noch einmal hingelegt hatte. Nach den kurzen und unruhigen letzten Nächten hätte sie diesen Einsatz sonst nicht durchgestanden. Nun dachte sie an Boris, den sie mittags zum Bahnhof nach Gotha begleitet hatte. Sie hatte ihre Dankbarkeit kaum in Worte fassen können. Gleichzeitig hatte sie ihm eine weitere Bitte abringen müssen, ein Versprechen, das er nur widerwillig gegeben hatte. So, wie er sie nur widerwillig in Gotha zurückgelassen hatte. Boris sollte ihre Absicherung sein. Er würde umgehend Kerstin de Jong informieren, wenn er bis zehn Uhr nichts von ihnen gehört hatte. Sie hatte ihm den USB-Stick mit Hagens Dokumenten und dem Video aus ihrer Wohnung mitgegeben. Genauso verfügten die Kameras, mit denen sie nun in ihrem Versteck lagen, über einen WLAN-Chip und waren mit dem Hotspot von Falks Handy verbunden, sodass sie ihre Aufnahmen direkt an Boris weiterleiten konnten. Boris würde also alle Belege umgehend erhalten, um Kerstin de Jong im Notfall von einem sofortigen Einsatz in Eisenach zu überzeugen.

Falk hatte OK Rosen über die neuen Entwicklungen informiert. Er wusste, dass sie versuchen würden, sich dem Schloss zu nähern. Ihm hatte Falk zwar nicht das gesamte Paket mit allen Daten zukommen lassen, doch auch er würde die Bilder und Videos per E-Mail erhalten, sobald sich hier etwas tat.

Sofern sich überhaupt etwas tat. Sofern sie überhaupt das Richtige taten. Sie wussten nicht, ob außer den Wachen noch jemand hier war. Auf dem Vorplatz, zu dem die Zufahrtsstraße führte, waren keine Autos zu sehen. Allerdings boten die Stallungen und Nebengebäude genügend Raum für Stellplätze. Dank der Website des Schlosses wussten sie, dass es neben den luxuriösen Sälen und Hallen auch Wohnbereiche mit zahlreichen Schlafzimmern gab, die man in den vergangenen drei Jahrzehnten schrittweise renoviert hatte. Nachdem das Schloss im Zweiten Weltkrieg den Nazis als Lazarett gedient hatte und später als Kinderheim genutzt worden war, hatte das Consilium Humanum das Anwesen vor wenigen Jahren erworben. Niemand bestätigte es, doch hier sollten künftig die Elite-Bootcamps stattfinden.

Alles deutete daher darauf hin, dass Carl Bellmann, Albert Krahl und die anderen Granden des Consiliums sich heute hier einfinden würden. Johanna hoffte, dass sie nicht mehr lange warten mussten.

Der Himmel hatte sich aufgehellt, als sich Johannas Hoffnungen erfüllten. Es war kurz vor acht, als plötzlich Betriebsamkeit unter den Wachen ausbrach. Hagen deutete auf den Mann, der ihnen am nächsten stand, rund zweihundert Meter von ihnen entfernt. Dieser presste sich eine Hand ans Ohr, ehe er sein linkes Handgelenk an den Mund führte und etwas in ein Mikrofon sprach. Sekunden später sahen sie, was die schlagartige Wachsamkeit ausgelöst hatte. Eine schwarze Limousine fuhr langsam die Auffahrt hinauf. Vor und hinter ihr begleiteten ebenso schwarze Geländewagen mit getönten Scheiben das elegante Gefährt. Ein staatsmännischer Auftritt, fand Johanna. Es fehlten nur die deutschen Flaggen am Kühler der Limousine. Das Knistern der Steine unter den Reifen drang leise an ihre Ohren, als Falk und Johanna ihre Kameras bereit machten. Während Hagen das Treiben durch den Feldstecher beobachtete und die Wachen im Auge behalten sollte, startete Johanna die Videoaufnahme. Neben sich hörte sie Falks Fotokamera leise klicken.

Ein Auge geschlossen, das andere auf den Sucher gelegt, verfolgte Johanna gespannt, wie die Kolonne auf dem Vorplatz zum Stehen kam. Sie hatten sich den perfekten Platz ausgesucht, ihr Blick war frei, ihre Teleobjektive für die Distanz ausreichend. Zunächst behielt sie alle drei Autos im Fokus. Als vorne wie hinten die erwarteten Bodyguards ausstiegen, zoomte Johanna auf die Limousine. Jeden Moment würde hier der erste Teilnehmer der Konferenz aussteigen. Und sie ahnte, wer es sein würde.

Einer der Bodyguards trat an die hintere Tür und öffnete den Fond des Autos.

Er war es.

In einem anthrazitfarbenen Anzug stieg Carl Bellmann aus. Zu Johannas Überraschung trug er unter dem Jackett lediglich einen schwarzen Pullover mit V-Ausschnitt. Als er sich aufgerichtet hatte, nickte er dem Mann kurz zu und schloss einen Knopf des Sakkos. Dann sah er sich um. Niemand sonst stieg aus dem Wagen.

Johanna holte ihren Vater näher heran, bis sie in seine harten graublauen Augen blicken konnte.

Da passierte es.

Er erwiderte ihren Blick.

Seine Lippen formten zwei Worte.

»Hallo, Eva!«

Johanna verschlug es den Atem. Er wusste, dass sie da waren. Er wusste, wo sie waren.

Sie waren aufgeflogen.

Im nächsten Moment hörte sie mehrere Stimmen gleichzeitig: »Keine Bewegung!«

KAPITEL 49

Ihr Weg war zu Ende. Ihr wahnwitziger Versuch gescheitert, die Wahrheit herauszufinden. Oder das, was sie für die Wahrheit hielten und was sie womöglich nie erfahren würden. Sie hatten versagt, hatten sich erwischen lassen in dem naiven Glauben, einem durchtriebenen Verbrecher wie Carl Bellmann ein Schnippchen schlagen zu können. Stattdessen hatte er sie überlistet, scheinbar mühelos und mit ihren eigenen Mitteln.

Gerade, als sie geglaubt hatten, die ersten belastenden Aufnahmen gemacht zu haben, hatte man sie überwältigt. Eine Einheit von sechs Mann, die Maschinengewehre im Anschlag. Sie hatten sie entwaffnet und ihnen die Kameras abgenommen, noch ehe Johanna oder Falk die Bilder hatten verschicken können. Die Hände fesselte man ihnen mit Kabelbindern auf den Rücken. Nun brachte man sie zum Schloss.

Hagen ging voran, Johanna folgte ihm, hinter ihr lief Falk.

Als führte man sie zur Schlachtbank.

Johanna kämpfte gegen ihre Verzweiflung. An kontrolliertes Atmen war kaum zu denken, während sie über das freie Feld in Richtung Schloss liefen. Sie konnte sich auch

388

keinen kontrollierten Schmerz zufügen wie das feste Umklammern eines Schlüssels mit der Hand. Was ihr blieb, waren ihre Gedanken. Sie musste die mentale Talfahrt durch Logik bekämpfen, durch praktische Überlegungen. Fragen, Antworten. Was war passiert? Das war einfach. Man hatte sie gefangen genommen. Wie war es dazu gekommen? Johanna sah drei Möglichkeiten. Erstens, man hatte sie entdeckt, womöglich schon auf dem Weg zu ihrem Versteck. Zweitens, der Anrufer mit dem Decknamen Günter Guillaume hatte sie in eine Falle gelockt. Drittens, sie waren verraten worden.

Welche Optionen blieben ihnen jetzt? Die Schergen waren zwei zu eins in der Überzahl. Johanna und ihre beiden Mitstreiter waren gefesselt und waffenlos. In diesem Augenblick gab es keine Chance auf eine Flucht. Ihnen blieb nur abzuwarten.

Gab es eine Absicherung? Ja, die gab es. Boris würde die Polizei informieren, wenn er nicht binnen weniger als zwei Stunden von ihnen hörte. Ein Hoffnungsschimmer! Kerstin de Jong war eine kluge Frau, entschlossen und in der richtigen Position. Sie würde nicht zögern und Boris' Warnung ernst nehmen. Allerdings hatte Johanna keine Ahnung, wie lange es dauern würde, ehe sich Einsatzkräfte auf den Weg machten, um nach ihnen zu suchen.

Und dann war da noch die Frage, wer sie verraten haben konnte. Dafür blieb ihr jedoch keine Zeit mehr. Sie waren am Schloss angekommen.

Geradeaus, an einem verputzten Fachwerkhaus vorbei, sah Johanna einen ausgetrockneten See. Sie wusste, dass es auf dem Grundstück noch weitere Weiher und Teiche gab, die Wasser hatten. Rechter Hand lag eines der beiden U-förmigen Haupthäuser, welches einen weißen Uhrenturm trug. Erst jetzt fiel ihr auf, dass die Wege weitgehend zugewachsen waren. Um die Anlage hatte sich offenbar seit vielen Jahren niemand gekümmert. Unkraut und Gras wucherten überall, die Gebäude mussten instand gesetzt und an einigen Stellen auf ihre Statik geprüft werden. Wollte das Consilium hier eine Art Elite-Schule einrichten, so waren beträchtliche Investitionen nötig.

Fraglos würde es am Geld nicht scheitern, wenn erst einmal die Machtposition gefestigt war, dachte Johanna verbittert.

Die Wachen bogen nach links ab und führten sie zum ältesten Teil des Schlosses. Zunächst gingen sie zwischen zwei Fachwerkbauten mit Mansardendächern vorbei, die nach einst fürstlichen Wohnhäusern aussahen. Schließlich gelangten sie zu zwei Prachtbauten, die durch einen mächtigen Säulengang am Kopfende verbunden waren. Die Fassaden zeigten eine Mischung aus Barock und Rokoko.

Man brachte sie in das linke Gebäude. Als sie den riesigen ovalen Saal mit seinen cremefarbenen Wänden, kirchenähnlichen Fenstern, kunstvollen Stuckaturen an der Decke und einem schweren Kronleuchter betraten, fiel Johannas Blick zunächst auf eine Anordnung an Tischen. Sie erkannte sofort, dass dieser Teil des Schlosses bereits saniert und der Saal hergerichtet worden war für etwas, das unzweideutig nach einer Konferenz aussah. Sechs Personen würden hier zusammentreffen, zählte Johanna und fragte sich, wer neben den fünf ihnen bekannten Codenamen noch dazustoßen sollte.

Würde sie es je erfahren?

Jemand packte sie unsanft am Arm und zog sie weiter. Hagen und Falk hatten sich bereits von Johanna entfernt. Sie taumelte hinterher, ehe sie neben ihnen zum Stehen kam. Sie standen vor ihrem Vater. Carl Bellmann in seinem anthrazitfarbenen Anzug sah sie mit einem triumphierenden Grinsen an. Er war nicht alleine. Neben ihm stand Viktor, gekleidet in einer schwarzen Uniform wie die Handlanger, die sie hierhergebracht hatten. Ein dritter Mann hielt sich im Hintergrund auf, stand in Anzughose, weißem Hemd mit offenem Kragen und schmalen Hosenträgern neben einem Kamin. Es war Albert Krahl, der alte Krahl, Nicolais Vater, der weiße Haarkranz ausgedünnt, die Falten wie topografische Markierungen auf einer Landkarte über Stirn und Wangen. Er musterte sie, erst Falk, dann Hagen, schließlich Johanna. An ihr blieben seine Augen haften, während Carl Bellmann das Wort ergriff.

»Herzlich willkommen auf Schloss Wilhelmsthal! Ich muss sagen, ich bin beeindruckt.« Er ließ sich Falks Zoraki und Hagens Glock aushändigen, betrachtete sie kurz und gab die Glock achtlos an Viktor weiter. »Ihr seid hartnäckig. Und ihr seid gut informiert. Wie um alles in der Welt wusstet ihr, dass ihr gewisse Leute heute hier antreffen würdet? Hm?«

Er sah in die Runde, und Johannas Gedanken überschlugen sich. Man hatte ihnen keine Falle gestellt. Der Anrufer hatte sie nicht hierherlocken wollen. Günter Guillaume, oder wer auch immer sich dahinter verbarg, hatte ihnen wirklich helfen wollen. War das ein Hoffnungsschimmer?

Carl Bellmann sprach weiter.

»Möchte niemand darauf antworten? Nun, wir haben unser Treffen hier ein wenig verschoben, nachdem unsere

Bewegungsmelder und Kameras im Wald heute Nacht Alarm geschlagen haben.« Hagen musste eine Grimasse gezogen haben, denn ihr Vater fuhr fort:»Was glaubst du denn, Hagen? Wir haben dieses Gelände schon seit Wochen gesichert. Das hättest du dir doch denken können. Schließlich haben wir dich ausgebildet.«

Kameras, natürlich. Genauso wie die Flutlichter an den Häusern. Das Consilium hatte als Allererstes in die Sicherheit investiert, nicht in das Äußere. Johanna hätte es sich denken können. Sie waren ihnen blindlings ins Netz gegangen. Aufgeflogen und überwältigt von Leuten, die auf diesem Gebiet einfach besser – und gerissener – waren als sie.

Ihr Vater ging vor ihnen auf und ab. Sie standen zu dritt in einer Reihe, wie Sträflinge, die das Urteil erwarteten.

»Ihr glaubt also, uns aufhalten zu können? Mein eigenes Blut, zusammen mit einem Krüppel? Ich betrachte diesen Verrat als eine bittere Niederlage. Ja, ich gebe zu, dass ihr euch abgewandt habt, gehört zu den großen Fehlschlägen in meinem Leben. Aber ich bin überrascht. Ausgerechnet ihr, die ihr unter meiner Anleitung aufgewachsen seid und gesehen habt, über welchen Einfluss ich verfüge. Ihr, die ihr wissen müsstet, dass ich mich von nichts und niemandem abhalten lasse, der mächtigste Mann in diesem Land zu werden. Ihr wart dumm genug hierherzukommen, um euch mir in den Weg zu stellen? Ich muss zugeben: Ich bin enttäuscht. Sehr enttäuscht.«

Er war vor Johanna stehen geblieben. Sie sahen sich in die Augen. Johanna zwang sich, nicht zu blinzeln. Trotzig reckte sie das Kinn vor. Sie wusste, was jetzt kam, hatte diesen Ausdruck in den Augen ihres Vaters so häufig gesehen. Als Kind, als Jugendliche, als unwürdiges Mitglied der

Familie, dem man Demut und Gehorsam beibringen musste. Sie sah die Ohrfeige kommen, spürte, wie sie ihr den Kopf zur Seite riss. Doch sie machte ihr nichts aus. Unzählige dieser Ohrfeigen hatte sie kassiert. Einst hatte sie geweint, geschluchzt, gebettelt, er solle damit aufhören. Heute jedoch würde er sie nicht brechen. Egal, was passierte.

»Ihr habt keine Chance. Ihr seid am Ende«, fuhr ihr Vater fort. »Wenn wir mit euch fertig sind, wird nicht mehr viel von euch übrig sein. Ihr werdet nicht mehr miterleben, wie das Gerechte Deutschland unser Land verändert, wie eine Revolution über das Reich hinwegfegen wird. Unsere natürlichen Verbündeten stehen schon bereit, im Militär und in der Polizei, die uns bereits seit Jahren im Stillen verbunden sind. Sie warten nur noch auf mein Zeichen. Jene, die einen angeborenen Drang in sich tragen, ihre Ziele skrupellos umzusetzen. Jene, die bereit sind, jeden Befehl zu befolgen, wenn ihnen dafür die Macht über andere Menschen gegeben wird. Sie werden nicht vor den notwendigen Maßnahmen zurückschrecken, um unsere Feinde in die Schranken zu weisen. Sie werden sich noch ein wenig gedulden müssen. Doch wenn wir am Sonntag gewonnen haben, stehen uns die Tore zu einer glorreichen Zukunft weit offen.«

Johanna fiel auf, dass niemand im Raum wagte, auch nur einen Laut von sich zu geben. Viktor und seine Schergen standen mucksmäuschenstill da, wie Soldaten, die ihrem Befehlshaber lauschten. Albert Krahl beobachtete die Szenerie ungerührt, schien die Rede seines Freundes bereits zu kennen. Dreißig Jahre waren ihr Vater und dieser Mann nun schon ein Tandem, und sie beide waren bereit gewesen, selbst in ihrer Familie über Leichen zu gehen, um ihre höheren Ziele zu erreichen, deren Sinn sie nur selbst kannten.

»Nun denn, zum Wesentlichen. Ihr werdet uns erklären müssen, wie ihr an Zeitpunkt und Ort unseres Treffens gekommen seid. Diese Information ist für uns von großer Wichtigkeit. Darum werden sich mein lieber Freund Albert und mein treuer Sohn Viktor kümmern.« Er blieb vor Hagen stehen. »Meinen anderen Sohn hatte ich dagegen für tot gehalten. Jetzt sehen wir uns also doch noch mal wieder. Allerdings habe ich gehört, du hast dich versündigt. Trisulti? Lyon? Rostock? Hattest du gedacht, du könntest mit mir weitermachen?«

»Ich habe es noch immer nicht ausgeschlossen«, presste Hagen mit kaum unterdrückter Wut hervor. »Ich hätte dich auf dem Golfplatz abknallen sollen. Aber sei dir sicher, beim nächsten Mal werde ich nicht mehr zögern.«

»Ja, du hättest mich auf dem Golfplatz erledigen sollen. Aber hättest du es auch gekonnt? Deinen eigenen Vater zu töten? Den Mann, der dich zu dem gemacht hat, der du bist?«

»Der Mann, der mir mein Leben genommen hat.«

»Ich habe dich zu einer stärkeren Persönlichkeit gemacht.«

»Yasmin war eine bessere Persönlichkeit, als du je sein wirst.«

»Was habe ich dir immer gesagt, Hagen? *Fürchte dich nicht, ich bin mit dir. Weiche nicht, denn ich bin dein Gott. Ich stärke dich, ich helfe dir auf, ich halte dich durch die rechte Hand meiner Gerechtigkeit.*«

»Du bist nicht Gott.«

»Aber die Hand Gottes.«

Mit diesen Worten riss Carl Bellmann die Zoraki hoch, richtete sie auf Hagens Stirn und drückte ab.

KAPITEL 50

Hagen Bellmann lag tot auf dem gewienerten Parkett. Rasmus Falk musste nicht hinsehen, um zu wissen, dass seine Zoraki, wenn auch nur eine Schreckschusspistole, aus der kurzen Distanz ein Loch in Hagens Stirn gerissen hatte. Er zwang sich, weiter geradeaus zu schauen. Johanna dagegen schrie. Sie hatte schon schlimme Dinge in ihrem Leben erlebt, das wusste Falk. Doch einen Menschen sterben zu sehen veränderte alles. Den Tod zu sehen, nicht nur in seiner friedlichen, entschlafenden Form, sondern in seiner finalen Brutalität, wenn ein Leben ruchlos und gewaltsam genommen wurde. In der Bundeswehr hatte er Kameraden wie Feinde gleichermaßen fallen sehen, hatte ihre leblosen Körper angestarrt, die leeren Blicke, die Wunden. Und er hatte selbst töten müssen.

Doch der schmerzhafteste Tod war jener seiner Frau gewesen.

Schlagartig wurde ihm bewusst, dass Heddas Mörder soeben sein eigenes Leben gelassen hatte. Carl Bellmann hatte mit Falks Waffe den Menschen getötet, den er vor wenigen Tagen noch aus tiefster Seele gehasst hatte. Erst anonym, dann in dem Wissen, dass es Hagen Bellmann gewesen war, der seine Frau auf dem Gewissen hatte. Eigentlich sollte er einen Anflug grimmiger Zufriedenheit verspüren, dass der Mörder seine gerechte Strafe erhalten hatte. Doch das konnte er nicht. Nicht nur, dass Falk und Hagen in den letzten Stunden eine Art Bund eingegangen waren. Hagen hatte damals ausgeführt, was der Mann befohlen hatte, der nun seinen eigenen Sohn kaltblütig erschossen hatte. Johanna hatte aufgehört zu schreien. Sie keuchte atemlos. Falk sah nicht zu ihr hinüber. Er hätte gerne nach ihrer Hand gegriffen, doch ihrer beider Arme waren weiter gefesselt.

»Du Monster«, ertönte zitternd ihre Stimme. »Du seelenlose Kreatur.«

Bellmann kümmerte sich nicht um ihren Ausbruch.

»Ich habe nur vollendet, was der Form halber ohnehin schon galt«, sagte er leichthin. »Wir haben ihn alle längst für tot gehalten. Im Grunde habe ich ihn gar nicht getötet.«

Fast schon unbeteiligt reichte er die Zoraki an Viktor.

Dann wandte er sich seiner Tochter zu.

Jetzt sah auch Falk hin, suchte Bellmann mit seinen Augen nach weiteren Waffen ab, konnte aber keine entdecken. Was würde dieser Wahnsinnige als Nächstes tun? Und vor allem: Gab es für Johanna und ihn noch einen Ausweg?

»Nun zu dir, meine Liebe! Ein hübsches Ding bist du geworden. Der militärische Look steht dir.«

Fast schien es, als wolle Bellmann seiner eigenen Tochter an die Wäsche. Da spuckte sie ihm ins Gesicht.

Der Speichel traf ihn direkt im rechten Auge. Für einen kurzen Augenblick glaubte Falk Johannas Genugtuung zu spüren. Doch im nächsten Moment war sie verflogen. Gerade schien Johanna zu einem Tritt anzusetzen, da packte ihr Vater sie am Hals. Mit einer Hand umschloss er ihre Kehle und presste sich gegen sie.

Falk hielt es nicht mehr an seinem Platz. Trotz seiner gefesselten Hände musste er versuchen, ihr zu helfen. Doch er hatte sich noch nicht einmal vollständig zu Johanna und ihrem Vater umgedreht, als Viktor vortrat und ihm seine eigene Zoraki an die Schläfe presste.

»Keine Bewegung«, zischte er.

Falk verharrte und beobachtete hilflos, wie Johanna röchelnd auf den Zehenspitzen stand, um der Kraft ihres Vaters zu entkommen. Dieser jedoch verstärkte den Druck und schnürte ihr die Luft ab.

»Ich lasse mich nicht von meiner Tochter beleidigen. Ich lasse mich nicht von meiner Tochter bedrohen. Ich lasse mich nicht vom schwachen Geschlecht vorführen.«

Mit einem kräftigen Stoß schleuderte Bellmann seine Tochter zurück, sodass sie zu Boden fiel. Nun stand er über ihr, blickte auf sie hinab.

»Ihr werdet uns Antworten liefern. Bis ihr mich überzeugt habt, die Wahrheit zu sagen. Und glaubt mir, so leicht lasse ich mich nicht überzeugen. Viktor!« Er gab seinem Sohn ein Zeichen. »Führe unsere Gefangenen ins Arbeitszimmer. Albert, du beginnst mit der Befragung. Viktor wird dir assistieren. Ich bereite alles für die Ankunft unserer Gäste vor.«

Als wäre nichts passiert, ließ er von Johanna ab und strebte einer Flügeltür entgegen. Bevor er den Raum verließ, drehte er sich noch einmal um.

»Irgendjemand soll den Dreck vom Boden aufwischen. Werft ihn in einen der Seen! Angeblich ist er ja ertrunken. Soll er eine echte Wasserleiche werden.«

Mit diesen Worten verschwand Bellmann durch die Tür.

Falk blieb keine Zeit, seine Optionen abzuwägen. Mit der Zoraki an der Schläfe und Johanna am Boden waren sie ihnen ausgeliefert. Er spürte, wie zwei Männer ihn links und rechts an den Armen packten. Johanna krümmte sich, schien kaum atmen zu können. Ihr Bruder Viktor ließ die Waffe sinken und trat mit einem seiner Schergen zu ihr. Gemeinsam zogen sie sie rüde auf die Beine. Man führte sie hinaus und über eine Treppe zum Säulengang. Das Gewölbe verband den prunkvollen Saal mit dem Zwillingsbau auf der anderen Seite. Falk blickte unauffällig durch die Fenster und versuchte sich zu orientieren. Wenn sie eine Chance haben wollten zu überleben, mussten sie die erste sich bietende Möglichkeit zur Flucht nutzen. Das Problem war, dass sie sich auf einem riesigen Grundstück befanden, von dem sie zu Fuß kaum entkommen konnten. Da fiel sein Blick auf etwas, das ihm Hoffnung gab. Ein Buggy, wie Touristen ihn in der Wüste fuhren. Ein Zweisitzer mit Überrollbügel, Hochprofilreifen für unebenes Gelände und großen LED-Scheinwerfern. Zweifelsohne patrouillierten die Wachen in diesen Dingern an den äußeren Grenzen des weitläufigen Areals. Nein, dachte Falk, ohne einen fahrbaren Untersatz würden sie keine Chance haben. Aber wenn sie an einen solchen Buggy kamen…

Sie erreichten die andere Seite des Säulengangs. Falk hatte einen weiteren Saal, eine Halle ähnlicher Größe vermutet. Stattdessen fanden sie sich in einem Gang wieder, von dem Türen in einzelne Zimmer abgingen. Einer der Männer öffnete gleich die erste und schob sie hindurch.

Sie standen inmitten eines Raumes, der Falk vage an das Oval Office im Weißen Haus erinnerte. Dominiert wurde das Zimmer durch einen schweren Schreibtisch, der ebenso wie der Resolute Desk des amerikanischen Präsidenten vom Schreiner einer königlichen Schiffswerft gezimmert sein konnte. Eine dunkelgrüne Lederablage mit goldenen Verzierungen war in die Tischplatte eingearbeitet. Hinter dem Arbeitsplatz sah man durch zwei Fenster in die umliegenden Wälder. Dazwischen standen zwei Deutschland-Fahnen aus fülligem Samt an goldenen Ständern. Es schien, als habe man hier einen Ort der Macht und Machtdemonstration erschaffen wollen.

Für wen, daran gab es keinen Zweifel.

Albert Krahl war ihnen gefolgt und setzte sich mit der Selbstverständlichkeit des Oberbefehlshabers hinter den Schreibtisch. Er betrachtete seine Gefangenen. Johanna Böhm, Tochter seines Geschäftspartners Carl Bellmann, und Rasmus Falk, ehemaliger Geheimdienstler und jahrelanger Störenfried der geheimen Pläne des Consilium Humanum und Gerechten Deutschlands.

Krahl würde sie verhören.

Er würde sie unter Druck setzen.

Nur eines würde er nicht tun, dachte Falk, zumindest nicht in diesem Raum: Er würde ihnen keine Wunden zufügen. Denn das, erkannte er mit trotziger Zufriedenheit, würde Krahl dem fraglos kostbaren Isfahan-Teppich nicht antun, der den Großteil des Bodens bedeckte. Auf diesem Perserteppich standen sie, links und rechts flankiert von Wachen, vor ihnen zwei Sessel, die den Besuchern vorbehalten waren.

Zu Falks Überraschung deutete Krahl nun auf die beiden Stühle.

»Setzen!«

Als sich weder Johanna noch Falk bewegten, wurden sie unsanft in die Sessel gedrückt.

»Viktor, an meine Seite!« Krahl legte die linke Hand auf den Schreibtisch, als riefe er einen gut trainierten Hund zu sich. Dann wandte er sich den anderen Wachen zu. »Rouven, du bleibst vor der Tür. Wir wollen von niemandem gestört werden. Der Rest kann gehen.«

»Jawohl!«

Die Wachen trollten sich. Der Mann, den Krahl Rouven genannt hatte, schloss als Letzter die Tür. Die wenigen Worte hatten die Machtverhältnisse über alle Maßen klargemacht. Auch Viktor Bellmann war für Albert Krahl nur ein Diener, ein treuer Vasall, der ihm zu gehorchen hatte. Selbst der Sohn des angeblich so mächtigen Carl Bellmann spurte ohne Murren. Albert Krahl war der Mastermind, die graue Eminenz, ohne die nichts lief.

»Dann wollen wir uns mal unterhalten«, begann Krahl, der geistesabwesend seine goldenen Manschettenknöpfe öffnete und die Ärmel seines gestärkten Hemdes hochschlug. »Damit wir uns nicht missverstehen: Diese Unterhaltung ist kein Gespräch auf Augenhöhe. Ihr seid in keiner Position, Forderungen zu stellen. Ich dagegen bin in der Position, euch große Probleme zu bereiten. Zudem wäre Viktor, sollte ich seine Hilfe als nötig erachten, für mehr als nur Probleme zuständig. Wenn ihr versteht, was ich meine.«

Falk hatte keinen Zweifel, was Krahl meinte, und bereute seinen törichten Gedanken mit dem Isfahan-Teppich. Stattdessen kamen ihm die Stallungen in den Sinn. Abgelegen, schmutzig, der perfekte Ort für einen Mann wie Viktor.

»Ich vertrete jedoch die Ansicht«, fuhr Krahl fort, »und darin unterscheide ich mich durchaus von meinem geschätzten Freund und Helfer Carl Bellmann, dass ein Gespräch in ruhiger Atmosphäre der Wahrheit zuträglicher ist als grobes Zurichten von Menschen, die klug genug sind, ihre aussichtslose Lage anzuerkennen.«

Falk entging nicht, dass Krahl Bellmann als seinen Helfer abgetan hatte. Ob Viktor diese Herabwürdigung ebenfalls aufgefallen war?

»Kommen wir also zu der Frage, die uns alle am dringendsten umtreibt. Woher wusstet ihr von unserem Treffen hier auf Schloss Wilhelmsthal?«

Einen Moment lang schwiegen sie. Dann räusperte sich Johanna. Offenbar musste sie ihre Stimme nach der Würgeattacke durch ihren Vater erst wieder in Gang bringen. Gerade setzte sie zu einer Antwort an, da ließ ein grelles Schrillen sie alle zusammenzucken. Eine Sirene füllte den Raum, und offenbar nicht nur den Raum, sondern das gesamte Haus.

»Was zur Hölle?« Viktor Bellmann fluchte und sprach hektisch in ein Mikrofon an seinem Handgelenk.

Da öffnete sich die Tür, und Rouven trat ein, eine Hand am Ohr.

»Alarm in Sektor vier. Potenzielle Eindringlinge südöstlich der Auffahrt.«

»Die Schweine müssen eine Nachhut geschickt haben«, rief Bellmann junior und lief zur Tür.

»Viktor«, donnerte Krahl. Bellmanns Sohn blieb augenblicklich stehen und fuhr herum. »Die Sicherheit der Anlage hat höchste Priorität. Ich mache dich persönlich dafür verantwortlich. Ich will keine weiteren Überraschungen erleben. Hast du mich verstanden?«

»Jawohl«, tönte Viktor Bellmann militärisch und verließ im Laufschritt den Raum.

»Rouven, du bleibst und sicherst Flur und Tür. Du weißt, was zu tun ist.«

Einen Augenblick war Falk überrascht, als Krahls einzig verbliebener Wachmann die Tür hinter sich schloss und seinen Chef mit zwei, wenn auch gefesselten Gefangenen alleine ließ. Dann fragte er sich, wer die Eindringlinge sein konnten und ob wirklich ungeahnte Hilfe auf dem Weg war. Er spitzte die Ohren, doch die Sirene im Haus übertönte alle Geräusche von außen.

Gerade wollte Johanna etwas sagen, da schnitt Krahl ihr das Wort ab.

»Haltet den Mund! Ihr müsst mir jetzt genau zuhören, wenn ihr überleben wollt.«

KAPITEL 51

Schweigen legte sich über das Oval Office des Schlosses Wilhelmsthal. Rasmus Falk konnte nicht glauben, was er gerade gehört hatte. Johanna neben ihm ging es offenbar ähnlich.

Albert Krahl durchbrach den Moment.

»Wir haben nicht viel Zeit.« Er lehnte sich vor und legte die Arme auf das dunkelgrüne Leder des Schreibtisches. »Johanna, du hast gestern einen Anruf erhalten. Von jemandem, der sich Günter Guillaume genannt hat.«

Jetzt fand Johanna zu ihrer Stimme. »Woher wissen Sie das?«

»Weil ich es war, der dich angerufen hat.«

»Sie?«

»Johanna, wir kennen uns seit deiner Geburt. Es gibt also keinen Grund, mich zu siezen.«

Falk nahm zur Kenntnis, dass Krahl ihren zweiten Vornamen benutzte, obwohl sie für ihn immer Eva gewesen war. Worauf wollte der Mann hinaus?

Zu seinem Erstaunen stand Krahl auf, ging um den Schreibtisch herum und zog ein kleines Taschenmesser aus seiner Anzughose. Während er sprach, schnitt er erst bei

Falk, dann bei Johanna die Kabelbinder durch. Beide rieben sich ihre Handgelenke und richteten ihre Augen erwartungsvoll auf den Mann, den sie bis vor wenigen Augenblicken noch für den Kopf der Verschwörung gehalten hatten. Krahl kehrte wieder hinter den Schreibtisch zurück und legte das Klappmesser vor sich auf die Tischplatte.

»Ihr solltet von dem heutigen Termin erfahren. Ich war davon überzeugt, ihr würdet eure Kontakte nutzen und sofort mit der Kavallerie anrücken. Als ich heute früh erfuhr, dass man euch entdeckt hatte, musste ich improvisieren.«

Was passierte hier? Falk versuchte in Windeseile alles, was er bislang gewusst und als gegeben genommen hatte, neu zusammenzusetzen. Denn er hatte nie auch nur im Traum damit gerechnet, dass sich ausgerechnet Albert Krahl gegen die eigenen Leute wenden würde. Doch er schien es getan zu haben.

»Rouven informierte mich, dass man euch eine Falle stellen wollte. Er ist seit über einem Jahrzehnt mein Leibwächter und der Einzige, der in meine Pläne eingeweiht ist.« Krahl sah sie aus fast farblosen Augen an, die Lider eng zusammengezogen. »Wir haben ein Ablenkungsmanöver gestartet. Aber selbst Viktor wird nicht lange brauchen, um zu erkennen, dass es ein Fehlalarm war. Daher …«

Er öffnete eine Schublade des Schreibtisches und zog einen großen braunen Umschlag heraus. Er schien voller Papier zu sein.

»Johanna, ich habe dir gestern gesagt, ich würde mich wieder melden und hoffen, dass du mir bis dahin vertraust. Jetzt muss ich darauf setzen, dass du es tust, obwohl mein ursprünglicher Plan nach hinten losgegangen ist. Hier drin«, er klopfte auf den Umschlag, »findet ihr alles, was ihr braucht, um das Consilium Humanum zu Fall zu bringen. Alles, um die Machenschaften des GRD aufzudecken. Ihr findet darin Dokumente, vor allem aber einen USB-Stick mit weiteren Unterlagen sowie Videodateien. Diese Videos zeigen alle Konferenzen, die in den letzten Wochen zwischen Carl Bellmann, unseren Partnern und Dark Fiber stattgefunden haben. Johanna, verstehst du, was ich damit sagen will?«

Johannas Stimme war nicht mehr als ein Krächzen. »Du willst, dass wir die Bundestagswahl stoppen.«

»Nicht mehr und nicht weniger«, bestätigte Krahl.

»Damit belasten Sie auch sich selbst«, warf Falk ein.

»Das ist inzwischen meine geringste Sorge. Aber richtig, ich habe an fast allen Konferenzen teilgenommen. Ihr werdet mich zweifellos hinter dem Decknamen Augustus identifizieren können, genauso wie deinen Vater, Johanna, zu dessen Account ich euch den Zugang verschafft hatte. Macht euch auch auf die eine oder andere Überraschung gefasst. Wobei, wenn ich euch richtig einschätze, seid ihr den meisten von uns ohnehin schon auf die Spur gekommen.«

Er ließ die Hände auf dem Umschlag ruhen. »Eine Person allerdings habe ich mir erlaubt zu schützen. Sein Name ist Kronos. Er lebt von seiner Anonymität. Diese habe ich ihm garantiert. Ihr werdet ihn nicht finden. Und wenn ich mir gestatten darf, das zu sagen: Ihr solltet es auch nicht versuchen. Bei ihm ist es wie mit Helios, dem Programm, mit dem Sie, Herr Falk, sicher in Grundzügen vertraut sind. Kronos ist nicht zu knacken.«

Falk wusste nicht, woher die Frage kam, aber er hatte sie ausgesprochen, ehe er sich darüber im Klaren war. »Hat Kronos Helios erfunden?«

Krahl lächelte. »So ist es. Und ich habe vor, seine Dienste

über den heutigen Tag hinaus in Anspruch zu nehmen. Daher seht es mir nach, wenn ich ihm jeden mir möglichen Schutz zukommen lasse.« Er sah wieder zu Johanna. »Was den Rest angeht: Ihr werdet wissen, was zu tun ist.«

»Warum?«

Johanna hatte die Frage gestellt, die auch Falk umtrieb.

»Ist das nicht offensichtlich?«

In Krahls Gesicht trat ein trauriger Gesichtsausdruck. Falk kannte diesen Blick. Er kannte ihn nur zu gut. Er hatte ihn selbst lange in seinem eigenen Spiegelbild gesehen. Der Blick eines Menschen, der nichts mehr zu verlieren hat, weil er alles verloren hat, was ihm wichtig war. Da wusste Falk die Antwort.

»Für Nicolai.«

»Für meinen Sohn, ja.« Krahls Blick blieb auf Johanna haften, die sich in ihrem Sessel verkrampfte. »Ich weiß, was er dir angetan hat, Johanna, und ich versuche gar nicht erst, eine Entschuldigung in seinem Namen zu formulieren. Er hat ein fürchterliches, unentschuldbares Verbrechen begangen, für das ich mich als sein Vater zutiefst schäme. Doch er war mein Sohn, mein einziger Sohn. Als er starb, wurde mir klar, dass ich einen ebenso unverzeihlichen Fehler begangen hatte.«

»Weil du dich auf meinen Vater eingelassen hattest?«

»Weil ich eine Grenze zu viel überschritten hatte. Ich bin nicht wohlhabend und einflussreich geworden, indem ich Ideologien nachgelaufen bin, sondern weil ich gewusst habe, auf welche Pferde ich setzen musste. Carl war schon immer ein brillanter Redner gewesen. Mir war klar, wozu er imstande sein würde, wenn ich seine Fähigkeiten mit den meinen verband. Ich bin ein Opportunist. Ich suche Möglichkeiten und nutze sie, weil ich sie besser erkenne als andere Menschen. Das ist die Qualität von Opportunisten. In der Regel sind Menschen wie ich clever, weitsichtig und skrupellos. Ich bin kein Rechtsradikaler wie Carl. Ich richte mein Leben nicht nach Gefühlen aus, sondern darauf, was mir die besten Optionen gibt, um meine Position zu stärken. Nach dem 11. September 2001 entschied ich, auf rechte Kräfte zu setzen. In den USA, in Europa, vor allem aber in Deutschland. Ich war mir sicher, dass der Konflikt des Westens mit der muslimischen Welt in den folgenden zwei Jahrzehnten alle anderen gesellschaftlichen Themen dominieren würde. Historiker sahen schon damals eine Flüchtlingswelle auf Europa zurollen und einen dadurch wachsenden Rechtsnationalismus voraus. Aus diesen Vorhersagen leitete ich langfristige Investitionen ab, die sich sehr lange sehr gut auszahlten. Ich habe in Rüstungsunternehmen investiert, in Technologien zur Wählerbeeinflussung, zur Manipulation von Meinungen, zur Datensammlung, in künstliche Intelligenz und Gentechnik. Ich war bereit, Deutschland wieder in ein autoritäres Regime zu verwandeln, wenn meine Familie dafür zu den ersten Bürgern des Staates gehörte.«

»Die Macht des Prinzipats«, sagte Falk. »Deswegen Augustus.«

»Und weil er als römischer Kaiser der Gründervater meiner Heimatstadt Trier ist. Ich bin ein eitler Mann, wie ihr unschwer erkennen könnt.«

Und ein Narzisst, dachte Falk, sagte aber: »Doch dann wurde Nicolai ermordet.«

»Mein Sohn hatte nicht meine Gabe. Er schätzte die körperliche Kraft immer mehr als die Kraft des Geistes. Als dann seine Mutter starb, verlor er jede Orientierung. Er folgte mir nicht mehr. Für ihn wurde Gewalt die Lösung aller Probleme.«

Johanna schnaufte verächtlich.

»Trotzdem blieb er mein Sohn«, sagte Krahl mit Nachdruck. »Im Gegensatz zu Carl wäre ich nie in der Lage gewesen, meinen eigenen Sohn kaltblütig zu ermorden, meine Tochter vergewaltigen zu lassen oder auch nur die Hand gegen mein eigen Fleisch und Blut zu erheben. Ich mag viele Fehler haben, aber meine Familie war mir immer heilig.«

»Bis sie dir genommen wurde.«

»Fast.«

»Was meinst du damit?«, fragte Johanna scharf.

»Dass ich nicht zulassen werde, dass Carl Bellmann nach meinem Sohn auch meine Tochter auf dem Gewissen hat.«

Oh Gott, dachte Falk, wie hatten sie diese Möglichkeit nur übersehen können?

KAPITEL 52

So musste es sich anfühlen, wenn man unterging. Wie ein Stein, den nichts und niemand aufhalten konnte. In die Tiefe, in die Dunkelheit, und das Licht an der Oberfläche rückte in unerreichbare Ferne. Das Schlimmste aber war der Druck, der sich erst wie Watte, dann wie Wachs und schließlich wie Beton in ihre Ohren presste. Sie glaubte, ihre Trommelfelle würden bersten. Sie glaubte, ihre Lungen schrumpften zusammen wie vertrocknendes Obst. Und dann waren da noch die Schraubzwingen um ihre Arme, Beine und Brustkorb. Wie sie unbeweglich und hilflos in ihrem Sessel saß und den Mann anstarrte, der behauptete, ihr Vater zu sein.

»Der letzte und für mich wichtigste Beweis meiner Taten, den ich in diesen Umschlag gelegt habe, Johanna, betrifft etwas, das nun ziemlich genau dreißig Jahre zurückliegt.«

»Nein.« Sie war erstaunt, dass überhaupt ein Ton ihren Mund verlassen konnte.

»Eine Affäre mit einer einst starken, einst schönen und bis heute klugen, aber besiegten Frau, die sich in den falschen Mann verliebt hatte. Johanna, ich habe deine Mutter geliebt. Sehr sogar. Wir lernten uns kennen, als ich mit Carl über den Kauf der Milchwerke verhandelt habe. Martha war die aufregendste Frau, die ich jemals getroffen hatte. Damals schien sie noch den Willen in sich zu tragen, ihren Mann zu verlassen. Dann aber wurde sie schwanger. Mit einem Mädchen. Mit dir. Sie hatte immer eine Tochter gewollt. Die Schwangerschaft raubte ihr die Kraft, Carl zu verlassen. Sie glaubte, er würde ihr – und damit dir – etwas antun, wenn sie fortginge. Deshalb redete sie sich ein, er müsse der Vater sein. Sie beendete unsere Affäre und verlor nie wieder ein Wort über uns.«

Johanna hörte seine Worte kaum. Noch immer dröhnten ihr die Ohren. Nur langsam ließ der Druck nach, lösten sich die unsichtbaren Klammern an ihrem Körper. Sie sah zu Falk. Fassungslos saß er da, seine gesunde Linke gedankenverloren seine verkrüppelte Rechte massierend. Da drang erneut Krahls Stimme an ihre Ohren.

»Ich habe Martha nicht glauben wollen. Als du als kleines Kind einmal hohes Fieber bekamst, empfahl ich ihr einen befreundeten Arzt. Ich bezahlte ihn dafür, dass er heimlich einen Vaterschaftstest durchführen ließ. Das Ergebnis habe ich bis heute wie ein Staatsgeheimnis gehütet. Jetzt übergebe ich es dir mit diesem Umschlag.« Er schob das Kuvert über den Tisch zu ihnen herüber. »Es besteht kein Zweifel, Johanna. Ich bin dein Vater.«

Johanna starrte den Umschlag an. Eine moderne Büchse der Pandora. Johanna konnte viele Menschen retten, konnte womöglich ein ganzes Land vor dunklen Zeiten bewahren. Gleichzeitig würde sie bestraft werden, wenn sie ihn öffnete. Bestraft mit einer Wahrheit, die sie in eine neue Trostlosigkeit zu stürzen drohte.

»Dann wurde ich also von meinem Halbbruder vergewaltigt.«

Es war der erste zusammenhängende Gedanke, den Johanna fassen konnte. Und es schien, als habe sie damit Albert Krahl ins Herz gestochen. Sein Gesicht wirkte mit einem Mal noch älter. Verspürte dieser Mann, der behauptete, ihr leiblicher Vater zu sein, tatsächlich Trauer? War er überhaupt dazu fähig nach alledem, was er ihnen gesagt hatte, was er getan hatte? Oder hatte er seine Liebeserklärung an Martha Bellmann wirklich ernst gemeint? War sie die Frau gewesen, die als womöglich einziger Mensch etwas anderes in Krahl ausgelöst hatte als blanken Opportunismus auf Kosten anderer?

»Ich konnte dich nicht beschützen.« Krahls Stimme klang nun so rau, wie sich Johannas anfühlte. »Martha hatte mir verboten, mehr Interesse an dir zu zeigen, als natürlich gewesen wäre für einen Geschäftspartner deines Vaters. Es gab nur einen Moment, in dem ich dir wirklich helfen konnte.«

»Ach ja?«

»Als du geflohen bist. Dein Vater war außer sich. Ich war es, der ihn davon überzeugt hat, dich ziehen zu lassen.«

In diesem Moment flog die Tür auf. Rouven kam herein.

»Ihnen bleibt keine Zeit mehr. Die anderen befinden sich auf dem Rückweg.«

Krahl sprang mit einer Agilität auf, die Johanna ihm nicht zugetraut hätte.

»Ihr müsst los. Sofort! Nehmt den Umschlag. Darin ist alles, was ihr braucht, um dem Ganzen ein Ende zu setzen.« Er fuhr sich mit beiden Händen durch sein Gesicht. »Ich will wenigstens einmal das Richtige getan haben. Vor allem aber muss ich meine Tochter schützen, nachdem ich schon meinen Sohn verloren habe.«

Zu Johannas Überraschung trat er zu einem der Fenster hinter sich.

»Was ist mit Ihnen?«, fragte Falk.

»Sobald ihr weg seid, wird Rouven mich niederschlagen und sich wieder vor der Tür postieren. Man wird dieses kleine Messer neben einem der Sessel finden und glauben, dass einer von euch es in der Tasche hatte und sich befreien konnte. Einen alten Mann wie mich zu überwältigen wäre für zwei junge Leute dann kein Problem gewesen.«

»Zu Fuß haben wir keine Chance«, erwiderte Falk.

»Ich habe vorgesorgt.« Krahl deutete auf das Fenster. »Hinter dem Haus hat Rouven einen der Buggys geparkt, die wir nutzen, um das Gelände zu sichern. Die Schlüssel stecken. Ihr braucht nur genügend Vorsprung. Und die hier.«

Krahl übergab Falk die Glock, die die Wachen Hagen abgenommen hatten.

Johanna wusste nicht, was sie tun sollte. Zum Glück nahm Falk ihr die Entscheidung ab. Er riss das Fenster auf.

»Dann los!«

Johanna griff den Umschlag und steckte ihn sich unter ihr Oberteil in den Hosenbund.

»Danke«, sagte Falk zu Krahl.

Johanna blickte den Mann an, der ihr Vater war und der sie nun befreite.

»Johanna, komm schon!«

»Lauft!«, sagte Krahl, und zu Johannas Erstaunen sah sie, wie seine Augen feucht wurden. Da wusste sie, dass er die Wahrheit gesagt hatte.

Falk war schon halb aus dem Fenster, als sie ihm folgte.

Sie sprangen. Das Gelände hinter dem Haus fiel steil ab,

daher landeten sie tiefer und unsanfter als gedacht. Doch im nächsten Augenblick entdeckten sie den Buggy.

»Du fährst«, rief Falk ihr zu, während er die Waffe in seine gesunde Hand nahm und sich in den Beifahrersitz warf. Johanna zögerte keine Sekunde. Sie ließ sich in den Schalensitz fallen und rammte den Anschnallgurt ins Schloss. Dann drehte sie den Zündschlüssel. Ein Elektromotor erwachte mit leisem Surren zum Leben.

»Los, los, los!«, rief Falk. »Wir müssen hier weg.«

Die Dringlichkeit in seiner Stimme ließ alle anderen Gedanken in Johannas Kopf verschwinden. Sie drückte das Gaspedal durch. Sekunden später jagten sie über das freie Feld in Richtung eines Waldweges, der an dem ausgetrockneten See entlangführte. Johanna rief sich die Topografie des Geländes in Erinnerung. Sie hielten sich in Richtung Nordwesten. Das war perfekt. Der Fehlalarm hatte die Wachen im Südosten nach vermeintlichen Eindringlingen suchen lassen. Johanna und Falk fuhren in entgegengesetzter Richtung. Sie konnten es schaffen.

Da hörte sie die ersten Schüsse.

»Fahr weiter, fahr weiter!«, schrie Falk über den Fahrtwind hinweg. »Ich kümmere mich um das Pack.«

Johanna hatte keine Ahnung, was hinter ihr passierte. Ein Anflug von Panik überkam sie. Noch nie war auf sie geschossen worden. Jetzt drohte sie jede Sekunde eine Kugel zu erwischen.

Da ertönte neben ihr ein Schuss. Kurz zuckte sie zusammen, und der Buggy geriet ins Schlingern. Beherzt packte sie das kleine Lenkrad und brachte das Gefährt wieder unter Kontrolle. Falk hatte begonnen, das Feuer zu erwidern.

Nicht hektisch, nicht wild. Falk schoss ruhig und in Abständen von zwei bis drei Sekunden. Schuss, atmen, Schuss, atmen, Schuss. Johanna glaubte zu wissen, was er damit erreichte. Dieser Rhythmus zwang die Verfolger, in Deckung zu bleiben. Falk feuerte, um ihren Vorsprung zu vergrößern. Nicht, um jemanden zu treffen. Die Glock verfügte über ein Magazin von siebzehn Schuss. Johanna drückte das Gaspedal durch und hoffte mit jeder Patrone, der Freiheit näher zu kommen.

Als Falk den letzten Schuss abgefeuert hatte, drehte er sich wieder nach vorne.

»Ich glaube, wir haben sie abgehängt.« Er sah sich um. »Wo sind wir?«

Johanna steuerte den Buggy über einen schmalen Feldweg zwischen Bäumen hindurch. Sie war sich inzwischen sicher, wo sie sich befanden.

»Schau!«, rief sie, als sie ihr Ziel entdeckte. »Da vorne, Hagens Mietwagen!«

»Du bist ja eine Sensation!« Falk warf noch einmal einen Blick zurück. »Ich kann niemanden entdecken.«

»Du hast den Schlüssel?«

Für einen kurzen Moment überfiel Johanna Panik. Falk hatte den Wagen dort abgestellt, aber hatte man ihm alles abgenommen oder nur seine Zoraki? Da zog er den Schlüssel aus seiner Jackentasche und hielt ihn ihr vor die Nase.

»Dann los!«

Mit einer Vollbremsung kamen sie neben dem Auto zum Stehen. Sekunden später saßen sie im BMW, dieses Mal übernahm Falk das Steuer. Einen Augenblick fürchtete Johanna, ihre Verfolger könnten doch noch aufschließen. Doch dann bogen sie auf die Landstraße in Richtung Westen ab und rasten ohne Rücksicht auf die Geschwindigkeitsbegrenzungen durch den Thüringer Wald, bis sie auf die Autobahn A4 trafen. Die Entscheidung, welche Richtung sie nehmen würden, fiel ihnen nicht schwer. So weit weg von Eisenach wie möglich.

Niemand verfolgte sie.

Sie hatten es geschafft. Sie waren entkommen.

Dank Albert Krahl.

Erst jetzt fiel Johanna wieder der Umschlag ein. Hastig zog sie ihn unter ihrem Oberteil hervor und riss ihn auf.

»Und?«

Falks neugierige Frage ließ sie zunächst unbeantwortet. Sie hatte einen dicken Stapel an Papier hervorgeholt und auf ihren Schoß gelegt. Einen USB-Stick deponierte sie in der Mittelkonsole. Ein Blick auf das oberste Blatt band all ihre Gedanken. Es war das Vaterschaftsgutachten eines Labors in Eisenach. Sie überflog das Schreiben, bis sie zum Fazit kam.

Herr Albert Krahl besitzt in allen untersuchten DNA-Systemen die für den Vater des Kindes Eva Bellmann zu fordernden Erbmerkmale. Er kommt somit als Vater infrage. Die biostatistische Auswertung der PCR-Systeme ergab eine Vaterschaftswahrscheinlichkeit von > 99.9 %.

»Er ist wirklich mein Vater«, flüsterte sie.

»Dann hat er nach neunundzwanzig Jahren heute das erste Mal seinem Kind etwas Gutes getan«, erwiderte Falk. »Was sagen die Unterlagen?«

Johanna verdrängte die in ihr aufflammenden Gefühle. Sie würde ihre Familiengeschichte völlig neu betrachten müssen. Sie würde alles überdenken müssen, was in ihrem Leben bislang geschehen war. Doch nicht jetzt. Jetzt ging es um das, was Albert Krahl erst eingeleitet hatte, um es nun zu verhindern. Sie schob das Vaterschaftsgutachten zurück in den Umschlag und begann, die weiteren Dokumente zu sichten.

Sie fuhren und fuhren. Johanna las vor, Falk hörte zu. Mit jedem Dokument, jedem Memo, jeder E-Mail, jedem Protokoll wuchsen Aufregung und Entgeisterung. Gleichzeitig wussten sie schon nach den ersten Papieren, dass Albert Krahl Wort gehalten hatte. Er hatte ihnen alles an die Hand gegeben, um das Drama zu beenden. Ihnen fehlte einzig noch die zündende Idee, wie sie es anstellen würden.

Johanna wusste nicht, wie lange sie unterwegs gewesen waren, als sie am Frankfurter Flughafen ankamen. Sie hatten überlegt, zu Tante Bea nach Köln zu fahren und von dort aus die nächsten Schritte zu unternehmen. Doch Johanna hatte sich dagegen ausgesprochen. Wenn Carl Bellmann von Beatrice wusste, würde er womöglich dort nach ihr suchen. Sie mussten sich auf völlig neutralem Boden bewegen. Der Frankfurter Flughafen war dafür optimal.

Sie gingen zur Postfiliale in Terminal 1. Eine hilfsbereite Angestellte half ihnen, die Unterlagen fünfmal zu kopieren und per Express zu versenden. Die Pakete gingen an Kerstin de Jong, Erhard Spahn, Boris Malkin, einen alten Freund von Rasmus Falk beim Militärischen Abschirmdienst sowie an Alice. Allen fünfen legten sie handgeschriebene Briefe bei, in denen sie erklärten, woher sie die Unterlagen hatten und was diese beinhalteten. Alice und Boris trug Johanna zudem auf, die Unterlagen an die größten Tageszeitungen und Fernsehsender in Deutschland zu schicken, sofern sie innerhalb der nächsten achtundvierzig Stunden nichts von Johanna hörten.

Anschließend scannte Falk die Dokumente ein und speicherte sie auf seinem heimischen Server. Den Link inklusive Zugangsdaten verschickten sie per Mail an dieselben Personen.

Dann wandten sie sich dem USB-Stick zu. Johanna hatte auf der Fahrt bereits ein Video nach dem nächsten aufgerufen und angespielt. Sie alle in voller Länge zu schauen würde viele Stunden dauern und wäre die Aufgabe der Behörden. Doch die wichtigsten Informationen hatten sie bereits mit dem ersten Video herausgefunden. Das Video hatte die Teilnehmer einer Konferenz vor zwei Wochen gezeigt. Acht Personen hatten der Besprechung virtuell beigewohnt. Falk und Johanna hatten sie alle sofort erkannt.

KAPITEL 53

Die Nacht veränderte die Menschen. Diese Lehre hatte Rasmus Falk auf die harte Tour lernen müssen. Sie half, die Wunden des Tages zu verstehen und zu akzeptieren. Erst dann konnten sie heilen. Für Falk zeigte sich diese Veränderung im wechselnden Licht des Tages und der Nacht. Er mochte es, wenn sich die Farben um ihn herum veränderten, wenn sie seinen Gedanken neue Formen gaben und er in der Lage war, anders auf das Erlebte zurückzublicken.

In den vergangenen zwei Tagen jedoch hatte Falk kaum etwas von der Nacht und ihrem dunklen Zauber mitbekommen. Seit ihrer Ankunft am Frankfurter Flughafen waren Johanna und er in den Sog ihrer Entdeckungen geraten. Sie waren mit der nächsten Maschine nach Berlin geflogen. In Tegel hatte Kerstin de Jong sie persönlich abgeholt und auf direktem Wege zum Polizeipräsidium am Platz der Luftbrücke gebracht. Die Kriminaloberkommissarin hatte sie in einen fensterlosen Besprechungsraum gebracht und zahlreichen Personen vorgestellt: Erhard Spahn, Johannas Ausbilder, dem Chef des Bundeskriminalamtes, dem Generalbundesanwalt, dem Präsidenten des Verfassungsschutzes und dem Osteuropa-Chef des Bundesnachrichtendienstes. Der

Präsident des Bundesamtes für Sicherheit in der Informationstechnik war per Video zugeschaltet gewesen, als sie den Raum betreten hatten. Selbst Falk, der beim Militärischen Abschirmdienst an zahlreichen großen Ermittlungen teilgenommen hatte, war ob des Aufgebots bass erstaunt gewesen.

Kerstin de Jong hatte ganze Arbeit geleistet. Nachdem Falk und Johanna ihr den digitalen Zugang zu den Unterlagen geschickt hatten, hatte sie sich unter Umgehung aller Dienstwege sofort an den BKA-Chef gewandt. In Windeseile und unter höchster Geheimhaltung hatten sie eine Taskforce zusammengerufen, die in der Geschichte des BKA ihresgleichen suchte. Die Unterlagen, die Albert Krahl Falk und Johanna überlassen hatte, wurden zur Grundlage für die Ermittlungen, die alle möglichen Delikte umfasste, von Mord über Cyber-Kriminalität bis hin zu Spionage und rechtsextremistischem Terrorismus. Weil letztlich aber alles auf die Manipulation einer Bundestagswahl hinauslief, war die gesamte Ermittlung unter den Staatsschutz und damit unter die Zuständigkeit der Bundesanwaltschaft gefallen.

Die große Herausforderung für die Taskforce bestand darin, dass die Wahl schon am Sonntag abgehalten werden sollte. Ihnen blieben also nur achtundvierzig Stunden, um ihren Fall so wasserdicht wie möglich vorzulegen und Schutzmaßnahmen einzuleiten. Ihr Vorteil war, dass Carl Bellmann nichts von der Existenz der Beweise wusste, die Albert Krahl herausgegeben hatte. Die Verschwörer mussten glauben, dass Johanna und Falk zwar entkommen waren, aber nichts Konkretes in der Hand hatten. Das musste unbedingt so bleiben. Bellmann und seine Gefolgsleute sollten denken, dass zwar viel schiefgelaufen war, die Wahl aber nicht mehr in Gefahr geraten konnte. Daher durfte der Taskforce nur ein kleiner Personenkreis angehören, um Informationslecks zu verhindern. Gleichzeitig brauchten sie aber so viele Hände wie möglich an Deck. Johanna und Falk kam dabei schnell eine Sonderrolle zu. Zunächst wurden sie als Zeugen vernommen, erst getrennt, dann gemeinsam. Sie mussten die vergangenen Stunden und Tage immer und immer wieder durchleben. Anschließend saßen sie mit de Jong sowie mehreren Analysten über den Dokumenten und fügten die Einzelteile Stück für Stück zu einem Gesamtbild zusammen. Spezialisten sichteten derweil die Videos und fütterten sie mit immer neuen Informationen.

Sie arbeiteten von Donnerstag auf Freitag durch und verließen das Polizeipräsidium erst am frühen Morgen. Spahn hatte ihnen im Hotel Columbia gleich gegenüber dem Polizeipräsidium zwei Zimmer reserviert. Doch ihr Aufenthalt dort beschränkte sich auf drei Stunden Schlaf und eine heiße Dusche. Auch von Freitag auf Samstag bekam Falk zunächst keine Gelegenheit, die Berliner Nachtluft zu schnuppern. Erst um vier Uhr früh wankten Johanna und er mit steifen Knochen aus dem Gebäude am Tempelhofer Flughafen und über den Pladelu zum Hotel.

Sie hatten es geschafft. Sie würden nicht noch einmal mit der Taskforce zusammenkommen. Falk würde nicht einmal in Berlin bleiben. Stattdessen saß er am Samstagmorgen im Auto. Nicht in seinem eigenen Mercedes Vito, der noch immer in der Garage in Gotha stand. Er hatte um einen Wagen des polizeilichen Fuhrparks gebeten. Man hatte ihm freie Wahl gelassen. Zufrieden spürte er jetzt, wie der weiße Chevrolet Camaro 1982, ein zweitüriges Fünf-Liter-Monster mit 150 PS, ihn vor Kraft strotzend seinem Ziel näher brachte.

Nach etwas mehr als drei Stunden rollte er durch ihm bekannte Straßen. Er stellte den Chevrolet vor einer herrschaftlichen Gründerzeit-Villa ab und lauschte nicht ohne Bedauern, wie der Motor erstarb. Dann sah er zu der Eingangstür mit den Buntglasfenstern hinüber, hinter der sich die Wohnung der Rosens befand.

Ole-Kristof und Simona Rosen begrüßten ihn herzlich. Falk hatte sich am Morgen angekündigt und versprochen, ihnen persönlich in Mühlhausen alles zu erklären. Kerstin de Jong hatte ihm sogar gestattet, einiges auf seinem Tablet zu speichern und mitzunehmen. Die Rosens kannten seine Geschichte seit Jahren, hatten mit ihm gelitten, Heddas Tod und seine Reise in Rachsucht, Wut und Verzweiflung hautnah miterlebt. Sie hatten es verdient, dass er ihnen persönlich berichtete, was Johanna und er herausgefunden hatten. In wenigen Stunden würde es ohnehin überall in den Nachrichten sein. Und so standen sie nun in der Küche. Simona richtete Käse, Trauben und Feigensenf auf einer Etagere an, OK füllte einen Brotkorb mit Baguette, während Falk eine Flasche Auxerrois entkorkte. Gemeinsam brachten sie Snacks und Getränke ins Wohnzimmer und setzten sich auf dieselben Plätze, auf denen sie gesessen hatten, als er mit Johanna hergekommen war.

Falk musste an Johannas Verdacht denken, OK habe sie mit größerem Interesse gemustert, als ihm dies als verheirateter Mann zugestanden hätte. Dann betrachtete er Simona, ein Abbild Johannas, wie ihm schon vor einer Woche bewusst geworden war, nur eben knapp zwanzig Jahre älter. Kein Wunder, dachte Falk, dass Ole-Kristof bei Johanna etwas genauer hingeschaut hatte. Die Ähnlichkeit zu seiner Frau war verblüffend.

»Jetzt erzähl schon«, sagte OK. »Was ist auf Schloss Wilhelmsthal passiert?«

»Wir sind gerade noch mal davongekommen.« Falk roch am Weißwein. Ein fruchtiger Duft von Mirabellen und Melone stieg ihm in die Nase. Über den Rand des Glases blickte er zu den beiden. »Johanna und ich hatten Glück. Großes Glück. Das konnten nicht alle von uns behaupten.«

Er erzählte ihnen von Hagen Bellmann. Dass Johannas Bruder seinen Tod nur vorgetäuscht hatte, dass er begonnen hatte, die Geister seiner Vergangenheit zu jagen, und wie sein Vater ihn schließlich vor ihren Augen hingerichtet hatte.

Simona schlug eine Hand vor den Mund, OK sah ihn fassungslos an.

»Wir sollten von Albert Krahl verhört werden«, fuhr Falk fort. »Dann ist ein Alarm losgegangen. Jemand muss sich auf dem Gelände befunden haben. Es war unsere Chance. Eine glückliche Fügung, mehr nicht. Wir konnten die Verwirrung nutzen und flüchten.«

Er schilderte, wie sie durch das Fenster gesprungen und mit dem Buggy davongerast waren. Albert Krahls Beteiligung an ihrer Flucht verschwieg Falk. Der Generalbundesanwalt hatte ihnen ausdrücklich verboten, Krahls Mitwisserschaft egal wem gegenüber zu erwähnen. Die Rolle des Milliardärs als Kopf der Verschwörung einerseits und Kronzeuge andererseits war derart brisant, dass niemand außerhalb der Ermittlungsgruppe davon erfahren durfte.

»Und jetzt?«, wollte Simona wissen.

»Zum Glück konnten wir genügend Beweise sammeln.«

»Was für Beweise?«, fragte OK und befühlte dabei die Weinflasche mit den Händen.

Simona verstand die Geste und trat zum Sideboard, wo ein silberner Sektkühler stand. Während sie in die Küche ging, um ihn mit Eis zu füllen, holte Falk sein Tablet hervor.

»Wir haben unzählige Dokumente gefunden. Und Videos. Diese estnische Firma Dark Fiber, über die wir gesprochen hatten, hatte ein Datenleck.« Das war die offizielle Redart, auf die man sich in der Taskforce geeinigt hatte. »So sind wir in den Besitz von Videosequenzen gekommen.«

Er lud eines der Videos und drückte auf Play.

Das Bild einer Videokonferenz erschien. Acht Personen waren in acht kleinen Rechtecken zu sehen, kleine Boxen in den Ecken trugen ihre Codenamen. Da waren Albert Krahl alias *Augustus* und Carl Bellmann alias *Charlemagne*. Der Teilnehmer *Kronos* war derart unkenntlich gemacht worden, dass keiner der BKA-Techniker in der Lage gewesen war, ihm ein Gesicht zu geben. Viktor Bellmann hatte sich in Anlehnung an den Thronfolger Karls des Großen den Codenamen *Ludwig* gegeben. Nicolai Krahl hieß *Nero*, Friedrich Ammon nannte sich *Pius*. Dann war da noch Udo Lindner, der eindeutig als korrupter Verfassungsschützer enttarnt worden war und sich passenderweise wie der erste FBI-Direktor und Rassist *J. Edgar Hoover* rufen ließ.

Und schließlich *Archimedes*.

Falk beobachtete Ole-Kristof Rosen genau.

»Aber ...«

Simona kam mit dem Eiskübel aus der Küche und trat zu ihnen an den Tisch.

»Das bist ja du«, sagte OK Rosen zu seiner Frau.

Simona Rosen blieb wie angewurzelt stehen. Sie starrte von ihrem Mann auf dem Sofa zu ihrem Ebenbild auf dem Screen des Tablets. Die echte Simona Rosen erbleichte. Die Brust unter ihrem weit geschnittenen Fischerpullover hob und senkte sich hektisch, ihre Hände krampften sich um den Sektkühler. Falk ließ sie nicht aus den Augen. Sie schien sich schnell wieder gefasst zu haben, stellte den Kübel auf dem Tisch ab und setzte sich neben ihren Mann. Noch immer starrte sie auf den Bildschirm. Sie strich sich ihre rotblonden Haare aus dem Gesicht.

»Ich bin erstaunt«, waren ihre ersten Worte. »War einer von denen wirklich so dumm, uns alle mit solchen Aufnahmen zu enttarnen? Wer war es?«

Sie sah Falk direkt in die Augen. Ihr Mitgefühl für seine dramatische Flucht war verflogen.

Er ging nicht auf ihre Frage ein.

»Du hast uns verraten, nicht wahr?« Falk erwiderte Simonas Blick. »Als ich OK erzählt habe, dass wir zum Schloss fahren wollten. Du hast deinen Freunden den Tipp gegeben, damit sie nach uns Ausschau halten.«

Abrupt stand ihr Mann auf, als habe er erst jetzt realisiert, wer neben ihm saß. Er trat vom Sofa weg, als habe seine Frau eine ansteckende Krankheit.

»Du steckst mit Bellmann und Krahl unter einer Decke?«

Simona Rosen lachte kalt auf. »Sieht so aus, oder?«

»Aber warum, um Himmels willen?«

»Um eines Tages die Bundestagswahlen zu manipulieren«, antwortete Falk für Simona. Es war Johanna gewesen, die die Verbindung zwischen Simona und Dark Fiber als Erste erkannt hatte. Sie hatte realisiert, was alle anderen übersehen hatten – dass mit dem Amt des Bundeswahlleiters traditionell der Präsident des Statistischen Bundesamtes betraut wurde. Der Mann, für den Simona Rosen seit Jahren als Direktorin der Abteilung für Informationstechnik und mathematisch-statistische Methoden arbeitete. Sie war das Verbindungsglied zwischen Dark Fiber und den Plänen des Gerechten Deutschlands gewesen.

»Du ... was?« OK Rosen stand neben dem Sofa und hielt sich an der Rückenlehne fest.

»Ach, Ole.« Simona sah ihn mitleidig an wie einen dummen Jungen. »Ich mache seit fast zwanzig Jahre nichts anderes. Was meinst du, warum ich meine Doktorarbeit über die Geometrie optimierter Wahlkreise geschrieben habe? Damit ich irgendwann für den Bundeswahlleiter arbeiten kann. Damit ich in die Position komme, in der ich heute bin. Damit ich die Aufgabe erfüllen kann, die mir mein Vater vor langer Zeit zugedacht hat.«

»Dein Vater?«

»Albert Krahl«, sagte Falk, und mit Genugtuung sah er Erstaunen in Simonas Augen.

Das von Johanna war nicht das einzige Vaterschaftsgutachten, das sie in Krahls Unterlagen gefunden hatten. Er hatte ein zweites beigelegt. Ein nicht weniger eindeutiges. Das Ergebnis besagte, dass Albert Krahl auch der Vater einer Frau mit dem Namen Simona Scholtes war. Einer Frau, die später einmal einen gewissen Ole-Kristof Rosen heiraten und dessen Nachnamen annehmen sollte.

»Du hast deine Arbeit gründlich gemacht, wie ich sehe.« Simona nahm ihr Weinglas, als sei das alles nur ein Spiel. Sie trank es in einem Zug aus und schenkte sich nach. »Albert und meine Mutter waren an der Uni ein Paar. Sie haben beide in Trier studiert. Als sie von ihm schwanger wurde, hatte es schon länger gekriselt. Sie trennten sich trotz der Schwangerschaft, er zahlte ihr lohnende Alimente, sie ging zurück nach Luxemburg, brachte mich zur Welt, lernte kurze Zeit später einen anderen kennen, und ich wuchs mit meinem Stiefvater auf.«

»Ich dachte, du hättest deinen leiblichen Vater nie gefunden?«

»Das habe ich dir gesagt, aber ich habe nach ihm gesucht, bis ich ihn in Eisenach entdeckt habe. Damals war ich mitten im Studium, wir hatten uns gerade kennengelernt. Albert hat meine Talente sofort erkannt und mir aufgezeigt, welcher Weg mir offenstand, wenn ich ihm vertraute und hart an mir arbeitete.«

Falk hatte sich das bereits so zusammengereimt. Der Vaterschaftstest datierte aus dem Jahr 2003. Zum damaligen Zeitpunkt hatte Krahl bereits die Folgen von Nine Eleven vorhergesehen und geahnt, wie sich die Welt politisch verändern würde. Er musste sich schon damals mit dem Gedanken beschäftigt haben, wie es möglich war, Einfluss auf das Ergebnis einer Wahl in Deutschland nehmen zu können. Mit Sicherheit war er dabei auf die Rolle des Bundeswahlleiters gestoßen. Als ihn dann seine Tochter, eine angehende Mathematikerin und intellektuelle Überfliegerin, ausfindig gemacht hatte, musste der Opportunist in ihm die Chance sofort erkannt haben.

»Und warum das Ganze?«, fragte OK verzweifelt.

»Ich wollte wissen, ob es geht«, antwortete Simona leichthin. »Ich hatte mich jahrelang mit Theorien, Wahrscheinlichkeiten und mathematischen Wegen von Wahlmanipulationen beschäftigt. Ich wollte wissen, ob es in der Praxis möglich ist.«

»Nur deshalb? Einfach nur, um eine Theorie zu überprüfen?«

»Mach dich nicht lächerlich!« Voller Geringschätzung gegenüber ihrem Ehemann winkte Simona ab. »Mein Vater bot mir das Projekt meines Lebens, eine einzigartige Aufgabe mit einem Ziel, auf das ich meine gesamte berufliche Laufbahn ausrichten konnte. Ich wollte nie Professorin werden, um irgendwelchen Schlaumeiern die Genialität eines Pythagoras zu erklären. Ich wollte Mathematikerin werden, um etwas zu entdecken, das die Welt aus den Angeln heben kann.«

»Wie Archimedes«, warf Falk ein.

Simona schnaubte verächtlich. »Tu nicht so, als würdest du verstehen, worum es geht, Rasmus. Du und deine Taschenspielertricks am Computer! Ich habe den Algorithmus entwickelt, mit dem selbst ein föderal funktionierendes Wahlsystem untergraben werden kann. Einen Algorithmus, so komplex, dass niemals ein Mensch die Unregelmäßigkeiten in den Wahlergebnissen entdecken und Verdacht schöpfen würde.« Sie griff erneut zum Wein und trank gierig, als müsse sie ihre Nerven beruhigen. »Wie viele Menschen haben das Glück, ihre Leidenschaft in eine Aufgabe solchen Ausmaßes einzubringen, die sie das ganze Leben begleitet?«

Ihre Stimme wurde lauter, sie steigerte sich in einen Wahn, erkannte Falk.

»Ich wusste, ich würde mit diesem Problem Jahre, vielleicht Jahrzehnte, vielleicht für immer konfrontiert sein. Ich wusste, es bestand die Möglichkeit, es nie zu lösen. Ich wusste, wenn ich es schaffe, steige ich zu einer der größten Mathematikerinnen der Neuzeit auf.«

»Du hast für Rechtsradikale gearbeitet, Simona! Für einen Mörder wie Bellmann!«

»Sei nicht naiv, Ole! Du wusstest, dass du keine Frau heiraten würdest, der du mit Moral kommen musst. Mir war es egal, ob wir in einem Kaff wie Mühlhausen leben würden, solange wir in einem schönen Haus wohnten, uns alles leisten konnten, ich beruflich viel unterwegs war und sich niemand zwischen mich und mein Lebensziel gestellt hat. Ich wollte keine Kinder, du hast es akzeptiert, damit warst du für mich der perfekte Ehemann.«

Doch Ole-Kristof Rosen sah nicht mehr aus wie der perfekte Ehemann, der attraktive, fitte und lebensfrohe Charmeur. OK Rosen war ein gebrochener Mann, wie er da stand, sein Gesicht vor Schmerz verzerrt, als habe Simona ihn körperlich gefoltert. In wenigen Momenten waren zwei Jahrzehnte mit einer Frau, die er nie richtig gekannt hatte, in sich zusammengefallen. Falk fragte sich, ob OK ihm je verzeihen würde, dass er seine Frau überführt hatte.

»Und wie geht es jetzt weiter?«, fragte Simona. »Wie viel Zeit habe ich noch, bis deine kleine Schnüfflerin mit Verstärkung anrückt?«

»Keine mehr.«

Mit diesen Worten knöpfte Falk sein Hemd auf. Darunter kam das Mikrofon zum Vorschein, das Kerstin de Jong ihm angesteckt hatte, bevor er zu den Rosens aufgebrochen war.

Im nächsten Moment flog die Eingangstür der Wohnung auf. Ole-Kristof Rosen schnappte nach Luft. Simona Rosen warf sich herum. Ein Mobiles Einsatzkommando stürmte ins Zimmer und schwärmte aus. Als alle Räume gesichert waren, traten zwei Frauen hinzu.

Kerstin de Jong und Johanna Böhm.

KAPITEL 54

Mühlhausen, Deutschland

Als Simona Rosen in Handschellen in eines der Einsatz-
fahrzeuge stieg und die Kolonne sich in Bewegung setzte,
atmete Johanna durch. Sie hatte soeben ihren ersten Poli-
zeieinsatz hautnah miterlebt. Im Van der Einsatzleitung
hatte sie neben Kerstin de Jong gesessen und der Unterhaltung zwischen Rasmus Falk und dem Ehepaar Rosen
gelauscht. Alles war gelaufen wie geplant. Falk in seiner
Rolle als verdeckter Ermittler hatte Simona Rosen ein Ge-
ständnis entlockt. Dann war Johanna zusammen mit de
Jong im Schatten des Mobilen Einsatzkommandos in die
Wohnung eingedrungen und hatte Simonas Verhaftung aus
nächster Nähe beobachten können. Sie hatte sich ohne Widerstand festnehmen lassen. Niemand war zu Schaden gekommen.

Zumindest nicht körperlich.

Ole-Kristof Rosen war wortlos mit den Beamten gegangen, als diese ihn gebeten hatten, sie zur Befragung zu begleiten. Er hatte sich weder von Falk noch von Johanna verabschiedet, hatte kein Wort gesagt, sie nicht einmal mehr
angesehen. Ein Mann, am Boden zerstört, für den die Welt
nie wieder so sein würde wie zuvor.

Auch Falk wirkte angegriffen, als sie nun gemeinsam den Autos nachblickten.

»Mir wurde meine Hedda genommen, aber wenigstens weiß ich, dass sie mich geliebt hat. OK dagegen muss sich fragen, ob ihre Liebe eine einzige Lüge war.«

All unsere Familien ändern sich gerade, dachte Johanna. Sie hatte soeben miterlebt, wie ihre Halbschwester verhaftet worden war, von der sie nie etwas gewusst hatte. Von der sie nichts hatte wissen können, weil sie erst vor zwei Tagen erfahren hatte, wer ihr eigentlicher Vater war.

Sie erwiderte nichts. Stattdessen nahm sie Falk am Arm und ging mit ihm zum Van der Einsatzleitung. Als sie die seitliche Schiebetür öffnete, winkte Kerstin de Jong sie zu sich. Der Van war hoch genug, dass man darin stehen konnte. De Jong lehnte an einem Regal, das an die Wand des Fahrzeugs geschraubt war. Vor ihr saß der Operator, der Simonas Verhaftung koordiniert hatte. Er hockte vor zwei Bildschirmen, die nun nicht mehr das Haus der Rosens zeigten, sondern die Bilder eines Einsatzes, der zeitgleich an einem anderen Ort stattfand, gut dreißig Kilometer weiter südlich.

Falk zog die Tür hinter ihnen zu. Im Halbdunkel des Vans erkannte Johanna die strahlend weiße Fassade des Stadthauses in der Marienstraße im Eisenacher Süden. Das Architektenbüro im Erdgeschoss, die drei Etagen darüber, in denen Johanna ihre Kindheit verbracht hatte. Das Haus ihrer Mutter und des Mannes, den sie ein Leben lang für ihren Vater gehalten hatte.

Am Abend zuvor hatten Johanna und Falk in der Befehlsstelle gesessen, um bei der Ausarbeitung zahlreicher Einsätze der Mobilen Einsatzkommandos zu helfen. Sie hatten in einem Raum mit unzähligen Computern auf Tischen und Bildschirmen an den Wänden die Karten und Bilder dreier Zielorte kommentiert und erklärt, die sie besser kannten als alle anderen in dem Raum: das Rosen'sche Anwesen in Mühlhausen, die Bellmann-Villa in Eisenach und das Schloss Wilhelmsthal. Diese drei Orte umfassten zwar nur einen kleinen Teil der Ziele, die zahlreiche MEKs am heutigen Tag in mehreren Bundesländern aufsuchen würden. Doch es waren die wichtigsten.

Da Falk als ehemaliger Geheimdienstler bereits als verdeckter Ermittler gearbeitet hatte, hatte das BKA sein Angebot angenommen, den Lockvogel für Simona Rosen zu spielen. Johanna hingegen war es strikt untersagt worden, nach Eisenach zu fahren. Stattdessen hatte Kerstin de Jong vorgeschlagen, Johanna als Beobachterin mit nach Mühlhausen zu nehmen. Johanna war sich allerdings nicht sicher, ob dies nur ein Dankeschön für ihre Hilfe gewesen war und damit sie Erfahrungen für ihren künftigen Beruf sammeln konnte oder ob de Jong sichergehen wollte, dass Johanna nicht auf dumme Gedanken kam.

Doch die Sorge wäre unbegründet gewesen. Johanna verspürte keinen Drang mehr, sich auch nur in die Nähe ihres Elternhauses zu begeben. Geschweige denn in die Nähe von Carl oder Viktor Bellmann. Nun aus sicherer Entfernung anzusehen, wie sich ein Dutzend schwer bewaffneter Kriminalbeamter darauf vorbereitete, das Haus ihrer größten Albträume zu stürmen, erfüllte sie mit einer Mischung aus Vorfreude und Sorge. Einerseits wollte sie nichts lieber, als das Klicken der Handschellen bis hierher nach Mühlhausen zu hören. Andererseits fürchtete sie, dass sich Carl und vor allem Viktor Bellmann nicht kampflos ergeben würden.

Denn Viktor war auch im Haus, das zumindest berichteten die Späher, die das Objekt bereits seit dem frühen Morgen ins Visier genommen hatten. Das BKA hatte sich die Baupläne organisiert, Johanna hatte ihnen die Details erklärt. Einsatzteam Alpha würde über den Hintereingang durch die ehemalige Backstube eindringen. Team Beta würde durch den Vordereingang ins Haus gelangen und im Treppenhaus mit Team Alpha zusammentreffen. Ein drittes Team sollte die Umgebung des Hauses sichern, während der Einsatz lief.

Johanna dachte an den weiteren Verlauf des Tages. Ein Tag, der in die Geschichte der Bundesrepublik eingehen würde. Am Abend würde sich der Bundespräsident in einer Ansprache an die Nation wenden. Offiziell angekündigt war sein Auftritt noch nicht. Erst sollten die Einsätze zu Ende gebracht werden. Dann jedoch würde das Staatsoberhaupt verkünden, dass die Bundestagswahl verschoben werden müsse. Als offiziellen Grund würde er technische Probleme bei der erstmalig eingesetzten Online-Stimmabgabe nennen. Der Bundespräsident würde damit nicht lügen. Schließlich war ja tatsächlich das Online-System manipuliert worden und konnte somit nicht mehr eingesetzt werden. Die wahren Hintergründe würden zunächst im Dunkeln bleiben.

Doch wie lange?

Johanna glaubte, dass es nur eine Frage der Zeit war, bis der Skandal ans Licht der Öffentlichkeit geraten würde. Die Parteien mussten über die wahren Hintergründe informiert werden. Die Fraktionen im Bundestag würden umgehend einen Untersuchungsausschuss einsetzen. Vor allem aber liefen gerade konzertierte Razzien an zahlreichen Punkten in Deutschland. Razzien, die das Gerechte Deutschland direkt treffen würden und die sofort mit der Verlegung der Wahl in Verbindung gebracht werden würden.

In Berlin standen Beamte bereit, um Udo Lindner in seiner Wohnung in Kreuzberg festzunehmen. In Eisenach und Trier sollten zeitgleich die Anwesen Albert Krahls sowie der Hauptsitz der Krahl & Krahl AG durchsucht werden. Johanna fragte sich, ob Krahl und sein Leibwächter Rouven die Bellmanns erfolgreich getäuscht hatten und untergetaucht waren. Wenn ja, würden die Beamten niemanden antreffen. Trotzdem würde man alles gründlich auf den Kopf stellen, um so viele Beweise wie möglich zu sammeln. Gleiches galt für Durchsuchungen der Wohnungen von Patricia Carstensen und Friedrich Ammon, der Akademien in Lyon und Trisulti sowie der Stadtvilla des Consilium Humanum in Eisenach. Zudem würden die Beamten in den umliegenden Seen von Schloss Wilhelmsthal nach Hagens Leiche suchen. Und dann war da noch eine Liste von Dutzenden Männern, die ihnen Hagen am Abend vor seinem Tod gezeigt hatte. Leute, die zur Generation D gehörten, Viktors Miliz und Untergrundarmee. Auch sie würde man einkassieren und hoffentlich lange wegsperren.

In Estland standen ebenfalls Kriminalbeamte in den Startlöchern. Die Beweise gegen Dark Fiber waren derart erdrückend gewesen, dass den estnischen Behörden keine andere Möglichkeit geblieben war, als eine umgehende Durchsuchung des Firmengeländes zu veranlassen. Doch Johanna ahnte, dass man auch hier kaum etwas finden würde. Krahl hatte ihnen bereits zu verstehen gegeben, dass er seine Vertrauensperson mit dem Codenamen Kronos geschützt hatte. Sie war sich sicher, dass dieser Kronos auf und davon war, vor seiner Flucht aber noch dafür gesorgt hatte, dass die Behörden keine verwertbaren Daten oder Spuren finden würden. Krahl war gründlich gewesen, in den Dokumenten, die er ihnen überlassen hatte, mit Sicherheit aber auch bei seinem Ausstieg.

Ein Ausstieg, der Johanna hierhergeführt hatte, nach Mühlhausen in einen Van der Kriminalpolizei, in dem sie den Sturz ihrer Familie verfolgen konnte.

Die Teams vor Ort in Eisenach hatten soeben den Einsatzbefehl erhalten. Mehrere Beamte trugen Bodycams, deren Bilder live übertragen wurden. Team Alpha drang lautlos über den Hinterhof in die ehemalige Backstube ein. Die Räume waren zu einem unordentlichen Lager umgebaut worden. Die Polizisten mussten langsam vorgehen. In geschlossener Formation bewegten sie sich voran, wachsam und fokussiert.

»Team Alpha an der Tür zum Treppenhaus«, ertönte eine männliche Stimme aus den Lautsprechern im Van.

Der Ton wurde nicht von den Kameras übertragen, sondern über die Headsets, mit denen die Teams untereinander verbunden waren.

Die Meldung war das Zeichen für Team Beta vorzurücken. Johanna beobachtete, wie der Trupp an der Vordertür einen briefmarkengroßen Sprengsatz anbrachte. Drei Sekunden später ertönte ein Geräusch, das nicht lauter war als ein halbherziges Händeklatschen. Doch die zielgenaue Wirkkraft des Zündstoffes ließ das Schloss aufspringen. Im nächsten Augenblick vereinten sich Team Alpha und Beta am Treppenabsatz und begannen mit dem Aufstieg in den ersten Stock.

Jetzt kam der gefährlichste Moment. Bei den Rosens hatten die Einsatzkräfte mit Falk eine Informationsquelle innerhalb der Wohnung benutzt. Sie hatten gewusst, wo sich die Personen aufgehalten hatten und dass ihnen keine Gefahr gedroht hatte. Nun aber besaßen die Beamten keine Innensicht. Die Beobachtungen hatten zwar gezeigt, dass sich mindestens drei Personen im Haus befanden. Dass sie die einzigen waren, konnte niemand garantieren. Darüber hinaus kannten sie zwar den Grundriss des Objektes. Zudem hatte Johanna die Wohnung aus ihren Erinnerungen geschildert, wie sie vor dreizehn Jahren ausgesehen und was sie bei dem Besuch bei ihrer Mutter hatte erkennen können. Trotzdem war dieser Einsatz ein Blindflug.

Johannas Herz schlug ihr bis zum Hals. Sie war heilfroh, nicht vor Ort zu sein. Sie legte eine Hand auf Falks Schulter, teils um sich abzustützen, teils um sich zu beruhigen.

»Ramme vor!«, ertönte eine weibliche Stimme.

Ein kräftig gebauter Mann trat vor. In den Händen trug er eine Türramme, die einer Panzerfaust ähnelte. Mehrere seiner Teammitglieder waren mit Schilden ausgerüstet und positionierten sich neben ihm. Die Frau gab das Kommando. Der Mann holte aus und traf die Wohnungstür auf Schlosshöhe. Das Bersten des Holzrahmens knarzte aus den Lautsprechern des Vans und schickte einen Schauder über Johannas Rücken.

»Kriminalpolizei!«, brüllten im nächsten Augenblick mehrere Männer und Frauen.

Die Teams rückten vor. In wenigen Schritten waren sie durch die Diele und drangen in den großen Wohnraum ein. Johanna versuchte etwas zwischen den sich schnell bewegenden Körpern der Einsatzkräfte und den vorgehaltenen Schutzschilden zu erkennen. Da auf den beiden Bildschirmen vor ihr insgesamt sechs verschiedene Bodycams gespiegelt wurden, blickte sie immer wieder hin und her, um die beste Einstellung zu finden. Da hörte sie den spitzen Schrei einer Frau. Sofort wurde ihr klar, dass es ihre Mutter Martha gewesen sein musste. Sehen konnte Johanna noch immer niemanden aus ihrer Familie. Doch dann tönte eine wütende Männerstimme klar und deutlich über alle anderen hinweg.

»Was fällt Ihnen ein? Das ist mein Haus!«

Carl Bellmann kam kurz ins Bild. Sein Gesicht war wutverzerrt. Doch Johanna glaubte einen Anflug von Furcht zu erkennen. Er war offenbar vom Sofa aufgesprungen, nur in ein weißes T-Shirt und eine Jogginghose gekleidet.

»Carl Bellmann, Sie sind verhaftet«, rief einer der Beamten. »Wo ist Ihr Sohn Viktor?«

Bellmann erwiderte etwas, doch Johanna hörte nicht hin. Sie blickte hektisch von einem Bild zum nächsten. Viktor war nicht da. Das war kein gutes Zeichen. War er ihnen entwischt? Oder befand er sich in einem anderen Raum? Möglicherweise in einer der oberen Etagen?

Die Antwort auf diese Frage erhielt Johanna augenblicklich.

Viktor trat aus dem Arbeitszimmer seines Vaters. Johanna blieb das Herz stehen. Viktor hielt eine Pistole ausgestreckt vor sich.

»Waffe!«

Mehrere Mitglieder des Einsatzkommandos riefen die Warnung gleichzeitig. Doch sie kam zu spät. Viktor eröffnete das Feuer. Schuss um Schuss knallte. Einer, dann noch einer. Drei, vier, fünf, sechs. Immer mehr. Rufe ertönten, Schreie, ob voller Schmerz oder Panik, konnte Johanna nicht ausmachen. Die Bilder verwackelten.

Dann zeigte eine Kamera Viktor Bellmann klar und deutlich. Es war der Moment, in dem ihn mehrere Kugeln der Beamten gleichzeitig trafen. In Brust, Bauch und Schulter. Es war, als werfe ihn jeder Treffer zurück, als zupfte ein Marionettenspieler die Gliedmaßen nach hinten. Bis der unsichtbare Spieler die Fäden durchtrennte und Viktor Bellmann zu Boden stürzte, leblos, willenlos.

Für einen kurzen Augenblick herrschte Grabesstille. Im Van sagte niemand ein Wort. Johanna hielt den Atem an, ihre Finger bohrten sich in Falks Schulter. Dann erklang eine männliche Stimme aus dem Lautsprecher.

»Statusmeldung!« Das musste der Einsatzleiter vor Ort sein.

»Zielperson am Boden. Keine Verletzten.«

»Vorrücken und sichern!«

Die Beamten schwärmten aus. Wie in Trance drangen die Bilder in Johannas Bewusstsein, Aufnahmen aus dem Haus, in dem sie aufgewachsen war. Die Einsatzkräfte, die jedes Zimmer durchsuchten. Die Tür zu ihrem Kinderzimmer, die aufgestoßen wurde. Der umgestaltete Raum, der ins Blickfeld kam. Das ihr unbekannte Bett, das an der genau gleichen Stelle stand wie einst ihr eigenes. Das Bett, auf dem sie vergewaltigt worden war. Im nächsten Augenblick hatte der Polizist den Raum wieder verlassen. Andere drangen in die oberste Etage vor, in den großen Saal, in dem ihr Vater seine geheimen Treffen abgehalten hatte.

Dann fixierte Johanna die Bilder aus dem Wohnzimmer. Auf dem einen blickte einer der Beamten auf Viktor hinab. Neben ihrem Bruder kauerte ein anderer Polizist, fühlte den Puls, wandte sich seinem Kollegen zu. Er schüttelte den Kopf. Johanna begriff, und so begriff auch ihre Mutter. Martha Bellmann kreischte auf, riss ihre Hände vor das aufgedunsene Gesicht. Eine Polizistin hielt sie davon ab, zu ihrem toten Sohn zu laufen. Zusammen mit einem Kollegen legte sie ihr Handschellen an. Carl Bellmann dagegen stand zu einer Statue seines Lebens erstarrt, konfrontiert mit den Trümmern seiner Träume. Auch ihm wurden Handschellen angelegt.

»Objekt gesichert, Zielpersonen in Gewahrsam!«

Aus dem Augenwinkel sah Johanna, wie Kerstin de Jong dem Operator am Bildschirm ein Zeichen gab. Die Bilder verschwanden. Der Screen wurde schwarz. Die Befehle aus den Lautsprechern verstummten. Stille kehrte ein im Van in Mühlhausen.

Johanna drehte sich um, riss die Tür des Fahrzeugs auf und stürzte hinaus. Gierig sog sie die kühle Luft des Tages ein, füllte ihre Lungen. Die Augen geschlossen, atmete sie aus, den Kopf in den Himmel gereckt.

Es war vorbei.

Der Mann, den sie für ihren Vater gehalten hatte, war verhaftet worden. Ihre Mutter ebenfalls. Viktor war tot, seine Gewalt von dieser Erde getilgt. Kurz dachte sie an Hagen, ihren jähzornigen Bruder, der die letzten Tage seines Lebens dafür geopfert hatte, seiner Schwester das Leben zu retten. Bis er selbst mit seinem Leben bezahlt hatte. Nicolai Krahl, ihren Peiniger, hatte er auf diesem Weg mit sich gerissen. Die Geister ihrer Vergangenheit waren verschwunden.

Es war wirklich vorbei.

Eine Hand legte sich auf ihren Arm. Johanna erwartete, dass Falk zu ihr getreten war. Zu ihrer Überraschung war es Kerstin de Jong, diese starke Frau, diese Kriminalpolizistin, die all das überhaupt erst ins Rollen gebracht hatte.

Albert Krahl hatte ihr das letzte Puzzleteil hingelegt, so wie einst Tante Bea. Doch ohne Kerstin de Jong hätte Johanna dieses finale Stück nicht einsetzen, das Bild nicht komplettieren können.

»Bist du okay?«

Ja, dachte Johanna. Ich bin okay. Das erste Mal in meinem Leben.

KAPITEL 55

DONNERSTAG, 30. DEZEMBER, DREI MONATE SPÄTER
Brandenhusen, Insel Poel, Deutschland

Er schloss die letzte Kiste mit einem Zögern. Rasmus Falk blickte sich in seinem Arbeitszimmer noch einmal um. Hatte er etwas vergessen? Konnte es das wirklich gewesen sein? Ja, er hatte alles verstaut. Es war geschafft. Heddas Geschichte lag nun in diesen Boxen, abgeschlossen und bereit, auf dem Dachboden ihre Ruhe zu finden.

Falk ging ins Wohnzimmer. Auch hier standen Kisten bereit. Die würde er aber erst in den kommenden Wochen befüllen. Dafür war noch Zeit, die er allerdings auch benötigen würde. Mit nur einer gesunden Hand war das Verstauen von Habseligkeiten in Umzugskartons ein schwieriges Unterfangen. Doch andere Menschen mochte er nicht an seinen privaten Besitz heranlassen.

Zumindest den Umzug selbst würde er nicht persönlich erledigen. Das übernahm sein künftiger Arbeitgeber. Sein Haus würde Falk aber nicht verkaufen. In Berlin würde er nur während der Semester sein.

Noch immer fiel es ihm schwer zu glauben, dass das kommende Jahr ein neues Leben für ihn bereithalten würde. Hierher nach Poel war er gezogen, um den Tod seiner Frau zu überwinden. Hier hatte er sich sein Hauptquartier er-

richtet, um die Umstände und Hintergründe herauszufinden, um Pläne zu schmieden, wie er seine Rache bekommen konnte. Nacht um Nacht hatte er düsteren Gedanken
nachgehangen. Bis sich alles verändert hatte und geschehen
war, was er nicht mehr für möglich gehalten hatte: Gerechtigkeit.

Inzwischen gestand er sich ein, seine Werte verraten zu
haben. Als er Menschen wie Nicolai Krahl oder Carl Bellmann den Tod gewünscht hatte, hatte ein verzweifelter Teil
von ihm die Überhand gewonnen. Ein Gefühl, das Falk zuvor nicht gekannt hatte, selbst im Einsatz für die Bundeswehr und später tief in den moralischen Grauzonen der Ge-
heimdienstarbeit. Falk hatte sich immer für einen aufrechten
Verfechter unverrückbarer Grundrechte gehalten. Dann jedoch war er eines Besseren belehrt worden. Nie hatte er
mehr über sich gelernt als in den zwei Wochen des vergangenen Septembers.

Er dachte an Johanna Böhm. Nach der abgesagten Bundestagswahl war sie an die Polizeiakademie zurückgekehrt.
Ihr Ausbildungsleiter Erhard Spahn hatte keinen Zweifel daran gelassen, dass sie dorthin gehörte. Er hatte sich
gar dafür eingesetzt, dass Johanna für ihre besonderen Verdienste ausgezeichnet wurde. Doch zu ihrer aller Überraschung hatte sie darum gebeten, ihren Namen so weit wie
möglich aus der Öffentlichkeit herauszuhalten. Spahn hatte
zugestimmt. Kerstin de Jong hatte zu den belobigten Beamten gehört, die vom Bundespräsidenten empfangen worden
waren. Nach Abschluss der Ermittlungen hatte die junge
Kriminaloberkommissarin im Schloss Bellevue ihren großen
Auftritt gehabt. Sie hatte Johanna und Falk eingeladen, im
Publikum zu sitzen, und so waren sie beide kurz vor Weih-

nachten in Berlin erstmals in ihrem Leben in den klassizistischen Amtssitz des Staatsoberhauptes gekommen.

Dieser Besuch hatte Falks Leben verändert. Der Präsident des Bundesamtes für Sicherheit in der Informationstechnik, den er als Teil der Taskforce kennengelernt hatte, war ebenfalls im Schloss Bellevue gewesen und hatte Falk angesprochen.

»Ich habe mir Ihre Vita zeigen lassen«, hatte dieser ohne Umschweife erklärt. »Was würden Sie sagen, wenn ich Ihnen einen Job im MISS anbieten würde?«

Die Frage hatte Falk auf dem völlig falschen Fuß erwischt. Der MISS war jener Masterstudiengang Intelligence and Security Studies an den Bundeswehr-Universitäten in Berlin und München, den er nach Heddas Tod hätte mit aufbauen können. Jetzt sollte er dort Lehrbeauftragter für Cyber Security und Cyber Defense werden. Falk hatte noch während der Veranstaltung zugesagt.

So stand er nun in seinem Wohnzimmer und blickte auf sein Hab und Gut, das bis Februar Stück für Stück in Kisten und Taschen verschwinden würde. Die Aufgabe im MISS würde in zehn Wochen beginnen, einen Tag nach der verschobenen Bundestagswahl. Dann würde endlich gewählt werden, nicht online, sondern traditionell in den Wahllokalen, mit Papier und Stift, mit Kreuzen, die immer nachvollziehbar bleiben würden. Falk trauerte diesem Rückschritt nach, doch es war die richtige Entscheidung. Die Bevölkerung hätte so kurze Zeit nach dem Skandal um das neue Wahlsystem kein Vertrauen in die Technologie.

Zumindest aber würde das Gerechte Deutschland gar nicht mehr zur Wahl stehen. Das Bundesverfassungsgericht hatte die Organisation als überhaupt erst dritte Partei in der Geschichte der Bundesrepublik verboten. Die Beweise waren derart erdrückend gewesen, dass es am Ende nur eine Formalie war und alle GRD-Politiker ihre Mandate verloren hatten. Zwar hatten einige von ihnen anschließend kurzerhand eine neue Partei gegründet, jedoch ohne Erfolg. Keine einzige Umfrage gab ihr auch nur den Hauch einer Chance, bei der Wahl die Fünf-Prozent-Hürde zu überspringen. Der Angriff auf das Herz der Demokratie hatte viele Verführte, Nachplapperer und nach einer neuen Macht in Deutschland Suchende wieder zu Verstand gebracht. Es gab zwar noch immer genügend Hetzer und Lemminge, doch sie hatten ihre beängstigende Wirkung verloren.

Vorerst zumindest, dachte Falk. Wer konnte schon wissen, was sie sich als Nächstes einfallen lassen würden?

Albert Krahl war nicht gefasst worden. Er musste sich abgesetzt haben und war wie vom Erdboden verschluckt. Ein internationaler Haftbefehl hatte bislang keine Wirkung gezeigt. Obwohl Krahl senior als Kronzeuge geholfen hatte, die Verschwörung aufzudecken, war er doch lange genug der Kopf einer terroristischen Organisation gewesen. Dafür konnte er keine Straffreiheit erwarten.

Die Bellmanns dagegen saßen bereits im Gefängnis. Carl Bellmann war zu zwanzig Jahren Haft verurteilt worden, seine Frau Martha wegen Mittäterschaft zu acht Jahren. Johanna hatte nur gelacht, als Falk sie gefragt hatte, ob sie sie besuchen würde.

Gemeinsam hatten sie im Stillen einen letzten Schritt unternommen, um den Ermittlungen noch einen Schub zu geben. Falk hatte sich geschworen, das Erbe seiner Hedda so lange weiterzuführen und ihre Recherchen fortzusetzen, bis alle Hintergründe des Komplotts aufgedeckt waren. Und so hatten Johanna und Falk sich schließlich an eine Gruppe investigativer Journalisten gewandt und ihnen alle Informationen zu Dark Fiber übergeben, die sie besaßen. Natürlich als anonyme Quelle, aber so, dass wenige Wochen nach den Razzien herauskam, wer sich wirklich hinter dem estnischen Unternehmen verbarg. Der Mehrheitseigner war eine Firma namens Treveris LLC, eine luxemburgische Handelsgesellschaft mit einer schmalen Direktion im Großherzogtum. Wer sich hinter Treveris LLC verbarg, fand man nicht heraus. Es schossen Gerüchte ins Land, wonach der Kreml dahintersteckte, war Estland doch schon lange ein Ziel russischer Einflussnahme. Gleichzeitig unterstützte Russland seit vielen Jahren rechtsextreme Parteien in Westeuropa. Doch Johanna und Falk waren sich sicher, dass die Gerüchte in die falsche Richtung gingen.

Die Treverer waren ein Volk, dessen Hauptstadt den Namen Augusta Treverorum trug, namentlich die Stadt des Augustus im Land der Treverer. Heute war die Stadt als Trier bekannt.

Der gebürtige Trierer Albert Krahl war der geheime Strippenzieher dieser Treveris LLC. Davon waren sie überzeugt. Beweisen konnten sie es zwar nicht, doch zumindest Dark Fiber war erledigt. Die estnische Regierung hatte die Auflösung des Unternehmens in die Wege geleitet. Und auch wenn das Wissen in den Köpfen der Genies hinter diesem versuchten Staatsstreich bestehen blieb, war Deutschland noch einmal mit einem blauen Auge davongekommen. Falk zweifelte zwar daran, dass der Schuss vor den Bug eine Warnung auch an andere Nationen war, sorgsamer mit den technischen Möglichkeiten umzugehen, die die digitale Welt bot, doch im Hier und Jetzt hatten sie eine Katastrophe verhindern können.

Falk trat auf die Terrasse hinaus. Der Winterwind blies ihm eisig um die Nase. Poel war erfüllt von einer berauschenden Stille. Falk fragte sich, wie ihm das Stadtleben gefallen würde, der Großstadttrubel und der ständige Kontakt zu Menschen. In der Ferne sah er ein Auto näher kommen. Die Scheinwerfer blendeten auf. Da kamen sie also. In wenigen Augenblicken würde die Stille ein Ende haben. Doch das war in Ordnung so. Rasmus Falk freute sich sogar auf ein bisschen Gesellschaft. Auch das hatte sich in seinem Leben verändert.

KAPITEL 56

Atmen.

Gleichmäßig atmen.

Johanna stellte zufrieden fest, wie mühelos sie ihren Atemrhythmus im Griff behielt. Dreimal ein, dreimal aus. Die kalte Meeresluft stach wie eine Nadel in ihrer Lunge. Doch Johanna machte dieses Gefühl nichts aus. Im Gegenteil. Sie genoss es, zu dieser frühen Stunde des Tages zu laufen, wenn sich der Raureif in kristallklare Tropfen verwandelte. Das Gefühl des Schweißes auf ihrer Haut, der sich trotz der geringen Temperaturen in ihrem dunkelblauen Hoodie festsetzte und ihn nahezu schwarz färbte.

Der feuchte Sand flog unter ihr hinweg. Johannas Füße stießen sich kraftvoll ab, ihre dank der langen Beine raumgreifenden Schritte fühlten sich spielerisch leicht an. Poel bereitete sich auf Silvester vor, während Johanna für ihre Sportprüfung trainierte. Falk, Boris und Tomasz saßen beim Frühstück, sie dagegen hatte den Strand für sich.

Sie waren tags zuvor mit dem Auto aus Berlin gekommen. Zu ihrer aller Erleichterung hatten sie sich vom ersten Moment an gut verstanden. Tomasz und Falk hatten ihre gemeinsame Faszination für britische Kleidung und französische Küche entdeckt. Das Abendessen – geschmortes Estragon-Huhn mit Polenta, Champignons in Rotwein und karamellisiertem Fenchel – hatten sie in blindem Verständnis auf den Tisch gezaubert und das verdutzte Duo Boris und Johanna während des Kochens auf einen ausgedehnten Spaziergang geschickt.

Dabei hatte Boris ihr eine Frage gestellt, mit der Johanna sich bereits selbst schon länger beschäftigt hatte.

»Hast du mit deiner Familie abgeschlossen?«

»Der Schmerz wird immer bleiben«, hatte Johanna geantwortet. »Ich habe lange gebraucht, um ihn zu akzeptieren. Inzwischen weiß ich aber, dass es Dinge gibt, die kann selbst der tiefste Schmerz nicht zerstören.«

Aufsetzen, abrollen, abstoßen – ihre Füße setzten ihre antrainierte Lauftechnik wie ein Uhrwerk um. Der Tag der großen Prüfung stand in etwas mehr als zwei Monaten an. Zweitausend Meter auf der Tartanbahn in Ruhleben. Und Johanna wollte es allen zeigen.

Besonders Teresa Osterkamp. Ihre Kontrahentin an der Akademie hatte es nur schwer verkraftet, dass Johanna nicht aus dem Programm geworfen worden war. Natürlich hatte es sich irgendwann herumgesprochen, dass sie, Johanna, an einer der spektakulärsten Ermittlungen in der Geschichte des BKA mitgewirkt hatte, als Zeugin, als Insiderin, als Beobachterin. Auch Johannas familiäre Verstrickungen waren an die Oberfläche gedrungen, und Teresa Osterkamp hatte jedem, der es hören wollte, mitgeteilt, dass sie Johanna als nicht geeignet für den Polizeidienst erachtete.

Dann war Johanna ins Schloss Bellevue eingeladen worden.

Teresa Osterkamp war außer sich gewesen. Ihre nagende

Kritik, ihr unablässiger Spott hatten plötzlich keine Abnehmer mehr gefunden. Wenn der Bundespräsident Johanna Böhm in seiner Residenz willkommen hieß, konnten ihre Kommilitonen kaum mehr einer neidischen Nörglerin glauben. Hätte Teresa Osterkamp gewusst, dachte Johanna, dass sie sogar hätte ausgezeichnet werden sollen, sie hätte wohl den Glauben an die deutsche Justiz und das Polizeiwesen verloren und ihren Dienst quittiert, noch ehe sie ihn angetreten war.

Ihre Rivalität hatte sich dadurch nur noch verstärkt. Doch weil Johannas Historie kein wunder Punkt mehr war, trugen sie den Kampf in den Klassenzimmern und auf den Übungsplätzen ihrer Ausbildung aus. Und auch da hatte Teresa immer weniger zu lachen, auch sportlich.

Denn Johanna hatte sich verändert. In den vergangenen drei Monaten war sie mehrmals in der Woche joggen gegangen und hatte einen Lebensrhythmus gefunden, der sie fitter und vor allem froher gemacht hatte als jemals zuvor.

Dazu beigetragen hatte auch, dass sie in ihrer Wohnung in Oberschöneweide geblieben war. Rasmus Falk hatte in Absprache mit ihrem Vermieter eine Sicherheitstür einsetzen lassen und eine Alarmanlage installiert, die Johanna das Vertrauen in ihr Zuhause zurückgegeben hatte. Dank Boris und Tomasz hatte sie Berlin immer besser kennengelernt und war inzwischen vom touristischen Pflichtprogramm zu den Berliner Geheimtipps übergegangen. Und dann war da noch Kerstin de Jong, mit der sich Johanna in Windeseile angefreundet hatte. Die Kriminaloberkommissarin kam inzwischen an den dienstfreien Wochenenden bei ihr vorbei. Gemeinsam gingen sie zu jedem Konzert, für das sie Karten bekommen konnten, egal, welcher Musikrichtung.

Einzig Alice fehlte in ihrem Berliner Leben und auch hier auf Poel. Mit Wehmut dachte Johanna an ihr letztes Gespräch Anfang Dezember zurück. Was hätte sie gegeben, Alice im Schloss Bellevue an ihrer Seite zu haben. Doch ihre Freundin reiste jedes Jahr über Weihnachten und Silvester für einen Monat zu ihrer Familie nach Nigeria. Die Flüge waren schon gebucht, als die Einladung vom Bundespräsidenten gekommen war. Sie würden ihr Wiedersehen im neuen Jahr nachholen.

Johannas Gedanken folgten einem anderen Gespräch, das sie wenige Tage nach der abgesagten Bundestagswahl geführt hatte. Erhard Spahn hatte sie zu sich ins GEZI gerufen. Mit einem unguten Gefühl war sie zu ihrem Ausbildungsleiter gegangen, nicht wissend, ob Teresa Osterkamp mit ihren Reden nicht doch recht behalten würde. Dass Johanna trotz aller Verdienste um die Zerstörung von Dark Fiber und dem Consilium Humanum nicht doch gezeigt hatte, für den Polizeidienst ungeeignet zu sein. Auf dem Weg ins GEZI hatte sich Johanna ihrem Schicksal nahezu ergeben, in dem sicheren Glauben, dass in wenigen Momenten ihre Karriere zu Ende gehen würde.

Dann hatte Spahn gefragt: »Wissen Sie, was Zacharias Toben mir an dem Tag gezeigt hat, an dem er Sie das erste Mal gesprochen hat?«

Johanna hatte sich noch gut an den Vortrag erinnert, den Toben zusammen mit dem Verräter Udo Lindner gehalten hatte. Daran, dass Johanna Lindner für den charmanteren Redner und Toben für einen Investmentbanker mit schlechtem Stilberater gehalten hatte.

»Die E-Mail Ihres Vaters.«

Johanna war sprachlos gewesen. Spahn hatte schon damals von Carl Bellmanns E-Mail an Albert Krahl gewusst. Der Verfassungsschutz hatte davon gewusst. Woher, hatte Spahn ihr nicht verraten. Doch sie alle hatten gewusst, dass die Berliner Polizeiakademie eine vermeintliche Spionin in ihre Reihen aufgenommen hatte. Man hatte Johanna von Anfang an im Blick gehabt.

»Frau Böhm, ich kann Sie beruhigen«, waren Spahns nächste Worte gewesen. »Ich habe Ihren Bewerbungsprozess geprüft. Es gibt keine Anzeichen für eine Manipulation. Sie haben es ganz alleine geschafft. Sie sind eine von uns, weil Sie es wollten. Sie sind bei der Schupo, weil Sie es sich verdient haben.«

Für Johanna war es der Augenblick gewesen, in dem sich ein unsichtbarer Ring um ihren Brustkorb gelöst hatte. Sie hätte Spahn umarmen können. Wie sehr hatte sie sich davor gefürchtet, die E-Mail könnte ihre größte Niederlage sein, der Beweis, dass sie sich eine Karriere bei der Polizei nur eingeredet hatte. Dass sie ohne fremde Hilfe, ohne die Hilfe des Mannes, den sie verachtete wie niemanden sonst, diesen Weg nie hätte einschlagen können.

Hundertachtundneunzig.

Johanna blickte auf ihre Pulsuhr. Wichtiger als ihr Herzschlag war die Nummer, die sie auf ihrem silbernen Armreif sah, den sie auch an diesem Morgen trug.

Spahn hatte sein Angebot wiederholt, ihren Wechsel zur Kripo zu unterstützen, sofern sie dies wünschte. Johanna hatte darüber nachgedacht. Für diese Entscheidung blieb ihr noch Zeit bis zum Sommer. Wenn das zweite Semester vorbei war, konnte sie den Wechsel noch immer anstreben, sollte ihr dieser Weg vielversprechend erscheinen. Johanna würde noch viele Diskussionen mit Kerstin de Jong führen, ehe sie sich entschied. Doch jetzt wollte sie erst einmal den Weg gehen, den sie eingeschlagen hatte. Die Schutzpolizei hatte sie als Auszubildende genommen. Nun lag es an Johanna, zu beweisen, dass sie zu noch Höherem berufen war.

Sie hatte Spahn nicht korrigiert, dass Carl Bellmann gar nicht ihr leiblicher Vater war. Überhaupt wusste niemand außer Falk, Boris, Tomasz und Alice von Albert Krahl und dem Vaterschaftstest. Auch nicht Kerstin de Jong. Das Dokument mit dem Gutachten hatte sie für sich behalten. Es war schon belastend genug, dass Johanna mit Verbrechern wie Carl und Viktor Bellmann in Verbindung gebracht wurde. Den wahren Strippenzieher hinter der Verschwörung musste sie sich nicht auch noch als familiäres Päckchen um den Hals binden.

Noch immer trugen ihre Füße sie mit Leichtigkeit über den Sand. Kein Vergleich mehr mit der Johanna vor drei Monaten, die nach ein paar hundert Metern aus dem letzten Loch pfiff und sich von Teresa Osterkamp in den Matsch befördern ließ. Hier lief ein anderer Mensch Kilometer um Kilometer. Der Mensch, der Johanna immer hatte sein wollen und erst jetzt, nach all den überwundenen Hindernissen familiärer Fallensteller, sein konnte.

Johanna verließ den Strand und bog auf den Weg ein, der sie zu Falks Haus zurückführte. Sie würde die Prüfung auf der Tartanbahn in Ruhleben locker bestehen. Doch sie wollte sie nicht nur bestehen. Sie wollte glänzen. Acht Minuten dreißig für zwei Kilometer, so lautete ihr Ziel.

Keine zweihundert Meter mehr, dann hatte sie es geschafft. Falks Haus war schon in Sichtweite. Johanna zog ein letztes Mal das Tempo an, beschleunigte gleichmäßig.

Noch hundertfünfzig Meter. Sie bemerkte ein Auto in der Auffahrt, das noch nicht dort gestanden hatte, als sie losgelaufen war. So sauber und neutral wie ein Mietwagen. War das ein Hamburger Kennzeichen? Noch hundert Meter. Die Eingangstür ging auf. Die Silhouette einer Frau erschien und trat aus dem Haus. Kleiner als Johanna, mit schwarzer Mähne und einem schelmischen Grinsen, das sie unter Hunderten anderen jederzeit erkannt hätte.

Johanna blieb abrupt stehen. Kieselsteine spritzten unter ihren Laufschuhen in alle Richtungen. Sie riss die Augen auf. Dann sprintete sie los.

Wenige Sekunden später fiel sie ihr in die Arme. Sie war es wirklich. Alice.

Ihre Sprache hatte sie verlassen. Worte waren nicht genug. Johanna sog den Duft ihrer Freundin in sich auf. Was machte sie hier? Sie ließen voneinander ab, lachten, hielten sich an den Händen. Boris und Tomasz standen strahlend im Türrahmen. Dahinter erblickte Johanna Rasmus Falk, ein zufriedenes Lächeln, ihr zunickend.

Sie alle hatten das ausgeheckt. Johanna spürte es, während es zu regnen begann und Regentropfen ihr aus den Haaren über die Stirn und in die Augen liefen. Johanna ignorierte sie.

»Ich dachte, du bevorzugst die Strände der Karibik«, fand Johanna ihre Sprache wieder und erinnerte sich an ihre Unterhaltung, die sie hier auf Poel per Video geführt hatten. In einer anderen Zeit. In einem anderen Leben. »Oder zumindest die Strände Nigerias.«

»Silvester in Deutschland soll seine Vorzüge haben.« Alice zwinkerte Johanna zu. »Vor allem, wenn es nach frischem Kaffee und warmen Croissants riecht. Ich sterbe vor Hunger.«

»Wann bist du denn zurückgekommen?«

»Vor knapp drei Stunden mit dem Nachtflug aus Lagos. Ich bin direkt vom Hamburger Flughafen hergefahren.«

»Dann musst du völlig fertig sein. Willst du dich nicht erst mal hinlegen?«

»Jemand, den ich sehr schätze, hat mal gesagt: Freundschaft kennt keine Uhrzeiten.«

Johanna lachte. Sie sah von Alice zu Boris, Tomasz und schließlich zu Falk. Sie wollte sie alle umarmen, ihnen danken, ihnen sagen, was ihr dieser Moment bedeutete.

Da fuhr Alice fort. »Jetzt mal nicht sentimental werden! Ich habe kaum geschlafen und zwei Stunden am Steuer gesessen. Ich finde schon, ich habe eine gute Story verdient. Und ein gutes Frühstück.«

Johanna nahm ihre Freundin am Arm und führte sie ins Haus.

»Glaub mir, wir werden dich nicht enttäuschen.«

SCHLUSSWORT DES AUTORS

Der Zirkel ist ein Roman, ein unterhaltender Thriller. Die Namen, Charaktere, Schauplätze und Vorfälle sind das Werk meiner Fantasie oder wurden von mir als solche gebraucht. Johanna bewegt sich in meiner Welt der Fiktion ebenso sehr wie in einer Welt der Realität, und diese Gratwanderung hat mir ebenso viel Spaß gemacht, wie sie Johanna in Gefahr gebracht hat.

Ich habe mich vieler Fakten, Orte und Gegebenheiten so bedient, dass sie zu meiner Geschichte gepasst haben. Von den Fahrplänen der Deutschen Bahn bis hin zu den Räumlichkeiten in der Polizeiakademie Ruhleben. Mein Bestreben, stets alle Schauplätze meiner Romane zu besichtigen, wurde zwar durch die Pandemie erschwert. Und doch habe ich mir lediglich erlaubt, Häuser hier und da zu versetzen, Wohnungen umzugestalten, Durchgänge von Hinter- in Vorderhäuser zu erfinden oder die Orte so auszugestalten, dass meinen Figuren keine Hindernisse im Weg standen – oder ihnen kein Ausweg blieb.

Als ich 2019 mit den Recherchen für dieses Buch begann, konnte ich viele Entwicklungen in den folgenden Jahren nicht vorhersehen. Dass eine Pandemie die Welt verändern würde. Dass der Begriff des Querdenkens, eigentlich eine kreative Technik zur originellen Problemlösung, zum Synonym für Verschwörungserzählungen und Geschichtsklitterung werden würde, woraus sich gewalttätige Proteste und blanker Antisemitismus entwickeln würden. In Deutschland stürmten Rechtsextremisten die Reichstagstreppe. Im vermeintlichen Land der Freiheit drangen Gleichgesinnte ins Kapitol ein. Die Demokratie wird angegriffen. Nicht nur in Deutschland oder den USA.

Keine Erfindung waren daher die drei Akademien in Deutschland, Frankreich und Italien. Ich habe ihre Vorbilder lediglich meiner Geschichte angepasst. Die *Welt* nannte die »Deutsche Gildenschaft«, ein vom Verfassungsschutz untersuchter Akademikerbund, einen »Thinktank der neuen Rechten«. In Frankreich gründete Marion Maréchal, die Enkelin von Jean-Marie Le Pen und Nichte von Marine Le Pen, eine Privatfachschule für Ultrakonservative. Und in Italien wollte das »Dignitatis Humanae Institute«, eine rechtskonservative Denkfabrik, ebenjene Kartause Trisulti in eine nationalistische Kaderschmiede umwandeln – unter der Führung von Stephen Bannon, dem einstigen Rechtsaußen-Berater von Donald Trump.

Die Bestrebungen dieser ultrarechten Elite sind offensichtlich, ihre finanziellen Unterstützer hingegen nicht immer. Viel Geld, wie im Falle Bannons, stammt von der Far-Right-Bewegung aus den USA. Die Familie Le Pen und der Rassemblement National in Frankreich werden mit Millionenkrediten aus Russland unterstützt. Und auch in Deutschland pflegt die Rechte über die AfD ihre Nähe zur US-amerikanischen rechten Flanke sowie zu Russland, in antiwestlicher Systemkritik vereint.

Überhaupt greift Russland die europäische Stabilität an, wo es nur kann. In diesen Tagen, da ich dieses Schlusswort schreibe, hat der russische Zar den Angriff auf die Ukraine angeordnet. Der Ausgang des Krieges und die Folgen für Europa und die Weltordnung sind ungewiss. Gewiss waren die russischen Aggressionen aber schon in den Jahren zuvor für alle ersichtlich. Und so war auch der Schauplatz Estland in *Der Zirkel* nicht zufällig gewählt. Das kleine Land am Finnischen Meerbusen kann mehr als nur ein Lied von russischen Einflüssen und Manipulationsversuchen singen. Nicht zuletzt die Cyber-Attacken 2007 auf das estnische Parlament, Ministerien, Banken und weitere Institutionen wurden dem großen Nachbarn zugeschrieben. Estland wurde auch nicht ohne Grund digital attackiert. In Europa ist kein Land in der Digitalisierung weiter entwickelt als »e-Estonia«. Die NATO hat ihr Forschungs- und Ausbildungszentrum für Cyber-Sicherheit in Tallinn angesiedelt.

Deutschland hinkt Estland mit seiner digitalen Gesellschaft um Generationen hinterher. Auch deswegen ist das deutsche Wahlsystem noch nicht für digitale Wahlen bereit. Umso verführender war es, mich mit der Theorie einer Wahlmanipulation zu befassen, sollte es einmal zu Online-Wahlen kommen. Und siehe da: Der deutsche Förderalismus ist doch zu etwas gut. Denn er macht es zumindest auf Bundesebene erheblich schwerer, eine Wahl zu fälschen. Auch deswegen müssen die Populisten und Fake-News-Produzenten der Ultrarechten in Deutschland die Wähler*innen schon vor der Wahl täuschen. Im Gegensatz zu allem anderen würden sie das aber natürlich nie laut sagen.

DANKSAGUNG

Bis *Der Zirkel* in Ihren Händen, auf Ihrem E-Book-Reader oder auf Ihren Ohren landen konnte, musste ich das Manuskript nicht einfach nur schreiben. Wir Autor*innen sind trotz unserer zurückgezogenen Schreibarbeit letztlich nichts ohne die Menschen in den Verlagen, Buchhandlungen, Vertrieben und Agenturen. Und vor allem sind wir nichts ohne Sie, liebe Lesende und Hörende.

Nicht nur einmal habe ich mich gefragt: Was wäre wohl aus diesem Buch geworden, wenn meine geschätzte Kollegin, die wunderbare Romy Fölck, nicht an diese Geschichte geglaubt hätte? Was wäre wohl passiert, wenn Wort- und Textakrobatin Nadine Buranaseda nicht ganz zu Beginn mit Rat und Tat, mit einem Lektorat und kostbaren Ideen zu Hilfe gekommen wäre? Und was hätte ich ohne Nadja Kossack und Lars Schultze-Kossack gemacht, die mich in ihre Agentur aufnahmen und meine Begeisterung für Johanna Böhm, ihre Geschichte und dieses Manuskript in die Verlagswelt hinaustrugen? Ich danke Euch allen, denn ohne Euch wäre Johanna womöglich nur eine Figur meiner Vorstellungskraft geblieben.

Der Penguin Verlag ist seit 2021 mein neues Zuhause. Britta Claus, Magdalena Heer, Laura Austen, Melanie Köhn, Christopher Klimesch und der gesamten Penguin-Familie gilt mein herzlicher Dank für den Enthusiasmus und die Wärme, mit der ich aufgenommen wurde. Dazu das Wiedersehen mit meinem Lektor Carlos Westerkamp. Danke für die offene und respektvolle Arbeit, für den Ideenreichtum und die Kreativität.

Und dann sind da natürlich die Figuren im Hintergrund, die mir den Weg zu den Geschichten hinter der Geschichte öffneten. Anne, die Du mich jetzt schon mein ganzes Autorenleben begleitest, weißt um all das, was hier den Weg in das Manuskript gefunden hat. Ich hoffe, Du hast so manches wiedererkannt. Patrick Sinclair und Hannu Garni, ohne Euch hätte ich nie die Weiten Namibias erkundet, am Orange River gesessen und mein Herz an das südliche Afrika und die Menschen dort verloren. Ralf und Monika Kramp, ganz besonders das sechste und siebte Kapitel sind Euch gewidmet, denn sie entstanden in Eurem Orient-Express-Abteil im Café Sherlock im Kriminalhaus Hillesheim. Und wenn ich schon bei besonderen Orten bin: Thomas Koch, dank Deines Töwerland Stipendiums fand ich den Weg nach Juist. Über 150 Seiten dieses Buches lassen sich auf dieses wundervolle Fleckchen Erde zurückführen. Die Spuren von Johanna Böhm haben sich im Sand der Insel verlaufen. Thomas, diese Wochen werde ich nie vergessen.

Für meine Recherchen ist es unumgänglich, dass mir Türen geöffnet werden. Zu Räumen, zu Gesprächen, zu Hintergründen und Zusammenhängen. Sylke Schumann tat dies an der Hochschule für Wirtschaft und Recht in Berlin. Thomas Gisbertz von der Krimi-Couch.de machte mich auf die Pläne der Ultrarechten mit der Certosa di Trisulti aufmerksam. Und dann durfte ich mit Menschen aus diversen Behörden sprechen: aus dem Bundesamt für Sicherheit in der Informationstechnik, beim Militärischen Abschirmdienst, aus der Polizeiakademie in Ruhleben und aus dem Bundes-kriminalamt. Ich danke Ihnen und Euch allen in stiller An-onymität, so wie es sich gehört.

Meine Autoren-Kollegin Klaudia Zotzmann-Koch führte mich geduldig in die Welt der IT und des Hacking ein. Simone Buchholz und Markus Friederici verbrachten mit mir einen Tag in Hamburg, als wir drei noch glaubten, *Der Zirkel* würde auch in Hamburg spielen. Euch sei versi-chert, unsere Wege waren nicht vergebens. Jens J. Kramer und meine Vorstands-Kolleg*innen im SYNDIKAT hielten mir den Rücken frei, als ich tief im Manuskript versinken musste. Nina George war eine wichtige Stimme über mei-ner Schulter, mit ebenso viel Courage wie ehrlichen Wor-ten. Melanie Raabe danke ich von Herzen für ihr Auge bei der Lektüre des Manuskripts und für den Austausch über die Seele unserer Sprache – ich kann Dir leider nur unzurei-chend vermitteln, wie viel mir Deine Worte auf dem Cover bedeuten. Und schließlich ist der Writer's Room in Köln ein Quell der Freude und Kreativität. Ich hoffe, hier ist für Euch »viel Schönes« dabei.

Was aber wäre ich ohne meine Familie? Frania und Utz, Tessa und Patrick, Vella und Nelson – und natürlich Kirsty. Vor allem Kirsty. Euch gilt meine unendliche Verbunden-heit.

JAN BECK

SPIEGEL
Bestseller

DAS SPIEL

ES GEHT UM DEIN LEBEN

THRILLER

Sie jagen dich. Sie töten dich.

Als Mavie während einer Party auf ihr cooles, im Dunkeln leuchtendes Tattoo angesprochen wird, hält sie das für einen Scherz. Doch dann sieht sie es im Lichtstrahl der Tanzfläche mit eigenen Augen und gerät in Panik: Woher kommt der Skorpion auf ihrer Haut? Mavie ahnt nicht, dass das Zeichen sie zur Zielscheibe eines perfiden Spiels macht.
Zur gleichen Zeit übernehmen die Ermittler Inga Björk und Christian Brand den Fall einer brutal im Wald ermordeten Joggerin. Noch wissen sie nicht, dass dies erst der Anfang einer grausamen Mordserie ist. Und dass sie nur eine Chance haben, diese zu stoppen: Sie müssen die Seiten wechseln – und das tödliche Spiel mitspielen …

PENGUIN VERLAG